아서 코난 도일의
안개의 땅

아서 코난 도일의

안개의 땅

The Land of Mist
The Disintegration Machine • When The World Screamed

이수경 옮김

황금가지

차 례

안개의 땅
The Land of Mist

(좌로부터) 말론, 서멀리, 챌린저, 록스턴

1장

특별한 조사 위원회의 출범

위대한 챌린저 교수는 매우 부적절하고 모자라게 소설에 이용되었다. 대담한 작가들은 될 법하지 않은 비현실적인 소설의 주인공으로 교수를 등장시킨 후 교수의 눈치를 살폈다. 챌린저 교수는 그들을 격렬히 비난했지만 작가들은 계속해서 그를 주인공으로 삼류소설을 썼다. 그 이후 슬론 가에서 한 번 난동을 부린 적이 있었고, 두 번 정도 작가들에게 주먹을 날렸기 때문에 런던 아열대 위생 학교[1]의 생리학 강사 자리를 잃게 되었다. 그 사건들만 제외한다면 일은 예상보다 평화롭게 해결되었다.

그러나 교수는 뭔가 잃어가고 있는 듯했다. 거대한 어깨는 약간 휘었다. 스페이드 모양의 아시리아 풍 수염은 여기저기 희끗희끗한 기색이 보이기 시작했고 눈동자도 약간은 덜 공격적이 되었다. 미소에 드러나는 자만심도 살짝 수그러든 데다가 목소리는 여전히 쩌렁쩌렁했지만 들려오는 횟수가 줄었다. 그러나 모두들 여전히 그를 위험한 사람이라고 의식하고 있었다.

화산은 완전히 꺼진 것이 아니어서 다시 폭발하려고 계속해서 그르렁거리는 소리를 내고 있었다. 그는 아직도 삶에서 배워야 할 것이 많았지만 배우려는 겸손함은 여전히 없었다.

그가 변하게 된 데에는 분명한 계기가 있었다. 바울 부인의 죽음이었다. 작은 새 같던 여인은 이 거대한 사내의 가슴 속에 둥지를 틀어 버렸다. 교수는 항상 강자만이 가질 수 있는 모든 부드러움과 기사도 정신을 그녀에게 발휘했다. 따뜻하고 지혜로운 여인인 그녀는 모든 것을 양보하면서 모든 것을 얻어냈다. 그녀가 독감에 따른 바이러스성 폐렴으로 죽었을 때 교수는 휘청거렸지만 살아남았다. 그는 애처롭게 미소 지으면서, 흠씬 두들겨 맞은 권투선수처럼 다시 일어나 운명과의 시합을 계속했다. 그러나 교수는 이미 예전의 그가 아니었다. 딸인 이니드의 도움과 지지가 아니었다면 절대 충격에서 벗어나지 못했을 것이다. 영리한 그녀는 교수가 과거를 잊고 다시 살아갈 수 있을 때까지 그가 화낼 만한 주제를 적절히 이용해서 기술적으로 유인해서 교수의 호전적인 면을 자극했다. 교수가 다시 격한 논쟁을 일삼고, 기자에게 난폭하게 굴고, 주변 사람들에게 공격적으로 변하자, 그녀도 아버지가 다시 제대로 기운을 차려 가고 있다고 생각했다.

이니드 챌린저는 비범한 아가씨였다. 그녀는 공들여 설명할 가치가 있는 사람이었다. 그녀는 아버지를 닮은 검은 머리카락과 어머니를 닮은 맑고 푸른 눈동자의 소유자였고, 외모가 아주 아름답지는 않지만 주목을 끌었다. 그녀는 매우 조용하지만 아주 강한 사람이었다. 어렸을 때부터 아버지와 맞서든가 아니면 아버지가 손가락만 하나 까딱해도 움직이는 로봇이 되는 벌을 받든가 하는 둘 중 하나를 스스로 선택했다. 그녀는 자신만의 방법으로 부드럽고 유연하게 의견을 내세울 정도로 강했는데 어머니 사후엔 아버지의 기분을 맞춰 주려고 한동안 순종하였지만 아버지가 기운을 차리자 다시 원래의 모습으로 돌아왔다. 그녀는 가끔 런던의 언론사를 위해 일했는데, 매우 독특한 글을 써서 플리트 가에 이름이 알려지기 시작했다. 그녀는 일을 시작할 때 아버지의 오랜 친구인 《데일리 가제트》의 에드워드 말론 씨에게 도움을 많이 받았다.

말론은 한때 럭비팀 주장을 했던 강건한 아일랜드 인이었지만 세월의 풍상을 겪은 지금, 그도 역시 좀 더 생각이 깊고 점잖은 사람이 되어 있었다. 축구화를 싸넣으면서 그에게 많은 변화가 있었다. 근육도 줄어들고 관절도 뻣뻣해졌지만 생각은 더 깊어지고 더 활발해졌다. 소년은 죽고 사나이가 태어난 것이다. 외견상으로는 거의 변한 것이 없었지만 콧수염이 더 풍성해지고 등이 약간 휘었으며 전후 상황과 신세계의 문제들이 이마 위에 주름으로 흔적을 남겼다. 또한 그는 언론계에서 꽤 명성을 쌓았고 문단에도 약간이나마 이름이 났다. 그는 여전히 미혼이었지만 어떤 사람들은 이니드 챌린저 양이 곧 그 상황을 변하게 만들 것이라고 믿었다. 누가 보기에도 그들은 좋은 친구들이었다.

10월의 어느 일요일 저녁이었다. 아침부터 자욱하던 런던의 안개 사이로 불빛이 흘러나오기 시작할 무렵이었다. 빅토리아 웨스트 가든에 있는 챌린저 교수의 아파트는 3층이었는데, 창문 밖으로 짙은 안개가 보였고 아래쪽 길에서 일요일의 차량 증가로 느려진 차들이 부르릉거리는 소리가 들렸다. 챌린저 교수는 굵고 튼실한 다리를 난로 쪽으로 뻗고, 손을 바지 주머니에 푹 찔러 넣은 채로 앉아 있었다. 그의 옷차림에도 천재의 괴벽스러움이 나타나 있었다. 그는 깃이 헐렁한 셔츠를 입고 고동색 넥타이를 느슨하게 매었으며 검은 벨벳 재킷을 입고 있었는데, 옷차림과 쏟아지는 듯한 수염 때문에 마치 나이 든 보헤미안 예술가 같았다. 한쪽 옆에는 외출 차비를 갖추고, 둥근 모자와 기장이 짧은 검정 드레스에 자연미를 변형시키기 위해 고안된 온갖 여성용 치장을 갖춘 그의 딸이 앉아 있었다. 창가에는 말론이 손에 모자를 들고 서 있었다.

"이제 출발해야 할 것 같아, 이니드. 벌써 7시야." 말론이 말을 꺼냈다.

두 사람은 런던에 존재하는 종교에 대한 기사를 공동으로 집필하고 있었는데 매주 일요일 저녁마다 나가서 취재를 하고 그 다음 주 《가제트》에 실릴 기삿거리를 물어 왔다.

"8시 전엔 안 돼요, 테드. 아직 시간은 많아요."

"자리에 앉게나, 앉으라고!"

챌린저가 수염을 당기면서 큰소리로 말했다. 그것은 화가 날 때 그가 하는 버릇이었다.

"뒤에서 누군가가 서성이는 것만큼 짜증나는 일도 없을 거야. 격세유전의 흔적인지, 뒤에서 누가 찌를까 봐 그런 건지 모르겠지만 짜증이 난단 말이야. 그래, 바로 그거야. 그리고 말야, 그 모자를 좀 내려놓게! 자네는 마치 기차 시간을 놓칠까봐 안절부절못하는 사람같이 굴고 있어."

말론이 대답했다. "그게 신문 기자의 삶인걸요. 만일 기차를 잡지 못하면 뒤떨어지게 되는 겁니다. 이젠 이니드도 그걸 이해하기 시작했어요. 뭐, 말씀하신 대로 아직은 시간이 좀 있습니다."

"여태까지 얼마나 했지?" 챌린저가 물었다.

이니드는 사업가들이 씀직한 작은 기자 수첩을 뒤적거렸다. "일곱 꼭지요. 국교회에는 그림처럼 아름다운 웨스트민스터 사원(Westminster Abbey)이 있었고요, 고교회파는 성 아가사[2]가 있고, 저교회파에는 튜더 플레이스[3]가 있지요. 그리고 웨스트민스터 성당(Westminster Cathedral)은 가톨릭, 엔델 가는 장로교, 글로세스터 광장은 유일교의 중심지예요. 그런데 오늘 저녁에는 좀 특이한 방면으로 소개할까 해요. 심령교도들을 취재할 생각이에요."

챌린저는 화가 난 버펄로처럼 홍홍거렸다.

"그럼 다음주엔 미치광이들이 있는 정신병원으로 가겠군. 말론, 설마 이 유령 같은 사람들도 성전을 가지고 있다는 건 아니겠지?"

말론이 대답했다. "저도 그걸 알아보고 있었습니다. 일을 시작하기 전에 항상 기초 자료를 찾아보거든요. 영국 내에 등록된 심령교 교회만 해도 400개가 넘었습니다."

챌린저 교수의 홍홍거리는 소리가 마치 한 떼의 버펄로가 내는 소리처럼 커졌다.

"인류의 광기에는 한계가 없는 것 같군. 호모 사피엔스라고? 호모 이디오티쿠스[4]가 더 낫겠다! 그들은 누구한테 기도를 한다지? 유령인가?"

"글쎄요. 저희가 오늘 저녁에 알아내려고 하는 게 그겁니다. 오늘 저녁에 뭔가 좀 알아낼 수 있을 겁니다. 교수님의 생각에 전적으로 동의하진 않지만 저도 비슷하게 생각하는데요, 그래도 세인트 메리 병원에 일하는 앳킨슨 박사에게는 뭔가가 있는 것 같았어요. 교수님도 아시겠지만 최근 들어 유명해진 외과의 사례요."

"나도 들어봤어. 뇌신경 전문이라더군."

"바로 그 사람입니다. 그 사람이 심령 연구의 전문가로 존경받는다고 하던데요. 그리고 이런 연구를 요즘에는 새로운 과학이라고 부른다더군요."

"과학이라고!"

"뭐, 그들은 그렇게 부른답니다. 그리고 앳킨슨 역시 진지하게 받아들이고 있고요. 참고 문헌이 필요할 땐 저도 그에게 의뢰했어요. 그가 모든 문헌 정보를 꿰뚫고 있거든요. 그는 그런 연구자들을 '인류의 개척자'라고 부르더군요."

"베들렘 정신 병원까지 개척해 가라지." 챌린저가 투덜거렸다. "게다가 문헌이라고? 어떤 문헌을 가지고 있던가?"

"그게 또 아주 놀라운 일이었습니다. 앳킨슨이 가지고 있는 책은 500권에 달합니다. 그런데도 심령학에 대한 책이 부족하다고 불평하더군요. 프랑스 책도 있었고, 독일, 이탈리아, 그리고 영국 책도 있었습니다."

"그렇다면 다행이군. 영국 사람들만 바보 같은 건 아니었어. 염병하게 기막힌 일이로군!"

이니드가 물었다.

"아빠는 그런 책은 한 권도 본 적 없으세요?"

"그런 책을 읽다니! 내가 신경 써야 하는 일이 얼마나 많은데, 그 따위 것을 읽을 시간은 없어! 이니드, 넌 너무 황당한 질문을 하는구나."

"죄송해요, 아빠. 너무 확정적으로 말씀하시길래 그 방면에 대해서 뭔가 알고 계시는 줄 알았어요."

챌린저는 거대한 고개를 홱 돌려서 딸을 노려보았다.

"넌 정말로 나처럼 논리적이고 최상급인 두뇌를 가진 사람이 말도 안 되는 이야기에 대해서 꼭 읽고 공부해야만 그것이 쓰레기라는 사실을 깨달을 거라고 생각하는 거니? 내가 "2 더하기 2가 5"라고 말하는 사람이 틀렸다는 것을 알아내기 위해서 수학을 공부해야 한다고 생각하는 거야? 웬 바보 같은 녀석이 중력의 법칙에 어긋나게 책상이 하늘로 날아오를 수 있다고 하면 내가 뉴턴의 『프린키피아』를 봐야지만 놈이 틀렸다는 걸 알겠냐고? 사기꾼이 나타날 때마다 경찰에서 놈들이 유죄임을 확정하고 있는 마당에 500권이나 되는 책을 읽어야만 그걸 알겠냐? 이니드, 난 네가 내 딸이라는 게 창피하구나!"

딸은 즐거운 듯이 웃음을 터뜨렸다.

"아빠, 저한테는 그렇게 소리지르지 않으셔도 돼요. 제가 잘못했어요. 실은 저도 아빠랑 같은 생각이에요."

말론이 끼어 들었다.

"어쨌든 어떤 사람들은 그들을 지지한단 말입니다. 로지[5]나 크룩스[6]와 같은 사람들의 주장에 대해서도 웃어넘길 수 있을지는 저도 모르겠습니다."

"어리석은 소리 말게, 말론. 아무리 위대한 사람이라도 약점은 있게 마련이야. 갑자기 상식적이지 못한 일이 긍정적으로 보이는 때가 오는 거지. 그 친구들은 그렇게 된 걸 거야. 그리고 이니드, 난 녀석들의 논리를 읽은 적이 없어. 그리고 앞으로도 그럴 계획이 없지. 어떤 문제들은 너무나 명확해서 연구를 해 볼 필요도 없는 것들이 있어. 만일 우리가 오래된 문제들까지 들춰 본다면 어떻게 새로운 것을 향해 나아갈 수 있겠니? 이 문제는 영국의 법이, 상식이, 그리고 유럽에 있는 모든 제정신인 사람들이 결론을 낸 것이야."

"그건 그렇죠!" 이니드가 말했다.

챌린저 교수가 말을 이었다.

"그렇지만 가끔씩 어떤 점에서는 오해가 있었던 것은 인정하지."

그의 목소리가 낮아졌고 회색 눈동자는 슬프게 허공을 응시했다.

"가장 냉철한 지식인도, 심지어 나의 지능으로도, 가끔씩 회의에 빠질 때가 있다는 걸 나도 알고 있어."

말론은 기삿거리가 있음을 감지했다.

"그래서요, 교수님?"

챌린저는 망설였다. 그는 마음속으로 갈등하는 것 같았다. 말하고 싶었지만 말하는 게 고통스러웠던 것이다. 챌린저 교수는 갑작스럽게 참을 수 없다는 듯한 몸짓을 하면서 이야기를 시작했다.

"이니드, 내가 이 이야기를 한 적은 없을 게다. 이건 너무,……너무 개인적인 것이야. 어쩌면 너무 황당한 이야기이지. 난 내가 그렇게 흔들렸던 것이 창피해. 그렇지만 그건 가장 균형 잡힌 사고를 가진 사람이라도 부지불식간에 당할 수 있다는 사실을 보여 주지."

"계속해 보십시오, 교수님."

"마누라가 죽은 직후였네. 자네도 그녀를 알지 않았나, 말론. 내게 그녀가 어떤 의미였는지도 잘 알 거야. 그녀의 시신을 화장한 바로 그 날이었어……. 끔찍했어, 말론. 정말 참을 수 없었어! 그녀의 자그마한 몸이 미끄러져 내려가고……. 그리고 불꽃이 보였는데, 바로 문이 닫혀 버렸지."

교수의 거대한 몸이 떨리고 털북숭이 손은 눈을 가렸다.

"내가 왜 이런 말을 하고 있는지 모르겠군. 말을 꺼내니 당시의 기억이 떠올라. 자네들에게는 경고가 될지도 모르지. 그날 밤, 아냐를 화장했던 그날 말이야. 나는 거실에 앉아 있었지. 그리고 이니드도 있었지."

교수는 이니드에게 고개를 끄덕였다.

"이니드는 의자 위에 잠들어 있었어. 불쌍한 것. 말론, 자네도 로더필드에 있는 집을 알지? 그 집의 커다란 거실에서 말이야. 나는 난로 곁에 앉았지. 거실 전체에 그림자가 드리워져 있었다네. 그리고 나의 생각도 어둠 속에 잠기게 된 거야. 난 딸아이를 침실로 보내야 한다고 생각했는데 너무 곤히 잠들어 있었기 때문에 깨우고 싶지 않았네. 아마 새벽 1시쯤 되었을 거야. 스테인드글라스 창문을 통해 달빛이 쏟아져 들어왔다네. 난 앉아서 골똘히 생각에 잠겨 있었지. 그때 갑자기 무슨 소리가 들려왔어."

"어떤 소리가요?"

"처음에는 탁탁거리는 작은 소리였어. 그런데 점점 커지고 점점 뚜렷해졌지. 그것은 분명히 탁탁 두들기는 소리였어. 이게 아주 기묘한 우연인데 말야. 잘 속는 사람들은 이런 걸 겪게 되면 전설을 만들어내지. 마누라는 문에 노크를 할 때 매우 특이하게 하거든. 그건 노크라기보다는 마치 손가락으로 음악을 연주하는 것 같았네. 나도 그녀를 따라해서 우린 노크 소리만으로도 서로를 알 수 있었어. 그런데 내게 말야…… 물론 당시 내가 매우 스트레스를 심하게 받았고 비정상적 상태였지만…… 그 탁탁 소리가 귀에 익은 노크의 리듬처럼 들리는 거야. 정확히 어디에서 나는 소리인지 알 수 없었어. 내가 그 소리가 나는 곳을 얼마나 애타게 찾았는지 자넨 모를 거야. 확실하진 않았지만 그 소리는 위쪽에서 났고, 나무를 두들기는 소리였어. 나는 시간 감각도 없어져 버렸지. 그 소리가 적어도 열두 번 정도 들렸네."

"아빠, 왜 저한테는 말씀 안 하셨어요!"

"그래. 말은 하지 않았어. 그렇지만 널 깨워서 아무 말도 하지 말고 나와 같이 잠시 앉아 있자고 했지."

"네, 그건 기억 나요."

"그래서 우린 앉아 있었지만 아무 일도 일어나지 않았어. 아무 소리도 나지 않았단 말이야. 물론 그건 환상이었어. 아마 나무 속에 사는 벌레가 낸 소리거나 집 밖에 있는 담쟁이 덩굴이 벽을 두드리는 소리였을 거야. 아마도 그 리듬은 내 의식이 만들어 낸 것이었겠지. 이렇게 우리는 쉽게 바보 같은 어린애가 될 수 있어. 그렇지만 그 사건은 내가 자신을 돌아볼 수 있는 기회가 되었지. 그래서 아무리 똑똑한 사람이라 하더라도 감정에 속을 수 있다는 걸 깨달았지."

"그렇지만 교수님, 그게 부인이 아니었다고 어떻게 확신하십니까?"

"말도 안 되는 소리! 난 그녀가 불꽃에 휩싸이는 걸 보았다고! 그녀는 죽어버렸단 말이야!"

"부인의 영혼일 수도 있잖아요."

챌린저는 슬프게 고개를 저었다.

"그 사랑스러운 육신이 원소로 분해되었을 때 기체가 되어 날아갈 것은 공기 중으로 흩어지고 나머지는 고체로 남아 회색 가루가 되었지. 그것이 끝이야. 그리고 그 외엔 아무것도 남지 않네. 그녀는 자신에게 주어진 삶을 살았어. 그것도 아주 아름답게. 그게 전부야. 죽으면 모든 게 끝나는걸세, 말론. 영혼이니 뭐니 하는 건 죄다 야만인들의 애니미즘이야. 그건 미신이고 신화라고. 심리학자들은 혈관을 조절하거나 신경 자극을 이용해서 사람이 범죄를 저지르게 할 수도 있고 덕행을 쌓도록 만들 수도 있어. 외과적인 수술을 이용해서 지킬 박사를 하이드 씨로 만들 수도 있단 말이야. 그리고 심리적 암시로도 그렇게 할 수 있지. 술을 마시면 그렇게 될 수도 있고. 약도 마찬가지야. 하지만 말론, 나무가 쓰러지면 그건 그대로 쓰러지고 마는 거야. 다음날 아침이란 것은 없어. 계속해서 밤이 이어지고 피곤한 일꾼들에게는 기나긴 휴식만 남을 뿐이지."

"아주 슬픈 철학이군요."

"그럴지도 몰라. 그렇지만 최악의 상황에 맞서는 것이 강건하고 인간다운 것일세. 나도 이것이 슬픈 철학이라는 자네 생각을 부인하지 않겠네."

이니드가 반대하고 나섰다. "하지만 저는 그렇게 받아들이지 않아요! 전 그렇게 생각하지 않는다고요."

그녀는 아버지의 목을 끌어안았다.

"아빠. 아빠처럼 복잡한 두뇌와 위대한 자아를 지닌 분이 죽으면 아무것도 아니라는 걸 전 믿을 수가 없어요!"

"물 네 양동이와 소금 한 자루."

챌린저는 웃으면서 딸의 팔을 풀었다.

"그게 너의 아빠란다. 너도 그 사실을 받아들이도록 해야 해.
자, 이제 8시 20분 전이야. 가능하다면 다시 여기로 오게, 말론.
미친 놈들 사이에서 겪은 모험을 들려주게나."

1) 런던 아열대 위생학교: 런던 대학에 있는 의과 전문 대학원.

2) 성 아가사: 고교회파의 성당 중 하나. 고교회파란 국교회 내부에 존재하는 3
   대 경향 중 하나로 초대 · 중세 교회에서 이어지는 직계적 전통성을 강조하고
   교회의 권위 · 직제(職制) 및 성사(聖事) 등을 중요시하는 유파이다.

3) 튜더 플레이스: 저교회파의 성당. 저교회파는 고교회파와 반대되는 국교회
   내부 경향 중 하나로 영국 국교회 안의 자유주의적 · 프로테스탄트적 경향이
   강한 사람들 가운데 복음주의적 견지에서 주교제(主教制) · 사제직 · 성사를
   비교적 경시하는 사람들을 가리킨다.

4) 호모 이디오티쿠스: Homo idioticus. '어리석은 인간'이란 뜻을 학명처럼 표
   현한 것.

5) 로지: 올리버 로지 경. 스태퍼드셔 출생. 런던 대학을 거쳐 1881년에는 리버
   풀 대학 교수가 되고 1900년에는 버밍엄 대학 총장이 되었다. 열(熱)과 전기,
   특히 전자기파(電磁氣波)를 연구하고 전자기파 검증에 노력하였다. 전자기파
   검출에 사용하는 코히러를 개발하여 브랜리관(管)을 개량하고 전자기파의 수
   신 실험을 하여 마르코니의 무선 전신 연구에 길을 열었다. 만년에는 심령술
   에 흥미를 가져 이것을 과학적으로 연구하고 죽은 자와 통신이 가능하다고 믿
   었다. 종교와 과학의 조화를 꾀하기도 하였다. 주요 저서에 『전기학의 최근 전
   망 Modern Views on Electricity』(1889) 『원자와 광선, 원자 구조와 복사(輻
   射)에 관한 최근의 전망 Atoms and Rays, an Introduction to Modern Views
   on Atomic Structure and Radiation』(1924), 『진보하는 과학 Advancing
   Science』(1931) 등이 있다.

6) 크룩스: 윌리엄 크룩스(1832~1919)는 런던 출생으로 옥스퍼드 대학의 래드
   클리프 연구소 연구원이었으며 체스터 트레이닝 대학의 강사가 되었다. 화학
   분석, 특히 방사성 물질의 스펙트럼 분석을 행하여 탈륨을 발견하였으며, 그
   원자량을 측정하였다. 이때 진공 천칭을 사용한 것을 기회로 1874년부터 진공
   관 안의 방전(放電)에 관하여 세밀한 실험을 하였으며 1875년에는 복사계를
   발명하고 기체 분자의 운동을 확인하였다. 1878년에는 후 물체에 따라 음극선
   그림자가 생긴다는 사실을 발견하였다. 이러한 여러 연구의 결론으로 음극선
   이 물질 미립자의 흐름이라고 발표하였으며 이를 물질의 제4상태라 하고, 액
   체 · 기체 · 고체와 대비(對比)시켰다. 한때는 심령 현상 연구에 몰두하였고,
   만년에는 인공 다이아몬드의 제조에 열중하기도 하였다. 1897년 기사 작위를
   받았으며, 학사원 회장직도 맡았다. 1903년에는 방사선 검출 장치인 스핀사리
   스코프를 발명하였다.

2장
이상한 사람들 사이에서 보낸 저녁

이니드 챌린저와 에드워드 말론의 사랑에 대한 이야기는 독자의 관심을 끌지 못할 것이다. 그 이유는 필자가 전혀 관심을 두지 않기 때문이다. 연애란 것은 젊은이들 사이에선 전세계적으로 공통된 관심사이겠지만 이 글에서는 그것만큼 관심을 끌지 못하더라도 더 차원이 높은 문제를 다루고자 한다. 이 글에서는 둘의 관계는 이니드 챌린저와 에드워드 말론의 절친한 유대감을 보이는 정도로만 언급할 것이다. 과거 남녀 사이에 서로의 애정을 끌어내기 위해 횡행하던 거짓말이나 허세는 줄어들고 남녀 사이에도 정직한 동지 관계가 가능해졌으니 분명 인류는 발전한다.

두 모험가들은 마차를 타고 에지웨어 가에서 이어지는 헬벡 테라스라는 작은 길로 들어섰다. 반쯤 거리를 지나가자 어두침침한 벽돌집 사이에 불빛이 밝은 집이 있어, 거리로 빛을 쏟아내고 있었다. 마차가 멈추고 마부가 문을 열었다.

"이곳이 심령교의 교회입니다."

그는 이렇게 말하고 팁을 받기 위해 절을 하면서 컬컬한 목소리로 말했다.

"이게 교회라니, 다 돼먹지 못한 소리지요."

그는 이렇게 자신의 양심을 위로하고 마차에 올랐다. 곧 그의 마차 뒤에 걸려 있는 붉은 등의 불빛이 멀어졌다. 말론은 웃었다.

"복스 포풀리[1], 이니드, 이게 오늘날 대중이 받아들이는 그대로라고."

"현재로서는 우리도 마찬가지 아닐까요?"

"그래, 그렇지만 우리는 한번 알아보러 온 거잖아. 그렇지만 저 마부는 그럴 생각이 없는 것 같군. 우리가 들어갈 수 없다면 낭패겠지?"

문 앞에는 사람들이 모여 있었고 계단의 맨 위에는 한 사내가 서서 물러가라는 손짓을 하고 서 있었다.

"이러셔도 소용없습니다. 죄송하지만 저도 어쩔 수 없습니다. 벌써 두 번이나 경찰로부터 건물에 사람을 너무 많이 들여보냈다는 경고를 받았습니다." 사내는 익살맞은 표정을 지었다. "정교회에서 이런 경우가 있었다는 말은 듣지 못했습니다. 네, 여러분, 안 됩니다."

"나는 멀리 해머스미스에서 왔단 말이에요!"

한 목소리가 들렸다. 말을 던진 사람의 열성적인 얼굴에 불빛이 비춰졌다. 아기를 팔에 안고 있는, 검은 옷을 입은 여자였다.

"영매의 조언을 받기 위해 오셨군요, 부인."

안내인이 이해심을 담아 말했다.

"이름과 주소를 주시면 제가 편지를 보내드리겠습니다. 그럼 뎁스 부인께서 입장권을 보내드릴 겁니다. 이렇게 사람이 많으니 무작정 오셨다가는 기회가 없을 겁니다. 뎁스 부인의 연락을 받으시면 개별적으로 만나실 수 있을 겁니다. 이런, 선생님, 그러시면 안 됩니다. 그렇게 사람들을 밀쳐 봤자……, 앗, 이건 뭔가요? 기자십니까?"

그는 말론의 팔꿈치를 잡았다.

"기자라고 하셨습니까? 기자들은 절대 저희를 취재하지 않는 줄 알고 있습니다만. 의심스러우면 일요일 판《타임스》에 나오는 예배 일정을 확인해 보시면 됩니다. 아마 심령교라는 것이 있다는 것조차도 제대로 알지 못하셨을 겁니다. 어느 신문사에서 오셨나요?《데일리 가제트》라고요? 그렇군요, 저희도 잘 풀리나 봅니다. 그리고 숙녀 분께서는? 특별 기사라고요? 이런! 제게 붙어서 따라오십시오. 그럼 제가 어떻게 할 수 있는지 알아보겠습니다. 이봐, 조, 문을 닫게. 소용없다니깐요. 우리도 기금이 좀 모이면 자리를 더 넓게 쓸 수 있을 겁니다. 자, 아가씨, 이쪽으로 따라오시지요."

그는 그렇게 말하고 길을 내려가서 좁은 샛길로 들어섰다. 그곳에는 위에 붉은 전등이 빛나는 자그마한 문이 있었다.

"아무래도 단 위로 가셔야겠습니다. 홀에는 이제 남은 자리가 없거든요."

"어머나!" 이니드가 소리쳤다.

"그래도 아마 잘 보일 겁니다, 아가씨. 그리고 만일 운이 좋으면 아가씨에 대해서 점을 봐 줄지도 모르지요. 영매와 가까이 있는 사람들에게 그런 일이 일어나죠. 자, 이쪽으로 들어가세요!"

그 안에는 곰팡내 나는 작은 방이 있었고 더러운 흰색 벽에는 코트와 모자들이 걸려 있었다. 마르고 엄격해 보이는 여인이 작은 난로에 장갑을 덥히고 있었는데, 그녀의 작은 눈동자가 안경 뒤에서 번뜩거렸다. 그리고 전형적인 영국 사내가 난로에 등을 돌리고 있었다. 그는 덩치가 크고 핏기가 없는 얼굴에 붉은 콧수염이 난 뚱뚱한 사내였다. 그의 눈동자는 밝은 푸른 색으로, 선원처럼 보이는 눈에는 호기심이 어려 있었다. 또한 사람은 키가 작고 대머리였는데 커다란 뿔테 안경을 끼고있었고 마지막으로 운동 선수 같은 젊은이가 푸른 라운지 수트를 입고 있었다.

"피블 씨, 다른 사람들은 단에 올라갔습니다. 그리고 이젠 우리들이 앉을 다섯 자리밖에 안 남았습니다."

뚱뚱한 사내가 말을 꺼냈다.

"알고 있어요, 알고 있다고요."

피블이라 불린 사내가 대답했다. 그는 불빛 아래에서 보니 매우 신경이 날카롭고 단단하고 무미건조해 보이는 사람이었다.

"그렇지만 이분은 기자요, 볼소버 씨. 《데일리 가제트》라고, 특별 기사를 쓰신다고 해요. 말론 씨와 챌린저 양이에요. 이쪽은 볼소버 씨, 우리 회장이십니다. 그리고 리버풀에서 오신 뎁스 부인. 유명하신 영매이시지요. 그리고 이쪽 젊은 신사 분이 윌리엄스 씨입니다. 바로 우리 기금을 모으는 분이기도 하지요. 윌리엄스 씨가 다가오면 주머니를 잘 살피셔야 할 겁니다."

모두들 웃음을 터뜨렸다.

"돈을 받는 건 나중의 일입니다." 윌리엄스 씨가 웃으면서 말했다.

단단한 체구의 회장이 말했다.

"우리가 가장 받고 싶은 게 바로 좋은 기사이지요. 예전에도 이런 집회에 가 보신 적이 있습니까?"

"아니오." 말론이 대꾸했다.

"그럼 별로 아시는 바가 없겠군요?"

"별로 없소."

"이런 이런. 그렇다면 혹평을 하시겠군요. 처음에는 좀 우스꽝스러운 각도에서 바라보게 마련입니다. 그렇다면 아주 우스운 글을 쓰시도록 해 드리죠. 죽은 아내의 영혼을 생각하면 뭐 웃을 일이 있겠습니까만, 그것 또한 지식과 취향의 문제이겠지요. 잘 모른다면 어떻게 심각하게 받아들이겠습니까? 전 그들을 탓하지 않습니다. 우리들도 처음엔 그런 반응이었으니까요. 저는 브래들로[2]를 지지하는 사람이어서 저의 아버지께서 절 빼내기 전까지 조셉 맥케이브[3]의 영향 아래에 있었죠."

리버풀 출신의 영매가 말했다.

"정말 잘 하신 거네요."

"그때 저는 처음으로 제게 힘이 있다는 사실을 깨달았지요. 저는 돌아가신 아버지를 지금 당신들을 보듯이 볼 수 있었으니까요."

"그럼 영혼들도 우리들처럼 육신을 가지고 있던가요?"

"저도 그땐 아무것도 몰랐어요. 그런데 영혼들도 능력이 있는 사람을 찾게 되면 많이들 몰려온답니다."

"이제 시간이 다 되었군!" 피블 씨가 자신의 회중 시계를 닫으면서 말했다.

"자, 텝스 부인, 이제부턴 당신이 좌장이 되는 겁니다. 제일 먼저 들어가시겠습니까? 다음엔 회장님이 들어가시고 그리고 두 분, 그 뒤에 제가 들어갑니다. 하디 윌리엄스 씨는 노래를 부를 때 선창해 주십시오. 초반에 워밍업을 할 필요가 있죠. 당신이 충분히 도와줄 수 있을 겁니다. 준비가 됐으면 들어갑니다!"

단상에는 이미 많은 사람들이 있었지만 일행은 근엄하게 환영 인사를 웅얼거리는 사람들 사이를 뚫고 들어갔다. 피블 씨가 사람들을 타일러서 보낸 덕에 끝에 두 자리가 비었고 그곳에 말론과 이니드가 앉았다. 그 자리에서는 그들 앞에 서 있는 사람들이 가려 주어 수첩을 꺼내서 마음대로 적을 수가 있었다. 적절한 자리 배치였다.

"어떻게 생각하세요?" 이니드가 속삭였다.

"아직은 뭐 별로인걸."

"저도 그래요. 그렇지만 역시 아주 흥미롭군요." 이니드가 말했다.

진지한 사람들은 무엇이든지 흥미롭다고 생각한다. 그것이 좋아하는 것이었든 싫어하는 것이었든 간에. 그리고 그곳에 모여 있는 사람들이 진지하다는 것은 의심할 여지가 없었다. 강당은 북적거렸고 내려다 보고 있노라니 모두들 호기심 어린 표정으로 위쪽을 바라보고 있었다. 여자들이 더 많았지만 남자들의 숫자도 그리 뒤떨어지지 않았다. 이런 곳에 모이는 유형은 소위 잘 나가는 사람들도 아니고 지식이 높은 사람들도 아니었다. 그러나 다들 건강하고 정직하며 제정신인 사람들이었다. 소상인들, 가게 점원들, 숙련공들 그리고 집안일에 찌든 중하층 가정의 여인네들, 그리고 가끔 감각적인 것을 찾는 젊은이들…… 이 사람들이 노련한 관찰자 말론이 파악한 청중이었다.

뚱뚱한 회장이 일어나서 손을 들었다.

"동지들." 그가 말을 시작했다. "오늘 저녁에도 우리와 함께 하고 싶어서 먼 길을 달려온 많은 사람들을 돌려보내야만 했습니다. 이제 기금을 마련하는 것이 관건이 되었습니다. 도움을 주실 분께서는 저의 왼쪽에 있는 윌리엄스 씨께 말씀해 주십시오. 지난 주에 저는 호텔에 묵었는데, 그 호텔의 프론트에 이렇게 써 붙여 뒀더군요. '수표는 받지 않습니다.' 라고. 우리 윌리엄스 형제는 그런 식으로 여러분을 대하지 않을 것입니다. 한 번 이야기를 해 보십시오."

청중은 웃음을 터뜨렸다. 강당의 분위기는 교회라기보다는 강의실인 것 같았다.

"제가 이야기를 하러 온 것은 아닙니다만 앉기 전에 한마디만 더 하겠습니다. 그 후에는 계속 앉아 있기만 할 겁니다. 제가 어려운 부탁을 하나 하려고 합니다. 심령교인들께서는 일요일 저녁에 나오지 마십시오. 의문을 가지고 처음 오는 분들의 자리를 빼앗아서는 안 됩니다. 아침에 예배를 보실 수 있잖습니까. 처음 오는 분들에게 양보하십시오. 여러분들도 다 겪었던 것입니다. 신께 감사 드리십시오. 다른 사람들에게도 기회를 주어야 합니다."

그리고 회장은 자리에 앉았다.

피블 씨가 자리에서 일어났다. 그는 어디서나 볼 수 있는 독재적이고 모든 일에 나서는 부류의 사람이었다. 마른 얼굴에

열성적인 표정을 띠고 손을 앞으로 내밀어 크게 손짓을 하였
다. 그는 매우 활발한 사람이었다. 마치 손가락 끝에서 전기가
튀는 것 같았다.

그가 소리질렀다. "찬송가 1번!"

풍금이 왕왕거리기 시작했고 청중들은 자리에서 일어났다.
사람들은 활발하게 멋진 찬송가를 불렀다.

세상에서 숨이 가빠졌네.
영원한 천국의 기슭에서
영혼은 죽음을 이겼으니
지상으로 다시 돌아오라.

합창하는 목소리에 주저함이 사라지고 환희가 울렸다.

이것을 위하여 우리는 희년[4]을 기리나니.
……이것을 위하여 우리는 즐거이 노래하리니.
……무덤이여, 너의 승리는 어디 있느냐?
……죽음이여, 너의 독침은 어디 있느냐?

그렇다. 청중들은 모두 진지했다. 그렇다고 그들이 특별히
정신적으로 유약하거나 한 것은 아니었다. 그렇지만 그들을 바
라보는 이니드와 말론은 강렬한 동정심을 느꼈다. 이렇게 개인
적인 문제를 놓고 사기를 당한다는 것은 얼마나 슬픈 일인가?
개개인의 가장 성스러운 감정과 사랑하는 고인들을 이용하는
사기꾼들에게 속다니. 이들은 과연 냉정하고 변하지 않는 과학

의 법칙에 대해 무엇을 알까? 진지하게 열성을 다하여 속아넘
어간 불쌍한 자들!

피블 씨가 소리쳤다. "자! 호주에서 온 먼로 씨에게 기도를
청하도록 합시다."

텁수룩한 턱수염을 기른, 매우 거칠어 보이는 노인이 눈동자
를 이글거리면서 자리에서 일어나 땅바닥을 바라보면서 몇 초
동안 서 있었다. 그러다 매우 간단하고 즉석에서 떠올린 듯한
기도를 시작했다. 말론은 기도의 첫 문장을 받아 적었다.

"오, 아버지시여. 저희들은 무지한 사람들이라 당신에게 다
가가는 방법을 모르지만 우리가 아는 만큼, 최선을 다해서 기
도할 것입니다."

그는 계속해서 낮은 음으로 기도를 읊조렸다. 이니드와 말론
은 비평하는 듯한 시선을 서로 교환했다.

사람들은 또 다른 찬송가를 불렀다. 이번엔 처음 것처럼 호
응도가 크진 않았다. 그리고 의장이 나서서 북부 웨일스에서
온 제임스 존스 군에게 아틀란티스 인인 알라샤의 혼이 빙의될
것이라 했다.

제임스 존스 군은 팔팔하고 당당해 보이는 작은 사내로, 색
바랜 체크 무늬 양복을 입고 있었다. 그는 앞으로 나와서 1분
여 정도 깊은 생각에 잠긴 듯이 서 있다가 심하게 흔들거리더
니 말하기 시작했다. 몇 번 시선을 고정하는 행동과 공허한 눈
동자를 제외한다면 말을 하고 있는 사람이 북부 웨일스에서 온
제임스 존스가 아니라고 생각하게 할 만한 특이한 사항은 없었
다. 그리고 시작할 때는 존스 군이 몸을 흔들었지만 그 이후에
는 청중들이 몸을 흔들어댔다. 그의 주장을 받아들인다면 그

아틀란티스 인의 영혼은 아주 지겹기 짝이 없는 것이었다. 그는 계속해서 진부하고 멍청한 말들을 읊었고 말론은 그 동안 이니드에게 만일 저 알라샤가 아틀란티스에서는 아름다운 축에 끼일 정도로 아틀란티스 사람들이 형편없었다면 아틀란티스가 대서양에 가라앉은 건 정말 잘된 일이라고 속삭였다. 존스 군은 또 다시 신파조로 몸을 흔들면서 빙의에서 깨어났다. 그러자 의장은 벌떡 일어나서 민첩하게 아틀란티스 인의 영혼이 돌아오지 못하도록 막으려는 듯이 말을 꺼냈다.

"오늘 저녁 우리는 축복을 받았습니다. 바로 유명한 영매이신 리버풀의 뎁스 부인입니다. 뎁스 부인은, 다들 아시겠지만, 바울 성자님께서 말씀하신 영혼의 선물을 여러 가지 받으신 분입니다. 그중 하나가 영혼을 알아보는 능력입니다. 이 능력들은 우리가 조절할 수 있는 것들이 아닙니다만 여러분께서도 공감해 주셔야만 합니다. 뎁스 부인께서 이 자리를 빛내주러 찾아온 저편의 빛나는 존재들과 교류를 하려고 노력하시는 동안 여러분의 의지와 기도를 드립시다.

회장이 자리에 앉고 뎁스 부인이 조심스러운 환호를 들으면서 자리에서 일어났다. 그녀는 키가 매우 크고 창백하고 마른 여인으로 매부리코와 반짝이는 눈동자를 금테 안경으로 가리고 있었다. 그녀는 기대에 찬 청중을 마주하고 섰다. 그녀는 고개를 기울이고 있었다. 마치 무언가를 듣고 있는 듯했다.

"파동! 제게 도움이 되는 파동을 주세요. 풍금으로 한 절 부탁 드려요."

풍금에서 「내 영혼의 연인이신 예수」가 울려 나왔다.

기대에 부푼 청중들은 매혹당한 듯이 한 마디 말도 없었다.

강당에는 불빛이 밝지 않아서 구석에는 그림자가 드리워졌다. 영매는 마치 누가 자신의 귀를 잡아당기는 듯이 아직도 고개를 기울이고 있었다. 그녀는 손을 들어 음악을 멈추었다.

"잠깐만! 곧! 때가 되면."

그녀가 보이지 않는 대상에게 말을 했다. 그리고 청중을 향해 말했다.

"오늘 저녁에는 제 컨디션이 별로 좋지 않네요. 하지만 저도 최선을 다할 거고 그들도 그럴 겁니다. 그렇지만 당신들과 먼저 이야기를 나누어야겠어요."

그리고 그녀는 말을 했다. 그녀가 하는 말은 말론이나 이니드에게는 완전히 헛소리로밖에 들리지 않았다. 그녀가 뱉는 단어에는 연속성이 없었지만 가끔씩 주목을 끄는 구절이나 문장이 있었다. 말론은 펜을 수첩 속에 넣었다. 미친 소리를 보고할 필요는 없었으니까. 옆에 앉아 있던 심령교도 한 사람이 그가 역겨워하는 모습을 보고 다가와서 속삭였다.

"지금 조율하고 있는 거요. 파장을 맞추는 거지요. 모든 것은 파동의 문제이거든요. 아, 이제 됐나 봐요!"

그녀는 말을 하다가 갑자기 침묵했다. 그러고는 긴 팔을 떨면서 손가락을 뻗었다. 그녀는 두 번째 줄에 있는 나이 든 숙녀를 가리켰다.

"당신! 그래, 당신. 빨간 깃털 장식을 한. 아니, 당신 말고. 그 앞에 뚱뚱한 사람. 그래, 당신! 뒤에 지금 영혼이 오고 있어. 남자야. 키가 큰 남자. 아마 6피트쯤 될 거야. 이마가 넓어. 눈동자는 회색이거나 파란색이야. 턱이 길고 갈색 콧수염이 있어. 얼굴에 주름이 많아. 누군지 알아?"

풍채가 좋은 여인은 긴장한 듯 보였다. 하지만 그녀는 고개를 저었다.

"어디 보자. 내가 도와줄 수 있어. 책을 들고 있어. 갈색인데 자물쇠가 달렸군. 사무실에서 쓰는 장부 같은 거야. 칼레도니아 보험이라고 하는데. 무슨 뜻이지?"

여인은 입술을 오므리면서 고개를 저었다.

"좀 더 있어. 이 사람은 오래 앓다가 죽었군. 가슴이 아팠는데…… 천식이야."

여인은 아직도 석연치 않은 듯했는데 그녀에게서 좀 떨어져 있는 곳에서 한 여자가 화가 난 듯 붉은 얼굴로 벌떡 일어났다.

"그건 내 남편이에요! 전 그 사람과 상관하고 싶지 않다고 전해 주세요!"

그리고 그녀는 확고한 결심을 드러내듯이 털썩 앉았다.

"그래, 그렇군. 그 사람이 당신한테 가고 있어. 아까는 이쪽에 있었는데. 미안하다고 전해 달래. 그렇지만 죽은 사람에게 화가 나 있는 건 아무런 소용이 없어. 용서하도록 해. 모든 건 끝이야. 말을 전해 달라는데. '그렇게 하면 당신은 나의 축복도 받을 수 있을 거야!' 이 말이 당신에겐 무슨 의미가 있겠지?"

화가 난 여인은 기쁜 듯이 고개를 끄덕였다.

"좋아." 영매는 다시 문가에 있는 사람에게 손가락을 뻗었다. "거기 군인!"

일군의 사람들 앞에 있던 카키색 옷을 입은 군인은 매우 놀란 듯했다.

"내가 뭐요?" 그가 되물었다.

"군인이야. 상병 계급장이야. 덩치가 아주 크고 머리카락이

회색이야. 어깨엔 노란 고리 끈이 있어. 이니셜이 J. H.인데 아
는 사람이야?"

"그래요. 그렇지만 죽었는데." 군인이 말했다.

그는 이곳이 심령교의 교회라는 것을 모르고 왔기 때문에 여
태까지 모든 과정이 신기하게 보였던 것 같았다. 그의 옆에 있
던 사람이 재빠르게 설명해 주자 그는 "오, 맙소사!"라고 소리
치더니 사람들의 비웃음을 받으면서 뛰쳐 나가 버렸다. 그러는
사이에 말론은 영매가 보이지 않는 누군가와 이야기 나누는 것
을 들을 수 있었다.

"그래, 그래. 순서를 기다려! 여자, 크게 말해! 그럼 그 사람
옆에 가서 서. 내가 어떻게 알겠어? 글쎄, 할 수 있으면 하지."
그녀는 마치 극장에서 줄을 세우는 경비원 같았다.

그 다음 시도는 완전히 실패했다. 북실북실한 구레나룻을 기
른 완고한 사내는 자신과 친척이라고 주장하는 노 신사를 전혀
알지 못한다고 끝까지 부정했다. 영매는 놀라운 인내력을 가지
고 그에게 새로운 이야기들을 계속 해 주었지만 전혀 진전이
없었다.

"혹시 당신은 심령교도인가요?"

"그렇습니다. 10년 되었습니다."

"그렇다면 이 일이 매우 어렵다는 사실도 알겠군요?"

"네, 잘 압니다."

"다시 한번 생각해 보세요. 나중에 떠오를 수도 있으니까. 여
기서 그만두도록 합시다. 당신 친구한테 미안하군요."

잠시 영매가 말을 멈추었는데 그동안 말론과 이니드는 작은
소리로 서로의 생각을 교환했다.

"어떤 것 같아, 이니드?"

"잘 모르겠어요. 저도 무척 혼란스럽네요."

"내가 보기에 반쯤은 짐작인 것 같고 나머지 반은 짜고 하는 것 같아. 이 사람들은 다 같은 교회에 다니는 사람들이니 서로의 일에 대해서 조금씩 알 거 아냐. 만일 모르면 물어볼 수도 있고."

"하지만 사람들 말이 뎁스 부인은 오늘 여기 처음 왔다던데요."

"그래, 그렇지만 사람들이 그녀에게 알려줄 수 있지. 이건 모두 교활한 엉터리 사기극이야. 만일 그게 아니라면 뭐겠어, 생각해 봐."

"어쩌면 텔레파시 같은 것일지도 모르죠."

"그래, 그런 류의 것일지도 몰라. 봐! 다시 시작한다."

영매는 그 다음 시도에서 운이 좋았다. 강당의 뒤쪽에 앉아 있던 애처로운 사내는 그녀의 말을 듣고 죽은 아내라는 것을 금방 알아차렸다.

"월터라는 이름이 들려."

"네, 그게 접니다."

"그녀가 워트라고 불렀던가?"

"아닌데요."

"어쨌든 지금은 워트라고 부르는데. '워트한테 애들에게 사랑을 전해 달라고 해 주세요.'라는 걸. 내게는 그렇게 들리네. 아이들 걱정을 하는군."

"항상 그랬죠."

"그래, 그들은 변하지 않으니까. 가구. 가구에 대해 뭔가 말해. 당신이 어디에 줘 버렸다는데. 맞아?"

"글쎄요. 그랬는지도 몰라요."

청중들이 킥킥거렸다. 이런 엄숙한 순간이 웃길 수 있다는 것은 정말 아이러니였지만 매우 자연스럽고 인간적이었다.

"전할 말이 있대. '그 사람이 빚을 갚을 거고, 일은 다 잘될 거에요. 착하게 살아요, 워트. 그러면 지상에서보다 이곳에서 행복할 수 있어요.'"

사내는 손으로 얼굴을 가렸다. 영매가 어물거리면서 서 있자 키가 큰 젊은 비서가 반쯤 일어나서 그녀의 귀에 뭔가 속삭였다. 그녀는 즉시 방문객들이 있는 자신의 왼쪽으로 고개를 돌렸다.

"나중에." 그녀가 말했다.

그녀는 청중들에게 두 번 더 이야기를 했다. 두 가지 이야기 모두 불분명했지만 사람들은 주저하면서 그 영혼들을 알아보았다. 멀리서 보면 알아볼 수 없을 만한 특징을 자세히 묘사하는 것은 정말 이상했다. 그녀는 강당의 끝에 있는 영혼을 보고 있다면서 그들의 눈동자 색깔이나 얼굴에 있는 점까지 알아보았다. 말론은 이 점은 오늘의 사건에 대해 비판할 때 유용하게 쓰일 수 있는 점이라고 적었다. 그가 글을 적는 것을 막 끝냈을 때 여인의 목소리가 더 크게 들렸다. 고개를 들어보니 영매의 안경이 자신을 향해 번뜩이고 있었다.

"단상 위에 있는 사람들에게 영혼의 말을 전해 주는 건 늘 하는 일이죠."

그녀는 이렇게 말하면서 청중과 말론을 번갈아 보았다. "오늘은 여기 친구들이 왔군요. 영혼들과 조우하는 것이 그들에게는 아주 흥미로운 일일 겁니다. 여기 숙녀 분 옆에 앉아 있는 콧수염 난 신사 뒤에 한 영이 나타나고 있어요. 그래요, 당신 뒤에. 평범한 키에, 어쩌면 작은 쪽인가. 나이가 들었어. 예순이 넘었군. 흰 머리, 매부리 코. 하얗고 작은 염소 수염. 친척이 아니고, 친구라는데. 누구 떠오르는 사람 있나요?"

말론은 경멸하듯이 고개를 저었다.

"그 정도면 어떤 노인이든 해당될 것 같군." 그는 이니드에게 속삭였다.

"조금 더 가까이 가 보지. 얼굴에 주름이 많아. 살아 있었을 때 화를 잘 내는 사람이었겠군. 성급하고 날카롭군. 도움이 되나요?"

말론이 다시 고개를 저었다.

"사기야. 완벽한 사기." 그는 웅얼거렸다.

"글쎄, 이 영은 아주 열심인데요. 그럼 우리도 최선을 다 해 봐야지. 책을 한 권 들었어. 아주 학구적인 책이야. 열어서 그 안에 그림을 보여주는군. 그가 쓴 책일 수도 있고. 어쩌면 그걸로 가르쳤을 것 같은데. 그렇군. 그가 고개를 끄덕여. 그걸로 가르쳤군. 선생이었어."

말론은 반응이 없는 채였다.

"내가 달리 더 도와줄 길을 모르겠어. 아! 한 가지 있군. 오른쪽 눈썹 위에 검은 점이 있어."

말론은 마치 한 대 맞은 듯이 말했다.

"점이 한 개요?"

그녀의 안경이 다시 한번 번뜩였다.

"검은 점이 두 개. 하나는 크고 하나는 작아."

"이런! 서멀리 교수야!" 말론이 내뱉었다.

"아, 알아보는군. 전할 말이 있어. '안부를 친구…….' 'ㅊ'으로 시작하는 긴 이름인데 잘 못 알아듣겠어. 누군지 알아?"

"그럼요."

그 다음 순간 그녀는 몸을 돌려서 다른 사람에게 다른 이야기를 시작했다. 그녀 뒤에는 상당히 큰 충격을 받은 사내가 남아 있었다.

바로 이때 두 사람을 포함한 모든 청중이 깜짝 놀랄 만큼 갑작스러운 일이 발생해 행사가 중단되었다. 의장 옆으로 키가 크고 낯이 창백하며 턱수염이 난 남자가 수준 높은 장인처럼 보이는 옷을 입고 나타나서 아무런 소리도 내지 않으면서 권위를 드러내는 인상적인 손짓을 해 보였다. 그리고 그는 몸을 돌려서 볼소버 씨에게 말을 건넸다.

"이분은 달스턴의 미로마 씨입니다." 의장이 말했다. "우리에게 전할 메세지가 있답니다. 미로마 씨의 연설은 언제든 환영이지요."

기자들은 새로운 사람의 얼굴을 반밖에 볼 수 없었지만 두 사람 모두 그의 귀족적인 생김새와 뭔가 특별한 지식을 지닌 듯 느껴지는 거대한 머리 모양에 놀랐다. 그의 목소리는 맑고 분명하게 강당에 울렸다.

"나는 듣는 자들이 있는 곳 어디에든 메시지를 전하라는 명을 받았소. 메시지를 듣기 위해 이곳에 온 사람들도 있을 것이고, 나는 그들을 위해 온 것이오. 그들은 인류가 상황을 점진적으로 받아들여야 충격을 받거나 당황하지 않을 것이라 했소. 나는 소식을 전하도록 선택 받은 사람들 중의 하나요."

"바로 미친 놈인 게지."

말론이 무릎 위에 놓인 수첩에 끄적거리면서 속삭였다. 청중들은 모두 미소를 짓고 있었다. 그렇지만 사내의 행동거지나 목소리가 그들이 긴장해서 주목하도록 만들었다.

"이제 절정에 다다랐소. 인류는 발전과 진보라고 하면 이제 물질적인 것만을 떠올리게 되었소. 빨리 이동하는 것, 간략한 메시지를 보내고 새로운 기계를 만드는 것도 발전이라고 하지만 이 모든 것은 물질적 야심의 또 다른 형태이지. 진정한 발전은 한 가지뿐이오. 영혼의 발전. 인류는 발전에 대해 입으로 떠들기만 할 뿐 물질 과학을 향한 잘못된 길을 나아가고 있는 것이오.

이 혼란스러운 가운데에서도 인류의 지식은 오래된 신경(信經)에 대한 의심을 품게 되었고, 그 의심을 뒷받침하는 증거들을 찾게 되었지. 그래서 죽음 저편의 세계에서는 새로운 증거들을 보냈어. 그 증거들은 사후 세계를 확실하게 증명해 보였지. 과학자들은 그걸 보고 비웃었고 교회에서는 내쳤고 신문의 기사가 되었다가 경멸을 받으면서 버려졌어. 그것이 인류의 마지막, 그리고 가장 커다란 실수인 거요."

청중들은 고개를 들었다. 이제 문제는 자신들의 영적 범위 밖의 일이었다. 그렇지만 모두가 이해할 정도로 명확했다. 그에게 동의하는 사람들이 웅얼거리는 소리로 환호했다.

"이젠 아무런 희망이 없소. 모든 것은 이제 조절할 수 있는 상태를 넘어섰소. 하늘의 선물을 무시했기 때문에 뭔가 더욱 무서운 것이 필요한 것이오. 일격이 가해졌지. 수천만의 젊은 이들이 죽어서 땅에 쓰러졌고, 죽은 자의 두 배가 넘는 사람들이 불구가 되었소. 그것은 신이 인류에게 보낸 첫 번째 경고였지만 아무런 소용이 없었지. 전과 다름없는 물질주의가 여전히 팽배해 있었소. 유예 기간이 주어졌지만 이곳 같은 교회에 영혼들이 붐비게 된 것을 제외하고는 아무런 변화가 없었지. 사람들은 계속해서 죄를 지었소. 그리고 죄는 대가를 치러야 하오. 러시아가 죄악의 소굴이 되고 독일인들이 자신들의 끔찍한 물질주의를 뉘우치지 않았기 때문에 전쟁이 일어나게 된 거요. 스페인과 이탈리아는 무신론과 미신에 물들어 있고, 프랑스는 종교적인 이상이 없던 곳이고, 영국은 매우 혼란스럽고 산만하여 여러 종파들이 가득하지만 어느 곳에도 생명력은 없었소. 미국인들은 자신들이 가진 기회를 남용하고, 늙어버린 유럽의 사랑스러운 동생이 되어 주는 대신 자신들의 몫을 이용해 경제적인 부흥을 이루었소. 미국은 대통령의 이름을 더럽히고 평화의 동맹에 가입하는 것을 거부했지. 그것만이 미래를 위한 유일한 희망이었음에도 불구하고 말이오. 정도의 차이가 있겠지만 모두가 죄를 지었기 때문에 지은 죄만큼 벌을 받게 될 것이오.

그리고 그 처벌은 곧 닥칠 것이오. 이것이 당신들에게 전해야 할 말이오. 중간에 다른 말로 빠지게 될까 봐 적어 와 읽는 것이오."

그는 주머니에서 종이 쪽지를 하나 꺼내서 읽었다.

"사람들이 겁을 낼 필요는 없지만 변화할 필요는 있을 것이다. 우리가 원하는 것은 사람들이 영적인 측면에서 스스로를 개발하는 것이다. 우리는 사람들을 겁에 질리게 만들려는 것이 아니라 시간이 남아 있는 동안에 준비를 하도록 만들려는 것이다. 세상이 종전과 똑같이 계속되어서는 안 된다. 그렇게 된다면 파멸의 길을 걷게 되는 것이다. 무엇보다도 우리는 인간과 신 사이에 드리워진 신학의 어두운 안개를 걷어야 한다."

그는 쪽지를 접어서 다시 주머니에 넣었다.

"이게 내가 전해야 할 이야기요. 영혼의 창을 가진 사람들에게 이 소식을 빨리 퍼뜨리시오. 그들에게 말하시오. '회개하라! 변화하라! 머지않아 때가 올 것이다.'라고."

그는 말을 멈추고 몸을 돌렸다. 마치 주술이 풀린 것 같이 갑자기 청중들이 부스럭거리면서 자리에 앉았다. 그때 뒤편에서 누가 말했다.

"이것이 세상의 종말입니까?"

"아니오." 낯선 이가 짧게 대답했다.

또 다른 사람이 물었다.

"이것은 예수의 재림입니까?"

"그렇소."

그는 가볍고 빠른 걸음으로 단상의 의자들 사이로 빠져 나가 문 앞에 섰다. 말론이 다시 돌아보았을 때 그는 사라지고 없었다.

"저 사람은 예수의 재림을 믿는 광신도야." 그는 이니드에게 속삭였다. "그런 놈들은 아주 많아. 크리스타델피아 파[5], 러셀 파[6], 성경 제자 파[7], 다들 그런 족속들이지. 그렇지만 저 치는 별로 인상적이지 못한걸."

"전혀요." 이니드가 말했다.

"우리 친구가 전한 말은 분명 아주 흥미로웠습니다." 좌장이 말했다. "미로마 씨는 엄밀히 말하면 우리 운동에 참여하는 사람은 아닙니다만 우리들의 열렬한 지지자입니다. 그가 우리의

단상에 오른다면 언제든 환영이지요. 그리고 그의 예지에 대해
서라면, 저도 세상은 우리의 참여 없이 너무나 오랫동안 문제
에 휩싸여 있었다는 생각에 동의합니다. 우리는 평상시에 하던
대로 하는 수밖에 없습니다. 그리고 신으로부터 오는 구원을
확신하며 기다리는 것밖에 없습니다. 만일 내일이 심판의 날이
라면……."

그는 잠시 말을 끊고 웃음을 지었다.

"저는 오늘 해머스미스에 있는 저의 비상 식량 저장고를 살
펴보도록 하겠습니다. 자, 이제부터 다시 예배를 계속하도록
하겠습니다."

젊은 비서는 매우 강력하게 돈을 요구하면서 기금 마련에 대
해 강조했다.

"일요일 밤에 건물 안보다 밖에 사람들이 더 많이 남아 있다
는 것은 정말 부끄러운 일입니다. 우리는 모두 봉사하는 것입
니다. 아무도 돈을 챙기지 않죠. 뎁스 부인도 오늘 본인이 비용
을 대서 오신 겁니다. 그렇지만 우리에겐 천 파운드가 필요합
니다. 형제 한 분이 집을 우리에게 양도해 주셨습니다. 이것이
바로 승리하는 법입니다. 당신이 오늘 밤 무엇을 할 수 있는지
생각해 보십시오."

수프 그릇 열두 개가 돌았고 동전이 절그럭거리는 소리와 함
께 찬송가 소리가 들렸다. 이니드와 말론은 작은 소리로 이야
기를 나누었다.

"이니드도 알겠지만 서멀리 교수님이 작년에 나폴리에서 돌
아가셨지."

"네, 저도 그분을 기억하고 있어요."

"그리고 그 '친구 ㅊ'라는 건 물론 당신 아버지이고."

"정말 대단했어요."

"불쌍한 서멀리 교수님. 그분은 살아가는 일이 불합리한 일이라 생각했지. 그리고 이젠 죽어서 이곳에 있군. 적어도 그렇게 보여."

수프 그릇이 다시 돌아왔다. 그릇을 채우고 있는 것은 불행히도 갈색[8]이었지만 그릇이 모두 탁자 위에 놓여지자 비서는 그 가치를 칭찬했다. 그리고 호주에서 왔다는 텁수룩한 사내가 시작할 때처럼 짧은 축복의 말을 했다. 굳이 성스러운 배경이나 행동거지가 아니더라도 그의 말이 인간의 마음에서 우러난 것으로 신에게 바로 전달될 것이라는 느낌을 받을 수 있었다. 청중들은 일어나서 마지막 작별의 찬송가를 불렀다. "다시 만날 때까지 신의 가호를"이라는 찬송가의 슬프고도 달콤한 후렴구는 오랫동안 잊혀지지 않았다. 이니드는 자신이 눈물을 흘리고 있다는 사실을 깨닫고 놀랐다. 이 진실하고 단순한 사람들의 직접적인 모습이 그 어떤 성당의 화려한 예배와 음악보다도 가슴에 와 닿았다.

뚱뚱한 볼소버 씨는 대기실에서 뎁스 부인과 함께 기다리고 있었다.

"자, 이제 두 분께서는 기사를 쓰시겠죠?" 그가 웃었다. "말론 씨. 우리는 기자들의 공격에 익숙합니다. 이젠 상관하지 않죠. 그렇지만 언젠가는 달라지리라 믿습니다. 기사에도 심판이 내려지겠죠."

"공정하게 쓰도록 할 겁니다. 제가 장담하죠."

"저희가 바라는 것도 바로 그겁니다."

영매는 검소한 벽난로 선반 위에 팔꿈치를 기대면서 말했다.

이니드가 말을 꺼냈다.

"죄송하지만 좀 피곤해 보이시는군요."

"아니요, 아가씨. 나는 영혼들에 관련된 일을 하면 절대 피곤해지지 않아요. 그들이 지켜주거든요."

"이런 질문을 해도 될까요?" 말론이 말을 꺼냈다. "혹시 서멀리 교수를 알고 계셨나요?"

영매는 고개를 저었다. "아니요. 사람들은 제가 그들을 안다고 생각하죠. 그렇지만 제가 아는 사람들은 하나도 없답니다. 그들이 와서 자신들을 설명하죠."

"그럼 어떻게 그 메시지를 전해 받는 겁니까?"

"초청력이라고 하지요. 제겐 항상 들립니다. 그 불쌍한 영혼들은 단상 위에 있는 제게 다가와서 저를 잡아당기고 못살게 굴죠. '그 다음엔 나요, 나요, 나요!' 전 그런 말을 들어요. 그러고는 최선을 다해 그들을 돕는 겁니다."

"그리고 그 예지자 같은 사람에 대해 말씀해 주실 수 있습니까?"

말론은 좌장에게 질문을 던졌다. 볼소버 씨는 어깨를 으쓱하고 비꼬는 듯한 미소를 지었다.

"그는 어디에도 속하지 않은 사람입니다. 가끔씩 그가 혜성처럼 나타났다가 사라지는 모습을 볼 수는 있습니다. 그러고 보니 그가 전쟁에 대해 예견했던 사실이 생각나는군요. 미래에 돌아올 청구서 없이 현금을 많이 갖게 되는 것이지요. 자, 안녕히 가십시오! 가능하면 좋은 기사를 써 주시고요."

"안녕히 계세요." 이니드가 말했다.

"안녕히 가세요." 뎁스 부인이 인사했다. "그런데 아가씨, 당신도 영매로군요. 안녕히 가세요!"

그리고 그들은 다시 길거리로 나와서 밤 공기를 들이마셨다. 사람들이 가득한 강당에서 나와서 그런지 밤 공기가 달콤하게 느껴졌다. 잠시 후 그들은 에지웨어 가에 나와 있었고 말론은 손을 흔들어 빅토리아 가든으로 돌아가는 마차를 잡았다.

---

1) 복스 포풀리: 민중의 소리. "민중의 소리는 신의 소리"라는 뜻의 라틴 격언인 "Vox populi, vox dei"에서 온 표현.

2) 브래들로: 영국의 자유주의적 정치운동가이자 공화주의자인 그는 열다섯 살 때에 그리스도교에 회의를 느끼고 급진주의에 끌렸다. 1853년 이후 런던에서 정치 운동을 전개하여 가두 집회와 기관지 발행 등으로 종교로부터의 자유와 공화주의를 호소하여 노동자·소시민들의 지지를 얻었다. 1980년에 하원의원이 되었으나 성서에 대한 선서를 거부하여 의원직을 박탈당하였다. 그러나 의회 투쟁을 전개하여 제명과 재선을 네 차례나 되풀이한 후 1986년 마침내 승리하여 평생 동안 의원직을 지켰다. 여기서는 브래들로의 지지자라는 것은 철저한 물질주의자라는 의미이다.

3) 조셉 맥케이브: 19세기의 이성주의자. 열아홉 살에 프란체스코 수도사가 되었으나 곧 동료 수도사들의 편협한 교리를 비웃는 글을 쓰기 시작하였다. 그는 무신론과 기독교에 대한 저서를 통해 유럽 대륙에 충격을 안겼다. 고대 역사에 정통하였으며 다양한 주제에 대해 250권의 저서와 30권의 역서를 남겼다.

4) 희년: '요벨(안식)의 해'로 유대 민족이 가나안 땅에 들어간 해부터 기산하여 50년마다 쉰다. 성년(聖年), 대사(大赦)의 해라고 한다.

5) 크리스타델피아 파: 19세기 중반 미국 동부에서 존 토머스가 창시한 종파. 예수는 신이 아닌 사람이며 초기 성경의 가르침에 엄격히 따를 것을 주장한다.

6) 러셀 파: '여호와의 증인'의 창시자인 러셀의 추종자들. 러셀은 자신이 기독교인들에게 신의 전언을 전하는 사자로 선택되었다고 믿었고 또 예수가 보이지 않게 재림할 것이라고 주장했다.

7) 성경 제자 파: 1868년 C. T. 러셀이 만든 모임에서 출발하여 영국에서 조직된 성경 제자 협회를 말한다.

8) 불행히도 갈색: 영국 동전 중 단위가 작은 동전들은 대부분 갈색이다. 성금으로 걷힌 돈이 많은 액수가 아니라는 뜻이다.

3장
챌린저 교수의 의견 피력

이니드가 마차에 오른 후 말론도 그녀의 뒤를 따라 마차에 오르는데 누군가 그의 이름을 부르면서 뛰어왔다. 그는 키 크고 잘생긴 중년 사내로 깨끗하게 면도하고 좋은 옷을 입고 있었다. 그의 얼굴에는 성공한 외과의사의 자신감이 엿보였다.

"이봐, 말론! 잠깐만!"

"이야, 앳킨슨이 아닌가! 이니드, 내가 소개할게. 이쪽은 내가 당신 아버지한테 말했던 세인트 메리 병원에서 일하는 앳킨슨 씨야. 우리와 함께 가겠나? 우리는 빅토리아 방향으로 가는 길이었네."

의사는 마부에게 외쳤다. "시내로!"

그가 말했다. "심령교 교회에서 자네를 보고 깜짝 놀랐네."

"기자로서 갔던 것일 뿐이야. 챌린저 양과 나는 둘 다 신문 기자라네."

"정말?《데일리 가제트》겠군, 예전처럼. 자네 신문에 독자가 하나 더 늘었군. 자네가 오늘 밤의 일을 어떻게 받아들였는지 궁금하거든."

"다음 주 일요일까지 기다려야 할 거야. 이건 연재 기사 중의 하나거든."

"이런, 낭패로군. 그렇게 오랫동안 기다릴 수는 없는데. 그래, 오늘 어땠어?"

"실은 나도 잘 모르겠는걸. 나도 내일 내 취재 노트를 다시 꼼꼼히 읽어보고 생각해 봐야겠어. 그리고 우리 동료가 느낀 것과 비교를 해 봐야지. 이 사람에겐 감이 있거든. 특히 종교 문제라면 말이야."

"그러면 챌린저 양, 당신의 느낌은 어떻습니까?"

"좋아요. 정말, 좋아요! 그렇지만 이런 특이한 느낌은 처음이에요!"

"정말 그렇습니다. 저도 여러 번 왔지만 항상 혼란스러운 인상을 받지요. 어떤 부분은 가소롭기도 하고 어떤 부분은 솔직하지 못한 것도 있지만 어떤 부분은 멋지기도 하답니다."

"그런데 기자도 아니면서 거기에 계셨죠?"

"꽤 관심이 많기 때문이지요. 심령학에 있어서 저는 학생일 뿐이고 몇 년 동안 수긍은 하지 않지만 공감하려는 쪽입니다. 그리고 제가 뭔가에 대해 판결을 내리려고 하고 있는 것이 실제로는 그 무엇에게 판결을 받는 일일지도 모른다는 사실을 알 정도의 감각은 가지고 있습니다."

말론은 고개를 끄덕이면서 인정했다.

"이것은 규모가 어마어마한 일입니다. 점점 가까워질수록 알게 될 거예요. 게다가 그 안에 또 엄청난 주제가 여섯 가지나

될 겁니다. 그리고 모든 것은 아무리 어렵고 힘들더라도 70년 동안 그것을 지켜온 착한 사람들의 손에 달려 있습니다. 이것은 초기 기독교 시작 때와 매우 유사합니다. 기독교도 처음에는 노예나 천대 받는 사람들로 시작해서 점점 위쪽 계층으로 퍼지게 된 것이지요. 그래서 황제의 노예는 황제보다 300년이나 전에 빛을 만나게 된 거지요."

"그렇지만 설교하던 사람은 뭐지요!" 이니드는 반대의 뜻을 내비쳤다.

앳킨슨 씨는 웃었다.

"아틀란티스에서 온 친구 말이군요. 그 친구는 정말로 지겹기 그지없었습니다! 개인적으로도 어떻게 하면 그렇게 지겨운 공연을 할 수 있는지 궁금할 따름입니다. 제 생각에는 스스로를 속이는 것 같아요. 그리고 자신의 내부에서 일시적으로 떠오르는 인격의 한 부분이 그런 방식으로 각색되는 것이지요. 한 가지 확실한 것은 그 치가 진부함을 끌어안고 멀리 여행 온 아틀란티스 인은 아니란 겁니다. 자, 다 왔군요!"

말론이 말을 꺼냈다.

"나는 이 젊은 아가씨를 안전하게 아버지에게 데려다줘야만 하네. 앳킨슨, 가지 말고 같이 들어가세. 교수님이 정말 자네를 보고 싶어하실 거야."

"이 시간에? 교수님이 날 계단 밑으로 던져 버릴 거야."

"그건 사람들이 지어낸 이야기일 뿐이에요. 실제로는 그 정도로 고약하시진 않아요. 어떤 사람들을 보면 아버지께서 화를 내는 건 사실이지만 당신에겐 그러시지 않으리란 확신이 드네요. 한번 시도해 보지 않으시겠어요?"

"그 말을 들으니 용기가 납니다."

그래서 세 사람은 불이 밝게 켜진 외부 복도를 걸어 엘리베이터를 탔다. 화려한 푸른색 가운을 입은 챌린저 교수가 초조하게 그들을 기다리고 있었다. 그는 마치 투견인 불도그가 낯선 개를 쳐다보는 듯한 시선으로 앳킨슨을 노려보았다. 그리고 살펴본 결과 그가 마음에 들었는지 만나서 반갑다고 했다.

"당신의 이름과 요즘 들어 높아지는 명성은 들어보았소. 당신이 작년에 시술한 인대 절제술에 대단한 반향이 있었다고 들었소. 그런데 당신도 광신도들 사이에 있었던 게요?"

"그렇게 부르신다면 그런 셈이죠." 앳킨슨은 웃으며 말했다.

"저런. 그럼 그들을 뭐라 불러야 하오? 내 기억엔 여기 이 어린 친구도 (챌린저 교수는 항상 말론이 마치 열 살짜리 소년인 것처럼 말하는 버릇이 있었다.) 당신이 이 문제에 대해 연구를 하고 있다고 이야기했소만."

그는 공격적인 웃음을 터뜨렸다.

"인류에 대한 제대로 된 연구 주제는 '유령'인 모양이지, 안 그렇소, 앳킨슨 씨?"

"아버진 정말 아무것도 모르시니까 기분 나빠하지 마세요." 이니드가 끼어들었다. "하지만 아빠도 오셨더라면 흥미로워하셨을 거예요."

그리고 이니드는 자신들이 겪은 일에 대해 설명했다. 그녀가 설명하는 동안 교수는 내내 투덜거리거나 비웃었다. 서멀리 교수 건에 대해 이야기를 꺼내자 챌린저의 분노와 경멸이 폭발했다. 늙은 활화산이 머리끝으로 터져 올라 끓어 넘치는 분노가 옆에 있던 사람들에게 쏟아졌다.

"불경스러운 악당들!" 그가 소리쳤다. "불쌍한 늙은 서멀리 교수를 편히 쉬게 내버려두지 않는다는 말인가! 그가 살아 있는 동안 우리는 서로 많이 싸우기도 했지. 나는 그의 지식으로 바라보는 시각을 인정하지 않았거든. 그렇지만 그가 만일 살아 돌아온다면 좀 더 의미 있는 말을 했을 거야. 이건 모두 사기야. 교활하고 추잡한 사기라고. 내가 아는 사람 중 하나가 바보 같은 청중들 앞에서 웃음거리가 된다는 것은 참을 수 없어. 웃지 않았다고? 나와 대등할 정도로 교육을 받은 지식인인 그가 그런 바보 같은 소리를 했을 때 그들은 속으로 웃었을 거야. 반대하지 말게, 말론. 참을 수가 없어! 그가 남겼다는 메시지가 겨우 사춘기 여자 애들이 편지 추신으로나 씀직한 말이었다니. 말도 안 되는 이야기야. 앳킨슨 씨, 당신은 동의하지 않나? 아니라고! 자네가 그거보다는 나은 사람인줄 기대했는데."

"하지만 그 사람에 대해 묘사했던 것은 어떻게 생각하세요?"

"참 내. 자네는 두뇌란 게 있긴 하나? 서멀리나 말론의 이름은 유치하기로 악명 높은 소설에 나와 함께 등장했다는 걸 모르나? 게다가 여기 이 순진한 두 사람이 매주 각 교회를 돌아다니면서 기사를 쓰고 있다는 사실은 이미 알려진 것이 아닌가 말이야? 그러니 언젠가는 심령교 교회에도 올 게 자명한 사실 아니겠는가? 이번처럼 좋은 기회가 어디 있었겠어! 놈들은 미끼를 던졌고 순진한 말론이 다가와서 꿀꺽 삼켜버린 것이야. 여기 말론이 바보 같은 입에 아직도 낚시 바늘을 물고 와 있구먼. 그래 말론. 간단하게 말해 주지."

교수의 검은 갈기는 곤두서 있었고 그의 눈동자는 일행을 하나씩 번갈아 가면서 노려보았다.

"어떤 시각이든지 알고 싶습니다." 앳킨슨이 말했다.

"교수님께선 부정적인 의견을 표현할 자격이 있어 보이는군요. 동시에 저는 데커리가 개인적인 의견을 내보인 말을 다시 한번 알려드리도록 하겠습니다. 그는 자신을 반대하는 사람에게 이렇게 말했습니다. '당신이 그렇게 말하는 것은 당연하오만 만일 내가 본 것을 당신도 봤다면 다른 의견을 가지게 되었을 거요.'라고. 그러나 교수님의 경우, 과학자로서의 높은 위치가 개인적 의견이 매우 큰 비중을 가지게 만들 수 있기 때문에 그 문제에 대해 살펴보실 수 있을지도 모릅니다."

"만일 당신 말처럼 내가 과학자로서의 높은 위치에 있다면 그것은 내가 유용한 것과 버려야 할 것, 그리고 애매한 것과 불합리한 것을 가려내는 데에 집중해 왔기 때문이오. 선생, 나의 두뇌는 주변을 파는 짓 따위는 하지 않소. 바로 중앙으로 파고들지. 이번에도 바로 정곡을 찔러서 사기와 거짓말이 있다는 것을 깨달은 것이오."

"가끔은 그런 일들이 일어나기도 합니다만." 앳킨슨이 반대하고 나섰다. "그렇지만, 그렇지만! 아, 어쩔 수 없군요. 말론, 지금 늦은 시간인데 집에서 너무 멀리 있군. 교수님, 저는 이만 가봐야 할 것 같습니다. 만나 뵙게 되어서 영광입니다."

말론도 역시 그 방에서 나와서 두 사람은 헤어지기 전에 몇 분간 이야기를 나누었다. 곧 앳킨슨은 윔폴 가로, 그리고 말론은 그의 집이 있는 사우스 노우드로 갈 것이었다.

"정말 대단한 노인이야." 말론은 키득거리면서 말했다. "교수님에게 화를 내선 안 되네. 그는 악의는 없거든. 정말 멋있는 사람이야."

"물론 그렇지. 그렇지만 내가 진실로 심령교 신도가 되고 싶은 때는 저런 유의 편협한 사람과 부딪히게 될 때이네. 매우 잦은 일인데 대부분 흥분해서 소리를 치기보다는 조용히 비웃고 마네. 나는 차라리 전자를 좋아하네. 그건 그렇고 말론, 이 문제에 대해서 더 알고 싶다면 내가 도와줄 수 있을지도 모르겠네. 혹, 린든이라고 들어봤나?"

"돈 받는 영매 린든 말인가? 그가 사형 받지 않은 최고의 악당이라고 알고 있네만."

"그래, 사람들이 보통 그에 대해 그렇게 말을 하지. 하지만 직접 만나보게. 작년 겨울에 그의 슬개골이 탈골한 것을 내가 바로잡아 준 후로 친해졌다네. 그 사람과 잘 지낸다는 건 쉬운 일은 아니야. 그리고 물론 그에게 사례를 1기니 정도 주어야 할 거야. 만일 자네가 그 사람과 만나고 싶다면 내가 주선해 보겠네."

"자네가 보기에 그는 진짜란 말인가?"

앳킨슨은 어깨를 으쓱했다.

"사람들이 그에 대해서는 별 저항 없이 받아들이더라고. 내가 말해 줄 수 있는 것은 그가 사기를 치는 것은 아무도 보지 못했다는 것일세. 자네가 한번 직접 알아내 보게나."

"그러지." 말론이 답했다. "이 사건이 아주 재미있어지는걸. 그리고 기사도 되고. 내가 여유가 생기면 자네한테 편지를 쓰도록 하지. 그 때 이 문제에 대해서 더 자세히 알아보도록 하자고."

4장
해머스미스의 기이한 사건

두 사람이 공동으로 작성한 기사는 관심과 논쟁을 불러 일으켰다. 기사는 기독교인의 반발을 예방하는 차원에서 편집자의 경멸조 사설과 같이 실렸다. 사설의 논조는 이랬다.

"이런 것들은 보기에는 진짜인 것처럼 보이지만 우려들은 이것이 얼마나 해로운 짓거리인지 알아볼 수 있다."

말론은 즉시 찬성과 반대를 하는 독자들의 반응을 체감할 수 있었다. 그것은 이 문제에 대해 사람들이 얼마나 심각하게 생각하고 있는지를 증명해 주었다. 종전의 기사들은 모두 기존의 편협한 가톨릭이나 엄격한 복음주의자들을 비롯해서 여기저기에서 불만이 터져 나왔는데 이번 기사에 대한 반응은 말론의 우체통을 꽉 채우고도 남았다. 대부분은 심령의 힘이 존재한다는 생각 자체를 비웃었고 많은 편지는 심령의 힘을 알고는 있을지 모르지만 어떻게 글을 써야 하는지 배우지 못한 사람들이 쓴 편지였다. 심령교도들도 다른 사람들과 마찬가지로 기사에 대해 불만이 많았는데 그것은 말론이 쓴 글은 진실이었을지 몰라도 우스꽝스러운 면을 강조했기 때문이었다.

그 다음 주 어느 날 아침에 말론은 덩치가 커다란 사람이 자신의 작은 사무실에 온 것을 보았다. 급사 소년이 덩치 큰 방문객들에 앞서서 와서 책상 한 귀퉁이에 명함을 올려놓고 갔다. 명함에는 '제임스 볼소버. 식료품점 주인. 해머스미스 하이 가(街)'라고 적혀 있었다. 바로 지난 일요일 집회에서 만났던 친절한 회장이었다. 그는 말론을 향해 다그치듯이 종이를 흔들었는데 얼굴은 여전히 웃고 있었다.

"자, 자. 우스꽝스럽게 바라보게 될 거라고 말씀드렸잖아요."

"공정한 글이라고 생각하지 않으시나요?"

"뭐, 그렇긴 합니다, 말론 씨. 제가 보기에 당신과 젊은 숙녀 분께서는 최선을 다하신 것 같네요. 그렇지만 물론 두 분은 아시는 게 없으니 모든 게 이상하게만 보였겠죠. 지금 생각해 보니까 돌아가신 모든 석학들이 우리에게 말을 전할 방법을 찾아내지 않았을까요?"

"그렇지만 우리에게 전해지는 말은 너무 바보 같은 말뿐입니다."

"네, 세상을 떠나는 사람들 중 많은 사람들이 바보 같기 때문입니다. 그들은 변하지 않죠. 그리고 아시듯이 상대방이 어떤 메시지를 듣고 싶어하는지는 알지 못하죠. 어제 한 성직자가 뎁스 부인을 만났습니다. 그분은 따님을 잃어서 매우 큰 슬픔에 잠겨 있었죠. 뎁스 부인이 따님이 잘 있고 그분의 슬픔이 딸을 괴롭힌다는 사실을 전달해 주었습니다. 그분은 이렇게 말했죠. '소용없어요. 누구라도 그렇게 말할 수 있어요. 그건 제 딸 아이가 한 말이 아니에요!' 그러자 그녀가 갑자기 이렇게 말했지요. '아빠는 색깔 있는 셔츠를 입을 때 로마식 깃을 달지 않으시잖아요.' 아주 간단한 메시지입니다만 그분은 울기 시작했습니다. '그 애군요. 항상 내 옷깃에 대해서 잔소리를 하곤 했죠.'라면서 훌쩍거리셨습니다. 이승의 삶에서 중요한 것은 아주 작은 것들이지요. 아주 개인적이고 하잘 것 없는 것들입니다, 말론 씨."

말론은 고개를 저었다.

"누구라도 색깔 있는 셔츠와 목사의 옷깃에 대해 말할 수 있잖습니까."

볼소버 씨가 웃음을 터뜨렸다.

"당신은 어려운 상대로군요. 저도 예전엔 그랬으니 당신을 이해할 수 있습니다. 그렇지만 오늘은 목적이 있어서 방문한 겁니다. 당신도 매우 바쁜 사람이고 저도 마찬가지이니 바로 안건에 대해 말씀을 드리죠. 우선 생각이 있는 우리의 동지들은 그 기사에 매우 만족하고 있다는 말을 전하고 싶어요. 알저논 메일리 씨가 제게 편지를 보냈는데 그 기사는 우리에겐 좋은 글이라 만족스럽다고 했습니다. 그렇다면 우리들도 대만족이지요."

"변호사 메일리 씨 말입니까?"

"종교 개혁가 메일리 씨입니다. 그분은 그렇게 불립니다."

"그 외에 전하고 싶으신 말씀은요?"

"당신과 젊은 숙녀 분께서 더 알고 싶어하신다면 우리가 도울 거라는 사실도 전해 드리고 싶습니다. 그렇지만 기사를 만들기 위해서는 아닙니다. 단지 두 분을 위해서이지요. 그렇다 하더라도 기사를 쓰신다고 꺼리지는 않겠습니다만. 저의 집에서 전문적인 영매 없이 강신술 집회가 있습니다. 혹 생각 있으시면……."

"더할 나위 없이 있죠."

"그러면 오시면 됩니다. 두 분 다요. 저는 좀처럼 외부인들을 끌어들이지 않습니다. 그리고 심령교에 대해 연구하는 사람들도 들이지 않습니다. 제 방식이 그들의 의심을 사고 함정에 걸려들게 할 필요가 뭐 있겠습니까? 그들은 사람들이 감정이 없다고 생각하는 것 같습니다. 그렇지만 당신은 상식이 있는 분이라 생각됩니다. 저희가 바라는 것은 그것뿐입니다."

"하지만 전 믿는 것은 아닙니다. 그것이 방해가 되진 않을까요?"

"절대로 그렇지 않습니다. 당신이 공정한 생각을 가지고 있다면 전혀 방해 되지 않습니다. 몸 밖으로 나온 영혼들은 자신들을 싫어하는 사람들을 꺼릴 뿐입니다. 보통 사람들과 마찬가지입니다. 다른 사람들에게 하는 것과 마찬가지로 신사적으로 행동하시면 됩니다."

"그건 약속드릴 수 있습니다."

"그들은 어떤 때에는 매우 웃기기도 합니다."

볼소버 씨는 뭔가를 떠올리듯이 말했다.

"그들이 싫어하는 행동을 해서는 안 됩니다. 그들이 인간을 다치게 해서는 안 됩니다만 우리도 해서는 안 되는 것들을 가끔 하지 않습니까. 그리고 그들은 우리처럼 아주 인간적입니다. 예전에 데이븐포트 형제의 집회에서 《더 타임스》 기자가 머리를 탬버린으로 맞아서 다친 적이 있다는 이야기를 들어보셨을 겁니다. 물론 아주 잘못된 일이지만 가끔씩 그런 일이 일어나기도 합니다. 또 스텝니에서도 그런 경우가 있었지요. 고리대금업자 하나가 집회에 갔답니다. 그 사람 때문에 자살한 피해자가 영매에게 들어온 겁니다. 영매는 그 사람의 멱살을 잡고 그를 죽이려고 했습니다. 그렇지만 저의 집에서는 그런 일이 없었습니다. 우리는 4년 동안 한번도 쉬지 않고 매주 집회를 했지요. 목요일 8시입니다. 그날 제게 미리 알려주시면 메일리 씨와 만나실 수 있도록 해 드리겠습니다. 그분이 저보다 더 많은 질문에 답을 주실 겁니다. 다음주 목요일입니다! 그럼 이만."

그리고 볼소버 씨는 방을 나갔다.

이번의 짧은 경험을 통해 말론과 이니드 챌린저는 모두 자신들이 생각하는 것보다 훨씬 더 강한 충격을 받았다. 그러나 두 사람은 모두 이성적으로 생각하는 사람들이었기 때문에 현실적으로 가능한 일에 대한 정의를 확대하기 전에 모든 가능성에 대해 따져봐야 한다는 데 의견을 일치했다. 그것도 아주 철저하게. 두 사람은 모두 챌린저 교수의 학식에 대해 존경심을 가지고 있었고 교수의 의견에 많은 영향을 받았다. 그러나 말론은 실제로 그곳에 가 본 평범한 사람의 생각보다 경험이 없는 똑똑한 사람의 의견이 더 가치가 있다고 생각하지는 않았다.

그는 심령학 잡지인 《여명》의 편집자로 있는 머빈과 이런 논쟁을 나눈 바 있었다. 그의 잡지는 장미십자회에서 위대한 피라미드의 제자들에 이르기까지, 그리고 앵글로 색슨의 금발은 유태인으로부터 비롯된 것이라는 주장 등의 모든 종류의 오컬트를 다루었다. 머빈은 키가 작고 뭐든 매우 열심히 하는 사내로 머리가 상당히 좋아서 자기 분야에서 돈을 많이 벌 수 있는 경지에 이를 수 있는데도 자신의 눈에 보이는 진실을 사람들에게 알리기 위해 세속적인 욕심을 포기한 사람이었다. 말론은 지식을 얻기 위해 혈안이 되어 있었고 머빈 또한 같이하고 싶어했기 때문에 점심시간에 일단 문학인 클럽의 창가 자리에 앉으면 영업 시간이 끝나도 자리를 떠나지 않고 웨이터들을 곤란하게 하곤 했다. 두 사람은 구불구불한 회색의 엠뱅크먼트(템스 강의 북쪽 강둑길)와 우아한 템스 강, 그리고 강을 가로지르는 다리들을 바라보면서 커피를 마시고 담배를 피우면서 가장 흥미롭고 거대한 주제의 다양한 면에 대해서 이야기를 나누고 있었다. 말론에게는 이미 벌써 새로운 지평선이 열린 것만 같은 기분이었다.

머빈이 주의를 한 가지 주었는데 말론은 그의 말에 참을 수 없이 화가 치밀어 오르는 것을 느꼈다. 말론에게는 강압을 거스르는 아일랜드 인의 기질이 있어서 그 기질이 다시 바람직하지 못하게 표출되는 것 같았다.

머빈이 말했다.

"자네 볼소버의 가족 집회에 간다고 했지. 물론 그들은 우리들 사이에서는 꽤나 유명한 사람들이야. 물론 모든 사람들이 인정하는 것은 아니지만. 자네는 특권을 받은 거라고 볼 수 있네. 아무래도 그 사람이 자네를 매우 좋아하게 된 것 같군."

"그는 내가 공정한 기사를 썼다고 생각한다더라고."

"뭐, 대단한 기사는 아니었지만 우리를 공격하는 말도 안 되는 우둔한 주장과 비교한다면 그래도 품위와 균형을 조금이나

마 갖추고 있기는 했지."

말론은 반대하듯 담배를 흔들었다.

"물론 볼소버의 집회나 그와 유사한 모임들은 진짜 심령교도들에게는 별 의미가 없는 거야. 그것은 건물이 회오리바람에 견딜 수 있도록 다져 주는 기초 공사 같은 거야. 그렇지만 일단 그 건물에 살게 되면 그 따위 것들은 잊어버리게 된다고. 우리가 신경을 써야 하는 부분은 상부 구조물이란 말이야. 자네는 물리적 현상이 전부라고 생각하겠지. 귀신과 귀신이 출몰하는 흉가 같은 것 말이야. 만일 자네가 선정적인 것을 바라는 사람들에게 흥밋거리를 제공하는 싸구려 신문들의 말을 믿고 있다면 말이지. 물론 이런 물리적 현상들도 다 쓰임새가 있게 마련이네. 그런 건 처음 흥미를 가지는 사람들의 주의를 끄는 역할을 해서 그들로 하여금 더 앞으로 나아가도록 만드는 것이네. 나는 말이야, 이미 그런 걸 다 봤기 때문에 그런 걸 보기 위해서 달려들진 않아. 그렇지만 그 이후의 고차원적인 메시지를 받으려면 한참을 가야 하지."

"그래. 자네의 입장에서 보는 의견을 들려줘서 고맙네. 개인적으로 나는 그 메시지와 현상 모두에 대해서 불가지론적 입장이야."

"물론 그렇겠지. 사도 바울은 대단한 심령술사였어. 그는 너무나 명확하게 요점을 지적했기 때문에 이후에 그의 말을 옮긴 무식한 번역가들도 진정한 오컬트적 의미를 숨기진 못했다네."

"인용해 보겠나?"

"나는 신약에 대해 꽤 잘 알지만 완벽하게 외우지는 못해. 그건 바울이 말재주란 감각적인 것이어서 무지한 자들을 위한 것

이지만 진정한 영혼의 메시지인 예언은 특권층을 위한 것이라
는 언급이 있는 부분이었어. 다시 말하자면 경험이 많은 심령
교도에게는 특이 현상 같은 것이 필요없다는 뜻이지."

"내가 그 부분[1]을 찾아보도록 하지."

"그건 고린도전서에 있었던 것 같아. 그건 그렇고 사도 바울
의 글을 읽고 모두들 이해했다면 그 회합에 모여 있던 사람들
의 평균 지적 수준이 매우 높았던 모양이야."

"그건 일반적으로 인정 받는 부분 아닌가?"

"그렇지. 그런데 그건 한 예에 불과해. 지금 내가 주제에 벗
어난 말을 하고 있군. 내가 하고 싶었던 말은 볼소버의 작은 심
령 서커스를 너무 심각하게 받아들이지 말란 말이었어. 그건
물론 아주 정직한 모임이긴 하겠지만 그다지 깊게 들어가는 건
아니거든. 이런 현상을 쫓는 건 일종의 병이야. 우리 사람들 중
에도 그런 강신 모임 장소 주위만 계속 맴돌면서 같은 것을 보
고 또 보고 하는 사람들이 있어. 대부분은 여자더군. 그들이 목
격하는 것은 진짜일 때도 있고 가짜일 때도 있네. 그들이 영혼
으로서, 시민으로서, 아니 어떤 면으로든 더 나아질 것이 없단
말이야. 만일 사다리의 맨 밑 칸에 발을 딛고 있다면 시간을 확
인하기보다는 위로 올라가서 다음 칸을 디뎌야지."

"무슨 말인지 알겠네만 나는 아직도 맨땅바닥 수준이란 말이
야."

"맨땅이라고!" 머빈이 소리쳤다. "이런! 자네와 이야기를 더
나누고 싶네만 오늘 우리 잡지가 인쇄소로 가기 때문에 가야
하네. 우리는 출판 부수가 만 부 정도밖에 안 되기 때문에 단촐
하게 운영하지. 자네가 일하는 부유한 일간지와는 다르다네.

나 혼자서 일을 거의 다 한다고 볼 수 있어."

"나한테 경고할 게 있다더니."

"그래, 그래. 자네한테 경고할 것이 있었지."

머빈의 마른 얼굴이 매우 심각해졌다.

"만일 자네가 믿는 종교가 있거나 다른 선입견을 가지고 있어서 이 문제를 조사하는 것에 방해가 될 가능성이 있다면 절대로 조사를 시작하지 말게. 위험해질 수가 있어."

"위험하다니 무슨 뜻인가?"

"그들은 진심어린 의심이나 비판에는 개의치 않지만, 속이거나 한다면 위험해질 수 있거든."

"그들이라니?"

"아, 그들이 누구냐고? 나도 궁금해. 안내자, 지배자, 그리고 심령적 존재 말일세. 복수를 원하는…… 아니 정의를 원하는 존재들이라고 해야겠군. 그런 건 중요하지 않아. 문제는 그들이 존재한다는 것이야."

"웃기지 마, 머빈!"

"자네 생각을 맹신하지 말게나."

"악성 헛소리로군! 중세 신학적 악령들이 재현한 겐가. 자네처럼 이성적인 사람이 그런 말을 하다니 놀랍네."

머빈은 미소를 지었다. 기묘한 미소였다. 그러나 그의 굵고 노란 눈썹 아래 빛나는 두 눈은 매우 진지했다.

"자네 생각이 바뀔걸세. 이 문제에는 아주 기이한 면이 있어. 친구로서 자네가 현명하게 대처하길 바라네."

"그럼 좀 도와주지 그러나."

그러자 머빈은 그 문제에 대해 이야기를 꺼냈다. 그는 갑자기 정당하지 못한 방법으로 그 힘을 대했던 사람들의 운명이 어찌 되었는지 이야기해 주었다. 그는 편견을 가지고 판결을 내린 판사가 어떻게 되었는지, 그리고 감각적인 이유로 위험한 건을 취재한 기자와 이 운동에 대해 평판을 나쁘게 이야기한 기자가 어떻게 되었는지 말해 주었다. 그리고 영매를 인터뷰하고 그들에게 장난을 쳤던 경우나 조사를 시작했다가 놀라서 그만둔 사람들, 그리고 영혼은 사실을 받아들였는데도 불구하고 부정적인 결정을 내린 사람들의 이야기를 했다. 엄청나게 많은 사람들이 그런 일을 당했고 머빈이 길고 자세하게 설명해 주었지만 말론은 위축되지 않았다.

"어떤 문제이든 작정하고 찾아본다면 그런 목록은 누구라도 만들 수 있을 거야. 존스라는 사람이 라파엘은 도둑이라고 말하고 협심증으로 죽었다고 하자. 그럼 라파엘을 비난하는 것이 위험한 일일까? 자네의 주장은 그렇게 들린다네."

"뭐, 자네가 그렇게 생각한다면 할말 없네."

"다른 면을 살펴보자고. 모게이트를 보라고. 그는 항상 반대자였지. 물질주의자이니까. 그렇지만 계속 번창하지 않느냔 말야. 아직도 교수잖아."

"그는 정직한 의심을 가진 사람이지."

"그럼 모건은? 그는 한때 영매에 대해 폭로했잖아."

"만일 그 영매들이 가짜였다면 그는 좋은 일을 한 거지."

"그리고 너희들에 대해 나쁘게 썼던 팔코너는?"

"아, 팔코너! 자네는 팔코너의 사생활에 대해 아나? 아니겠지. 내 말을 믿게. 그는 대가를 치렀네. 본인은 영문을 모르겠지. 언젠가는 이 신사들도 기록들을 대조해 보게 될 테니 그때가 되면 좀 알게 될까?"

그는 심령교가 참되다는 사실을 알면서도 세속적인 욕심 때문에 부분부분 뜯어내서 비판하기 위해 노력을 들였던 한 사내가 어떻게 되었는지에 대한 끔찍한 이야기를 해 주었다. 그 끝은 오싹했다. 말론에게는 더욱 오싹하게 느껴졌다.

"오, 그만두게, 머빈!" 말론이 참을 수 없다는 듯이 소리쳤다. "내 의견을 말해 주지. 더도 덜도 말고. 난 자네가 말한 무서운 이야기나 귀신들 때문에 내 의견을 바꾸지는 않을 거야."

"그러라고 한 적은 없어."

"그렇지만 그 비슷한 이야기를 했지. 자네가 한 이야기는 다 미신 같아. 만일 자네 말이 사실이라면 경찰에 알려야 하지 않겠나?"

"그래, 그래서 경찰에 알렸지. 그렇지만 이제 우리가 어떻게 할 단계는 아니야. 그 진실을 알기 때문에 자네한테 경고하는 것일세. 그렇지만 이젠 자네가 가야 할 길을 가게나. 잘 가게! 언제든 우리 사무실로 전화하면 나와 통화할 수 있을 거야."

만일 어떤 사람이 아일랜드 계인지 알아보려면 절대 실패하지 않는 테스트가 있다. '미시오' 나 '당기시오' 가 적혀 있는 문 앞에 가면 알 수 있다. 영국인들은 지성인답게 그 말에 따를 것이다. 반면 아일랜드 인들은 더 개인적이기 때문에 화를 내면서 그 반대로 행동할 것이다. 말론 또한 마찬가지였다. 머빈은 좋은 의도로 경고했지만 말론의 속에 잠들어 있던 반항아적 기질을 일깨웠다. 그래서 그가 이니드에게 볼소버의 집회로 가자고 연락했을 때 이 문제에 대한 공감대 따위는 잊은 지 오래였다. 챌린저는 두 사람을 조롱하면서 잘 다녀오라고 인사했다.

그는 일부러 경박스럽게 보이려고 하는 듯이 턱수염을 내밀고
눈썹을 올리고 눈을 감은 채 말했다.

"이니드, 화장품 가방을 가져가렴. 만일 오늘 저녁에 괜찮은
심령체 견본을 보거든 이 아빠를 잊지 말아다오. 나는 현미경
과 화학 시약 등, 모든 걸 준비해 두마. 어쩌면 작은 폴터가이
스트[2]를 만나게 될지도 모르겠구나. 어떤 것이라도 가져온다면
대환영이란다."

교수의 황소 같은 웃음소리가 엘리베이터까지 그들을 쫓아
왔다.

볼소버 씨의 '식료품점'은 해머스미스의 가장 번잡한 곳에
있는 낡은 식료잡화상을 미화한 표현이었다. 택시가 도착했을
땐 옆에 있는 교회에서 3시 45분을 알리는 종소리가 울려 나왔
고 가게엔 사람들이 가득했다. 그래서 이니드와 말론은 밖에서
서성거렸다. 그들이 서성거리고 있는 동안 또 다른 택시가 멈
추었다. 거기에서 해리스 트위드 양복을 입고 지저분해 보이며
턱수염 난 덩치 큰 사내가 내렸다. 그는 시계를 흘끔 보고 인도
로 걸어갔다. 그는 곧 두 사람을 발견하고 다가왔다.

"혹시 오늘 집회에 참가하는 기자 분이십니까? 그런 것 같았
습니다. 볼소버 씨가 너무 바쁘니 조금 기다리는 게 좋겠습니
다. 볼소버 씨는 나름대로 신의 사업을 많이 하고 있지요."

"혹시 알저논 메일리 씨입니까?"

"그렇습니다. 제가 바로 동료들 사이에서 믿을 수 없다는 평
가를 듣고 있는 사람이지요."

그의 웃음소리는 옆에 있는 사람들까지도 웃게 만들었다. 다
부진 외모는 약간 나이 들어가고 있었지만 아직도 눈에 띄었

고, 활기찬 목소리와 친숙하고 강해 보이는 얼굴이 상당한 안
정감을 주는 존재였다.

"저편의 존재들은 우리들을 흔적으로 표시해 두고 구별하지
요. 당신들의 흔적이 무엇일지 궁금하군요." 그가 말했다.

이니드가 대답했다. "저희는 아직 신도들이 아닙니다. 그렇
게 너무 확대하지 않으셨으면 합니다. 메일리 씨."

"그렇지요. 천천히 생각하시도록 하세요. 이것은 세상에서
가장 중요한 일이라 할 수 있으니 시간이 걸릴 겁니다. 제게도
오랜 세월이 필요했습니다. 이것을 무시하는 것은 비난 받을
일이지만 조심스럽게 살피는 것은 당연한 일입니다. 이제 저는
그 단계를 벗어났습니다. 저는 그것이 진실임을 알기 때문이
죠. 믿는 것과 아는 것에는 커다란 차이가 있습니다. 저는 강연
을 많이 하고 다닙니다. 그러나 저의 목적은 청중들을 개종시
키는 것이 아닙니다. 사람들이 그렇게 갑자기 바뀌리라 믿지
않습니다. 제가 바라는 것은 사람들에게 명확하게 사실들을 알
려주는 것뿐입니다. 저는 그들에게 진실을 알려주고 그것이 진
실인 것을 어떻게 알 수 있는지 알려줍니다. 그러면 제가 할 일
은 다 한 것입니다. 그들이 선택하는 것이죠. 만일 그들이 현명
하다면 제가 제시한 길을 따를 것입니다. 만일 그렇지 않다면
그들은 기회를 놓치는 셈이죠. 저는 청중들에게 강요해서 개종
하도록 할 생각은 없습니다. 그건 그들의 문제이지 저의 문제
는 아니니까요."

"그건 매우 이성적인 시각이군요."

이니드는 새로 알게 된 말벗의 솔직함에 끌리는 듯이 말했
다. 그들은 이제 볼소버의 가게 창문으로 쏟아지는 불빛 아래

에 서 있었다. 이니드는 그를 자세히 뜯어보았다. 넓은 이마와 호기심이 가득한 회색 눈은 사려가 깊으면서도 열정이 있어 보였고, 노란 수염은 공격적으로 보이는 볼을 뒤덮고 있었다. 그는 신뢰성이 인격화된 것 같았다. 그녀가 상상하고 있었던 광신도와는 정반대의 인물이었다. 그의 이름은 최근 들어 신문에 자주 등장했고 그는 오랜 전쟁의 지도자로 그려졌다. 그리고 그녀의 아버지는 항상 그 글을 보면 비웃곤 했다.

그녀가 말론에게 말했다.

"메일리 씨가 아버지랑 한 방에 갇혀 있으면 어떻게 될지 아주 궁금하군요."

말론은 웃음을 터뜨렸다. "내가 어릴 적에 말야, 아이들은 모든 것을 뚫을 수 있는 창이 모든 것을 막을 수 있는 방패에 부딪히면 어떻게 될까 매우 궁금해했지."

메일리가 관심을 보이면서 말했다. "아, 당신이 챌린저 교수의 따님이시군요. 그분은 과학계에서는 매우 위대한 분이십니다. 사람들이 스스로의 한계를 깨달을 수 있다면 얼마나 위대한 세상이 될까요?"

"무슨 말씀이시죠?"

"물질주의적 기반에는 과학적인 세계가 존재하고 있어요. 우리가 편안한 삶을 살 수 있도록 도와주고 있죠. 만일 그 편안함이 우리에게 이롭다고 할 수 있다면 말입니다. 그렇지 않다면 그것은 우리에겐 저주와 같은 것이라 할 수 있죠. 왜냐하면 그 때문에 우리는 진보하고 있는 것처럼 생각하게 되었으니까 말입니다. 실제로는 천천히 뒤로 미끄러지고 있는데 말이죠."

"메일리 씨, 그 부분에 저는 동의할 수 없습니다."

메일리의 독단적인 주장을 들으면서 점점 참을성이 사라져
가던 말론이 끼어들었다.

"무선 통신에 대해서 생각해 보십시오. 해상에서 위급할 때
사용하는 무선 통신 말입니다. 그런 것은 인류에게 득이 된 것
이 아닐까요?"

"오, 물론 정말 괜찮은 것들도 있습니다. 저는 전기 등불이
정말 가치 있는 발명이라고 생각해요. 그것도 물론 과학의 산
물이죠. 제가 말씀 드린 것처럼 그런 것들은 우리에게 편리함
과 안전함을 제공하기도 합니다."

"그렇다면 왜 그렇게 경멸하는 것이죠?"

"왜냐하면 아주 중요한 것들을 불투명하게 만들기 때문이죠.
바로 삶의 목적 말입니다. 자동차를 타고 시속 50마일로 달리
고, 비행기를 타고 대서양을 건넌다거나 무선이든 유선이든 통
신을 통해 메시지를 보내는 것은 우리가 이 행성에 태어난 이
유가 아니란 말입니다. 이것들은 단순히 삶의 일부분을 꾸미는
것들이죠. 그러나 과학에 빠져든 인간들은 이런 주변을 차지하
는 것들에 너무나 집중한 나머지 가장 중요한 목적을 잊어버리
게 만듭니다."

"전 그렇게 생각하지 않는데요."

"우리가 얼마나 빨리 움직이는가가 중요한 게 아니고 여행의
목적이 중요한 것이죠. 우리가 어떻게 메시지를 보내는가가 중
요한 것이 아니고 메시지의 가치가 어떤 것인가 하는 게 중요
한 것입니다. 모든 단계에서 소위 진보라 부르는 것은 저주일
지도 모릅니다만 우리가 그런 이름을 사용하고 있기 때문에 진
정한 의미의 진보와 혼동되는 것입니다. 그래서 우리가 신이

우리를 세상에 내려보낸 원래의 목적을 달성하고 있다고 생각
하죠."

"원래의 목적이 뭐죠?"

"삶의 다음 단계를 준비하는 겁니다. 준비에는 지적인 준비
와 영적인 준비가 있는데 우리는 그 두 가지를 모두 무시하고
있어요. 나이가 들어가면서 덜 개인적이고 폭 넓게 사고하며
더 온화하며 참을성 있는 사람이 되는 것이 우리의 목적입니
다. 이곳을 영혼의 공장이라 한다면 지금 매우 불량한 제품을
만들어내고 있는 것입니다. 그렇지만!"

그는 옆 사람도 기분을 좋게 만드는 웃음을 터뜨렸다.

"하하, 제가 길거리에서 강연을 하고 있군요! 제 버릇입니
다. 제 아들 말로는 제 외투의 세 번째 단추를 누르면 제가 자
동으로 강연을 한다고 하더군요. 저기 착한 볼소버 씨께서 여
러분을 구원하러 오십니다."

식료품 주인인 볼소버는 창문 밖에 그들이 서 있는 것을 보
고 하얀 앞치마를 벗으면서 밖으로 나왔다.

"모두들 안녕하신가요! 추운 데 밖에 기다리시게 하다니. 안
으로 들어오시죠. 이제 시간도 다 되었습니다. 다들 기다리시
게 할 수 없죠. 제 신조는 모든 사람들에게 시간을 지키는 것이
랍니다. 저희 가게 아이들이 문을 닫을 겁니다. 이리로 오십시
오. 설탕 통을 조심하십시오."

그들은 말린 과일 상자와 치즈 더미 사이를 지난 후 뚱뚱한
가게 주인이 간신히 지나갈 만한, 거대한 통 두 개 사이로 지나
갔다. 그 뒤에 좁은 문을 통해 가게 안쪽의 주거 공간으로 들어
갔다. 볼소버가 좁다란 계단을 내려가서 문을 열자 상당히 큰

방이 나왔는데 이미 여러 사람들이 커다란 원탁에 둘러앉아 있었다. 방 안에는 역시 덩치가 크고 활발한 볼소버 부인도 있었다. 딸 셋도 모두 부모와 같이 명랑한 편이었다. 그리고 친척쯤 되어 보이는 나이 든 여인이 한 사람 있었고 이웃에 사는 심령 교인인 별 특징 없는 여인네 두 사람이 있었다. 유일한 남자는 유쾌한 얼굴을 하고 눈동자가 재빠르고 머리카락이 회색인 사내로 구석에 있는 오르간 앞에 앉아 있었다.

"우리에게 음악을 연주해 주실 스마일리 씨입니다." 볼소버가 소개했다. "스마일리 씨가 없었다면 우린 어떻게 했을지 모르겠네요. 저번에 보셔서 아시겠지만 이 일에는 파동이 매우 중요하거든요. 메일리 씨가 왜 그런지 알려주실 수 있을 겁니다. 숙녀 분들, 우리의 절친한 친구인 메일리 씨를 잘 아시죠. 그리고 여기 두 분은 '구도자'입니다. 챌린저 양과 말론 씨입니다."

볼소버 가족들은 친절하게 미소를 지었지만 정체를 알 수 없는 나이 든 여인은 일어서서 날카로운 얼굴로 두 사람을 훑어보았다."

"당신들 두 이방인을 환영합니다." 그녀가 말했다. "그렇지만 당신들도 경외하는 모습을 보이도록 하세요. 우리는 빛나는 이들을 존중하기 때문에 그들에게 모욕을 주는 행동을 참을 수 없습니다."

"우리는 매우 진실하며 공정하다는 것을 확인시켜 드리겠습니다." 말론이 말했다.

"우리도 다양한 경험을 통해 많은 것을 배웠어요. 그리고 아직도 메도즈의 일을 잊지 못하지 않습니까, 볼소버 씨?"

"그렇습니다, 셸던 부인. 그러나 그런 일은 다시 일어나지 않을 겁니다. 우리 모두 그 일에 대해서는 유감스러워하고 있습니다."

볼소버는 방문객들을 보면서 말을 이었다.

"그 사람은 우리의 손님으로 왔답니다. 그리고 불을 끄자 그는 다른 사람들을 손가락으로 꾹꾹 찔러서 마치 영혼의 손이 하는 것인 줄 알게 했죠. 그러고는 글을 써서 언론에 그 사건을 공개했죠. 그 상황에서 사기를 친 것은 사실 그 사람 혼자뿐이었는데 말이죠."

말론은 충격을 받았다. "저희들은 그런 일을 꾸밀 만한 재주도 없습니다."

나이 든 숙녀는 자리에 앉았지만 아직도 그들에게서 의심의 눈초리를 거두지 않았다. 볼소버는 부산을 떨면서 준비했다.

"메일리 씨는 여기 앉으시죠. 말론 씨, 저의 아내와 딸아이 사이에 앉으시겠습니까? 그리고 젊은 아가씨는 어디 앉고 싶으신가요?"

이니드는 약간 불안해졌다. "저는 말론 씨 옆에 앉고 싶은데요."

볼소버는 키득거리면서 부인에게 윙크를 했다.

"과연 그렇군요. 그게 가장 좋겠어요."

모두들 자리에 앉았다. 볼소버 씨가 전등을 껐지만 아직 탁자 한가운데에서 초가 타고 있었다. 말론은 이 광경을 렘브란트가 봤다면 얼마나 기뻐했을까 생각했다. 짙은 그림자가 드리워졌지만 사람들의 얼굴 위에는 노란 빛이 일렁였다. 강인하고 편안하며 육중한 몸매의 볼소버와 그의 가족이 이루는 견고한 울타리, 그리고 날카롭고 엄한 셸던 부인, 진실한 눈동자와 노란 턱수염의 메일리, 피곤한 얼굴의 두 심령교인 여인들, 그리고 마지막으로 자신의 옆에 앉아 있는 여인의 아름다운 옆 모습이 보였다. 온 세상이 갑자기 한 가지 목적에 대해 집중하고 있는 이 조그만 모임으로 줄어든 것만 같았다.

탁자 위에는 이상한 물건들이 흩어져 있었는데 상당히 오랫동안 사용한 듯한 것들이었다. 찌그러진 트럼펫, 그리고 색 바랜 탬버린, 음악 상자와 여러 개의 조그만 물건들이었다.

"그들이 원하는 게 뭔지 우리는 알 수 없어요."

볼소버가 손을 흔들면서 말했다.

"만일 '쪼만한 이'가 원하는 게 있고 그게 여기에 없다면 우리에게 알려줄 겁니다. 물론, 뭔가 아주 놀라운 것이죠!"

볼소버 부인도 한마디 했다.

"그녀는 속도 쪼만하답니다."

"왜 아니겠어." 엄격한 부인이 말했다. "내 생각엔 그애는 연구자들이나 뭐 그런 사람들에게 화를 잘 낼 것 같아. 가끔은 개가 오지 않을까 걱정이 되기도 해."

볼소버가 말했다. "쪼만한 이는 우리의 안내인인 작은 소녀랍니다. 곧 그 애가 온 소리를 들으실 수 있을 겁니다."

"꼭 왔으면 좋겠네요." 이니드가 말했다.

"그 아이는 아직 우리 기대를 저버린 적이 없어요. 그 메도즈란 자가 트럼펫을 몰래 원 밖으로 치웠던 때를 제외하고 말이지요."

말론이 질문을 던졌다. "누가 영매가 되는 것인가요?"

"그건 우리들도 잘 모릅니다. 우리 모두가 도움이 되는 거라고 생각해요. 저도 다른 사람들과 함께 도움을 주는 거죠. 그리고 엄마가 많은 도움이 되세요."

볼소버 부인이 말했다. "우리 가족은 협동해서 가게를 꾸리니까 말이죠."

다들 웃음을 터뜨렸다.

"적어도 영매가 한 명은 필요한 줄 알았습니다."

"보통 그렇게 하지만 꼭 그래야만 하는 건 아니랍니다."

메일리가 굵고 권위 있는 목소리로 말했다.

"크로포드가 갤러거 가족 집회에서 명확히 증명해 보였죠. 원 안에 앉아 있는 모든 사람들은 몸무게가 반 파운드에서 2파운드까지 줄어들었고, 영매인 캐슬린 양은 10에서 12파운드 정도 몸무게가 줄었어요. 여기는 오래된 모임이기 때문에……. 얼마나 되었죠, 볼소버 씨?"

"4년 되었습니다. 한번도 쉬지 않고요."

"그렇게 오랫동안 계속해 오면서 참가하는 사람들이 어느 정도는 개발이 되어서 각각 평균보다 높은 출력을 내는 거죠. 한 사람이 많은 출력을 내지 않아도 말입니다."

"무슨 출력을 말하는 겁니까?"

"동물 자력이라고도 하고, 엑토플라즘이라고도 하지만 사실은 힘입니다. 아마도 그게 제일 어울리는 단어일 것 같습니다. 예수께서도 그 단어를 사용하셨습니다. '내게서 많은 힘이 빠져나갔다.'라고 하셨죠. 그리스 어로는 '두나미스'[3]라고 하지만 번역하는 사람들이 오역[4]했죠. 만일 그리스 어를 잘하면서 오컬트의 제자인 학자가 신약을 다시 번역한다면 진실에 대해 더 많이 알게 될 겁니다. 엘리스 파웰이 그런 방면에서 일을 좀 했죠. 그의 죽음은 인류에게 손해였습니다."

"아, 정말입니다." 볼소버가 경건한 목소리로 말했다. "그러나 지금 일을 시작하기 전에 말입니다. 말론 씨에게 한두 가지를 눈 여겨 보라고 말씀을 드리고 싶습니다. 트럼펫과 탬버린 위에 있는 하얀 점들이 보이십니까? 이것들은 우리가 이것들이 어디 있는지 알게 해 줄 발광 페인트입니다. 그리고 이 탁자는 영국 산 떡갈나무로 만들어진 우리 식탁입니다. 살펴보셔도 좋습니다. 그런데 곧 탁자가 원인이 아닌 현상을 탁자 위에서 보시게 될 겁니다. 자, 스마일리 씨, 이제 불을 끄면, 「시대의 반석」 연주를 부탁 드리겠습니다."

어둠 속에서 풍금이 울렸고 사람들은 노래를 시작했다. 다들 매우 구성지게 노래를 불렀다. 여자 아이의 신선한 목소리에 귀를 날카롭게 세우고 있었기 때문이었을 것이다. 낮게 진동하는 엄숙한 리듬은 점차적으로 변해서 청각만 살아 있는 듯한 느낌이 들었다. 그들은 지시 받은 대로 탁자 위에 가볍게 손을 올려놓았고 다리는 경고 받은 대로 꼬지 않았다. 이니드의 손을 잡은 말론은 손의 떨림으로 이니드가 매우 흥분해 있는 상태라는 것을 알 수 있었다. 볼소버의 수수하고 명쾌한 목소리가 긴장을 풀어주었다.

"그 정도면 됐습니다. 오늘은 조건이 아주 좋습니다. 게다가 날씨도 약간 차갑습니다. 자, 저와 함께 기도를 하십시다."

그것은 사그라지는 불꽃의 마지막 붉은 빛을 제외하고는 아무것도 없는 칠흑 같은 어둠 속의 간단하고 진실하며 효과적인 기도였다.

"오, 우리 모두의 위대한 아버지시여." 그가 말했다. "우리의 생각을 넘어서는 아버지시여. 그러나 우리의 삶에 충만하신 아버지시여. 오늘 밤 우리를 모든 악으로부터 보호하소서. 그리고 우리가 단 한 시간이나마 우리보다 더 높은 곳에 사는 이들과 접촉할 수 있는 특권을 허락하소서. 당신은 우리에게도 아버지이시듯이 그들에게도 아버지이십니다. 작은 공간에서나마 형제들로서 그들을 만날 수 있도록 허락하소서. 그들을 통해 우리를 기다리고 있는 영원한 삶에 대해 배울 수 있도록 하소서. 그리고 이 낮은 세계에서 기다리는 동안 도움을 받을 수 있도록 하소서.”

그가 “우리의 아버지시여.”라는 말로 기도를 마칠 땐 다른 사람들도 같이 말했다. 그러고는 모두들 침묵 속에서 기다렸다. 밖에서는 자동차들이 부르릉거리는 소리가 들렸고 가끔씩 성급하게 끼익거리며 질주하는 차의 소리가 들렸다. 이니드와 말론은 어둠 속을 응시하면서 모든 감각이 날카로워지는 것을 느낄 수 있었다.

이윽고 볼소버가 말했다.

“아무 일도 안 일어나는군요. 낯선 일행들 때문일 겁니다. 새로운 파동이 있는 거죠. 우리들의 파동과 화음을 이루려면 그들도 자신들을 가다듬어야 합니다. 스마일리 씨, 또 다른 노래를 부탁 드립니다.”

또 풍금이 울렸다. 갑자기 한 여인이 소리를 쳐 풍금 소리가 멈추었다.

“그만해요! 그들이 왔어요!”

그들은 결과를 기다렸다.

“그래요! 바로 이거에요! ‘쪼만한 이’의 소리가 들려요. 그

애가 왔어요. 확실해요!"

다시 조용해진 가운데 영혼이 다가왔다. 방문객들에게는 너무나도 경이로운 일이었지만 모임의 일원들에게는 일상적인 일이었다.

"안녕하세요!" 외치는 소리가 들려왔다.

모인 사람들로부터 환영의 웃음소리와 인사가 들려왔다. 다들 한꺼번에 말을 했다. "좋은 저녁이야. '쪼만한 이'!", "아가, 거기 있었구나!", "기다리고 있었단다!", "잘했어, 꼬마 안내자 아가씨!"

"안녕하세요, 여러분." 다시 소리가 들렸다. "'쪼만한 이'는 엄마 아빠 그리고 모두들 만나서 너무 반가워요. 덩치 큰 턱수염 아저씨도 왔네! 메일리, 메일리 아저씨지? 전에 본 적 있어. 아저씬 큰 메일리고 난 작은 피메일리[5]야. 만나서 반가워, 큰 아저씨."

이니드와 말론은 놀라서 듣고 있는데 같이 있는 사람들이 모두 너무나 덤덤하게 받아들이는 바로 앞에서 신경이 곤두선 얼굴을 하고 있을 수가 없었다. 목소리는 매우 얇고 높은 편이었다. 어떤 가성으로도 흉내낼 수 없을 정도였다. 그것은 확실히 꼬마 계집애 목소리였다. 그리고 불이 꺼진 후 몰래 숨어 들어오지 않았다면 분명히 방 안에는 여자 아이가 없었다. 몰래 숨어 들어오는 것은 가능할지도 모르지만 아이의 목소리는 탁자의 한가운데에서 나고 있었다. 어떻게 어린 아이가 몰래 탁자 위에 올라갈 수 있겠는가?

"그건 쉬워, 아저씨."

말론의 생각에 목소리가 대답했다.

"아빠 힘이 세요. 아빠가 '쪼만한 이'를 탁자 위에 올려줬어. 자, 이제 아빠가 하지 못하는 걸 보여줄게."

"트럼펫을 들어올렸어요!" 볼소버가 외쳤다.

발광 페인트로 칠해진 작은 동그라미가 소리없이 공중으로 떠올랐다. 그러고는 머리 위에서 흔들렸다.

"올라가서 천장을 두드려 보렴!"

볼소버가 소리쳤다. 그러자 동그라미가 올라갔고 금속성의 탁탁거리는 소리가 들렸다. 그리고 위쪽에서 톤이 높은 목소리가 들렸다.

"아빠 머리가 좋아! 아빠가 낚시대로 트럼펫을 들어올릴 수 있어. 그렇지만 아빠가 어떻게 목소리를 내지? 어떻게 생각해, 영국 언니? 자, 이건 쪼만한 이가 주는 선물이야."

뭔가 부드러운 것이 이니드의 무릎에 떨어졌다. 이니드는 그것이 무엇인지 만져보았다.

"이건 꽃이에요. 국화예요. 고마워, 쪼만한 이!"

메일리가 물었다. "죽은 자의 영혼을 소환한 것인가?"

볼소버가 대답했다. "아니요, 그런 게 아닙니다, 메일리 씨. 풍금 위에 놓인 꽃병에 꽂혀 있던 겁니다. 챌린저 양, 말을 걸어보세요. 진동을 멈추지 마세요."

"넌 누구니, 쪼만한 이?" 이니드는 머리 위에서 움직이는 점을 올려다 보며 말을 걸었다.

"난 흑인 여자 애예요. 여덟 살짜리 흑인 여자 애."

"그렇지 않아, 아가." 엄마가 부드럽게 달래는 목소리로 말했다. "넌 우리에게 처음 왔을 때도 여덟 살이라고 했어. 그게 벌써 몇 년 전이란다."

"사람들에게는 몇 년 전이지만 내게는 다 같은 시간이에요. 난 여덟 살 아이 일을 해요. 할 일을 마치면 하루 안에 '쪼만한 이'도 큰 사람이 되요. 여긴 시간이 없어. 난 항상 여덟 살이야."

"보통은 그들도 우리와 똑같이 자랍니다." 메일리가 말했다. "그렇지만 어린이의 역할이 필요한 일이 남아 있다면 어린 상태로 머무르게 됩니다. 일종의 정지된 성장이지요."

"그게 나에요. '쉬고 있는 봉투[5)'." 아주 자랑스러운 목소리였다. "아저씨가 오면 어려운 영어를 배우게 돼."

다들 웃었다. 이것은 매우 편안하고 친절한 만남이었다. 말론은 이니드가 귀에 대고 속삭이는 소리를 들었다.

"에드워드. 가끔씩 날 꼬집어줘요. 이게 꿈이 아니라는 걸 확인해 주세요."

"나도 나를 좀 꼬집어야겠는걸."

"그럼 너의 노래는 어떠니, 쪼만한 이?" 볼소버가 말했다.

"아, 맞다. 쪼만한 이가 노래해 줄게."

그녀는 아주 간단한 노래를 시작했는데 점점 소리가 작아져서 끽끽거리는 소리로 바뀌고 트럼펫이 탁자 위에 떨어졌다.

"이런 힘이 다했군!" 메일리가 말했다. "노래를 더하면 괜찮아질 것 같군. 「온화한 빛이여, 인도하소서」를 부릅시다."

그들은 다 같이 아름다운 찬송가를 불렀다. 노래가 끝나 갈 때 놀라운 일이 벌어졌다. 모임의 다른 사람들은 아무런 반응을 보이지 않았지만 적어도 새로 온 사람들에게는 매우 놀라운 일이었다. 트럼펫은 계속해서 탁자 위에서 빛이 나고 있었지만 이번에는 두 사람의 목소리가 들려왔다. 이번에는 확실히 어른 남자와 여자의 목소리로 같이 구성지게 노래를 불렀다. 점차 찬송가 소리가 잦아들어 고요해졌고 다시 한번 기다림 속에 팽팽한 긴장감이 맴돌았다.

침묵을 깬 것은 어둠 속에서 울리는 굵은 남자의 목소리였다. 목소리의 주인공은 고등교육을 받은 영국인으로 아주 잘 조절된 목소리였다. 선량한 볼소버는 절대로 낼 수 없을 만한 목소리였다.

"좋은 저녁입니다, 친구들. 오늘 저녁은 힘이 충만하군요."

"좋은 저녁입니다, 루크. 좋은 저녁이고말고요!" 모든 사람들이 외쳤다.

"우리들의 선생님이 되어 주는 분입니다. 여섯 번째 천체에서 온 높은 수준의 영으로, 우리에게 가르침을 주시지요."

"당신들에게는 수준이 높아 보일지도 모릅니다. 하지만, 나에게 가르침을 주신 분들께는 아무것도 아니지요! 내가 당신들에게 전하는 것도 나의 지혜가 아닙니다. 내게 감사하지 마세요. 그 지식을 다른 사람들에게 전달하면 되는 것입니다."

"항상 이런 식이죠. 거만한 적이 없습니다. 수준이 높으시다는 증거지요." 볼소버가 설명했다.

"오늘은 두 사람의 '구도자'가 같이 있군요. 멋진 저녁이오, 젊은 아가씨! 지금 당신은 자신이 가진 힘이나 운명에 대해 전혀 모르고 있습니다. 그렇지만 곧 알게 될 겁니다. 그리고 선생, 안녕하십니까. 당신은 위대한 지식의 문턱에 서 있습니다. 혹시 내가 몇 마디 했으면 하는지? 당신이 지금 기록하고 있는 것이 보입니다."

실제로 말론은 어둠 속에서 옆 사람의 손을 놓고, 일어나고 있는 일들을 속기로 적고 있었다.

"내가 무슨 말을 해 주기 바랍니까?"

"사랑과 결혼에 대해서요."

볼소버 부인이 남편의 옆구리를 살짝 찌르면서 말했다.

"그러면 그것에 대해 몇 마디 하지요. 그렇지만 다른 사람들이 기다리고 있으니 길게 말하지는 않으리다. 이 방은 영혼들로 가득 차 있습니다. 여러분들은 여자들에게는 평생 동안 각각 한 사람의 남자, 그것도 유일한 남자가 있다는 사실을 이해하셔야 합니다. 그 두 사람이 만났을 때 그들은 같이 날아갈 수 있는 것이고 존재들의 사슬 속에서 하나가 될 수 있는 겁니다. 그들이 만나기 전의 모든 만남은 아무런 의미 없는 사고에 지나지 않아요. 언제가 되었든 각 짝은 완벽한 하나가 됩니다. 그것은 내가 있는 이곳에서 일어날 수도 있는 일이고, 이곳과 마찬가지로 성별이 다른 사람들이 만나는 그 다음 천체에서 일어날 수도 있는 일입니다. 또는 그 이후로 연기될 수도 있겠지. 그렇지만 모든 남녀는 각자 짝이 있고 꼭 만나게 되어 있습니다. 지구에서 이루어진 결혼은 다섯 중 하나 정도가 영원합니다. 다른 결혼들은 사고라고 할 수 있지요. 진정한 결혼은 영과 혼의 결혼입니다. 성행위는 아무런 의미가 없는 외향적 형상이지요. 형상화해야 할 것들이 기다리고 있는 걸 생각하면 바보 같은 것이기도 하고 심지어 유해한 짓이기도 합니다. 똑똑히 아시겠습니까?"

"네, 명확히요." 메일리가 대답했다.

"어떤 사람들은 이곳에서도 잘못된 반려자를 만납니다. 어떤 사람들은 그것보다는 운이 좋은 편이어서 반려자를 만나지 못합니다. 그러나 언젠가는 진정한 반려자를 만나게 될 겁니다. 그것은 확실합니다. 그러나 죽은 후에 꼭 지금의 남편을 다시 만나리라는 생각은 버리세요."

"신을 찬양하라! 신께 감사하라!" 누군가가 외쳤다.

"아니오, 멜더 부인. 우리를 이곳에서 하나로 만드는 것은 사랑입니다. 진정한 사랑. 그는 그의 길을 가고 당신은 당신의 길을 가는 겁니다. 어쩌면 각기 다른 차원에 있는지도 모르지요. 언젠가는 모두 자신의 반쪽을 찾게 될 겁니다. 이곳에서 젊음이 사라지듯이 다시 젊음이 돌아오는 날에 말입니다."

"사랑에 대해 말씀하시는데, 성적인 사랑을 말씀하시는 겁니까?" 메일리가 질문을 던졌다.

"그건 또 무슨 말씀이세요?" 볼소버 부인이 웅얼거렸다.

"이곳에서는 아이들이 태어나지 않습니다. 그것은 지구가 있는 차원에서만 일어나는 일입니다. 위대한 스승께서는 그런 면에 대해 언급하면서 이렇게 말씀하셨습니다. '결혼이라는 것도, 결혼을 하면서 줘야 하는 것도 없을 것이다.' 그렇습니다! 이것은 순수하고 좀 더 심오한, 그리고 더 훌륭한 영혼의 합일인 동시에, 개별성을 잃지 않으면서 관심사와 지식을 동화시키는 것입니다. 당신들의 차원에서는 사랑의 첫 열정이 그와 가장 유사한 경험일 것입니다. 들떠 있는 연인들이 만났을 때는 너무도 아름다워서 육체적 표현이 어울리지 않지요. 그 이후에는 수준이 낮은 표현을 하기도 하지만 그들은 모두 처음에 느꼈던 섬세하고 화려한 영혼의 만남이 더욱 사랑스러웠다고 기억합니다. 우리들에게도 마찬가지입니다. 또 다른 질문 있습니까?"

말론이 질문을 던졌다. "만일 한 여자가 두 남자를 똑같이 사랑하면 어떻게 되나요?"

"그런 일이 가끔 일어나기도 합니다. 그러나 여인은 항상 어느쪽이 자신과 더 가까운지 이미 알고 있지요. 만일 두 사람이 똑같이 좋다면 그것은 두 사람 모두 진정한 자신의 반쪽이 아님을 증명하는 겁니다. 왜냐하면 자신의 반쪽은 항상 두드러지니까요. 물론 만일 그녀가……."

목소리가 흐려지면서 트럼펫이 떨어졌다.

볼소버가 소리쳤다. "「천사들이 공중에서 맴도네」를 부릅시다! 스마일리, 풍금을 다시 울려 줘요! 진동이 거의 없어졌어."

다시 노래가 퍼지고 침묵이 뒤덮었다. 그러고는 가장 우울한 목소리가 들렸다. 이니드는 그런 목소리를 들어본 적이 없었다. 그것은 관 뚜껑 위의 흙 한줌처럼 음산한 느낌이었다. 처음에는 매우 낮은 웅얼거림으로 들렸다. 점점 뚜렷해진 그 소리는 기도였다. 확실히 라틴어로 된 기도였다. '도미네'라는 단어는 두 번, '페카비무스'라는 단어는 한 번 들렸다.[7] 방 전체에는 형용하기 힘든 우울한 분위기와 슬픔이 가득했다. 말론이 소리쳤다.

"이런, 맙소사. 이게 무슨 일이죠?"

모여 있는 사람들도 모두 당황했다.

"저(低) 차원의 천체에서 온 불쌍한 친구 같군요." 볼소버가 말했다. "정교에서는 이들을 피하라고 하지요. 자, 우리 서둘러서 그들을 도와줍시다."

"맞소, 볼소버 씨!" 메일리가 진심으로 동의했다. "자, 빨리 합시다!"

“친구여, 우리가 어떻게 도와줄까요?”

침묵이 흘렀다.

“그도 모르는 것 같소. 그는 지금 상황을 이해하고 있지 못합니다. 루크는 어디 있소? 그 사람은 어떻게 하면 되는지 알 텐데.”

“무슨 일입니까, 친구?” 친절한 안내자의 목소리였다.

“여기에 불쌍한 사람이 하나 왔습니다. 우린 그를 도와주고 싶습니다.”

“아! 그렇지, 그렇지. 그는 외부의 어둠에서 온 자입니다.”

루크는 불쌍하다는 듯이 말했다.

“그는 모릅니다. 그들은 뚜렷한 목적을 가지고 이곳에 오는 것이 아닙니다. 그리고 자신들이 교회에서 배운 것과 실제가 매우 다르다는 사실을 알게 되면 당황하지요. 어떤 이들은 적응하고 살아 남지만 어떤 이들은 그렇지 못하고 변하지 않으면서 방황합니다. 이자처럼요. 그는 편협하고 고집불통인 사제였습니다. 지구상에 뿌려진 그의 정신적 씨앗이 무지라는 땅에서 고통을 먹으면서 자라난 겁니다.”

“그는 뭐가 잘못된 것인가요?”

“그는 자신이 죽은 것을 알지 못합니다. 안개 속을 걷고 있어요. 그에게는 모든 것이 악몽으로 느껴집니다. 그렇게 몇 년을 지나왔는데 그에게는 마치 영원처럼 느껴지는 겁니다.”

“그럼 왜 그에게 말해 주거나 가르침을 주지 않는 겁니까?”

“우리는 그럴 수 없습니다. 우리는……”

트럼펫이 쿵 떨어졌다.

“음악! 스마일리, 음악을! 이제 파동이 더 좋아질 겁니다.”

메일리가 설명했다. "고귀한 영혼들은 지구에 미련이 남아 묶여 있는 이들에게 닿을 수가 없습니다. 그들은 파동의 영역이 다르거든요. 그들에게 더 가까이 있는 것은 우리이니까 우리가 도와줘야 합니다."

"그렇습니다. 당신들입니다! 당신이 도울 수 있습니다." 루크의 목소리가 들렸다.

"메일리 씨. 말을 걸어 보십시오. 당신이 잘 아시잖습니까!"

피곤한 듯 단조로운 목소리가 다시 웅얼거리기 시작했다.

"친구여, 이야기를 나누고 싶습니다."

메일리는 큰 목소리로 단호하게 말했다. 웅얼거림이 멈추었고 마치 보이지 않는 존재가 긴장하여 주의를 기울이는 느낌이 들었다.

"친구여, 우리는 당신의 상황을 유감스럽게 생각하고 있습니다. 당신은 앞으로 나아가야 합니다. 당신은 우리를 볼 수 있기 때문에 왜 우리가 당신을 보지 못하는지 의아해할 것입니다. 당신은 이승에 있는 사람이 아니기 때문입니다. 그러나 당신은 이 상황을 예측하지 못했기 때문에 그 사실을 알지 못합니다. 당신이 상상했던 대로 받아들여지지 않은 것은 당신의 상상이 틀렸기 때문입니다. 그러니 모든 것이 괜찮다는 것을 받아들이십시오. 그리고 신께선 좋은 분이시며 당신이 정신을 차리고 도움을 간구하면 행복이 당신을 기다리고 있다는 사실도 이해하십시오. 무엇보다도 자신의 상황에 대해 그만 생각하시고 주변에 있는 불쌍한 영혼들에 대해 더 많이 생각하십시오."

침묵이 흐르고 다시 루크가 말을 꺼냈다.

"그가 당신의 말을 들었습니다. 당신에게 감사를 전하고 싶어합니다. 이제 희미하나마 그의 상황에도 빛이 생겼습니다.
그 빛이 그의 안에서 자라날 것입니다. 그는 다시 와도 좋은지
알고 싶어해요."

볼소버가 외쳤다.

"물론입니다! 되고말고요! 우리에게 꽤 많은 사람들이 와서
가끔씩 자신들의 발전을 말해 주곤 한답니다. 친구, 신의 축복
을 받으십시오. 그리고 자주 오세요."

이제 웅얼거림은 완전히 멈추었고 대기 중엔 새롭고 평화로운
느낌이 흘렀다. 갑자기 '쪼만한 이'의 높은 목소리가 들렸다.

"대단한 힘이 아직 남아 있어. '붉은 구름'이 왔어. 그가 뭘
할 수 있는지 보여줘. 아빠가 그러고 싶다면."

"붉은 구름은 인디안 지배령입니다. 그는 물리적 현상이 필
요할 때면 늘 바쁘지요. 붉은 구름, 여기 있습니까?"

나무를 망치로 내려치는 듯한 쿵쿵 소리가 어둠 속에서 크게
세 번 울렸다.

"안녕하시오, 붉은 구름!"

머리 위에서 나는 새로운 목소리는 느리고 딱딱 끊기고 부자
연스러웠다."

"안녕, 추장! 안녕하오, 스코우[8]? 파푸스[9]는? 오늘 집 안에
이방인 있다."

"지식을 찾는 사람들입니다, 붉은 구름. 당신의 능력을 보여
주겠소?"

"노력한다. 기다려. 최선 다해."

사람들은 다시 기다림 속에서 침묵했다. 초보 신자들은 다시
한번 초자연적인 일에 직면했다.

어둠 속에서 탁한 불빛이 생겼다. 그것은 분명 한 덩어리의 발광 기체였다. 그것은 한쪽 끝에서 다른 쪽 끝으로 빠르게 왔다 갔다 움직이다가 공중에 원을 그리기 시작했다. 그 발광체는 조금씩 작은 원반으로 줄어들었다가 두꺼운 볼록 렌즈가 달린 각등(角燈)만 해졌다. 어둠 속에 가장자리가 뚜렷한 빛의 원반이었다. 그것이 이니드의 얼굴에 가까이 갔을 때 말론은 그것을 옆에서 볼 수 있었다.

"이걸 잡고 있는 손이 있군요!" 갑자기 의심에 사로잡힌 말론이 외쳤다.

"네. 그것은 물질화된 손입니다." 메일리가 말했다. "저도 뚜렷이 보입니다."

"당신을 만지라고 할까요, 말론 씨?"

"네, 그래도 괜찮다면요."

빛은 사라지고 다음 순간 말론은 자신의 손을 누르는 압력을 느낄 수 있었다. 그는 손바닥을 위쪽으로 향했는데 확실히 어른의 부드럽고 단단한 손가락 세 개가 손바닥을 누르는 것을 느낄 수 있었다. 그리고 손을 오므리자 그 손은 손아귀에서 녹아 사라졌다.

"사라졌어요!" 그는 소리쳤다.

"그래요! 붉은 구름은 물질화를 잘하지는 못해요. 어쩌면 우리가 그에게 제대로 된 힘을 주지 못하는 것인지도 모르죠. 그렇지만 그의 빛은 완벽해요."

다시 불빛이 여러 개 나타났다. 그들은 각각 종류가 달랐는데, 어떤 것은 천천히 움직이는 구름 같았고 어떤 빛들은 반딧불처럼 반짝이면서 춤을 췄다. 두 방문객은 동시에 얼굴을 쓸고 가는 차가운 바람을 느낄 수 있었다. 이것은 환상이 아니었다. 이니드의 머리카락이 이마를 쓸었다.

"격한 바람을 불러왔군요." 메일리가 말했다. "어떤 불빛들은 불의 혀[10]로 보이지 않겠습니까? 오순절[11]의 일도 그다지 불가능한 것만은 아닐 것 같지 않습니까?"

탬버린이 공중에 들렸고 발광 페인트를 보니 공중에 휘둘려지고 있었다. 이윽고 탬버린은 하강하여 모든 사람들의 머리를 차례차례 건드렸다. 그리고 짤랑 소리를 내면서 탁자 위에 내려 앉았다.

"왜 탬버린이죠? 이런 일엔 항상 탬버린이 사용되는 것 같군요." 말론이 상기했다.

메일리가 설명했다. "아주 편리하고 작은 악기이기 때문이죠. 그 소리 덕에 어디에 있는지 저절로 알게 되는 유일한 악기이죠. 오르골 외엔 더 좋은 게 없을 것 같군요."

"우리 오르골이 뭔가 놀라운 것 근처를 날고 있네요." 볼소버 부인이 말했다. "저 오르골은 끝낼 생각이 전혀 없이 날아다니고 있나 봐요. 이건 아주 무거운 악기이기도 하죠."

볼소버가 말을 받았다. "9파운드야. 자, 이제 슬슬 끝내야 할 때가 된 것 같군요. 오늘 저녁에는 이제 더 얻을 것이 없을 것 같습니다. 오늘 모임은 나쁘진 않았습니다. 그저 평상시 수준이라고 할까요. 불을 켜기 전에 좀 기다려야 합니다. 그럼 말론씨, 어떻게 생각하십니까? 모임이 끝나기 전에 반대 의견이 있으시면 말씀해 주십시오. 당신들 '구도자'들이 범하는 최악의 오류가 그런 겁니다. 가끔 머리 안에 꼭꼭 감추어 두었다가 나중에 그것들을 풀어내 놓지요. 생각이 난 당시에 그것들을 풀어 내놓는 편이 훨씬 수월했을 텐데 말입니다. 우리들 앞에서는 다들 예절 바르고 착하지만 나중에 글을 보면 우리들은 사기꾼 일당이 되어 있죠."

말론은 머리가 욱신거리는 것을 느끼고 뜨거운 이마에 손을 갖다 댔다.

"저도 혼란스럽군요. 그렇지만 충격을 받았습니다. 예, 그렇습니다. 이건 충격입니다. 이런 일에 대해서 글을 읽은 적이 있었는데 직접 보니 정말 다르군요. 제가 가장 중요하게 보이는 것은 여러분이 매우 진실하고 제정신이라는 것입니다. 그건 아무도 의심할 수 없을 것 같습니다."

볼소버가 말했다. "계속하십시오."

"이곳에 있지 않았던 사람이 이야기를 듣고 어떤 반대 의견을 제시할 수 있을까 생각해 보았습니다. 제가 그들의 질문에 대답을 해야 할 테니까요. 우선 무엇보다도 현상이 기괴하다는 것이 있습니다. 우리가 영혼에 대해 알고 있는 것과 너무나 다르니까요."

메일리가 한마디 했다. "우리는 이론을 사실에 맞추어야 합니다. 여태까지 우리는 사실을 우리의 이론에 끼워 맞추려고 했던 것입니다. 오늘 저녁 우리 친구인 영혼들의 도움으로 겪은 일을 기억해야만 합니다. 그들은 단순하고 발달되지 않은, 지상에 가까운 영혼들로 각기 다른 목적을 가지고 있는 이들이었습니다. 그렇지만 그 모습을 일반화해서는 안 됩니다. 그것은 부두에서 일하는 노동자를 보고 그것이 영국인의 대표적인 모습이라고 생각하는 것과 다름없습니다."

"루크도 예외적이지요." 볼소버가 말했다.

"아, 물론, 그는 더 높은 수준이죠. 당신들도 그가 하는 말을 들었으니 다 알 겁니다. 더 있나요, 말론 씨?"

"어둠이요! 모든 것은 어둠 속에서 진행됩니다. 왜 영매의 일은 어둠과 관련되어 있는 것입니까?"

"물리적인 측면을 말씀하시는 거군요. 그쪽 방면의 일은 유일하게 어둠을 필요로 합니다. 그것은 순수하게 화학적인 작용으로 마치 사진 암실의 어둠과 같은 겁니다. 그것은 인체에서 나온 섬세한 물리적인 물질들을 보존하고 그 물질들이 이런 현상의 기본이 되는 것입니다. 이런 기체상의 물질들이 응축돼 물질화할 수 있도록 돕기 위해 캐비닛을 사용하기도 합니다. 이제 아시겠습니까?"

"예, 그렇다 하더라도 유감이긴 합니다. 그것 때문에 이 모든 일이 사기인 것 같이 느껴질 수가 있거든요."

"밝은 곳에서도 같은 현상을 가끔 볼 수 있기도 합니다, 말론 씨." 볼소버가 대답했다.

"쪼만한 이가 이미 가 버렸는지 모르겠습니다만 잠시만 기다려 보십시오! 성냥이 어디 있죠?"

그가 촛불을 켜자 어둠에 익숙해진 일행은 눈을 껌벅거렸다.

"자, 우리가 뭘 할 수 있을지 봅시다."

탁자 위에 이상한 힘을 위한 장난감으로 널브러져 있던 여러 가지 물건 가운데 나무로 된 크고 둥근 접시가 있었다. 볼소버가 그것을 쳐다보았다. 모든 사람들이 같이 쳐다보았다. 그것이 떠올랐지만 어느 누구도 그것에서 1미터 이내의 거리에 있지 않았다.

"자, 쪼만한 이, 해 보자!" 볼소버 부인이 외쳤다.

말론은 자신의 눈을 믿을 수가 없었다. 커다란 접시가 움직이기 시작했다. 그리고 흔들거리더니 탁자에 부딪혀 덜그럭 소리가 났다. 마치 물이 끓고 있는 냄비의 뚜껑이 들썩거리는 것 같았다.

"들어올리려무나, 쪼만한 이!" 모두들 박수를 치고 있었다.

나무 접시는 촛불의 불빛을 받으면서 한쪽으로 서서 흔들거렸다. 마치 균형을 잡으려는 것 같았다.

"쪼만한 이야, 세 번 기울여 보렴."

그러자 접시는 앞으로 세 번 기울어졌다가 다시 세워졌다. 그리고 접시는 다시 탁자 위에 누웠다.

메일리가 한마디 했다. "방금 것을 보실 수 있어서 너무나 다행입니다. 가장 단순하면서 결정적인 형태의 염동력이지요."

"믿을 수가 없어요!" 이니드가 외쳤다.

"나도 마찬가지인데." 말론이 말을 꺼냈다. "무엇이 가능한지에 대한 지식이 늘었습니다. 볼소버 씨, 저의 시야를 넓혀 주신 겁니다."

"잘됐습니다, 말론 씨!"

"이런 현상의 뒤에 있는 힘에 대해서 저는 아직 아는 것이 없습니다. 그러나 현상 자체에 대해서는 의심이 사라졌습니다. 현상은 실제라는 것을 저도 알겠습니다. 여러분 모두 안녕히들 돌아가십시오. 오늘 저녁에 이 집에서 했던 경험을 저와 첼린저 양은 절대 잊을 수 없을 것 같습니다."

다시 쌀쌀한 바깥으로 나와 극장에서 나오는 즐거움을 찾는 사람들을 보았을 때 그들은 마치 다른 세상에 와 있는 것 같았다. 메일리는 그들이 택시를 기다리는 동안 옆에 서 있었다.

"지금 어떤 기분이 드는지 꼭 기억하십시오." 그는 웃으면서 말했다. "지금은 소란스럽고 자기밖에 모르는 사람들을 보고 계시는 겁니다. 그들이 얼마나 삶의 가능성에 대해서 무지한지 놀랍지 않습니까. 그들을 말리고 싶지 않으세요? 그들에게 말해 주고 싶지 않은가요? 그래도 그들은 당신이 거짓말쟁이이거나 미친 사람이라고밖에 생각하지 않을 겁니다. 우스운 상황이지 않습니까?"

"저는 순간 어쩔 줄을 몰랐습니다."

"내일 아침이면 원래대로 돌아올 겁니다. 그런 감정들이 얼마나 덧없는 것인지 놀랍습니다. 아마 당신은 스스로 꿈을 꾸었던 것일 뿐이라고 설득하겠죠. 자, 그럼 안녕히 가십시오. 그리고 앞으로 연구하시는 데 도움이 필요하시면 제게 알려주십시오."

두 친구들은 집으로 돌아가는 길 내내 깊은 생각에 잠겨 있었다. 빅토리아 가든에 도착했을 때 말론은 이니드를 집 앞까지 바래다 주었지만 집에는 들어가지 않았다. 평상시 같으면 자신도 동감했을 만한 챌린저의 조롱이 신경에 거슬릴 것만 같았다. 현관에서 그가 이니드를 맞이하는 인사말이 들렸다.

"자, 이니드. 네가 본 귀신은 어디 있니? 가방에서 꺼내서 한 번 보자꾸나."

그날 말론의 모험은 시작할 때와 마찬가지로 그를 쫓아오는 교수의 껄껄거리는 웃음소리로 끝났다.

1) 그 부분: 고린도전서 14장 22절에 다음과 같은 내용이 있다. "그러므로 방언은 신자들에게 주는 표징이 아니라 불신자들에게 주는 표징이고 예언은 불신자들에게 주는 것이 아니라 신자들에게 주는 것입니다."

2) 폴터가이스트: 원인 불명의 소리를 내는 유령의 일종, 혹은 유령이 물건을 움직이는 현상

3) 두나미스: Dunamis. 보통 '능력', '권능', '활력', '세력', '힘', '권세' 등으로 번역되는 헬라 어로 '다이나마이트'의 어원이기도 하다.

4) 오역: 원문에는 'virtue'라고 옮겼다고 되어 있는데 이는 고어에서 '힘'이라는 뜻으로 사용되었다. 나중에 virtue가 '덕행' 등 다른 뜻으로 전용된 탓에 예수가 했던 말이 제대로 번역되지 못했다는 의미이다.

5) 피메일리: 메일리의 이름은 남성을 뜻하는 단어인 'male'과 유사하고 자신은 여자이니 피메일리(femalely)라고 말장난을 하고 있다.

6) 쉬고 있는 봉투: 정지된 성장 (arrested development)을 제대로 알아듣지 못하는 아이가 비슷하게 아는 말을 끼워 맞춰서 'rested envelopment'라고 말하고 있다.

7) 도미네, 페카비무스: 아마도 『주님 돌보소서(Attende Domine)』의 앞부분으로 생각된다. "아텐데 도미네 엣 미제레레 퀴아 페카비무스 티비"로 시작하는 이 기도문은 눈물을 흘리며 속죄를 갈구하는 기도를 담고 있다.

8) 스코우: squaw. 북미 인디언 말로 '여자', '부인'을 가리킨다.

9) 파푸스: papoose. 북미 인디언 말로 '아기'를 가리킨다

10) 불의 혀: 기독교의 성령이 예언자들에게 이런 형태로 나타났다고 성경에 기록되어 있다.

11) 오순절: 오순절은 구약에서는 이집트를 떠난 유대 민족이 율법인 십계를 받은 날이며 신약에서는 예수가 죽은 지 50일 이후 성령이 '불의 혀'의 형태로 제자들 앞에 나타났던 날을 기리는 절기이다. 메일리는 성령이 나타났다는 것이 이 현상을 가리키지 않겠느냐고 주장하고 있다.

5장
놀라운 경험

말론은 문학가 클럽의 흡연실에 있는 탁자에 앉아 있었다. 그의 손에는 이니드가 집회에 대해 쓴 글이 들려 있었다. 글은 매우 섬세하고 관찰력이 뛰어났다. 말론은 자신의 경험을 떠올리며 그 글을 보고 있었다. 사내들 한 무리가 불 곁에 모여서 잡담을 나누고 있었다. 그것은 기자에게는 방해가 되지 않았다. 자신이 바쁜 세상의 일부라는 자극을 받을 때 그의 두뇌와 펜이 가장 좋은 성과를 냈다. 그러나 이윽고 그의 존재를 알아챈 누군가가 영적인 문제를 화제로 끌어들였기 때문에 말론은 아무 말 안하고 있을 수가 없어졌다. 그는 의자에 등을 기대고 조용히 들었다. 유명한 소설가인 폴터가 그들 중에 있었다. 그는 섬세한 의식을 가진 똑똑한 사람으로 자신의 재능을 명백한 진실을 숨기고 공허한 말장난을 위해서 말도 안 되는 주장을 하는 데 사용했다. 지금 그는 자신을 존경하면서도 전적으로 아첨꾼은 아닌 사람들 앞에서 말하고 있었다.

"과학은 말이야." 그가 말을 꺼냈다. "오래된 미신의 거미줄을 점차 쓸어내고 있어. 이 세계는 아주 낡고 먼지 투성이인 다락방 같은 곳이고 과학의 태양이 들어오고 있어 빛으로 가득 찰 거야. 그리고 먼지는 차차 바닥에 가라 앉겠지."

누군가가 심술궂게 말했다.

"자네, 과학이라면 물론 윌리엄 크룩스 경 같은 사람을 말하는 것이겠지? 올리버 로지 경, 윌리엄 바렛[1] 경이나 롬브로소[2], 리셰[3] 같은 사람들 말이야."

폴터는 반대 의견을 받아들이는 데 익숙하지 않기 때문에 그런 경우에는 매우 무례해졌다.

"아니지, 선생. 난 그런 비상식적인 인간들을 말한 게 아니야." 그가 노려보면서 대답했다. "아무리 유명하더라도 미미한 과학자 한 사람의 이름이 과학을 대표할 수는 없어."

"그렇다면 그 사람은 괴짜군." 폴터의 주변을 어슬렁거리며 따라다니는 폴리 팩스가 말했다.

그러나 반대 의견을 제시한 밀워디도 쉽사리 그만두지 않았다.

"갈릴레오도 그 당시에는 괴짜였잖나. 그리고 하비도 혈액 순환 때문에 비웃음을 샀을 땐 괴짜였다고."

클럽의 장난꾸러기인 매리블이 말했다.

"지금 위험한 건 《데일리 가제트》의 부수 아닌가. 아슬아슬한 재주가 걸리지 않고 빠져간다면 무엇이 진실인지 아닌지는 상관도 하지 않겠지."

"법정 외의 장소에서 그런 일을 조사해야 하는지 정말 난 이해할 수 없네." 폴터였다. "그건 에너지 낭비일 뿐만 아니라 인류를 엉뚱한 길로 이끄는 일이란 말야. 눈에 보이는 물질적인 문제들도 조사해야 할 것들이 많단 말이야. 그저 우리가 할 일을 하게 내버려 둘 것이지."

일행 중엔 외과의사인 앳킨슨이 있었는데 여태 조용히 듣고만 있다가 드디어 입을 열었다.

"나는 지식인들이 보다 영적인 문제를 고려하는 데 더 많은 시간을 투자해야 한다고 생각하는데."

그러자 폴터가 한마디 했다.

"더 줄여야겠지."

"아무것도 안하고 있는데 어떻게 줄인단 말인가. 모두들 이런 일은 무시하고 있네. 얼마 전에 물질 이동 사건을 여럿 보았는데 그것을 왕립 학회에 보여주고 싶었어. 그런데 나의 동료 동물학자인 윌슨도 학회에서 발표할 논문을 준비했네. 내 것과 그의 논문을 같이 제출했는데 내 것은 거절당하고 그의 것이 채택되었어. 그의 논문 제목은 '말똥구리의 번식 기관'이었지."

모두들 웃음을 터뜨렸다.

"꽤나 잘한 일이군. 별볼일 없는 벌레일지언정 적어도 사실이 아닌가. 영적인 것들은 전부 그렇지 않지." 폴터의 답이었다.

장난기 많은 밀워디가 부드럽게 농담을 던졌다.

"자넨 입장이 확실하군. 난 딱딱한 책을 읽을 시간이 없어서 못 읽어 봤어. 그래서 자네들이 최고라 일컫는 크로포드 박사가 쓴 책 세 권에 대해 물어보겠네."

"난 들어본 적도 없어!"

밀워디는 매우 놀란 척했다.

"오, 이런. 자네! 어쩌다. 그는 권위자가 아니던가. 만일 실험실에서 하는 순수 과학을 원한다면 그것들이 제대로 된 책인데. 그것은 마치 동물학의 법칙을 말하면서 다윈에 대해 읽어본 적 없다고 말하는 것과 마찬가지라네."

"이건 과학이 아니잖나." 폴터가 단호하게 말했다.

앳킨슨이 화가 나서 말했다. "자네들이 연구하지도 않은 것에 대해 법칙을 만드는 거라네. 이런 무지함과 위대한 심령교인들이 행하는 진정한 탐구를 비교하면 이런 식의 대화 때문에 심령교의 한계에 이르게 된 것이야. 그들은 결론을 내리기 전에 20년에 걸쳐 연구한단 말이야."

"그러나 그들은 이미 만들어진 의견을 받아들이는 것이기 때문에 결론도 아무런 가치가 없네."

"그 의견이 형성되기 위해서 모두 오랫동안 열심히 투쟁했어. 나도 몇 사람을 아는데 그들은 모두 오랜 기간 고민한 후 생각을 바꾼 거야."

폴터는 어깨를 으쓱했다.

"내가 세상에서 발을 붙이고 잘 살도록 내버려두면 얼마든지 유령이 있다고 믿어도 되네."

"자넨 진흙탕 속에서 꼼짝도 못하는 거겠지." 앳킨슨이 말했다.

"나는 미친 사람들과 공중을 떠도느니 정상인 사람들과 진흙탕에 뒹굴겠어." 폴터가 말했다. "나도 이 심령교 신도들을 좀 아는데 자네도 알겠지만 그들은 바보와 부랑자들로 이루어져 있지."

말론은 흥미진진하게 듣고 있다가 점점 화가 났고 갑자기 폭발했다.

"이것 보시오, 폴터." 말론이 의자를 돌려 그들에게 다가가면서 끼어들었다. "당신 같은 바보와 얼뜨기들 때문에 인류가 발전하지 못하는 거요. 당신은 이 주제에 대해서 아무런 책도 읽지 않았다는 걸 인정했지. 그리고 내가 보기엔 당신은 아무것도 제대로 본 적이 없소!. 당신이 다른 분야에서 얻은 명성을 이용해서, 열심히 그리고 사려 깊게 탐구하는 사람들의 신뢰도를 떨어뜨리고 있구려."

"아." 폴터가 말을 꺼냈다. "당신이 그렇게 깊게 관여하고 있는 줄 몰랐소. 당신 기사에선 그렇게 쓸 용기가 없었나 보오? 그럼 당신도 심령교도로군. 그렇다면 당신의 시각도 그다지 믿을 만하지 못한 것이 아닌가?"

"난 심령교도가 아니라 진솔한 탐구자요. 당신은 절대 그렇게 될 수 없지. 그들이 바보에다 부랑자라고 했는데 말야, 최소한 내가 알기에도 그들 중엔 당신이 그 사람 신발 닦을 엄두도 못 낼 위대한 신사 숙녀가 있소."

"그만하게, 말론!"

한두 사람이 소리를 질렀는데 모욕을 당한 폴터는 벌떡 일어났다.

"댁 같은 작자 때문에 이 클럽에 사람이 안 오는 거요." 그는 휑하니 나가면서 소리쳤다. "나도 모욕을 참으면서 이곳에 두 번 다시 오지는 않을 거요!"

"이봐, 일을 저질렀구먼, 말론!"

"그가 나가는 걸 발길질로 도와주고 싶어 참을 수가 없었소. 무슨 자격으로 다른 사람들의 감정과 믿음 위에 으스댄단 말이오? 자기는 성공했고 우리들 대부분은 그러지 못하니까 우리 위에 군림할 수 있다고 생각하나 보군."

"친애하는 아일랜드 친구!" 앳킨슨이 말론의 어깨를 툭툭 두드리면서 말했다. "자극받은 영혼을 푹 쉬게나! 나도 자네에게 할 말이 있네. 방해하기 싫어서 기다리고 있었다네."

"벌써 방해는 충분히 받았지!" 말론이 외쳤다. "귓가에서 저 빌어먹을 당나귀가 푸르릉거리는데 어떻게 일을 할 수 있겠나?"

"내가 할 말은 한마디뿐이야. 내가 전에 말했던 유명한 영매인 린든과 모임이 있어. 오늘 밤 심령 대학[4]에서 말야. 마침 표가 한 장 더 있는데 같이 갈 텐가?"

"같이 가겠냐고? 물론이지!"

"그리고 표가 한 장 더 있어. 만일 폴터가 그렇게 공격적으로 굴지만 않았다면 그에게 주려고 했어. 린든은 비판적인 사람들이 오는 건 별로 상관하지 않아. 비웃는 사람들은 거부하지만 말야. 이제 또 누굴 데려가지?"

"이니드 챌린저 양이 가면 어떻겠나? 나와 같이 일하는 동료인데."

"좋아. 그럼 그녀에게 자네가 알려줄 텐가?"

"그러지."

"오늘 저녁 7시일세. 홀랜드 파크에 있는 심령 대학에서 말야."

"그래. 주소는 알고 있네. 좋아, 내가 챌린저 양을 데리고 가지."

그리고 두 남녀는 새로운 심령적 모험을 맞이했다. 그들은 웜폴 가에서 앳킨슨을 태웠다. 일행이 탄 택시[5]는 그를 태우고

길고 복잡한 거대한 도시를 가로지르는 길을 따라 옥스퍼드가
와 베이스워터를 지나 노팅힐을 거쳐 홀랜드 파크를 채운 빅토
리아 풍 건물들 사이를 달렸다. 길에서 약간 안쪽으로 서 있는
커다랗고 당당한 건물 앞에서 택시가 멈추었다. 똑똑한 하녀가
그들을 맞아들였고, 현관에 있는 색 입힌 등에서 나온 흐릿한
불빛이 번쩍거리는 바닥재와 광을 잘 낸 목각상 그리고 구석에
세워진 흰 대리석 석상 위에 쏟아졌다.

이니드의 여성적 육감에 이곳은 매우 운영이 잘 되고 잘 만
들어진 곳으로 대단히 유능한 사람이 이끌어 가고 있었다. 그
유능한 운영자는 아주 친절한 스코틀랜드 출신의 숙녀로 현관
에서 앳킨슨 씨를 오랜 친구처럼 맞이했다. 그녀는 기자들에게
오길비 부인으로 소개되었다. 말론은 그녀와 그녀의 남편이 개
인적인 비용과 대가를 치르면서 런던 심령 실험의 중심이 된
이 대단한 기관을 어떻게 만들었는지에 대해 익히 들어 알고
있었다.

"린든과 그 부인은 위층에 계세요." 오길비 부인이 말했다.
"오늘 저녁은 컨디션이 좋다고 하시더군요. 나머지 분들은 응
접실에 계십니다. 잠시 그분들과 같이 계시겠어요?"

꽤 많은 사람들이 회합을 위해 모여 있었다. 그들 중엔 오랫
동안 심령술을 공부한 학생들도 있었는데 그들은 큰 관심이 없
어 보였다. 그 외의 사람들은 모두 처음 오는 사람들로 놀란 눈
으로 주변을 두리번거리면서 다음에 무슨 일이 일어날지 궁금
해했다. 문가에 서 있던 키가 큰 사내가 돌아서자 갈색 턱수염
이 보였다. 알저논 메일리였다. 그는 새로 온 사람들과 악수를
나누었다.

"또 다른 경험을 하러 오셨군요, 말론 씨? 지난번 기사는 아주 공정했다고 생각합니다. 말론 씨는 아직 초심자이지만 이제 사원 안으로는 들어온 것 같군요. 첼린저 양, 긴장하셨나요?"

"메일리 씨가 곁에 있는데 긴장이라뇨." 이니드가 답했다. 그가 웃음을 터뜨렸다.

"물론 물질화 회합은 다른 모임들과 좀 성격이 다릅니다. 어떤 면에선 좀 더 인상적일 겁니다. 말론 씨는 심령 사진이나 그 외의 것들에 대해 많이 배우게 되실 겁니다. 유명한 기대주가 위층에서 일하거든요."

"전 적어도 그것만은 사기라고 생각했는데."

"그 반대예요. 영구적인 증거를 남기기 때문에 그 어떤 현상보다 더 확실히 입증될 수 있습니다. 저도 벌써 열두 번이나 넘도록 실험 조건을 달리해 봤습니다. 진짜 문제는 사기꾼들이 이 현상을 이용한다는 것뿐만 아니라 감각적인 기사만을 쫓는 저급한 기자들도 조사하러 온다는 점이지요. 여기 있는 분들을 아시나요?"

"아니요."

"키가 크고 잘생긴 숙녀 분이 로슬랜드 남작부인입니다. 그리고 저쪽은 몬트노아 공작 부처고요. 난로 옆에 있는 중년 부부 말입니다. 이 문제에 대해 진정한 관심과 용기를 보여준 몇 안 되는 귀족 분들 중에 정말 좋은 분들입니다. 그리고 저 활발한 숙녀 분은 배들리 양입니다. 배들리 양은 항상 이런 회합을 쫓아 다니죠. 새로운 감각을 찾아 다니는 사교계 숙녀이지요. 항상 눈에 띄고 말이 많지만 항상 공허합니다. 저 두 신사 분은 저도 모르는 분들입니다. 누군가가 저 두 분이 대학에서 온 연구원이라더군요. 검은 옷을 입은 숙녀 분과 함께 있는 풍채가 당당한 남자 분은 제임스 스미스 경입니다. 전쟁 통에 두 아드님을 잃으셨다더군요. 키가 크고 얼굴이 검은 사람은 바클리라는 이상한 남자인데 그 사람은 심령교가 대단한 미스터리이면서 천박한 것이라 생각합니다. 왜냐하면 일반인에게까지 위안을 가져왔으니까요. 그러나 그도 오래된 잡지인 《팔라디안 쿨투스》[6]에 실리는 논문을 읽는 것을 좋아하고, 인정 받는 고대 스코틀랜드의 의식과 바포멧[7] 유의 상징을 좋아합니다. 그는 엘리파스 레비[8]를 선지자로 받들죠."

"꽤나 공부를 많이 한 사람 같네요." 이니드가 말했다. "아니면 매우 특이한 사람이거나요. 그렇지만……. 안녕! 우리들의 친구가 나타났군요."

남루하고 싹싹한 볼소버 부부가 도착했다.

심령교처럼 계급이 구애받지 않는 곳도 없어서 영적 힘을 지닌 파출부가 그런 능력이 없는 백만장자보다 훨씬 좋은 대우를 받았다. 볼소버들과 귀족들은 즉시 화목하게 인사를 나누었다. 남작부인이 볼소버의 모임에 끼일 수 없냐고 물을 때 오길비 부인이 들어왔다.

"모두들 오신 것 같군요. 이제 2층으로 가야 할 시간입니다." 그녀가 말했다.

회합 장소는 2층에 있는 매우 크고 편한 방으로 안락한 의자들이 원형으로 배치되어 있었다. 그리고 캐비닛 역할을 하는 커튼이 쳐진 긴 의자가 있었다. 린든 씨는 점잖고 덩치가 큰 사내로, 몸이 단단하고 가슴이 큰 사람이었다. 깨끗이 면도한 얼굴에 꿈꾸는 듯한 파란 눈과 금발인 머리카락이 눈에 띄었는데 정수리 부분에서는 곱슬머리가 피라미드 모양으로 솟아 있었다. 그는 중년으로 보였다. 그의 부인은 훨씬 젊어보였는데, 날카롭고 성마른 표정을 하고 있었고 재빠르고 비판적인 시선을 지닌 지친 주부의 모습을 하고 있었다. 그러나 남편을 바라볼 때는 시선이 흠모의 시선으로 바뀌었다. 그녀의 역할은 상황을 설명하고 남편이 의식이 없는 동안 그를 보호하는 것이었다.

영매가 말을 꺼냈다. "모두들 자리에 앉아 주십시오. 남자, 여자, 남자, 여자의 순서로 앉는 게 좋습니다. 다리를 꼬고 앉지 마십시오. 그렇게 하면 흐름이 깨어집니다. 만일 물질화된 것을 보시더라도 손으로 잡으려 하지 마십시오. 그렇게 하시면 제가 다치게 됩니다."

연구 학회에서 왔다는 두 탐사관들이 서로 아는 체하면서 쳐다보았다. 메일리가 눈치를 채고 말을 꺼냈다. "그 말이 맞습니다. 저는 그렇게 해서 영매가 피를 흘려 위험에 처한 것을 두 번이나 목격했습니다."

"왜 그런 거죠?" 말론이 물었다.

"왜냐하면 사용하는 엑토플라즘이 영매에게서 나온 것이기 때문이죠. 엑토플라즘은 마치 잡아당겼다가 놓은 고무줄처럼 그에게로 되돌아 갑니다. 만일 피부를 통해 나온 것이라면 피부에 멍이 들고 말겠지만 점액막을 통해 나왔다면 피를 흘리게 되지요."

"그리고 근원지가 없다면 아무런 일도 일어나지 않고 말이죠." 연구원이 웃으면서 말했다.

모두가 자리에 앉자 오길비 부인이 말문을 열었다.

"간단하게 전 과정을 설명 드리겠습니다. 린든 씨는 캐비닛 안에 들어가지 않으실 겁니다. 그분은 밖에 앉아 계실 겁니다. 린든 씨가 붉은 빛을 받고 계실 것이기 때문에 여러분께서는 린든 씨가 자리를 뜨지 않는 것을 직접 확인하실 수 있을 겁니다. 린든 부인께서는 반대편에 앉아 계시면서 설명해 주실 겁니다. 제일 먼저 여러분들께서 캐비닛을 확인해 주십시오. 그리고 여러분 중 한 분께서 문을 잠그고 그 열쇠를 가지고 계실 겁니다."

캐비닛이라 불린 것은 벽에서 떨어진 곳에 있는 딱딱한 바닥 위에 커튼을 둘러친 공간에 지나지 않았다.

연구원들은 안팎으로 들락날락하면서 여기저기 두드려 보았다. 빈 공간은 없는 것 같았다.

말론은 작은 소리로 메일리에게 물었다. "저건 무슨 용도입니까?"

"영매에게서 나온 엑토플라즘이 모이는 일종의 저장고 역할을 합니다. 저게 없으면 엑토플라즘이 방 안에 퍼져 버리게 됩니다."

그 대화를 들은 연구원 한 사람이 끼어 들었다. "그 밖의 역할도 있는 것으로 알려져 있소."

"그것도 사실입니다." 메일리는 달관한 듯 대답했다. "그래서 저는 조심스럽게 잘 감시하는 것을 선호합니다."

"지금으로 봐서는 영매가 밖에 앉는다면 사기일 가능성은 없는 것 같소." 두 연구원들은 모두 동의했다.

영매는 캐비닛 커튼의 한쪽 옆에 앉았고, 그의 아내는 반대편에 앉았다. 불이 꺼지고 천장의 작고 붉은 등이 켜져서 사람들의 윤곽선만 드러날 정도였다. 점점 눈이 어둠에 익숙해지자

더 세부적인 모습이 보였다.

"린든 씨는 여러분의 점을 보면서 시작할 겁니다."

린든 부인이 말을 꺼냈다. 양손을 무릎 위에 포개고 캐비닛 옆에 앉아서 마치 사업자처럼 하는 행동 거지를 보고 이니드는 잘리 부인과 그녀의 밀랍 작품[9]이 떠올라 미소 지었다.

전혀 흐트러짐이 없는 린든이 점을 보기 시작했다. 그다지 듣기 좋은 것은 아니었다. 어쩌면 닫힌 공간에서 회합에 참여한 많은 사람들의 영향이 섞여서 꽤 방해가 되었던 것인지도 모른다. 그것이 린든이 자신의 설명이 잘 들어맞지 않을 때 하는 핑계였다. 그러나 말론은 영혼의 정체를 밝혀내는 설명 때문에 충격을 받았다. 왜냐하면 영매가 하는 말이 명백히 누군가 알려주는 것처럼 보였기 때문이다. 일이 당황스러운 결과를 맺는 것은 영매의 잘못보다는 사람들의 우매함 때문이었다.

"갈색 눈동자의 젊은이가 보이는군. 콧수염이 좀 늘어진 편인데."

"오, 자기야, 자기야, 지금 돌아와 있는 거야?" 배들리 양이 소리쳤다. "그가 전하는 말이 있나요?"

"당신에게 사랑을 보낸다고, 잊지 않았다는데."

"아, 정말 그 사람다운 말이에요! 그이는 그렇게 말하곤 했던 그대로군요! 제 첫사랑예요, 그래요." 그녀는 억지로 웃음을 지으려는 듯한 목소리로 사람들에게 말했어. "그이는 꼭 와요. 린든 씨가 계속해서 데리고 오시죠."

"왼쪽에 카키색 옷을 입은 젊은이가 나타나는군. 그의 머리에 무슨 상징물이 보이는데, 아마 그리스 십자가인 것 같은데."

"짐이에요! 짐이 틀림없어요!" 스미스 부인이 말했다.

"그래, 그가 고개를 끄덕이는군."

"그리고 그 그리스 십자가는 프로펠러일 겁니다." 제임스 경이 말했다. "그는 공군에 있었습니다."

말론과 이니드는 충격을 받았다. 메일리도 당황하는 듯했다.

"이건 별로인데요." 그는 이니드에게 말했다. "잠시만 기다려 보세요. 좀 더 나을 수 있을 겁니다."

그리고 사람들이 영혼들을 알아보았다. 그러고는 린든이 서멀리를 닮은 영혼에 대해 설명했다. 린든이 전에 교회에서 있었던 모임에 관중으로 참여했을지 모르기 때문에 말론은 조심스럽게 가려서 들었다. 그에게는 린든보다는 텝스 부인의 설명이 훨씬 설득력이 있었다.

"잠깐 기다려 보세요!" 메일리가 반복했다.

"이제 영매가 물질화를 시도할 겁니다." 린든 부인이 설명했다. "형상이 나타나면 절대 만지려고 해선 안 됩니다. 요구를 받는 경우를 제외하고 말입니다. 빅터가 만져도 되는지 알려줄 것입니다. 빅터가 영매를 조절하게 됩니다."

영매는 이제 의자에 앉아서 휘파람 소리를 내면서 숨을 깊게 쉬었다. 깊게 숨을 들이쉰 후 그는 입술 사이로 공기를 내뱉었다. 이윽고 그는 잠잠해지더니 턱을 가슴에 붙이고 깊은 혼수 상태로 빠져드는 듯했다. 갑자기 그가 말을 했다. 그런데 그의 목소리는 전보다 훨씬 잘 조절되고 교양 있는 듯했다.

"멋진 저녁입니다. 여러분!" 그가 말했다.

사람들이 웅얼거렸다. "멋진 저녁입니다. 빅터."

"유감스럽게도 오늘 파동이 별로 조화롭지 못합니다. 비판적인 파동이 있지만 그것은 큰 비중을 차지하지 못하니 더 많은 성과를 낼 수 있을 겁니다. '가벼운 발의 마틴'도 최선을 다하고 있습니다."

메일리가 속삭였다. "그는 인디언 지배령입니다."

"전축을 틀어 주시면 도움이 될 것 같습니다. 찬송가가 제일 좋습니다만 이승의 음악이라면 다 괜찮습니다. 제일 적당하다 싶은 걸로 부탁합니다. 오길비 부인."

전축의 바늘이 제자리를 찾기 전 지직거리는 소리가 났다. 그리고는 「친절한 불빛이여 인도하소서」가 흘러 나왔다. 청중들은 작은 소리로 노래를 따라 불렀다. 오길비 부인은 「오, 주님이 도우시네」로 노래를 바꾸었다.

"그들은 종종 기록을 갱신하곤 한답니다." 오길비 부인이 말했다. "그런데 오늘 저녁에는 힘이 강력하지 않군요."

"그렇지 않아요." 목소리였다. "오길비 부인, 오늘 저녁 힘은 충분합니다. 그러나 오늘의 힘은 물질화를 위해서 아껴두려고 하는 것입니다. 마틴이 그러는데 힘이 점점 모이고 있다는군요."

그 순간 캐비닛 앞에 쳐진 커튼이 흔들거리기 시작했다. 마치 강력한 바람이 뒤에서 불어오는 듯이 불룩하게 부풀어 올랐다. 그리고 동시에 둘러 앉아 있던 일행들 모두 바람을 느낄 수 있었다. 차가운 느낌과 함께.

이니드가 떨면서 속삭였다. "꽤 춥네요."

"이것은 주관적인 느낌이 아닙니다." 메일리가 대답했다. "해리 프라이스 씨가 온도계로 측정해 보았습니다. 크로포드 교수도 그랬고요."

"아, 맙소사!" 당황한 듯한 목소리가 외쳤다. 그것은 신비스럽고 거드름을 피우는 듯한 장난꾸러기의 목소리였는데, 그 주인공은 이제 진정한 신비에 맞닥뜨린 것 같았다. 커튼이 열리고 사람의 형체가 소리없이 나왔다. 분명 영매의 외형은 앉아 있는 자리에 그대로 있었다. 그 반대편에는 이제 자리에서 일어난 린든 부인이 있었다. 그리고 그 둘 사이에는 망설이는 듯한 검은 형체가 자신의 위치를 깨닫고 두려워하고 있었다. 린든 부인은 용기를 북돋워 주었다.

"너무 두려워하지 말아요. 아무도 당신을 해치지 않아요."

그녀는 일행에게 설명을 해 주었다.

"이렇게 건너와 본 적이 한번도 없는 사람이에요. 그러니 그녀에겐 매우 이상하게 느껴질 수밖에 없죠. 만일 우리가 그들의 세계로 뚫고 나간다면 마찬가지로 어색할 겁니다. 그래요. 이젠 힘이 생겨날 거에요. 잘하고 있어요!"

그 형체는 앞으로 나왔다. 모든 사람들이 마치 마법에 걸린 듯이 말없이 그 형체를 지켜보고 있었다. 배들리 양이 갑자기 미친 듯이 키득거렸다. 웨더비는 공포에 질려서 의자에 몸을 기대고 있었다. 말론이나 이니드는 두렵지는 않았지만 호기심에 사로잡혔다. 바깥 세상의 생명력이 느껴지는 소리를 들으면서 동시에 이런 광경을 볼 수 있다니 매우 놀라운 일이었다.

천천히 그 형체가 방 안을 돌아다녔다. 그것은 이니드에게 다가와서 그녀와 붉은 불빛 사이에 섰다. 이니드는 그 형체의 외곽선을 뚜렷이 볼 수 있었다. 작고 나이 든 여인의 모습이었다.

"수잔이에요!" 볼소버 부인이 외쳤다. "수잔, 나를 모르겠니?"

형체는 몸을 돌려 고개를 끄덕였다.

"그래, 여보. 당신 언니 수지로군." 볼소버 씨가 말했다. "수 잔, 우리에게 말을 해 봐요!"

형체는 고개를 저었다.

"이들은 처음 온 날 말을 하는 경우가 거의 없습니다." 린든 부인이었다. 그녀의 장사치 같은 분위기는 모인 사람들과 다소 어울리지 않았다.

"안타깝지만 이분은 오래 계실 수가 없습니다. 아, 보세요! 그녀가 사라졌습니다!"

그 형체는 사라지고 없었다. 뭔가가 다시 캐비닛 안으로 돌아가는 듯이 보였는데 캐비닛에 다 다르기 전에 땅으로 꺼지는 듯이 보였다. 어쨌든 그녀는 사라졌다.

"음악을! 빨리!" 린든 부인이 외쳤다. 모든 사람들은 한숨을 쉬며 의자에 기대서 긴장을 풀었다. 활기찬 분위기에 축음기의 소리가 울렸다. 갑자기 커튼이 걷히고 두 번째 형체가 나타났다.

이번에는 머리카락이 등에 치렁치렁한 어린 소녀였다. 그녀는 재빨리 그리고 확신에 차서 사람들 가운데로 나왔다. 린든 부인은 만족스러운 듯 웃음을 터뜨렸다.

"자, 이번엔 좀 멋진 걸 볼 수 있겠군요. 여기 루실이 왔습니다."

린든 부인이 설명을 덧붙였다.

"안녕, 루실!" 공작부인이 말했다. "우린 지난 달에 만났지, 기억 나니? 너의 영매가 말트레이버 타워에 왔을 때 말야."

"네, 네, 부인, 기억나요. 당신에겐 토미라는 아들이 있었죠. 토미는 우리들과 함께 있고요. 아니요, 아니에요, 부인. 우리들은 죽은 게 아니에요. 우리는 당신들보다 훨씬 활발하니까요.

우린 재미있고 유쾌한 것들에 둘러싸여 있답니다."

그녀는 높고 맑은 목소리로 완벽한 영어를 구사했다.

"우리가 여기에서 뭘 하는지 알려드릴까요?"

그녀는 우아하게 미끄러지듯 춤을 추면서 새처럼 선율을 타고 휘파람을 불었다.

"불쌍한 수잔은 이렇게 할 수가 없었죠. 연습을 안 했거든요. 루실은 이렇게 만들어진 신체를 어떻게 사용하는지 잘 안답니다."

메일리가 질문을 던졌다. "나를 기억하겠지, 루실?"

"기억해요, 메일리 아저씨. 노란 수염의 덩치 큰 아저씨죠?"

이니드는 벌써 두 번째로 자신이 꿈꾸는 것이 아닌가 꼬집어 보아야만 했다. 사람들의 가운데에 앉아 있는 이 우아한 소녀가 물질화된 엑토플라즘이 정말 맞는 것일까? 정말로 죽은 자의 영혼이 표현되는 것인지, 아니면 환각을 보고 있는 것인지, 혹은 사기인지 알 수가 없었지만 모두 가능성은 있었다. 모든 사람들이 같은 것을 보고 있으니 환각은 아니다. 그러면 사기인가? 어쨌든 저것은 아까의 나이 든 작은 여인이 아니다. 그녀는 몇 인치나 키가 더 크고 어둡지 않고 예쁜 모습이었다. 만일 진실이라면 대단한 가능성의 길이 열리는 것이었다. 그리고 캐비닛 때문에도 사기를 칠 수가 없었다. 게다가 샅샅이 검사를 하지 않았던가. 그렇다면 이것은 진짜였다. 그러나 이것이 진짜라면 얼마나 대단한 가능성의 전망이 열리는 것인가. 이것은 세상의 관심을 끌어 모을 만한 거대한 문제가 아니겠는가! 루실은 내내 매우 자연스러웠고 상황은 평범해서 신경이 곤두선 사람들 모두 긴장이 풀렸다. 여러 방향에서 쏟아지는 수많은 질문에 대해 소녀는 활기차게 대답했다.

"넌 어디에 살았니, 루실?"

"그 질문은 제가 답하는 게 좋겠군요." 린든 부인이 끼어들었다. "그러면 힘을 아낄 수 있을 겁니다. 루실은 미국 사우스다코타에서 자랐습니다. 그리고 열네 살에 죽었죠. 그녀의 말은 우리가 확인해 보았습니다."

"루실, 죽어서 행복하니?"

"내게는 잘 된 일이지요. 엄마에겐 안 된 일이고요."

"그 이후에 엄마가 너를 만난 적 있니?"

"불쌍한 엄마는 꼭 닫힌 상자 같아서 전 열 수가 없어요."

"넌 행복하니?"

"그럼요. 정말로 행복해요."

"네가 이렇게 오는 게 괜찮은 거니?"

"괜찮은 일이 아니면 주님께서 그냥 두시겠어요? 그런 질문을 하다니 매우 사악하시군요!"

"너의 종교는 뭐였니?"

"우리 식구들은 모두 가톨릭이었어요."

"그게 가장 옳은 종교니?"

"만일 당신을 더 행복하게 만든다면 어떤 종교라도 옳은 거에요."

"그렇다면 상관이 없겠구나."

"중요한 건 무엇을 믿는가가 아니고 매일매일 무엇을 하고 사는가예요."

"더 이야기해 다오, 루실"

"루실은 시간이 없어요. 그리고 오늘 오고 싶어하는 사람들은 많지요. 만일 루실이 힘을 지나치게 써 버리면 다른 사람들에게 힘이 모자라요. 주님께서는 정말 선하고 친절하세요. 당신들처럼 세상에 사는 사람들은 그분이 얼마나 착하고 친절한지 몰라요. 아래에서는 그분이 흐릿하기 때문이죠. 그렇지만 그것은 당신들을 위해서입니다. 당신들을 가다리고 있는 멋진 것들에 합당한 사람이 될 기회를 주려는 거에요. 그분이 얼마나 멋진 분인지는 이곳에 오면 잘 알게 되지요.”

“그분을 만나보았니?”

“만났냐고요? 어떻게 주님을 볼 수 있겠어요? 아니요. 그분은 우리를 에워싸고 있고 우리 안에 있고 모든 곳에 있지만 우리는 그분을 볼 수 없어요. 그렇지만 그리스도는 뵈었어요. 그분은 정말 영광스러운 분이지요. 자, 이제 안녕! 안녕!”

그녀는 캐비닛 쪽으로 돌아가서 그림자 속으로 사라졌다.

그리고 말론에게 정말 놀라운 일이 일어났다. 작고 어둡고, 약간 뚱뚱한 여인의 모습이 캐비닛에서 나타났다. 린든 부인이 그녀에게 나오라고 용기를 주자 그 형체는 말론 앞에 와서 섰다.

“당신에게 왔군요. 앞으로 나서도 됩니다.”

말론은 앞으로 나서면서 형체의 얼굴을 살펴보고 충격을 받았다. 그 형체와 말론 사이의 거리는 약 30센티미터 정도였다. 큰 머리, 다부진 외형은 정말 친숙한 것이었다. 말론은 더 가까이 다가갔다. 거의 닿을 것 같았다. 그는 눈에 힘을 주었다. 모든 형체는 약간 흐느적거리다가 모양을 갖추기 시작했는데 마치 보이지 않는 손이 형상을 만드는 것 같았다.

“어머니!” 그가 외쳤다. “어머니!”

순간 그 형체는 매우 기뻐하며 두 손을 앞으로 뻗었다. 그 행동이 평형을 흐트러뜨려 그녀는 사라졌다.

"그분은 처음으로 오셨던 겁니다. 말을 할 수가 없었어요." 사업가 같은 말투로 린든 부인이 말했다. "당신의 어머니였죠."

말론은 충격으로 굳어진 채 자리로 돌아가서 앉았다. 이런 일은 언제나 자신의 일로 다가와야지만 그 진정한 의미를 깨닫게 된다. 어머니라니! 돌아가신 지 이미 10년이나 지났건만 지금 눈앞에 서 계셨다니! 정말로 어머니였을까? 아니, 확신할 수 없었다. 양심적으로 어머니였다고 할 수 있을까? 그렇다. 그것은 확실했다. 그는 뼛속까지 떨렸다.

그러나 다른 놀라운 일들이 그의 정신을 빼앗았다. 곧 캐비닛에서 한 젊은 사내가 나와서 말론 앞에 섰다.

"안녕, 족! 우리 친구 족!" 메일리가 말했다. "제 조카입니다. 제가 린든과 함께 있으면 항상 찾아오지요."

"힘이 줄어들고 있어요." 젊은 친구가 말했다. "오래 머무를 수가 없어요. 만나뵐 수 있어서 정말 다행이에요, 삼촌. 이런 불빛 아래에서 사람들은 잘 볼 수 없어도 저희들은 잘 보이거든요."

"그래, 그렇다는 걸 잘 알고 있지. 그런데, 족, 너의 엄마에게 내가 너를 보았다는 이야기를 해 주고 싶었다. 그런데 그녀는 교회에서 이게 옳지 못한 일이라 말했다더구나."

"잘 알아요. 그리고 저를 악마로 여기신다는 것도 말이죠. 모든 게 엉망진창이에요. 그런 짓을 하는 그들은 언젠가 망할 겁니다!" 그의 목소리는 훌쩍거림으로 바뀌었다.

"그녀를 탓하지 말아라, 족. 그녀도 네가 온다는 사실을 믿고 있단다."

"아니에요. 어머니를 탓하는 게 아니에요! 언젠가는 알게 되실 거에요. 진실이 알려지고 부패한 교회들과 그들의 교리, 그리고 신의 모습을 모방한 우상은 지구상에서 모두 사라지는 날이 올 거에요."

"와, 족. 너도 마치 예언자 같아졌구나!"

"사랑이요, 삼촌. 사랑이에요! 제일 중요한 건 그것뿐이에요. 그리스도께서 예전에 그러셨듯이 친절하고 이타적이라면 뭘 믿는가가 뭐가 중요하겠어요?"

누군가가 물었다. "그리스도를 봤어요?"

"아직이요, 언젠가 때가 오겠지요."

"그러면 그분은 천국에 계시지 않나요?"

"천국도 여러 개가 있답니다. 저는 아주 낮은 곳에 있습니다. 그래도 항상 찬란하답니다."

이 대화를 나누는 동안 이니드는 점점 고개를 앞으로 내밀었다. 그녀의 눈이 조명에 익숙해져서 예전보다 훨씬 잘 보였다. 자신 앞 1미터 안에 서 있는 사내는 인간이 아니었다. 매우 민감한 문제이긴 하나, 그 점에서는 의심의 여지가 없었다. 노란색인 듯하면서 창백한 그의 얼굴에는 옆에 있는 사람들과 대비되는 뭔가가 있었다. 그리고 뭔지 모를 딱딱한 표정에도 뭔가가 있었다. 메일리가 말을 꺼냈다.

"자, 족. 이 사람들에게 한 마디 해 주지 않겠니? 너의 삶에 대해서 이야기해 주렴."

형체는 마치 수줍은 어린아이가 그러듯이 고개를 숙였다.

"아, 삼촌, 안 돼요."

"해 보렴, 우리 모두 너의 말이 듣고 싶단다."

"사람들에게 죽음이 뭔지 알려라? 신께서는 사람들에게 알리고 싶어하세요. 그래서 우리들이 다시 올 수 있도록 하시는 거죠. 죽음은 정말 아무것도 아니랍니다. 그건 마치 옆방으로 건너가는 것처럼 아무것도 아니에요. 자신이 죽었다는 걸 믿을 수가 없답니다. 저는 그랬어요. 저는 샘 아저씨를 만나고서야 깨달았어요. 그분은 확실히 돌아가셨으니까요. 그러고는 엄마에게로 돌아갔는데……." 그의 목소리가 흔들렸다. "그런데 엄마는 절 받아들이지 않으셨어요."

"상관하지 말아라, 애야." 메일리가 말했다. "너의 엄마도 지혜를 배우게 될 거야."

"그들에게 진실을 알려주세요! 제발요. 그건 인간이 말할 수 있는 그 어떤 것보다도 중요한 거예요. 만일 신문에서 일주일만이라도 축구를 다루는 만큼 영적인 문제에 대해 다룬다면 모든 사람들이 알게 될 텐데. 무지야말로 모든 것을……."

그리고는 구경하고 있던 사람들은 캐비닛을 향해 번쩍하고 불빛이 사라지는 것을 볼 수 있었다. 그리고 그 아이는 사라졌다.

"힘이 다 된 겁니다." 메일리가 말했다. "불쌍한 녀석. 마지막까지 포기하지 않았군요. 그 아인 항상 그랬습니다. 그래서 죽은 것입니다."

한동한 침묵이 흘렀다. 다시 전축 소리가 났다. 뭔가가 커튼 안에서 꿈틀거렸다. 뭔가 밖으로 나오려고 했다. 린든 부인이 벌떡 일어나 형체가 다시 들어가도록 손짓했다. 처음으로 영매가 몸을 뒤틀면서 신음했다.

"린든 부인, 무슨 일이죠?"

"반만 형성되었어요. 얼굴 아래쪽의 반은 형상화에 실패했습니다. 여러분이 놀라실까 봐서요. 제 생각엔 오늘 밤은 이걸로 끝난 것 같습니다. 이제 힘이 다 떨어졌습니다."

정말 그랬다. 불빛이 서서히 밝혀졌다. 영매는 창백한 얼굴과 땀에 젖은 모습으로 의자에 축 늘어져 있었다. 그의 아내가 꼼꼼하게 그를 돌보았다. 그녀는 그의 옷 단추를 풀고 물병의 물로 얼굴을 축여 주었다. 일행은 작은 무리들로 흩어져서 자신들이 본 것에 대해 이야기를 나누었다.

"정말 스릴 넘치지 않았나요?" 배들리 양이었다. "정말 가장 흥분되는 모임이었어요. 반만 형상화된 얼굴을 보지 못해서 유감이에요."

"고맙지만, 전 이미 여러 번 봤습니다." 젠체하는 신비주의자가 모든 거드름이 빠져나간 듯 말했다. "제가 감당할 수 있는 것보다 더 많이 본 것 같네요."

앳킨스는 연구자들 옆으로 갔다. "자, 어떻게 생각하시죠?" 그가 물었다.

"마스켈린의 강당에서 한 게 더 좋았습니다." 한 연구자가 말했다.

"에이, 이봐, 스콧!" 다른 연구자가 말했다. "자넨 그런 말할 자격이 없어. 저 캐비닛에서는 사기를 칠 수 없다는 것을 자네가 확인하지 않았나."

"마스켈린의 무대에 올라가는 사람들도 다 그렇다네."

"그래, 하지만 그것은 마스켈린이 만든 무대지. 이것은 린든의 무대가 아니잖아. 그가 만든 기계도 없다고."

"포풀루스 불트 데키피[10]." 연구원이 어깨를 으쓱하면서 말했다. "내가 판단할 것은 아니지."

절대 속을 것 같지 않은 그는 위엄 있는 모습으로 다른 쪽으로 걸어 가면서 좀더 이성적인 그의 동료와 논쟁을 계속했다.

"들었나?" 앳킨스가 말했다. "증거를 받아들일 만한 능력이 없는 심령 연구가들도 있다네. 그들은 눈앞에 길이 매우 명확하게 드러나 있어도 꼭 둘러가는 길을 찾으려고 두뇌를 허비하곤 해. 만일 인류가 새로운 왕국으로 나아간다면 분명 이들이 맨 마지막으로 움직이는 사람들일 거야."

"아니지, 아니에요." 메일리가 웃으면서 말했다. "주교들이 가장 뒤를 지키는 운명을 부여 받았답니다. 굳건한 몸을 가진 그들이 각반과 성직복을 입고 맨 뒤에서 한 걸음씩 행진해 오는 모습이 상상되는군요. 모든 인류가 영적 세계의 진실을 깨달은 뒤에 말입니다."

"오, 저런. 너무 심한 거 아닌가요. 그들도 다 선량한 사람들인데요." 이니드가 말했다.

"물론 그렇겠죠. 이건 상당히 생리적인 문제입니다. 그들은 나이 든 사람들예요. 나이 든 사람들의 두뇌는 경화되어서 새로운 인상을 기록할 수 없습니다. 그들의 잘못은 아니지만 사실은 사실입니다. 그러고 보니 말씀이 없으시군요, 말론."

그러나 말론은 자신이 말을 건넸을 때 손을 흔들던 작달막하고 어두운 형체에 대해 생각하고 있었다. 그는 마음에 그 형상을 담고 이 기적의 방에서 떠나 거리로 돌아갔다.

1) 윌리엄 바렛 경: 1873년부터 1910년까지 더블린에 있는 왕립 과학 대학의 물리학 교수로 재임하였고 심령학 연구의 태동 단계에서 중요한 역할을 그는 미국과 영국의 심령 연구 학회를 설립하였다.

2) 롬브로소: 19세기 이탈리아의 정신의학자이자 법의학자인 그는 범죄 인류학의 창시자이다. 그는 원래 물질주의자였으나 에우사피아 팔라디노에 대해 자세히 연구하다가 생각을 바꾸었다.

3) 리셰: 19세기 프랑스의 생리학자. 소르본 대학 교수였던 그는 과민증에 대한 연구로 1913년 노벨 의학상을 받았다. 그도 역시 심령교인이었던 것으로 알려져 있다.

4) 심령 대학: Psychic college. 1884년에 영국에 설립된 심령학 전문 대학.

5) 택시: 당시의 택시는 일종의 마차였다.

6) 팔라디안 쿨투스: Palladian Cultus. 잡지명으로 그 뜻은 '학문 예찬'이다. Palladian은 '팔라스 여신(아테네)의', '지혜의' 또는 '학문의'로 번역되며 Cultus는 '숭배', '예찬'을 뜻한다.

7) 바포멧: Baphomet. 성당 기사단이 숭배한다고 알려진 우상의 이름. Tem.o.h.p.ab.를 거꾸로 표기해서 나온 단어인데 Tem.o.h.p.ab.는 templi ominium hominum pacis abbas, 즉 '인류의 평화를 위한 신전의 사제'라는 뜻이다.

8) 엘리파스 레비: Eliphas Levi(1810~1875) 프랑스의 알퐁스 루이 콩스탕의 가명. 오컬트의 아버지라 알려져 있으며 나중에 알레이스터 크롤리가 자신이 태어난 때와 레비의 죽음이 일치한다며 자신은 레비의 환생이라고 주장했다.

9) 잘리 부인과 밀랍 작품: 디킨즈의 소설 『골동품 상회』에 나오는 잘리 부인은 인형극을 공연하는 밀랍 인형단의 주인이다.

10) 포풀루스 불트 데키피: 사람들은 속고 싶어한다는 뜻의 라틴 격언. 전문은 "Populus Vult Decipi; Ergo Decipiatur"으로 "사람들은 속고 싶어하니 속여주어라"라는 뜻이다.

6장
악명 높은 범죄자의 생활

이제 우리는 모호하며 제대로 정의되지 않았으나 매우 중요한, 인류의 사고와 경험 영역을 함께 탐험했던 작은 모임에 대해 잠시 잊어버리도록 하겠다. 우리는 탐구자들에게서 눈을 떼고 탐구 대상을 살펴볼 것이다. 우리와 같이 오면 린든 씨의 댁을 방문해서 전문적 영매의 삶의 장단점을 살펴볼 수 있을 것이다.

그에게 다가가기 위해서 우리는 가구 상점들이 양쪽으로 늘어선 토튼햄 코트 거리의 복잡한 길을 지나서 단조로운 집들 사이로 난, 대영박물관이 있는 동쪽 방향의 작은 길로 들어선다. 거리 이름은 '튤리스'고 번지는 40번지이다. 아, 여기로군. 칙칙하고 평범하고 색 바랜 문으로 올라가는 계단들이 줄을 이루고 모두 창이 하나씩 난 집들이 주욱 늘어서 있다. 창가에 놓인 작고 둥근 탁자 위에는 금테를 두른 성경책이 놓여 있어서 소심한 방문객을 안심시킨다. 상상력으로 만들어 낸 만능 열쇠

로 손때 묻은 문을 열고 어두운 복도를 지나 좁은 계단을 올라
간다. 지금은 오전 10시쯤 되었지만 기적을 일으키기로 유명한
이는 아직도 그의 침실에 있다. 사실 우리가 어제 목격했던 것
처럼 그는 저녁 내내 에너지를 쏟았기 때문에 아침에는 힘을
비축해야 한다.

보이지 않는 우리가 좋지 않은 시기에 방문한 순간 그는 일
어나 앉아서 베개에 몸을 기대고 있었고 무릎에는 아침이 차려
진 쟁반이 올려져 있었다. 어두침침한 교회에서 그와 함께 기
도를 했던 사람들이나 회합에서 그가 보여준 영적 능력에 반했
던 사람들이 지금 우스꽝스런 모습을 본다면 매우 즐거워했을
것이다. 그는 흐릿한 아침 햇살을 받아 아픈 사람처럼 창백하
게 보였는데 곱슬머리가 넓고 똑똑해보이는 이마 위로 피라미
드 형태로 엉켜 있었다. 헤쳐진 잠옷의 옷깃 사이로 굵은 황소
목이 드러났고 가슴이 깊숙이 들여다 보였다. 넓디넓은 어깨는
그가 상당히 힘이 좋은 사람이라는 것을 알 수 있게 했다. 그는
게걸스럽게 아침 식사를 하며 침대 옆에 앉은, 눈동자가 작고
검은 아내와 대화를 나누고 있었다.

"어제 회합이 좋았다고 생각해, 메리?"

"그저 그랬다고 생각해요, 톰. 그 두 연구자들이 뒤적거리고
다녀서 모두를 기분 상하게 했죠. 만일 그런 식으로 방해하는
사람이 주변에 있었다면 성경에 나오는 사람들도 주님을 만나
보지 못했을 거에요. 성경에 보면 그렇게 씌어 있죠, '하나로
조화를 이루어서'라고요."

"물론이지!" 린든은 진심으로 외쳤다. "남작부인은 좋아하던
가?"

"그래요. 내가 보기엔 매우 기뻐했어요. 그리고 그 외과의사인 앳킨슨 씨도 마찬가지죠. 말론이라는 기자가 새로 온 사람이었어요. 그리고 몬트누아 경과 부인은 증거를 찾았고요. 제임스 스미스 경과 메일리 씨도 그랬죠."

"이번 투시는 모두 불만족스러웠어. 그 바보 같은 사람들이 내 머리에 계속 이상한 생각을 집어넣었거든. '이건 분명 우리 샘 아저씨야.'라고 해 가면서 말야. 그것들이 내 시야를 흐리게 만들어서 뚜렷하게 볼 수가 없었어."

"그래요. 그리고 그들은 당신을 도와준다고 생각하고 있었죠. 당신을 헷갈리게 만들고 자신들을 속이는 일인데. 나도 그런 사람들을 알아요."

"그렇지만 물질화가 잘 되었던 것은 기쁜 일이야. 그렇지만 내게서 모든 것을 끌어내 버렸어. 덕분에 오늘 아침엔 정말 녹초가 되었잖아."

"그들은 너무 열심이에요. 이제 같이 마게이트로 가요. 기력을 회복하도록 도와줄게요."

"글쎄. 부활절 때나 되어야 한 일주일쯤 시간을 낼 수 있을 것 같아. 그럼 좋겠지. 영혼의 말을 전하고 투시를 하는 건 별 상관이 없지만 물리적인 것은 정말 힘든 일이야. 나는 할로즈만큼 엉망은 아니야. 사람들이 그러는데 죄다 거짓말뿐이고 그걸 수습하느라 정신이 없다더군."

"그래요." 여인은 쏩쓸하게 말했다. "그러면 사람들이 그에게 술을 부어 주고 술에 의지하는 법을 가르치는 거죠. 결국 술 취한 영매가 되는 거에요. 나도 그들을 알아요. 톰, 당신은 절대 그런 짓은 하지 말아요."

"그래, 우리 일을 하는 사람들은 절대로 술을 마셔서는 안
돼. 만일 채식만으로 견딜 수 있다면 그것 또한 좋은 일이지.
그렇지만 나처럼 햄과 계란을 좋아하는 사람이 그런 말을 할
수 있나. 이런, 메리! 지금 10시 반인데 벌써 그들이 몰려오고
있어. 오늘은 대단한 일이 있을 것 같은데."

"톰, 볼일이 끝나면 그들을 바로 보내세요."

"글쎄. 나는 어려운 건에 잘 걸리는 편이라서. 그들과 우리의
목적을 모두 만족시킬 수 있다면 더 바랄 게 뭐가 있겠어? 내
생각엔 그들도 우리를 돌봐줄 것 같아."

"하지만 그들은 자신들을 위해 좋은 일을 많이 한 영매들을
실망시킨 적이 많아요."

"그건 영혼들의 잘못이 아니고 돈 많은 사람들의 잘못이야."
톰 린든이 흥분해서 말했다.

"누구누구 부인이나 누구누구 백작부인 들이 자신들이 누렸
던 편안한 생활을 자랑하면서도 빈민굴에서 죽거나 구빈원에서
썩어 가는 가난한 사람들은 도와주지 않았다는 말을 들으면 난
진짜 화가 나. 불쌍한 트위디나 솜스, 그리고 나머지 사람들은
모두 낡은 오두막에서 살고 있는데 신문에서는 영매가 버는 돈
에 대해서 떠들고 다니지. 그리고 어떤 빌어먹을 마법사들은 2
톤이 넘는 기계를 이용해서 돼먹지 못한 흉내나 내면서 우리
영매들 모두가 버는 돈을 다 합친 것보다 더 많이 벌고 말이
야."

"걱정하지 마세요, 여보." 영매의 아내는 갸냘픈 손으로 사
내의 엉킨 머리카락을 쓰다듬으며 말했다. "때가 되면 공평해
질 거에요. 그들은 언젠가 그들이 저지른 죄의 대가를 치르게

될 거니까요."

린든은 큰 소리로 웃었다. "내가 화를 내는 건 내가 가진 웨일스 핏줄의 영향 때문이야. 그 사기꾼 같은 놈들은 더러운 돈이나 모으라고 하고 부잣집 놈들은 노랑이 짓이나 하고 살라지. 그들은 돈이 왜 필요하다고 생각하는 걸까? 상속세를 낼 때나 좀 재미있어 하는 놈들이야. 만일 내게 그런 돈이 있었다면……."

누군가가 문을 두드렸다.

"주인님, 동생 분이신 사일러스 씨께서 아래층에 와 계십니다."

두 사람은 당황해서 서로를 쳐다보았다.

린든 부인이 슬픈 듯 말했다. "문제가 더 생겼군요."

린든은 어깨를 으쓱한 후 소리쳤다.

"알았어, 수잔! 내가 곧 내려간다고 전해. 자, 여보, 당신이 내려가서 잠시 녀석과 같이 있어 주겠어? 15분 후에 내려갈게."

그는 채 15분이 지나기 전에 아내가 손님을 맞이하느라 고전을 면치 못하고 있는 방으로 내려왔다. 사일러스는 형과 다르지 않고 매우 크고 육중해 보이는 사내였지만 영매의 친절해 보이는 넉넉한 풍채가 흡사 완전한 무자비함으로 변형된 모습이었다. 그도 역시 곱슬머리가 위로 뻗쳐 있었지만 완고해 보이는 턱은 깨끗하게 면도가 되어 있었다. 그는 창가에 앉아서 주근깨가 난 커다란 손을 무릎에 얹고 있었다. 그 커다란 손이 프로 권투선수였던 사일러스 린든 씨에게는 매우 중요한 부분이었다. 그는 영국 최고의 웰터급 선수로 각광받았던 적도 있었다. 지금 그는 한동안 일삼던 나쁜 짓을 형에게 빌붙어 살며 끊고 있었다. 얼룩진 트위드 양복과 닳은 부츠가 모든 것을 말하는 듯했다.

"좋은 아침이야, 형."

그가 거친 목소리로 말했다. 그러자 린든 부인은 방을 나갔다.

"혹시 스카치 위스키 가진 거 좀 있어? 오늘 아침에 숙취가 좀 심하네. 어제 저녁에 '버논 제독'에서 옛날 친구들을 좀 만났어. 대단한 재회였지. 내가 링에서 한창일 때 이후론 못 본 친구들이었거든."

영매는 책상 뒤에 앉으면서 대답을 했다. "미안하다, 사일러스. 우리집에는 술이 없어."

"영혼[1]에 취하는 것으로 충분하다 이거지, 그렇지만 그건 제대로 된 취기는 아니야." 사일러스가 말했다. "뭐, 그렇다면 술값을 줘도 괜찮아. 1파운드 있으면 그거라도 줘. 난 지금 한푼도 없으니까."

톰 린든은 책상에서 1파운드를 꺼냈다.

"여기 있다, 사일러스. 내게 돈이 있는 한 네가 쓸 돈은 마련해 주마. 그렇지만 지난 주에도 벌써 2파운드나 가져갔잖아. 벌써 다 쓴 거냐?"

"다 썼냐고? 그렇다고 해야겠지!" 그는 지폐를 받아서 주머니에 넣었다. "이거 봐, 형. 난 형이랑 남자 대 남자로 진지한 이야기를 하고 싶어."

"그래, 사일러스. 그게 뭐지?"

"이게 보여?" 그는 손등에 불룩 튀어나온 것을 가리키면서 말했다. "이건 뼈야! 보여? 이건 절대 원래대로 되돌아 올 수 없어. 이건 N.S.C.[2]에서 컬리 젠킨스를 3라운드에서 때려눕힐 때 생긴 거야. 그날 밤 내 삶을 때려눕힌 거지. 이젠 전시 경기 따위는 할 수 있지만 진짜 경기는 못하게 되었다고. 내 오른손은 이제 죽어 버린 거야."

"어렵게 되었구나, 사일러스."

"그래! 더럽게 어렵지! 정말 중요한 것은 나도 생업을 꾸려야 한다는 거고 난 그 방법을 알고 싶은 거야. 권투계에서는 이제 길이 없어. 내가 할 수 있는 일은 술집 경비나 서면서 대가로 공짜 술이나 먹는 거라더군. 내가 알고 싶은 건 말야, 형. 나는 왜 영매가 되면 안 되는 거지?"

"영매라고?"

"왜 날 그렇게 노려보는 거야! 형이 할 수 있다면 나도 할 수 있어."

"하지만 넌 영매가 아니잖니."

"왜 이래! 그런 말은 신문 기자한테나 써먹으라고. 우린 한 식구잖아. 형은 어떻게 그걸 하는 거야?"

"내가 하는 게 아니야. 내가 하는 건 아무것도 없다."

"그러면서 일주일에 5파운드나 받는단 말이지. 죄다 사기야. 나를 속일 수는 없어, 형. 난 한 시간 동안 어두운 구석에 앉아 있다가 형한테 돈을 내는 그런 바보들이 아니란 말이야. 형이랑 나랑 대등한 입장에서 얘기를 해 보자고. 어떻게 하는 거야?"

"뭘 한다는 거니?"

"뭐, 예를 들자면 그 탁탁 소리 나게 하는 거 말야. 전에 보니까 형은 책상에 앉아 있는데 대답하는 탁탁 소리는 저기 멀리 책장에서 나는 것 같았거든. 정말 교묘하더라. 할 때마다 사람들이 놀라던데. 어떻게 그렇게 하는 거야?"

"다시 말하지만 그건 내가 하는 게 아니야. 나 외의 존재라니깐."

"헛소리! 나한테는 말해도 돼, 형. 나도 그리피스[3]의 한 사람이야, 믿을 수 있는 사람이라고. 나도 그런 걸 할 수 있다면 벌어먹고 살 텐데."

그날 아침 두 번째로 영매의 웨일스 가질이 밖으로 드러났다.

"넌 염치없고 불경스러운 악당이야, 사일러스 린든. 너 같은 놈들이 우리의 운동에 가담해서 이름을 더럽히는 짓을 하지. 내가 사기꾼이라고 생각하다니. 난 네가 그것보다는 나은 줄 알았다. 내 집에서 나가라. 고마운 줄도 모르는 배은망덕한 놈!"

"그만 하슈." 깡패 같은 동생이 투덜거렸다.

"당장 나가. 그렇지 않으면 내가 쫓아낼 테다."

사일러스는 거대한 두 주먹을 불끈 쥐고 잠시 표정을 찡그렸다. 그러나 형이 도움을 줄 거라 기대하고 마음을 풀었다.

"그래, 그래. 뭐 나쁜 의도는 아니었어." 그는 문으로 나가면서 투덜거렸다. "그럼 형의 도움 없이 한번 해 보지 뭐."

그러나 문 앞에 서자 다시 화가 났다. "잘난 척하는 위선자! 사기꾼! 꼭 복수할 테다."

그는 무거운 문을 세게 닫고 나갔다.

린든 부인이 남편에게 달려왔다.

"꼴 보기 싫은 악당 같으니!" 그녀가 소리쳤다. "나가는 소리 들었어요. 뭘 해 달래요?"

“내가 자기를 영매로 만들어 주길 바라더군. 몇 가지 속임수만 가르치면 되는 줄 알고 있어.”

“바보 같으니라고! 어쨌든 잘된 일이네요. 앞으로는 나타나지 않을 테니까.”

“정말 그럴까?”

“만일 나타나면 내가 문을 확 닫아 버릴 거에요. 형에게 이렇게 못 되게 굴다니. 당신 지금 분노로 떨고 있군요!”

“내가 이렇게 예민하지 않았다면 영매가 되지 못했겠지. 어떤 사람들은 영매는 시인 같다고, 오히려 시인들보다 더 예민하다고들 해. 그렇지만 일을 시작할 땐 아주 괴로워.”

“내가 좀 도와줄게요.”

그녀는 마디가 굵은 손을 그의 이마 위쪽에 대고 잠시 아무런 말도 하지 않고 있었다.

“훨씬 낫군!” 그가 말했다. “고마워, 메리. 난 부엌에 가서 담배나 한 대 피우고 올게. 그럼 괜찮아질 거야.”

“안 돼요. 누가 왔어요.” 그녀는 창문 밖을 내다보았다. “지금 손님을 맞을 수 있겠어요? 여잔데요.”

“그래 그래. 난 괜찮아. 안으로 데리고 와.”

잠시 후 검은 옷을 입은 창백하고 불쌍해 보이는 한 여인이 들어왔다. 그녀의 외형만으로도 무슨 일인지 알 수 있었다. 린든은 그녀에게 불가에서 떨어진 의자를 권했다. 그러고는 서류를 훑어보았다.

“블러운트 부인이시죠? 약속을 하셨나요?”

“네, 전…… 물어보고 싶어서…….”

“제게 질문을 던지지 마십시오. 혼동이 됩니다.”

그는 회색 눈동자로 여인에게 영매의 시선을 보냈다. 상대방보다는 그 주변에 있는 것들을 훑어보는 시선이었다.

"잘 오셨습니다. 정말 잘하신 겁니다. 지금 당신의 뒤에는 누군가가 있어요. 그리고 긴급한 메시지가 있다는군요. 이름이…… 프란시스…… 네, 프란시스입니다."

여인은 두 손을 마주잡았다.

"네, 네, 바로 그 이름이에요."

"얼굴이 검은 편이고, 아주 슬퍼하고 있어요. 마음속 깊이. 진심으로 말이죠. 그가 하고 싶은 말이 있어요. 꼭 해야만 해요! 아주 급한 일입니다. 그가 틴크……어……벨이라고 합니다. 팅커벨이 누구죠?"

"네, 네. 그 사람이 저를 그렇게 불렀어요. 오, 프랭크, 프랭크. 제게 말을 하세요! 제발요!"

"그가 말을 하고 있어요. 당신의 머리 위에 손을 얹고 있습니다. '팅커벨. 만일 당신이 하고자 하는 일을 한다면 그것 때문에 건너기 힘든 틈이 벌어질 거야.' 무슨 말인지 아시겠나요?"

여인은 벌떡 일어났다. "네, 정말 중요한 말이에요. 린든 씨, 제게는 이게 마지막 기회에요. 만일 이것마저 실패한다면, 그이가 정말로 제 곁을 떠났다면, 전 그를 따라가려고 했어요. 전 오늘 저녁 독약을 마실 생각이었어요."

"제가 당신을 살렸다니 다행입니다. 부인. 자살하는 것은 매우 안 좋은 일입니다. 그것은 자연의 법칙을 깨는 것이고 그렇게 되면 벌을 받게 되죠. 그가 당신을 살렸다니 정말 기쁜 일입니다. 할 말이 더 있다는군요. '만일 당신이 계속 살아간다면 나는 영원히 당신 곁을 떠나지 않을 거야. 살아 있을 때보다도 더 가까이. 내가 당신과 세 아이들을 보호할게.'"

정말 그 변화는 놀라운 것이었다! 방을 들어선 창백하고 힘 없던 여인은 지금 볼이 발그레해지고 미소를 지은 채 서 있었다. 그녀의 얼굴에는 눈물이 흐르고 있었지만 그것은 기쁨의 눈물이었다. 그녀는 박수를 쳤다. 그리고 마치 춤을 추는 듯이 몸을 약간 흔들었다.

"그는 죽은 게 아니었어요! 죽은 게 아니었어요! 나에게 말을 할 수 있고 내게 가까이 있을 수 있다면 죽은 게 아니지요? 오, 정말 기쁜 일이에요! 린든 씨, 제가 뭘 해 드리면 되죠? 당신은 부끄러운 죽음으로부터 저를 구해 주셨어요! 그리고 남편을 제게 돌려주셨구요! 당신의 힘은 주님처럼 강하군요!"

감정이 풍부한 사내인 영매도 눈물을 흘려 얼굴을 적시고 있었다.

"부인. 아무런 말씀 마십시오. 그건 제가 아닙니다. 저는 하는 일이 없습니다. 주님께 감사하십시오. 인간이 영혼을 알아볼 수 있게 하시고 말을 전할 수 있게 하신 것에 감사 드리십시오. 제게 주실 것은 1기니면 됩니다. 내실 수 없으시면 안 내셔도 됩니다. 또 어려운 일을 당하시면 제게 다시 오십시오."

"저는 이제 행복합니다." 그녀는 눈물을 훔치며 말했다. "이제는 주님의 뜻을 기다리면서 제 할 일을 할 수 있을 것 같아요. 다시 남편을 만날 때까지 기다릴 수 있습니다."

미망인은 기쁜 마음으로 집을 나섰다. 톰 린든은 동생의 방문으로 인해 드리워진 구름이 이 기쁜 사건으로 사라진 것 같았다. 자신의 힘으로 다른 사람들에게 행복을 주는 것만큼 기쁜 일도 없을 것이다. 그러나 자리에 앉은 지 얼마되지 않아서 또 다른 고객이 도착을 알렸다. 이번에는 깔끔하게 프록코트를 차려 입은 남자가 부산스럽게 들어왔다.

"린든 씨이시죠? 당신의 힘에 대해 많이 들었습니다, 선생. 물건을 만져보는 것만으로도 그 주인에 대해서 알 수 있다고 하던데."

"가끔은 그렇게 되죠. 제 마음대로 되는 건 아닙니다."

"전 당신 힘을 좀 봐야겠습니다. 제가 오늘 아침에 받은 편지입니다. 선생의 힘을 한번 써 보시겠습니까?"

영매는 접혀진 편지를 받아 들고 의자에 기대 앉아서 편지를 이마에 댔다. 그는 1분 정도 눈을 감고 있었다. 그러더니 편지를 되돌려 주었다.

"기분이 안 좋군요. 뭔가 악한 기운이 느껴집니다. 흰 옷을 입은 남자가 보입니다. 어두운 얼굴을 하고 있습니다. 대나무 책상에 앉아서 글을 쓰고 있습니다. 열기가 느껴집니다. 열대 지방에서 온 편지인 것 같습니다."

"그렇습니다. 중앙 아메리카에서 온 겁니다."

"더 이상은 드릴 말씀이 없군요."

"그 정도가 한계입니까? 영혼들은 뭐든지 알고 있는 줄 알았습니다."

"그들도 모두를 아는 것이 아닙니다. 그들의 힘과 지식은 우리들의 힘과 지식하고 깊은 상관이 있죠. 그렇지만 이것은 영혼들과 관련 있는 문제가 아닙니다. 제가 했던 것은 사이코메트리라고 불리는 일입니다만 우리가 아는 바에 의하면 이것은 인간의 영혼이 가진 힘입니다."

"당신이 알아낸 것은 모두 맞았습니다. 제게 편지를 보낸 이 사람은 유전 발굴 사업의 지분을 반을 사라고 돈을 투자하라고 했습니다. 그렇게 하는 것이 좋겠습니까?"

톰 린든은 고개를 저었다.

"이런 힘이 몇몇 인간에게 주어진 이유는 인류를 달래기 위한 것이기도 하고 불멸의 존재가 있음을 증명하는 것이기도 합니다. 세속적인 목적으로 사용하기 위한 것이 아닙니다. 그런 목적으로 사용하면 항상 문제가 발생합니다. 영매는 물론 의뢰인에게도 문제가 발생합니다. 저는 이 문제에서 손을 떼겠습니다."

"돈은 문제가 아닙니다." 사내가 안주머니에서 지갑을 꺼내면서 말했다.

"아닙니다, 선생님. 제게 이러지 마십시오. 저도 가난합니다만 제 능력을 오용하지는 않습니다."

"그렇다면 쓸모가 없는 재능이군요." 방문객은 자리에서 일어났다. "그 나머지 이야기들은 허가 받은 목사에게서도 구할 수 있는데 당신은 그렇지 않군요. 여기 당신의 돈이 있습니다. 그렇지만 나는 그에 상응하는 이야기를 듣지 못했군요."

"죄송합니다만 저는 규칙을 어길 수가 없습니다. 당신 옆에는 한 숙녀 분이 계시군요. 당신의 왼쪽 어깨 근처에…… 나이든 여자 분……."

"쯧쯧!" 금융업자는 문으로 가면서 혀를 찼다.

"에메랄드로 된 십자가가 있는 커다란 금 로켓이 가슴에 있어요."

그 남자는 발걸음을 멈추고 돌아서서 그를 노려보았다.

"그건 어디에서 알았습니까?"

"지금 내 눈앞에 보이는 겁니다."

"말도 안 돼. 그건 어머니가 항상 걸고 계시던 겁니다! 그럼 지금 당신 눈에 어머니가 보인다는 말입니까?"

"아닙니다, 이젠 가 버렸습니다."

"어머니는 어떻던가요? 무얼 하고 계셨죠?"

"당신의 어머니라고 말씀하시더군요. 울고 계셨습니다."

"울고 있다고! 어머니께서! 그분은 어떤 사람보다도 천국에 어울리는 분이었습니다. 천국에서는 울 일이 없을 텐데!"

"사람들이 상상하는 천국에는 그럴 일이 없지요. 그렇지만 진짜 천국에서는 영혼들도 울기도 합니다. 그들을 울리는 것은 결국 살아 있는 우리들입니다. 그리고 어머니께서 전하시는 말씀이 있었습니다."

"알려주시오!"

"말씀은 이렇습니다. '오, 잭, 나의 아들! 이제 점점 나의 손길에서 멀어져만 가는구나.'"

그 남자는 멸시하는 태도를 취했다.

"내가 약속을 할 때 내 이름을 알려줬다면 내가 바보짓을 한 것이군요. 아니면 당신이 뒷조사를 하고 있었거나. 내게 그런 속임수 짓거리를 할 생각은 마십시오. 더 이상은 참을 수가 없군요!"

그날 아침 두 번째로 방문객이 문을 세게 닫으면서 나갔다.

린든은 아내에게 설명했다. "어머니가 한 말이 마음에 들지 않았나 보군. 불쌍한 어머니는 자기 때문에 초조해하고 있는데, 주여! 사람들이 이런 사실들을 알 수 있다면 모든 전례와 의식들을 진행할 때 도움이 될 텐데."

"여보, 사람들이 몰라준다고 해서 그게 당신 잘못은 아니에
요. 지금 밖에 두 여자 분이 당신을 만나려고 기다리고 있어요.
자신들이 누구인지는 말하지 않는데 매우 급한 상황인 것 같네
요."

두 여인들은 안내를 받아서 들어왔다. 두 사람은 검은 옷을
입었고 매우 엄격해 보였다. 한 사람은 고집스러워 보이는 50대
의 여인이었고 다른 한 사람은 스물다섯 정도 되어 보였다.

"당신은 1기니를 받는다고 들었어요." 나이 든 여인이 그렇
게 말하면서 탁자 위에 돈을 올려놓았다.

"돈을 낼 능력이 있는 사람들에겐 그렇습니다." 린든이 대답
했다. 사실 그는 상황이 좋지 않은 사람들에게는 오히려 돈을
줘서 돌려보내곤 했다.

"네, 돈 낼 수 있어요. 지금 아주 슬픈 일이 생겼는데 사람들
이 당신이 나를 도와줄지도 모른다고 하더군요." 여인이 말했다.

"가능하면 도와드리겠습니다. 제가 하는 일이 그런 겁니다."

"전쟁 중에 남편이 죽었습니다. 그는 이프르[4]에서 죽었어요.
그와 이야기를 나눌 수 있을까요?"

"부인께서는 주변에 아무런 영혼의 영향이 없습니다. 아무런
이미지도 들어오지 않아요. 죄송합니다만, 이런 건 저희가 조
절하는 일이 아니라서요. 에드먼드라는 이름이 들리는데, 그게
그분의 이름인가요?"

"아닌데요."

"그럼 혹시 알버트이신가요?"

"아니에요."

"죄송합니다. 혼돈이 있었던 모양입니다. 전보를 보내는 전

선에서 혼선이 있는 것처럼 말입니다."

"페드로라는 이름이 도움이 될까요?"

"페드로! 페드로! 아, 아무것도 들어오지 않아요. 그 페드로라는 분이 나이가 많으신가요?"

"아니에요."

"어떤 느낌도 들지 않는군요."

"실은 저의 딸에 대해서 조언을 듣고 싶었어요. 남편이 어떻게 하라고 말해 줄지도 모른다고 생각했지요. 딸은 이번에 한 젊은이와 약혼을 했어요. 그런데 한두 가지 찜찜한 일이 있어서 어찌해야 할지 모르겠네요."

"저희에게 조언해 주세요." 젊은 여인이 애원하는 눈초리로 영매를 바라보며 말했다.

"제가 할 수 있으면 도와드리겠습니다만…… 그 사람을 사랑하시나요?"

"네, 그 사람은 괜찮은 사람이에요."

"만일 당신이 그에게 그 정도밖엔 감정이 없다면 제 생각엔 그만두는 편이 나을 것 같습니다. 그런 결혼에서는 불행밖에 오지 않습니다.

"그럼 이 아이에게 불행이 닥칠 거라고요?"

"그럴 가능성이 큽니다. 조심하셔야겠습니다."

"그럼 다른 사람은 보이나요?"

"남자든 여자든 모든 사람들은 언젠가 어디에서 자신의 반려자를 만나게 되어 있습니다."

"그렇다면 이 아이도 만날까요?"

"물론 그럴 것입니다."

"제가 가정을 꾸릴 수 있을까요?" 아가씨가 물었다.

"아니요, 그건 제가 말씀드릴 수 있는 게 아닙니다."

"그리고 돈은요. 얘가 돈을 많이 벌 수 있을까요? 린든 씨, 우리는 매우 힘든 상황입니다. 그래서 약간……."

그 순간 놀라운 훼방꾼이 나타났다. 문이 갑자기 열리고 린든 부인이 창백한 얼굴에 이글거리는 눈을 하고 방 안으로 뛰어들어왔다.

"저들은 경찰이에요, 톰. 이들에 대해 방금 경고를 받았어요. 지금 막 도착했어요. 슬픈 척하지 말고 이 집에서 나가시지, 위선자들. 아 얼마나 바보 같은 짓이었나! 당신들을 알아보지 못한 내가 바보였어."

두 여인은 자리에서 일어났다.

"예, 하지만 좀 늦었군요, 린든 부인." 나이 많은 여인이 말했다. "이미 돈은 지불했습니다."

"가져가세요! 가져가란 말이에요! 아직 탁자 위에 있잖아요!"

"아닙니다. 돈은 지불했습니다. 그리고 우리 점괘를 보셨고요. 린든 씨, 이 일로 나중에 연락이 올 겁니다."

"이 사기꾼들! 당신들은 사기 운운하지만 결국 사기를 치는 건 당신들이야! 만일 동정심을 가지고 있지 않았다면 당신들은 만나지도 않았어!"

여인이 대답했다. "우리한테 소리쳐 봐야 소용없습니다. 우리는 임무를 다하는 것일 뿐이지 법을 만들지는 않습니다. 법전에 나와 있는 내용이라면 우리는 집행할 수밖에 없습니다. 이 사건은 본부에 보고하도록 하겠습니다."

· 톰 린든은 매우 당황해서 움직일 수가 없었다. 그렇지만 여경
들이 나간 후 울고 있는 아내를 안아 주고 최선을 다해 달랬다.

"경찰서에서 일하는 타자수가 경고를 보내 주었어요." 아내
가 말했다. "오, 톰, 이번이 두 번째에요! 그럼 감옥에 가야 하
고 당신은 중노동을 해야 한단 말이에요." 그녀가 울부짖었다.

"괜찮아, 여보. 우리가 잘못한 것이 없고, 주님의 일을 최선
을 다해서 했다는 양심만 있으면 괜찮아. 우리에게 일어나는
일을 기쁜 마음으로 받아들여야지."

"그렇지만 다들 어디에 있었던 거죠? 어떻게 당신을 이렇게
배신할 수 있는 거예요? 당신의 안내자는 어디에 있었나요?"

"그래, 빅터." 톰 린든도 허공을 향해 고개를 흔들면서 말했
다. "당신은 어디 있었던 거요? 나도 당신과 담판을 지어야겠
어." 그리고 말했다. "여보, 당신도 잘 알잖아. 의사가 자신을
치료할 수 없듯이 영매는 자신의 일에서는 아무런 힘이 없어.
그게 법칙이야. 그렇더라도 나도 알았어야 했지. 어둠밖에 보
이지 않았거든. 어떤 영감도 떠오르지 않았단 말야. 내가 그런
짓을 한 것은 바보 같은 동정심 때문이었어. 아무런 메시지도
받지 못했어. 자, 여보, 메리. 우리에게 닥친 일을 용감하게 받
아들여야 해. 어쩌면 기소되기에 불충분할지도 몰라. 판사는
저들처럼 무식하지 않을지도 모르고. 이제 최선을 바라는 수밖
에."

영매는 용감하게 말했지만 몸은 충격 때문에 떨리고 있었다.
그의 아내는 남편을 끌어안고 떨림을 멈추게 하려고 애썼다.
그때 문제가 있었던 것을 전혀 모르는 하녀 수잔이 새 방문객
을 데리고 들어왔다. 바로 에드워드 말론이었다.

린든 부인이 말했다. "지금은 만나실 수 없습니다. 영매께서 몸이 편찮으십니다. 오늘 오전에는 아무도 만나지 않으실 겁니다."

그러나 린든은 방문객을 알아보았다.

"여보, 이분은 말론 씨셔. 《데일리 가제트》의 기자 분. 어제 저녁에 우리랑 같이 있었잖아. 어제 회합은 괜찮지 않았습니까?"

"대단했습니다!" 말론이 대답했다. "그런데 뭐가 잘못되었나요?"

두 부부는 서러움을 다 토해 냈다.

"정말 더러운 짓이군요!" 말론이 역겨워하며 외쳤다. "아무래도 대중은 어떻게 법이 집행되고 있는지 제대로 모르고 있을 겁니다. 그렇지 않다면 난리가 날 텐데요. 이 미끼를 사용하는 일은 영국 법정에서는 매우 낯선 일인데요. 그렇지만 어떤 경우라도 린든 씨, 당신은 진짜 영매가 아닙니까. 법은 가짜들을 억압하기 위해서 만들어진 것이니까요."

"영국 법에는 진짜 영매가 없습니다." 린든은 우울하게 말했다. "진짜에 가까울수록 죄가 더 크답니다. 만일 영매라고 하면서 돈을 받는다면 모두 걸립니다. 그렇지만 돈을 받지 않으면 영매는 어떻게 살 수 있겠습니까? 전력(全力)을 필요로 하는 일인데요. 하루 종일 목수 일을 하다가 저녁에 최고 수준의 영매가 될 수는 없는 일입니다."

"정말 잘못된 법이군요! 마치 일부러 심령의 힘에 대한 물리적 증거들을 거부하는 것 같군요."

"그렇습니다. 바로 그겁니다. 만일 악마가 법을 만든다면 바로 그럴 겁니다. 그것은 사람들을 보호하기 위해서라고 하지만 어떤 사람도 아직 불평한 적이 없습니다. 그러니 모든 사건이 경찰의 함정입니다. 그렇지만 경찰들은 교회의 자선 바자회마다 점쟁이들이 있다는 사실도 잘 알고 있죠."

"이거 뭔가 이상하군요. 이제 무슨 일이 일어나는 겁니까?"

"글쎄요. 머지 않아 소환되겠죠. 그리고 즉결 재판소에 회부될 겁니다. 그리고 벌금이나 구금형을 받겠죠. 이번이 두 번째입니다."

"친구들이 당신에게 유리한 증거를 제시할 겁니다. 그리고 우린 당신을 보호하기 위해 좋은 변호사를 구할 겁니다."

린든은 어깨를 으쓱했다.

"누가 친구인지 알 수 없습니다. 그들도 구석에 몰리면 물처럼 빠져나가 버리거든요."

"적어도 저는 안 그럴 겁니다." 말론이 진심으로 말했다. "무슨 일이 일어나는지 제게 알려주십시오. 그건 그렇고 제가 들른 것은 여쭤 볼 것이 있어서였습니다."

"죄송합니다. 지금은 그럴 정신이 없습니다." 린든은 떨리는 손을 내밀었다.

"아닙니다, 영적인 것이 아닙니다. 저는 그저 강력한 회의주의자가 있으면 당신이 행하는 현상이 일어나지 않게 되는지 여쭙고 싶었습니다."

"반드시 그런 것은 아닙니다. 그렇지만 물론 모든 것이 힘들어집니다. 그 사람들이 조용히 이성적으로 있는다면 괜찮습니다만 보통 그들은 아무것도 모르기 때문에 모든 법칙을 깨뜨리고 회합을 망치게 되죠. 일전에 셔뱅크라는 박사가 그랬지요.

탁자 위를 두들기는 소리가 나자 그는 펄쩍 뛰어올라 벽에다가
손을 대고 이렇게 말했죠. '자, 이제 5초 안에 내 손바닥을 두
들겨 보시오.' 그의 손바닥을 두들기지 않았기 때문에 그는 모
든 것은 속임수라고 말하면서 방을 박차고 나갔죠. 사람들은
이 일에도 지켜야 하는 법칙이 있다는 것을 인정하지 않습니
다."

"그렇다면 제가 생각하고 있는 사람도 마찬가지로 비이성적
으로 굴 수 있습니다. 제가 생각하는 사람은 그 대단한 챌린저
교수입니다."

"아, 예. 그도 만만치 않은 사람이라고 들었습니다."

"그도 회합에 올 수 있을까요?"

"예, 그러길 바라신다면요."

"그는 당신이 말하는 장소로는 절대 오지 않을 겁니다. 그는
철사줄과 모든 장치들이 있다고 생각하니까요. 어쩌면 당신이
시골에 있는 그의 집으로 오셔야 할 겁니다."

"만일 그의 생각을 바꿀 수 있다면 거절하지 않겠습니다."

"그럼 언제?"

"이 끔찍한 일을 마무리짓기 전에는 아무것도 할 수 없습니
다. 이 일은 아마 한두 달쯤 걸릴 겁니다."

"그럼 그때까지 계속 연락하도록 하겠습니다. 일이 전부 잘
풀리면 계획을 세워서, 이 진실을 그의 눈 앞에 보여줄 수 있을
지 한번 살펴봅시다. 그리고 저도 매우 안타까워하고 있다는
사실도 말씀 드리고 싶군요. 친구들을 모아서 대책 위원회를
만들고 할 수 있는 일은 모두 할 겁니다."

1) 영혼: spirit은 '영혼'을 가리키기도 하고 '술'이나 '음주 후 좋아지는 분위
   기'를 가리키기도 한다. 원문에서 사일러스는 영매의 집에 영혼(spirit)은 많지
   만 술(spirit)은 없다고 말장난을 한다.
2) N.S.C.: National Sports Council 전국 스포츠 협회에서 여는 권투 시합
3) 그리피스: Griffith. 웨일스를 대유하는 이름.
4) 이프르: 벨기에의 지명으로 제1차 세계대전의 격전지였다.

7장
악한이 영국 법에 따라 처벌을 받다

우리의 주인공들의 심령 모험을 따라가기 전에 우선 영국 법이 사악한 사내로 알려진 톰 린든 씨에게 어떤 판결을 내렸는지 알아보는 것이 좋겠다.

경찰인 두 여인은 승리감에 젖어 브래들리 광장 경찰서로 돌아왔다. 그곳에는 그들을 파견했던 머피 경위가 그들의 보고를 기다리고 있었다. 머피는 붉은 얼굴에 검은 콧수염을 가진 즐거워 보이는 사내로 자신의 나이나 남성스러움과는 결코 어울리지 않는 자애롭고 명랑한 태도로 여인들을 대했다. 그는 서류가 널려 있는 사무실 책상에 앉아 있었다.

"자, 아가씨들!" 그는 두 여인이 들어오자 말을 걸었다. "운이 좋았나?"

"제 생각엔 잘된 것 같습니다, 머피 경위님."

나이 든 여경이 말했다. "우리가 원했던 증거를 잡은 것 같습니다."

"내가 가르쳐 준 대로 일반적인 이야기를 꺼냈나?" 그가 물었다.

"네. 저의 남편이 이프르에서 죽었다고 했죠."

"그가 뭐라고 했나?"

"글쎄요. 저를 불쌍히 여기는 것 같더군요."

"그게 바로 게임의 일부란 말이야. 이 사건이 끝날 때까지 녀석은 스스로를 불쌍하게 여겨야 할 거야. 녀석이 '당신은 결혼한 적이 없는 독신녀요.' 라고 말하지는 않았겠지?"

"그러지 않았죠."

"좋아. 그것도 녀석이 말하는 영혼에 반대되는 증거지. 그렇지 않나? 그것도 법정에서는 인상적일 거야. 또 뭐가 있지?"

"그는 여러 이름을 댔습니다. 다 틀린 이름이었죠."

"좋아!"

"제가 벨린저 양이 제 딸이라고 했을 때 믿었습니다."

"좋아, 좋아! 그리고 그 페드로 이야기도 꺼냈나?"

"네. 한참 그 이름을 생각하더군요. 그렇지만 아무런 정보도 얻어내지 못했습니다."

"아, 유감인걸. 그렇지만 어쨌든 페드로가 독일 산 셰퍼드라는 사실을 알아내지 못했다는 말이지. 그 이름에 대해 오래 생각했단 말이지. 그 정도도 충분해. 배심원들이 웃도록 만들 수 있다면 판정을 받을 수 있어. 그럼 그 점 보는 것은 어떻게 됐나? 내가 알려준 대로 했나?"

"네. 에이미의 젊은 애인에 대해 물었습니다. 그가 명확하게 말한 것은 없었습니다."

"교활한 악마 같으니! 녀석은 이 사업을 잘 안단 말이야."

"그렇지만 에이미가 결혼을 하면 불행해질 것이라고 말하더
군요."

"아, 그래? 그랬단 말이지? 그렇다면 좀 넓게 생각해 보면
우리가 필요한 건 다 얻어냈군. 자, 이젠 잊어버리기 전에 앉아
서 보고서를 쓰게. 그런 뒤 다시 한번 같이 검토해 보고 어떻게
하면 제일 좋을지 다시 생각하자고. 에이미도 역시 보고서를
하나 써 오도록 해."

"알겠습니다, 머피 경위님."

"그리고 영장을 신청할 거야. 이건 어느 판사 앞으로 가느냐
에 달렸어. 달러렛 씨는 지난 달에 한 영매를 그냥 보내 주었
지. 그런 사람은 필요가 없어. 그리고 랜싱 씨는 이런 사람들과
교류가 있지. 멜로스 씨는 완전히 유물론자야. 우리는 멜로스
씨에게 의존해야 해. 그래서 그 시기에 맞춰서 체포하도록 해
야 해. 그러면 확실히 유죄 판결을 받아낼 수 있을 거야."

"대중들의 도움을 얻어낼 수는 없을까요?"

경위는 웃으면서 대답했다. "우리가 대중을 보호해야 하는
것은 맞아. 그런데 우리끼리 말이지만 사람들은 한번도 보호해
달라고 요청한 적이 없어. 불평이 신고된 적이 없었단 말이야.
그러니 법을 지키는 것은 우리들에게 달려 있지. 법이 존재하
는 한 우리는 그것을 집행해야 해. 자, 아가씨들! 이제 돌아가
서 보고서를 쓰도록 하라고. 오후 4시까지 보고서를 갖다 줘야
지."

나이 든 여경이 미소를 지으면서 말했다. "그 대가는 하나도
없나요?"

"좀 기다려 보라고. 우리가 벌금으로 25파운드를 받아내면

그건 어디로든 가게 되어 있지. 물론 경찰 기금으로 들어가지
만 또 다른 게 있을 거야. 자, 자네들이 가서 그대로 이야기를
하고 그 뒤에 어떻게 되는지 한번 보자고."

그 다음날 아침 린든의 검소한 서재 안으로 겁에 질린 하녀
가 뛰어들어왔다.

"주인님! 경찰이 왔어요."

파란 제복을 입은 사내가 바로 뒤에 들어왔다.

"이름이 린든이요?" 사내는 말하면서 접혀진 풀스캡 판[1] 크
기의 종이를 꺼내서 건네주었다.

평생 다른 사람들에게 위안을 가져다 주는 일에만 전념했던
부부는 놀라서 슬픔에 잠겨 있었다. 린든이 그 우울한 서류를
읽는 동안 린든 부인은 남편의 목을 껴안고 있었다.

N.W. 툴리스 가 40번지

토마스 린든 귀하

금일 런던 경찰의 패트릭 머피 경위는 아래와 같은 보고를
하였음. 토마스 린든은 11월10일 상기 장소에서 헨리에타 드레
서와 에이미 벨린저에게 미래를 알려준다고 하여 국왕 폐하의
백성들을 속였다. 그러므로 위 혐의로 다음주 수요일인 17일
오전 11시에 바즐리 스퀘어에 있는 즉결 재판소로 소환한다.

11월 10일
B. J. 위더스

그날 오후 메일리는 말론에게 들러서 이 문서를 놓고 의논했다. 그러고 나서 그들은 같이 그는 서머웨이 존스를 만나러 갔다. 존스는 유능한 사무 변호사이면서 심령교를 진지하게 연구하고 있었다. 덧붙여 말하자면 존스는 사냥개들이 따라 잡기 힘든 기수이며 실력 있는 권투 선수이자 곰팡내 나는 법정에 새로운 바람을 일으킨 사람이었다.

그가 말했다. "저런, 전혀 가망이 없겠군! 그렇지만 소환된 건 운이 좋은 편입니다. 이들은 대개 영장을 보내죠. 그러고는 바로 연행해서 다음날 아침 변호사도 없이 재판을 시작합니다. 물론 경찰은 독실한 가톨릭 신자나 유물론자 판사를 고르는 깜찍한 짓도 하죠. 그러고는 영매라는 직업이나 기적을 일으키는 것은 재판장의 우아한 판결을 거쳐 범죄가 되는 것이죠. 아마도 그 판결이 그가 그런 높은 위치에서 내리는 첫 판결일 겁니다. 그것이 진짜이든 가짜이든 상관이 없습니다. 이건 종교 박해와 경찰의 공갈 행위가 적절히 합작된 거죠. 그리고 일반인들은 전혀 상관도 하지 않습니다! 그들에겐 그럴 이유가 없죠. 미래에 대해 알고 싶지 않다면 점을 보러 안 가면 되니까요. 이 모든 일은 정말 말도 안 되는 더러운 일이고 우리 법조인들에게는 수치스러운 일입니다."

"기사로 써 보도록 하겠소." 말론은 켈트 족 특유의 기질 때문에 분노하며 말했다.

"관련된 법령은 무엇입니까?"

"법령이 두 가지 있습니다. 모두 썩어빠진 법이고, 심령교가 나타나기도 전에 통과된 법이죠. 조지 2세 때 만들어진 '마녀법'이 있습니다. 그걸 적용하기에 너무 불합리하게 여겨지니까 단지 두 번째 수단으로 사용하고 있을 뿐입니다. 그리고 또 '부랑자 법'이 1824년에 만들어졌습니다. 이 법안은 길을 방랑하는 집시들에게 적용하기 위해서 통과가 된 법안이고 이런 방식으로 적용시키려는 의도는 없었지요."

그는 서류들을 뒤적거렸다.

"여기에 그 끔찍한 내용이 있군요. '점을 보거나 그와 유사한 기술이나 도구를 이용하여 폐하의 백성을 속이려고 하는 자들은 사기꾼이나 부랑자로 간주한다.' 라고 시작합니다. 이 두 법안은 로마의 기독교 배척만큼이나 초기 심령교 운동을 억제하였습니다."

말론이 한마디 했다. "사자가 없는 게 다행이군."

"멍청이들!" 메일리가 소리쳤다. "현대에는 사자 대신 멍청이들이 있죠. 그런데 우린 어떻게 해야 하죠?"

"그 답을 알 수 있다면 저도 좋겠습니다!" 존스는 머리를 긁적거리면서 말했다. "전혀 손을 쓸 수가 없습니다!"

"이런, 젠장!" 말론이 외쳤다. "이렇게 쉽게 포기할 순 없습니다. 그분은 정말 정직한 분이란 걸 알잖습니까!"

메일리가 돌아서 말론의 손을 잡았다.

"당신을 심령교인이라고 할 수 있을지 모르겠습니다만 당신이야말로 우리가 원하는 사람입니다. 우리들 중에도 건전하지 못한 사람들이 너무 많습니다. 그들은 일이 잘될 때는 영매들에게 살랑거리다가 고발이 되면 가장 먼저 영매들을 버립니다. 그렇지만 정말 주님께서 축복하셔서 충직한 사람들도 몇 있습니다. 브룩스와 로드윈 그리고 제임스 스미스 경이 있지요. 우리들 중에도 100명에서 200명 정도는 있을 겁니다."

"바로 그겁니다!" 변호사가 활기차게 말했다. "그렇게 생각하신다면 메일리 씨의 돈을 받고 한번 일해 보죠."

"칙선 법정 변호사는 어떻소?"

"글쎄요, 그들은 즉결 재판소에서는 변호하지 않습니다. 저한테 맡겨 주시면 다른 누구보다도 잘할 자신이 있습니다. 저도 이런 사건들을 많이 맡아 봤습니다. 그리고 비용도 적게 들 겁니다."

"우리는 당신을 믿습니다. 그리고 우리 뒤에도 든든한 사람들이 있고요."

"만일 우리가 아무것도 할 수 없다면 여론에게 맡길 수 있습니다." 말론이 말했다. "저는 영국의 대중을 믿습니다. 느리고 바보 같지만 핵심은 건전합니다. 그들이 진실을 알게 된다면 이런 불공정한 일을 참지 않을 것입니다."

"하지만 진실을 알리려면 두개골을 잘라야 할 겁니다." 변호사가 말했다. "당신은 당신이 할 수 있는 일을 하십시오. 저는 저의 일을 하겠습니다. 결과가 어떻게 나오는지는 나중에 봅시다."

숙명적인 아침, 린든은 피고석에 앉아 말쑥하게 옷을 입었으며 쥐덫 같은 턱을 가진 중년의 사내인 멜로스 씨와 대면하고 있었다. 그가 바로 가공할 경찰 판사였다. 멜로스 씨는 경마를 아주 좋아하는 사람으로 가까운 곳에 경마 대회가 있을 때마다 가지런히 정리된 그의 황갈색 코트와 멋진 모자로 차리고 다녔고, 평상시 재판이 없을 때는 경주 결과에 대한 예견을 읽는 데에 시간을 보냈지만 미래를 점치는 점쟁이들에게 가혹하다는 평판을 가지고 있었다. 그날 아침 그는 특별히 좋은 기분이 아니어서 기소용 범죄자 명부를 한번 보고 범죄자를 훑어보았다. 린든 부인은 피고석 아래에 자리를 잡고서 가끔씩 손을 뻗어 가장자리에 앉아 있는 피고인의 손을 다독거렸다. 법정에는 범죄자가 걱정되어서 보러 온 그의 고객들이 가득했다.

멜로스 씨가 물었다. "이번 건은 변호사가 있소?"

"네, 그렇습니다." 서머웨이 존스가 대답했다. "본 재판이 시작하기 전에 이의 제기를 해도 되겠습니까?"

"가치 있는 일이라 생각되면 그렇게 하시오, 존스 씨."

"본 재판이 진행되기 전에 사건의 판단을 부탁 드립니다, 판사님. 저의 의뢰인은 부랑자가 아니고 이 사회의 훌륭한 구성원입니다. 다른 시민들과 마찬가지로 자신의 집에 거주하고 있으며 요금과 세금을 성실히 납부하고 있습니다. 저의 의뢰인은 지금 1824년에 만들어진 부랑자 법의 제 4항에 의거, 기소가 되었습니다. 부랑자 법은 게으르고 무질서한 부랑자나 깡패들을 처벌하기 위해 만들어진 법으로 제정될 당시 이 나라를 오염시키던, 법을 안 지키는 집시나 그와 유사한 부랑자들을 억제하기 위한 의도를 가지고 있습니다. 그러니 판사님께서 저의 의뢰인은 이 법의 조항에 해당하지 않고 그 처벌의 대상이 아님을 명확히 판단하여 주십시오."

판사는 고개를 저었다.

"존스 씨, 그렇게 한정적으로 이 법을 해석하기에는 너무나 많은 선례들이 있소. 경찰 측을 대변하는 검사는 증거를 제출할 것을 청하오."

구레나룻을 길렀으며 작달막한 황소 같은 사내가 자리에서 일어나면서 쉰 듯한 거친 목소리로 말했다.

"헨리에타 드레서를 증인으로 부르겠습니다."

나이가 많은 여경이 매우 익숙한 듯이 재빨리 증인석으로 들어섰다. 그녀는 손에 수첩을 펼쳐 들고 있었다.

"당신은 여경입니다, 맞습니까?"

"네, 그렇습니다."

"당신이 방문하기 전날 피고인의 집을 계속 보고 있었다고 했는데 맞습니까?"

"네, 그렇습니다."

"몇 사람이 들어갔죠?"

"열네 명입니다."

"열네 명이요. 그리고 피고인은 평균적으로 10실링 6펜스를 받은 것으로 알고 있습니다만."

"네."

"그렇다면 하루에 7파운드란 말이죠! 보통의 정직한 사람들이 하루에 5실링을 버는 것에 비하면 대단한 벌이로군요."

"그들은 상인들이었습니다!" 린든이 외쳤다.

"방해하지 말 것을 청하겠소. 당신은 이미 매우 좋은 변호사를 고용하고 있소." 판사가 엄하게 말했다.

"자, 헨리에타 드레서." 검사가 자신의 코안경을 흔들면서 말을 이었다. "당신과 에이미 벨린저 양이 피고인의 집에 갈을 때 무슨 일이 있었는지 들려주시지요."

여경은 수첩에 써 있는 것을 보고 그날 있었던 일을 설명해 주었는데 대부분은 사실이었다. 그녀는 미혼이었지만 영매는 그녀의 말을 듣고 그녀가 결혼한 사람이라고 받아들였다. 그는 여러 이름을 대면서 매우 혼란스러워했다. 개의 이름인 페드로

를 그에게 알렸을 때 그는 그것이 개의 이름인지 알아내지 못
했다. 그리고 결정적으로 그녀의 딸이라고 했지만 아무런 관련
도 없는 여인의 미래에 대한 질문에 답했으며 딸의 결혼은 불
행할 것이라 대답했다.

"존스 씨, 질문 있습니까?" 판사가 물었다.

"당신은 이 사람에게 위로를 받기 위해서 간 것입니까? 그리
고 그가 당신을 위로해 주려고 노력했습니까?"

"당신은 그렇게 말할 수도 있겠죠."

"당신은 깊은 슬픔에 잠겼다고 한 걸로 알고 있습니다."

"그런 인상을 주려고 노력했습니다."

"당신은 그것이 위선이라고 생각하지 않습니까?"

"저는 제가 할 일을 했을 뿐입니다."

"당신은 영적인 힘을 사용하는 것이나 특별히 이상한 뭔가를
보았나요?" 검사가 말했다.

"아니오, 그는 매우 친절하고 평범한 사람 같았습니다."

다음 증인은 에이미 벨린저였다. 그녀도 역시 수첩을 들고
증인석에 앉았다.

존스가 질문을 던졌다. "판사님. 증인들이 증언할 때 수첩을
보고 읽어도 되는 것인지 여쭙고 싶습니다."

"안될 이유가 있소? 우리에게 필요한 건 정확한 사실이니까
요. 안 그렇습니까?" 판사가 되물었다.

"물론 그렇습니다만 존스 씨는 아닌 모양입니다." 검사가 말
했다.

존스가 대답했다. "그것은 이 두 사람의 증언이 일치하도록
만들려는 방법으로 보입니다. 그렇다면 이 증언들은 미리 맞춰

서 준비된 것이라고 여겨집니다."

"경찰은 사건을 미리 준비하는 것이 당연하잖소. 존스 씨, 당신의 불평은 받아들일 수가 없소. 자, 증인은 증언하시오." 판사가 말했다.

두 번째 증언은 그 전의 것과 정확히 일치했다.

"약혼자에 대해 질문했죠? 당신에게는 약혼자가 없습니다." 존스 씨가 물었다.

"그렇죠."

"사실 당신들 두 사람은 계속해서 거짓말을 했죠?"

"정당한 목적을 가지고 한 것입니다."

"당신은 목적이 수단을 정당화한다고 생각합니까?"

"저는 지시를 받은 대로 했을 뿐입니다."

"그 이전에 내려진 지시이겠죠?"

"네. 우리는 무엇을 물어볼지에 대해 지시를 받았습니다."

판사가 말했다. "내 생각엔 여경들은 매우 정확한 증거들을 제시했소. 존스 씨, 변호를 위해 증인을 부르시겠소?"

"판사님. 이 법정에는 피고인의 도움을 받은 사람들이 많이 와 있습니다. 제가 소환한 한 여인의 말에 의하면 그날 아침 그의 말을 듣지 못했다면 자살했을 것이라 했습니다. 그리고 또 무신론자인 다른 한 사내는 종전에 가지고 있었던 자신의 미래에 대한 믿음을 잃었다고 합니다. 그는 자신이 겪었던 영적 체험을 통해 완전히 생각이 바뀌었다고 합니다. 저는 린든 씨가 가진 힘의 진정한 면모에 대해 말해 줄 최고의 과학자이자 문학가인 사람을 증인으로 요청합니다."

판사가 고개를 저었다.

"존스 씨, 그런 증거들은 논지에서 벗어난 것이오. 이미 수석 재판관과 다른 사람들에 의해 이 나라의 법은 어떤 종류이든 초자연적인 힘을 인정하지 않는 것으로 판정이 났소. 그리고 그런 힘을 가진 척하고 돈을 받았다면 그 자체로도 범죄에 해당하오. 그러므로 당신의 제안에 따라 증인을 부르는 것은 재판 중의 명백한 시간 낭비요. 그렇지만 기소에 대한 판결이 난 후에라면 개인적으로 당신이 하고자 하는 이야기를 들을 용의는 있소."

"그렇다면 판사님. 우리가 이미 알고 있는 성자들도 먹고 살기 위해서 돈을 받았으니, 모두 유죄라고 볼 수 있는 것입니까?" 존스가 말했다.

판사가 날카롭게 대답했다. "만일 그리스도의 사도들이 살던 시대에 대해 말을 하고 있는 것이라면 이미 그 시대는 지나간 것이고 또한 앤 여왕도 돌아가셨음을 상기시키겠소. 그런 논쟁은 당신 같은 지성인이 할 만한 말은 아니라 생각되오. 자, 더 이상 할 말이 없다면……."

검사는 판사의 말에 힘입어, 마치 영혼이 존재한다는 주장을 찌르듯이 매번 코안경으로 허공을 찌르면서 짧게 연설했다. 그는 노동자들 중 극빈자들도 협잡꾼으로서 사악하고 불경스러운 주장을 하면서 부유하게 살 수 있다고 말했다. 그들이 진짜 능력이 있는가는 또 다른 문제이고 더욱이 그 핑계마저도 두 여경들의 달갑지 않은 임무를 통해서 사실이 아니라는 것이 발각되었다고 했다. 두 사람은 돈을 내고 헛소리만을 들었을 뿐이었으니. 다른 고객들은 더 나은 이야기를 들었을까? 이런 사회의 기생충은 자식을 잃은 부모들의 섬세한 감정을 이용해서 날로 증가하고 있으며 이제는 본보기로 처벌을 가해 그들에게 더 건전한 일거리를 찾도록 해야 할 시기가 되었다고도 했다.

서머웨이 존스 씨는 최선을 다해 대응했다. 그는 법이 애초에 의도한 것과 달리 악용되고 있다고 지적했다. ("그 점은 이미 고려하지 않았소!"라고 판사가 쏘아붙였다.) 판결은 범죄라고 하는 행위를 일으키기 위해 참여한 경찰의 미끼가 제공하는 증거로 인해 이미 결정되어 있으며 경찰이 긴밀하게 관심을 가지는 벌금은 종종 원래의 용도 외로 왜곡되어 사용되곤 한다고 했다. 이 사건에서 범죄라고 할 만한 일이 있었는지 모르겠지만 만일 있었다면 경찰이 참여해서 유도해 낸 것이었고, 그들이 제공한 증거로 판결을 미리 확정한 것이었다. 본 사건은 그 자체가 옳지 못하다고 지적했다.

"존스 씨는, 이제는 경찰의 정직함을 의심하는 거요!"

경찰도 인간이기 때문에 자연스럽게 자신들의 이익이 있는 곳을 향해 움직이도록 되어 있는 것이 아니겠는가. 이 사건은 인위적인 것이었다. 대중은 한번도 불평을 하거나 보호를 요청한 기록이 없었다. 어떤 직업이든 사기꾼이 있게 마련이고 가짜 영매에게 1기니를 투자하고 잃어버린 사람은 잘못된 회사의 주식에 투자한 것과 다를 바가 없다. 경찰들이 이런 사건에 시간을 낭비하고 배우자를 잃은 사람의 흉내나 내면서 미끼를 내던지고 있는 동안 정작 그들이 주목해야 할 진짜 범죄는 제대로 수사를 받지 못하고 있다. 법은 상당히 임의적으로 집행이 되고 있다. 웬만한 규모의 가든 파티에서는, 심지어는 경찰들의 축제 때도 점쟁이나 손금을 보는 사람이 꼭 있게 마련이라고 알고 있다.

몇년 전《데일리 메일》에서 점쟁이들을 고소한 적이 있었다. 위대한 고 노스클리프 경이 그 변호를 맡았는데《데일리 메일》의 다른 자매 신문에서도 손금을 보는 컬럼을 운영한다는 것이 증명되었고 또 그 대가로 받는 돈을 수상가와 신문사가 나누어 가진 일이 밝혀졌다. 그는 위대한 사나이에 대한 기억을 손상시키려는 의도로 말을 꺼낸 것은 아니었지만 단지 지금 집행되고 있는 법의 모순에 대한 일례로 소개한 것이었다. 그 법정에 있던 개개인의 의견이 어떤 것이었든, 똑똑하고 유능한 시민들이 이 영매의 힘은 영혼의 힘을 발현한 것으로 인류에 도움이 되는 것이라 믿었던 사실은 명백했다. 요즘처럼 물질주의가 팽배한 시대에 인류의 부활을 위해 그 물질주의를 부숴 버리는 것이 가장 중요한 정책이 아니었던가? 여경들이 제공받은 정보가 틀린 것이며 그들의 거짓말을 영매가 몰랐던 것은 사실이나 영적인 현상의 법칙에 의하면 진실된 결과를 위해서는 모든 조건이 조화를 이루어야 하며 한 쪽이 의도적으로 거짓말을 할 경우에는 상대방을 혼란스럽게 할 뿐이었다. 본 법정이 한번만이라도 심령교의 가정을 받아들인다면 고결한 마음을 가진 영매가 돈에 눈이 먼 위선자들의 질문에 답하기 위해 거짓말을 한다는 생각이 얼마나 잘못된 것인지를 이해하게 될 것이다.

그것이 서머웨이 존스 씨가 했던 변호의 주 내용이었다. 그의 말을 들은 린든 부인은 눈물을 흘렸지만, 판사의 서기는 졸고 있었다. 판사는 매우 신속하게 문제의 결론을 내렸다.

"존스 씨, 당신의 논리는 법과 일치하고 있지만 그것은 나의 권한을 벗어나는 문제요. 나도 당신의 의견에는 전적으로 동의하오만, 나는 만들어진 대로 법을 집행하는 것일 뿐이오. 피고인과 같은 사람들은 부패된 사회에 자라는 유독한 균과 같은 존재들이고 그들의 야비한 행동을 옛 성현에 비유한다거나 그와 비슷한 재능에 비유한다는 것은 모든 사람들에게 비난을 받을 일이오."

그는 피고인에게 시선을 주면서 말했다. "린든 씨는 예전에 기소가 되었음에도 불구하고 그대로 일을 해 온 것으로 보아 상습범으로 간주하겠소. 그러므로 당신에게 2개월 동안 중노동형을 선고하며 이는 벌금형으로 대체될 수 없소."

린든 부인이 비명을 질렀다.

"잘 있어, 여보. 너무 염려하지 마." 영매가 피고인석의 한쪽을 힐끗 보면서 말했다. 잠시 후 그는 재빨리 독방으로 끌려갔다.

서머웨이 존스, 메일리와 말론은 복도에서 다시 만났다. 메일리가 불쌍한 여인을 집으로 데려다 주겠다고 나섰다.

"그이가 사람들에게 위안을 주는 것 외에 한 일이 뭐죠?" 그녀가 슬픈 듯 말했다. "거대한 런던 시 전체를 통틀어 그이보다 나은 사람이 있을까요?"

"제 생각엔 그분처럼 유용한 사람도 없을 겁니다." 메일리가 대답했다. "게다가 대주교들로 시작해서 종교인으로 가득한 크록포드 목록²⁾에 있는 그 어느 사람도 린든이 종교에 대해 증명해 보이듯이 증명하거나 린든이 무신론자를 변화시키듯이 변화시킬 능력이 없을 겁니다."

"부끄러운 일이오! 빌어먹을!" 말론이 흥분해서 말했다.

"특히 야비함 운운한 것은 정말 웃기는 것이었죠." 존스가 말했다. "판사는 그리스도의 사도들이 무척이나 문화적인 사람들이었다고 생각하나 봅니다. 어쨌든 저는 최선을 다했습니다만 워낙 가망이 없는 사건이어서 예상했던 결과대로 되었습니다. 완전히 시간 낭비일 뿐이었습니다."

"전혀 그렇지 않소." 말론이 대꾸했다. "이것으로 누가 악역인지 드러냈소. 법정에 기자들이 있었잖소. 적어도 몇 명은 감이라는 게 있겠지. 그들도 부당한 점을 깨달았을 거요."

"그렇지 않습니다." 메일리가 대답했다. "언론은 가망 없습니다. 그 사람들은 책임감이라는 것이 없습니다. 게다가 저들이 치러야 할 대가에 대해서는 전혀 모르는 사람들입니다. 저는 익히 알고 있습니다."

말론이 답했다. "글쎄요. 적어도 저는 이 이야기를 꺼낼 것입니다. 그리고 다른 사람들도 그러리라고 믿습니다. 언론은 당신들이 생각하는 것보다 훨씬 독립적이고 똑똑합니다."

그러나 결국 메일리가 옳았다. 그가 린든 부인을 집에 데려다 주고 다시 플리트 가로 돌아왔을 때 말론은 《플래닛》을 한 부 샀다. 신문을 펼치자 겁을 주는 헤드라인이 눈에 띄었다.

즉결 재판소에 끌려온 사기꾼
개를 사람으로 착각하다.

페드로는 누구인가?

본보기가 되는 판결

말론은 손으로 신문을 구겼다.

"심령교인들이 씁쓸해하는 것도 무리는 아니군요. 그럴 만합니다."

그렇다. 불쌍한 톰 린든은 언론과 사이가 나빴다. 그는 모든 사람들이 그를 비난하는 가운데 비참한 감옥으로 향해야 했다. 운동 경기의 승부를 예상하는 '일촉즉발 선생'이라는 제목의 기사 때문에 판매 부수를 올리는 석간 신문인 《플래닛》은 미래를 예견하는 것이 얼마나 말이 안 되는 일인지 한마디 했다. 금세기 최고의 사기꾼들과 연루된 주간지인 《어네스트 존》은 린든의 부정에 대중은 분노한다는 견해를 밝혔다. 한 부유한 목사는 《더 타임스》에 영혼의 선물을 판다고 주장하는 사람들 때문에 분노한다고 투고했다. 그 목사는 이런 사건은 신앙심이 사라져 가고 자유사상가 같은 사람들이 미신을 믿기 때문에 벌어진 것이라 했다. 그리고 인기 있는 영화배우 마스켈린 씨가 사기극이 어떻게 자신의 인기를 등에 업고 벌어진 것인지 보여주었다. 그래서 며칠간 톰 린든은 프랑스 사람들이 말하는 쉭세 덱세크라숑[3]을 받는 처지에 처했다. 그리고 세상은 그를 잊어버렸고 그는 자신의 운명을 맞이해야 했다.

---

1) 풀스캡 판: 가로 13.5인치(약 34센티미터) 세로 17인치(약 43센티미터)인 인쇄 용지. '큰 종이'라는 뜻의 이탈리아 어인 foglio capo가 영국으로 전해지면서 foolscap이 되었다. 소환장의 크기이기도 하다.
2) 크록포드 목록: 매년 대주교 회의 (Archbishops' Council)에서 발행하는 성직자 명록.
3) 쉭세 덱세크라숑: succes d'execration. 계속되는 매도

8장

어둠의 영혼을 만난 세 사람

사냥차 중앙 아메리카로 떠났던 록스턴 경이 돌아왔다. 그리고 그는 바로 자신 외엔 모든 사람들을 깜짝 놀라게 했던 알프스 등정을 여러 차례 나섰다. 그는 이렇게 말했다.

"알프스의 꼭대기는 시끌벅적한 장소가 되어 가고 있소. 이제 에베레스트 산을 제외하고는 프라이버시를 누릴 장소가 없어졌소."

헤비 게임[1] 협회가 그를 위해 "여행자"라는 식당에서 개최한 만찬 자리를 통해 그의 갑작스러운 런던 출현이 사람들의 주목을 끌었다. 행사는 사적인 것이어서 기자들은 참석하지 않았다. 그러나 그날 저녁 록스턴 경의 연설은 모든 청중의 기억에 오래도록 남아 사라지지 않았다. 회장이 화려한 찬양 연설을 하는 20여분동안 그는 지루하게 참다가 이윽고 청중들의 환호와 칭찬을 받자 당황한 모습으로 자리에서 일어났다. "이런! 다 틀렸군! 뭐야!" 라고 말한 뒤 그는 자리에 앉아 땀을 뻘뻘 흘렸다.

말론은 붉은 머리의 통통한 편집장인 맥아들에게서 록스턴 경이 돌아왔다는 사실을 들었다. 수 년이 지난 지금도 아직 매우 어려운 편집 일의 노예로 살고 있는 맥아들의 붉은 머리카락 사이로 벗겨진 머리가 점점 넓어지고 있었다. 그는 아직도 어떤 것이 좋은 기사가 될 것인지에 대한 날카로운 감을 가지고 있었는데 그 감각 때문에 어느 한겨울 아침 말론을 불러들였다. 그는 궐련용 물부리로 사용하는 긴 시험관을 입술에서 떼내고, 부하 직원을 바라보는 눈을 껌벅거렸다.

"록스턴 경이 런던으로 돌아온 것을 알고 있나?"

"그렇다고 들었습니다."

"그렇지. 그가 돌아왔어. 무울론 그가 전쟁에서 다쳤다는 얘기는 들었겠지. 동아프리카에서 작은 부대를 인솔해서 자신만의 작은 전쟁을 했던 모양이야. 그러다가 코끼리 용 총알을 가슴에 맞았지. 아, 물론 그 이후로 다시 몸이 좋아졌지. 그렇지 않았다면 어떻게 산에 올랐겠나. 대단한 사내야. 그리고 지금 뭔가 새로운 일을 시작하고 있지."

"최근 소식은 뭡니까?" 말론은 맥아들이 손가락으로 잡고 흔들고 있는 종이를 쳐다보면서 말했다.

"그렇지. 바로 그 점에서 그가 자네에게 영향을 끼치는 거지. 난 말야, 자네가 가서 좀 알아 봤으면 하거든. 그리고 아마 기삿거리가 있을 거야. 《이브닝 스탠더드》에 실린 짧은 사설이 있네." 그가 건넨 종이에는 이렇게 쓰여 있었다.

최근 잡지 기사에 프롬프렛 공작의 세 번째 아들인 유명한 존 록스턴 경이 정복하러 나설 새로운 땅을 찾는다는 기이한 광고

가 나왔다. 지구의 구석구석 모험을 즐기러 다니며 에너지를 많이 소비한 그는 이제 심령 연구의 어둡고 모호한 세계로 관심을 돌리고 있다. 그는 요즘 진짜 귀신이 나오는 집의 실례를 찾고 있으며 어떤 위험하고 과격한 징조라도 조사를 해 볼 필요가 있는 것이라면 그 정보를 받을 준비가 되어 있다고 했다. 존 록스턴 경은 단호한 사람이며 영국에서 가장 총을 잘 쏘는 명사수이니 장난을 좋아하는 사람들은 그의 근처에 가지 말고, 이 문제에 대해서는 상식이 통하지 않는 귀신을 믿는 사람들과 총알에도 끄덕 없다고 하는 이들에게 맡기도록 하는 것이 좋겠다.

맥아들은 결론 부분에서 키득거렸다.

"이 사람들, 이 부분에서는 상당히 개인적으로 글을 쓴 거 같지 않나, 말론? 만일 자네가 귀신을 믿지 않는다면 자넨 제대로 가고 있는 거란 말이지 않나. 그런데 자네는 이런 글에 대해서 아무런 의견이 없나? 이 사내와 자네가 함께 귀신 쫓기를 한번 하고 기사를 쓰는 것은 어떨 것 같나?"

"뭐, 제가 록스턴 경을 만나볼 수는 있습니다. 그는 아마 아직도 그 알바니에 있는 방에 살고 있을 겁니다. 이 일이 아니더라도 한번 방문할 생각이었으니 이것도 같이 알아보죠."

그래서 며칠 뒤 한 늦은 오후, 어두침침한 런던에 가로등의 은색 불빛들이 밝혀지고 있을 때 말론은 비고 가를 걸어내려가 고풍스러운 양식의 독신자 아파트 입구에서 수위에게 인사를 했다. 수위는 존 록스턴 경이 있으시긴 한데 한 신사가 그와 함께 있다고 했다. 그는 명함을 건네주겠다며 가지고 갔다. 이윽고 그는 손님이 와 있지만 록스턴 경이 즉시 말론을 만나겠다고 했다는 말을 전해 주었다. 잠시 후 말론은 전쟁과 사냥의 전리품들로 가득한 고급스러운 방으로 안내되었다. 방의 주인은 팔을 벌리고 문 앞에 서 있었다. 나이 든 돈키호테는 여전히 마르고 엄격하면서 아주 특이한 모습 그대로였다. 그의 매부리코가 더 두드러져 보이고, 쉴 틈 없이 움직이고 있는 두려움을 모르는 눈동자 위로 눈썹이 더 튀어나온 것을 빼고는 변화가 없었다.

"안녕, 젊은 친구!" 그가 외쳤다. "자네가 한번 들르길 바랐다네. 아니면 자네 사무실에 내가 들를 생각이었는데. 들어오게나! 어서! 여기 찰스 메이슨 목사님을 소개하네."

키가 아주 크고 마른 성직자가 버들가지를 엮어 만든 커다란 의자에 앉아 있다가 새로 온 말론을 반기기 위해 일어나서 앙상한 손을 내밀었다. 말론은 자신을 훑어보는 매우 정직한 회색 눈동자와 가지런한 치아를 드러내는 따뜻한 미소를 보았다. 그는 영적인 싸움을 계속해 온 매우 피곤한 얼굴이었지만 매우 따뜻하고 호감이 가는 얼굴이었다. 그는 영국 국교회의 목사이면서 단지 자유롭게 기독교의 교리에 약간의 심령 지식을 보태 전파하기 위해 자신이 구축해 놓은 완벽한 교구를 떠나 버린 사람이었다. 말론도 그의 이름은 익히 들어서 알고 있었다.

"와! 저는 아무래도 심령교인들에게서 벗어날 수가 없나 봅니다!" 말론이 감탄했다.

"절대 못 벗어나실 겁니다, 말론 씨." 앙상한 성직자는 허허거리면서 말을 이었다. "전 세계가 그럴 겁니다. 신께서 보내주신 이 새로운 지식을 모두 흡수하기 전에는요. 달아날 수가 없죠. 그것은 너무나도 방대합니다. 요즘 이 거대한 도시에서는 남자든 여자든, 그것에 대한 언급 없이 사람을 만날 수가 없습니다. 그렇지만 언론에서는 그런 이야기를 들을 수가 없죠."

말론이 대답했다. "《데일리 가제트》도 똑같이 취급하지 마십시오. 제가 직접 작성한 자세한 기사를 읽어 보셨겠지요."

"예, 읽었습니다. 일반적인 런던 언론이 대부분 무시하거나 말도 안 되는 선정적인 글을 쓰는 데 비해 훨씬 좋은 글이었습니다. 《더 타임스》같은 신문을 읽으면 이런 중요한 움직임이 있다는 사실조차 알 수가 없습니다. 그들이 가끔 사설에 암시하는 것은 경마 순번 표를 더 잘 뽑게 해주면 믿을 수도 있다는 정도밖에 안 되니까 말입니다."

"꽤나 유용하지 않은가 말야. 나도 꼭 그렇게 말했을 것 같지 뭐야!" 록스턴 경이 말했다.

목사가 어두운 얼굴을 하고 고개를 저었다.

"그렇게 말씀하시니 제가 방문한 목적으로 돌아오는군요." 그는 말론에게 이렇게 말했다. "저는 록스턴 경이 낸 광고에 관련해서 만일 좋은 의도로 그런 탐구를 하려는 것이라면 이보다 나은 대상이 없을 테지만 만일 그저 즐기기 위해서 리도의 백색 코뿔소를 쫓듯이 이 땅을 떠나지 못하는 불쌍한 영혼을 쫓는 것이라면 불장난을 하는 것과 같다고 말하려고 들렀던 것입니다."

"글쎄요, 목사님, 저는 평생 불장난을 하면서 살아왔으니 그게 새로운 건 아니겠죠. 제가 말하고 싶은 건 만일 당신이 원하는 게 종교적인 각도에서 이 귀신 사업을 바라보라는 것이라면 제겐 아무런 상관이 없는 일입니다. 왜냐하면 어릴 때부터 믿은 영국 국교회만으로도 저의 크지 않은 종교적 욕구를 채울 수 있으니까요. 하지만 만일 위험이 약간 곁들여 있다면 가치가 있죠. 안 그렇겠습니까?"

찰스 메이슨 목사는 이를 드러내며 친절하게 미소지었다.

"정말 구제불능이로군요." 그는 말론에게 말했다. "그럼 이젠 당신이 이 문제에 대해 더 잘 이해하시길 바라는 수밖에 없군요." 그는 가려는 듯이 자리에서 일어났다.

"잠시만 기다리세요, 목사님!" 록스턴 경이 다급하게 외쳤다. "제가 탐사를 시작할 땐 항상 친절한 현지인을 포섭하는 데에서 출발하죠. 제가 보기엔 당신이 적역인 거 같습니다. 저와 함께 가시겠습니까?"

"어디로 말입니까?"

"앉으시면 말씀 드리겠습니다."

그는 책상 위에 쌓인 편지 더미를 뒤적거렸다.

"대단한 귀신 모음이잖습니까! 한번 기사를 내는 것으로 적어도 한 스무 가지는 되는 조사에 관해 연락받았습니다. 그렇지만 이 건은 매우 특별해서 쉽게 눈에 띄었지요. 직접 읽어보십시오. 인적이 드문 집, 미친 사람, 밤에만 출몰하는 거주자. 게다가 끔찍한 유령. 괜찮게 들립니다. 안 그렇습니까?"

목사는 이마를 찌푸리고 편지를 읽었다.

"아주 안 좋은 사건이군요." 그가 말했다.

"만약에 같이 오신다면요. 어떻겠습니까. 좀 명백히 밝히는 걸 도우실 수 있을 것 같은데요."

메이슨 목사는 주머니에서 수첩을 꺼냈다.

"수요일에는 퇴역 군인들을 위한 예배가 있고 같은 날 저녁에 강연이 있습니다."

"오늘도 시작할 수 있습니다만."

"갈 곳이 좀 멀지 않나요?"

"도셋셔입니다. 세 시간밖에 걸리지 않습니다."

"계획이 있습니까?"

"글쎄요. 지금 생각에는 그 집에서 하룻밤 정도 지내면 될 것 같습니다."

"만일 불쌍한 영혼이 있다면 그것은 저의 임무가 됩니다. 좋습니다. 저도 가겠습니다."

"그럼 저도 같이 갈 수 있겠죠?" 말론이 청원했다.

"물론이야, 젊은 친구! 내 말은……. 자네 사무실에 있는 그 늙은 붉은 머리 새가 꿍꿍이가 있어서 자네를 보냈을 것 같군. 그럼 그렇지. 자, 그럼 자네도 좀 분위기를 바꿔서 아주 시시한 이야기가 아닌 제대로 된 모험에 대해 글을 쓸 수 있을 거야. 안 그래? 빅토리아에서 8시에 떠나는 기차가 있으니, 우리 그곳에서 만나자고. 나는 가는 길에 첼린저 노인네에게 들를 생각이야."

그들은 기차 안에서 저녁을 같이 먹고 식사 후 세상에서 가장 아늑한 여행을 보장하는 1등칸에 모여 앉았다. 록스턴은 커다란 검정 시가를 물고 첼린저 교수를 방문했던 이야기를 했다.

"그 노인네는 예전이랑 똑같더군. 예전처럼 나를 마구 몰아세우더군. 두 번이나. 그리고 순수한 잡담을 나누었지. 그러고는 진짜로 귀신이 있다고 믿는 걸 보니 내 머리가 물렁물렁해졌다고 하더군. '한번 죽으면 정말 죽는 거야.'라고 했어."

그것은 첼린저 교수의 명랑한 슬로건이었다.

"그는 요즘 일을 관망하면서 이렇게 말했어. '멸종이란 정말 좋은 일이야! 세상에 남겨진 단 하나의 희망이지. 그들이 살아 남았더라면 장래가 얼마나 끔찍할 것인지 생각해 보라고.' 그러고는 내가 귀신한테 던질 수 있게끔 염소 기체를 한 병 담아주려고 했지. 그래서 내가 '만일 내 자동소총이 귀신을 막을 수 없다면 다른 것도 모두 소용없습니다.' 라고 했어. 그런데 목사님, 이런 일을 시작하신 이래로 이렇게 사파리로 나가는 게 처음이십니까?"

"존 경, 당신은 지금 이 문제를 너무 가볍게 생각하고 있어요." 목사가 심각하게 말했다. "당신은 정말 아무런 경험이 없군요. 당신의 질문에 답하자면, 이런 유사한 경우에 도움을 주려고 여러 번 시도했습니다."

말론이 기사를 위해 수첩에 적으면서 질문을 던졌다.

"그럼 목사님께서는 심각하게 생각하십니까?"

"물론 아주 심각하게 받아들이고 있습니다."

"그럼 이런 일이 어떤 영향을 미친다고 생각하십니까?"

"저는 그런 일반적인 질문에 대답할 만큼 전문가는 아닙니다. 당신도 변호사인 알저논 메일리 씨를 아시죠? 그분이 사실적인 통계를 알려줄 수 있을 겁니다. 저는 직관과 감정의 관점에서 이 문제에 접근합니다. 제 기억에 메일리 씨께서 보차노 교수의 귀신에 관한 책에 대해 강의를 하는 것을 들은 적이 있습니다. 그 책에는 이미 인증된 예가 500가지 실려 있는데, 모든 건이 각각 특급 사건으로 확증할 만한 사건이었습니다. 플라마리언의 글도 있습니다. 그런 사건의 증거는 웃고 넘길 수 없는 것이었죠."

"저도 보차노와 플라마리언의 글을 읽었습니다." 말론이 말했다. "그렇지만 제가 듣고 싶은 것은 당신 개인의 경험과 결론입니다."

"글쎄요. 제 말을 인용하실 거라면 제가 제 자신을 대단한 심령 연구가라고 여기지 않는다는 걸 기억해 두십시오. 저보다 더 현명한 사람들이 더 명확한 설명을 할 수 있겠죠. 그렇지만 제가 여태까지 봐 온 것만으로도 제 나름대로 여러 가지 결론을 내릴 수는 있었습니다. 그중 하나가 신지학의 개념에도 어느 정도 진실은 있다는 것입니다."

"그게 뭡니까?"

"사람들은 지구 근처에 있는 모든 영혼체들을 빈 껍질이나 본체가 빠져 나간 쭉정이 정도로 생각했습니다. 물론 이제는 그런 류의 주장이 말도 안 된다는 사실이 밝혀졌습니다. 왜냐하면 영혼들이 고등 지능을 지닌 존재가 아니었다면 우리가 경험한 대화는 불가능했을 테니까요. 그렇지만 성급한 일반화는 금물입니다. 모든 영혼체가 높은 지능을 가진 것은 아닙니다. 어떤 것들은 너무나 지능이 낮아서 제 눈에도 실제로 존재하는 것이 아니고 그저 껍데기이거나 환영처럼 보입니다."

"그렇다면 그것들은 왜 존재하는 것입니까?"

"네, 좋은 질문입니다. 보통 타고난 육체가 존재하는 동안 영혼이 존재할 수 있죠. 바울 성자께서 말씀하셨듯이 죽음의 순간에 녹아서 사라지거나 에테르의 차원에서 영체가 살아 남게 됩니다. 그들이야말로 본질적인 것입니다. 그러나 우리는 실제로 양파처럼 많은 껍질을 가지고 있는 것인지도 모릅니다. 그리고 정신적이나 감정적인 스트레스를 받을 때마다 한꺼풀씩 껍질을 벗어 가는 정신체가 있을지도 모르죠. 그것은 자동적으로 만들어진 단조로운 시뮬라크라일지언정 우리의 외형과 생각을 약간은 유지하고 있는 것입니다."

말론이 대답했다. "그렇다면 그것은 어느 정도 선에서는 난관을 극복하지 않을까요? 왜냐하면 수세기 동안이나 살인자와 그 피해자가 그 범죄를 계속해서 재현하고 있다고 하는 건 좀 어려울 것 같아서 말입니다. 그런 경우에는 어떻게 되는 것입니까?"

"맞는 말이야, 젊은 친구." 록스턴 경이 말했다. "내게 한 친구가 있었네, 아치 솜스라고. 그는 버크셔가 고향인 신사였지. 넬 그윈이 예전에 그의 집에 살았더랬는데 아치는 그녀를 복도에서 적어도 열두 번은 보았다고 그랬지. 아치는 그랜드 내셔널에서 어마어마한 점프를 할 때도 눈 하나 깜짝이지 않는 친구인데 말야, 세상에 밤이 되면 그 복도에서는 꽁무니를 뺐다지 뭐야. 그녀는 매우 참한 여자였다고 하던데, 말도 안 되는 소리야! 내 말은 말야…… 정도껏 해야지 않겠냔 말야, 안 그래!"

"맞습니다!" 목사가 대답했다. "넬 같이 발랄한 성격을 가진 영혼이 그런 복도에서 수 세기 동안 걸어 다니고 있다니요. 그렇지만 만약에라도 그녀가 그곳에서 비탄에 잠겨 그 일에 집중하여 고민했다면 그녀는 자신의 껍질을 놔둬서 자신이 생각하던 상을 남기게 된 건지도 모릅니다."

"목사님께서는 경험을 많이 하셨다고 했잖습니까."

"저는 심령교에 대해 알기 전에 그런 경험을 한 번 했습니다. 두 분께서 제 말을 믿으시기 힘들겠지만 이건 사실입니다. 북부에서 보좌 신부를 하고 있을 때였습니다. 그 마을에는 폴터가이스트 현상이 일어나는 집이 하나 있었습니다. 문제를 많이 일으키는 그런 종류의 집 말입니다. 제가 악령을 몰아내겠다고 자원했죠. 아시겠지만 교회에는 공식적인 엑소시스 형식이 있습니다. 그리고 전 제가 제법 무장을 잘 하고 있다고 생각했습니다. 소란의 중심인 객실에 들어갔죠. 그리고 모든 식구들은 제 옆에 무릎을 꿇고 있었습니다. 그리고 저는 의식을 시작했습니다. 무슨 일이 일어났을 것 같습니까?"

메이슨의 수척한 얼굴에 기분 좋은 웃음이 떠올랐다.

"제가 '아멘'이라 했을 때 괴물이 놀라 사라졌어야 마땅했는데, 커다란 곰 가죽 같은 벽난로 앞의 깔개가 벌떡 일어나서 저를 덮쳤습니다. 창피한 일이지만 저는 펄쩍 뛰어서 그 집을 뛰쳐나왔죠. 전 그때 형식적인 종교 의식은 전혀 효과가 없다는 사실을 배웠습니다."

"그럼 뭐가 효과가 있죠?"

"친절함과 이성이 어느 정도 효과가 있습니다. 그들도 상당히 다양하기 때문이죠. 지상 세계에 얽매어 있거나 지상에 관심이 많은 이들 중 몇 명은 시뮬라크라, 혹은 제가 말하는 껍질처럼 아무런 영향이 없습니다. 그리고 또 다른 이들은 블라이본드가 기록한 대로 최근에 유순하다는 것이 입증된 글라스톤버리의 수도사처럼 착합니다. 그들은 독실한 신앙에 대한 기억 때문에 지상에 묶여 있는 것입니다. 어떤 영혼들은 폴터가이스트처럼 장난꾸러기 아이들입니다. 그리고 어떤 이들은…… 저는 소수이길 바랍니다만, 말로 설명을 다 못할 정도로 위험합니다. 아주 강하고 악의에 찬 괴물들로 지상 위로 올라가기에는 물질이 너무 무거운 이들입니다. 너무 무거운 나머지 그들이 가진 진동의 주파수가 낮아서 인간의 눈을 자극할 수 있기 때문에 보이는 것입니다. 그들이 살아 있는 동안에도 잔인하고 교활한 맹수 같은 사람들이었다면, 죽어서도 여전히 잔인하고 교활할 뿐만 아니라 남들을 해칠 힘까지 갖게 된 것입니다. 그들은 이용하지 않은 생명력을 가진 채 죽어서 그 힘을 복수를 위해서 사용하기 때문입니다."

"이 드라이폰트의 귀신은 정말 기록이 화려합니다." 록스턴 경이 말했다.

"바로 그겁니다. 그렇기 때문에 가볍게 여기면 안 된다고 말씀을 드리는 겁니다. 제가 보기에 그는 제가 말씀 드린 그런 부류의 괴물인 것 같습니다. 마치 거대한 문어가 깊은 바다 속에 집을 두고 밖으로 나와 침묵 속에서 공포스러운 모습으로 수영하는 사람을 공격하러 나오듯이, 그런 영혼들도 유령이 출몰한다는 저주를 받은 집의 어둠 속에서 서성거리다가 자신이 해칠 수 있는 사람을 전부 공격하기 위해 나옵니다."

말론은 놀라서 입이 쩍 벌어졌다.

"정말입니까? 그렇다면 우리는 방어책이 없습니까?" 그가 외쳤다.

"아닙니다. 있다고 생각합니다. 그렇지 않다면 그런 괴물들은 지상을 완전히 망가뜨렸을 겁니다. 우리 방어책은 어둠의 힘이 있으면 빛의 힘이 있다는 점입니다. 가톨릭에서는 그들은 '수호 천사'라고 부르거나 '안내자' 혹은 '지배령'이라고 부릅니다. 뭐라 부르던 간에 그들은 존재하며 우리들을 영적인 차원에서 악으로부터 지키죠."

"목사님, 그럼 미쳐 버린 젊은이는 어떻게 된 겁니까? 그리고 귀신이 당신에게 깔개를 뒤집어 씌웠을 때 당신의 안내자는 어디에 있었던 겁니까?"

"우리 안내자의 힘은 자신의 가치에 따라 다릅니다. 잠시 동안은 악의 힘이 이기는 것처럼 보이지요. 그러나 끝에는 선함이 이깁니다. 제 삶의 경험을 보면 그렇습니다."

록스턴은 고개를 저었다.

"만일 선함이 항상 이긴다면 그것은 정말 긴 싸움이겠군요. 그리고 우리 모두는 대부분 그 끝을 보지 못하고 죽는 것 아닙니까. 그 예로 제가 푸토야마 강에서 싸움을 벌였던 고무 악마들을 보십시오. 지금 그들이 어디 있는지 아십니까? 대부분 파리에서 잘 살고 있습니다. 그리고 그들이 죽였던 흑인들은요. 그들은 어떻게 된 겁니까?"

"그래요. 우리도 때로는 믿음을 가져야 합니다. 우리가 끝을 보지 못한다는 사실을 기억해야 합니다. '우리 다음 세대로 이어진다.'라는 것이 대부분 실제 이야기들의 결론입니다. 그렇기 때문에 다른 세상의 거대한 가치가 중요한 것이지요. 적어도 그곳에서 한 장을 더 볼 수 있으니까요."

"그럼 그 장은 어디에서 얻을 수 있는 겁니까?" 말론이 질문을 던졌다.

"멋진 책들이 매우 많이 있지만 세상은 아직 그 진가를 알지 못하고 있습니다. 바로 사후 세계에 대한 기록입니다. 저도 생각나는 게 하나 있습니다. 당신들은 이것을 우화라고 생각할지도 모릅니다만, 사실 그 이상입니다. 부자가 죽어서 아름다운 집 앞에서 멈춰 섭니다. 그의 안내자는 슬퍼하며 그를 잡아당깁니다. '이것은 당신을 위한 집이 아닙니다. 이것은 당신의 정원사를 위한 집입니다.' 그리고 안내자는 그를 다 쓰러져 가는 움막으로 안내합니다. '당신은 집을 지을 재료를 하나도 우리에게 주질 않았습니다. 이것도 우리로서는 최선을 다한 것입니다.' 그것이 우리가 아는 그 고무 재벌들 이야기의 다음 장이 아닐까요?"

록스턴은 험악하게 웃었다.

"내가 놈들 중 몇 놈을 2미터 길이에 70센티미터 깊이의 오두막집에 처넣었습니다. 목사님, 고개를 저으셔도 소용없습니다. 제 말인즉슨, 저는 이웃을 저 자신처럼 사랑하지 않습니다. 앞으로도 그러지 않을 겁니다. 저는 그들을 증오합니다."

"어쨌거나 우리는 죄를 미워해야 합니다. 그리고 저만 해도 죄와 죄인을 구별할 정도로 강하지 못합니다. 제가 다른 사람들만큼 약하고 인간적이면 어떻게 제가 설교할 수 있겠습니까?"

"오호, 방금하신 말씀이 유일하게 제가 귀를 기울일 수 있는 설교 같습니다." 록스턴 경이 대답했다. "성직에 종사하고 있는 녀석들의 이야기는 전혀 이해할 수가 없습니다. 만일 그 수준을 제게 맞춘다면 좀 유용할지도 모르지만 말입니다. 어쨌든 오늘 저녁에는 거의 잠을 못 잘 것 같습니다. 드라이폰트에 도착할 때까지 한 시간 정도 남았습니다. 그 시간을 잘 활용하는 것이 좋을 것 같군요."

그들이 목적지에 도착했을 때는 벌써 11시가 넘은 싸늘한 밤이었다. 작은 온천장에 있는 기차역에는 거의 사람이 없었는데 외투를 입은 작고 뚱뚱한 사내가 그들을 만나기 위해 달려왔다. 그는 매우 따뜻하게 일행을 맞았다.

"저는 벨체임버라고 합니다. 그 집 주인이지요. 신사 분들 어떻게, 잘 오셨습니까? 록스턴 경께서 보내신 전보는 받았습니다. 그리고 모두 준비가 되었습니다. 여기까지 친히 오시다니 정말 친절하십니다. 제 걱정을 좀 가볍게 덜어주실 수 있다면 정말 감사하겠습니다."

벨체임버 씨는 그들을 데리고 아담한 스테이션 호텔로 향했다. 그들은 그곳에서 벨체임버 씨가 친절하게도 미리 주문해 두었던 샌드위치와 커피를 먹었다. 그들이 먹는 동안 그는 자신의 문제에 대해 이야기했다.

"제가 무슨 부자인 것도 아닙니다. 저는 은퇴한 목축업자인데 제가 평생 번 돈을 집 세 채에 털어넣었습니다. '빌라 마기오르'가 그 중 하나죠. 예, 제가 그 집을 싸게 산 건 분명합니다. 그렇지만 그 미친 의사에 대해 이런 이야기를 듣고도 뭔가 있으리라곤 생각도 못했죠."

"그 허풍이나 한번 들어봅시다." 록스턴 경이 샌드위치를 씹으면서 말했다.

"그는 빅토리아 여왕 재위 때부터 거기에 있었어요. 저도 그를 직접 목격했습니다. 키가 크고 골격이 단단하고 얼굴이 검은 사내인데 등이 굽었고 특이하게 발을 질질 끌면서 걸어 다닙니다. 사람들 말에 의하면 그는 평생 동안 인도에 머물렀다고 합니다. 그리고 어떤 이들은 그가 범죄를 저지르고 도망간 사람이라고 여기더군요. 왜냐하면 그가 거의 마을에 얼굴을 드러내지 않은 데다 어두워지기 전에는 거의 집 밖으로 나오지도 않았기 때문입니다. 돌을 던져 개의 다리를 부러뜨렸는데 그가 대가를 치러야 한다는 얘기도 좀 나왔지만 결국 사람들이 그를 두려워했기 때문에 벌을 내릴 사람이 없었어요. 소년들은 그

집 앞에선 달음질쳐 가곤 했습니다. 그가 집 앞으로 난 창가에 앉아서 인상을 찌푸리고 음울하게 밖을 쳐다보았기 때문에요. 그러다 어느날 그가 배달된 우유를 가지고 들어가지 않는 날이 왔습니다. 그 다음날도 마찬가지였습니다, 그래서 사람들이 문을 부수고 들어갔더니 그는 목욕탕에서 숨겨 있었습니다. 그런데 탕에는 피가 가득했습니다. 자기 팔의 핏줄을 끊은 거죠. 이름은 트레메인이라고 했습니다. 이곳 사람들은 아무도 잊어버리지도 않습니다."

"그리고 당신이 그 집을 샀고요?"

"도배를 다시 하고 페인트 칠도 하고 소독도 했고, 외관도 바꿨습니다. 만일 직접 보셨더라면 새집인 줄 아셨을 겁니다. 그러고 나서 저는 맥주 양조장을 하는 젠킨스 씨에게 집을 세놨지요. 그는 사흘만 살고 떠나버렸습니다. 저는 임대료를 낮추었고 은퇴한 식료품 주인인 비일 씨가 들어왔죠. 미쳐버린 사람이 바로 그 사람입니다. 완전히 미쳤죠. 그게 일주일 뒤였습니다. 그러고는 그게 제 골칫거리가 되었습니다. 제 수입 중 60파운드가 들어오지 않게 되었는데 덤으로 그 수입에 대한 세금까지 내야 했습니다. 만일 선생님들께서 어떻게 해볼 도리가 있다면 제발 손 좀 써 주십시오! 그럴 수 없다면 차라리 불을 지르는 것이 저한테는 이득일 겁니다."

빌라 마기오르는 마을에서부터 반 마일 정도 떨어진 낮은 언덕의 사면에 위치해 있었다. 벨체임버 씨가 일행을 데리고 가서 현관 문까지 안내해 주었다. 그 집은 아주 침울해 보이는 집이었다. 위층의 창문들 위로 거대한 맞배지붕이 드리워져 거의 창문을 가리고 있었다. 그날 밤 하늘엔 반달이 떠 있었는데 그

빛으로 그들은 앙상한 겨울 식물들이 얽혀 있고 어떤 데에서는 길을 덮을 정도로 과도하게 자란 모습을 볼 수 있었다. 매우 고요하고 우울하며 불길한 느낌이 드는 장소였다.

"문은 잠겨 있지 않습니다." 주인이 말했다. "현관의 왼쪽에 있는 응접실에 의자와 탁자가 몇 개 있을 겁니다. 제가 그곳에 불을 피워뒀고, 석탄이 한 양동이 있을 겁니다. 불편하진 않으실 겁니다, 아마도. 제가 들어가지 않는다고 탓하지 마시길 바랍니다. 전처럼 대범하지가 못 해서요." 그는 사과의 말을 하고 총총 사라졌다. 이제 해결해야 할 문제와 그들만 남았다.

록스턴 경은 아주 밝은 회중 전등을 가져왔다. 곰팡이가 슨 문을 열면서 그는 카펫도 없는 황량한 복도에 불빛을 드리웠는데, 복도는 위층으로 가는 넓고 곧은 나무 계단으로 이어져 있었다. 복도의 양쪽으로 문이 있었다. 오른쪽 문을 열면 커다랗고 쓸쓸한 빈방이 있는데 방 한구석에는 풀 깎는 기계가 버려져 있었고 오래된 책 더미가 있었다. 왼쪽으로도 그와 대칭인 방이 있는데 좀더 생기 있게 꾸며진 셋방이었다. 벽난로에는 불이 활활 타오르고 안락해 보이는 의자가 세 개 놓여 있었다. 탁자에는 물병이 있었고 그 옆에는 석탄이 한 양동이와 그들의 편리를 위해 준비된 것들이 몇 가지 놓여 있었다. 그리고 커다란 기름 등잔이 방을 밝히고 있었다. 매우 추웠기 때문에 목사와 말론은 불 곁으로 다가갔지만 록스턴 경은 준비를 계속했다. 그는 작은 손가방에서 자동 권총을 꺼내어 벽난로 선반 위에 올려놓았다. 그리고 초를 한 묶음 꺼내 그 중 두 개를 현관에 놓았다. 마지막으로 소모사 한 뭉치를 꺼내서 그 실을 뒤편 복도와 반대편 문을 가로지르도록 묶어 놓았다.

"집을 한번 돌아봅시다." 그는 준비를 마치고 말을 꺼냈다. "그런 후에 여기 앉아서 무슨 일이 일어나는지 기다려 보는 겁니다."

위층 복도는 곧게 뻗은 계단과 수직으로 나 있었다. 오른쪽으로는 커다랗고 먼지 투성이인 방이 두 개 있었다. 두 방의 벽지가 찢어져서 너덜너덜하게 벽에 붙어 있고 바닥에는 횟가루가 흩어져 있었다. 왼쪽으로는 마찬가지로 버려진 상태인 커다란 방이 한 개 있었다. 그 방에 비극적인 사건이 일어난 목욕탕이 딸렸는데 당시의 아연 도금 욕조가 그대로 있었다. 그 안에는 거대한 붉은 얼룩이 묻어 있었다. 얼룩은 단순히 녹물로 인한 얼룩이었지만 마치 끔찍한 과거의 흔적인 것만 같았다. 목사가 비틀거리면서 문에 기대는 모습을 보고 말론은 놀랐다. 목사의 얼굴은 새하얗게 질렸고 이마에는 땀이 뱄다. 두 동지가 그를 부축하여 계단을 내려왔다. 그는 마치 힘이 다 빠져나간 사람처럼 잠시 동안 앉아 있다가 말을 꺼냈다.

"두 분은 아무것도 느끼지 못했습니까?" 그가 물었다. "실은 저도 약간 영매 기질이 있어서 영적 감각을 매우 잘 느낍니다. 이번 것은 말로 설명할 수 없는 끔찍한 것이었습니다."

"뭘 보셨습니까, 목사님?"

"이런 것들은 설명하기가 매우 어렵습니다. 마치 심장이 가라앉는 듯한 기분이었습니다. 황량한 폐허 같은 느낌 말입니다. 모든 감각이 영향을 받았습니다. 눈이 흐려졌고 뭔가 썩는 듯한 지독한 냄새가 났습니다. 뿐만 아니라 마치 제 힘이 빨려나가는 것 같았습니다. 록스턴 경, 제 말을 믿어주세요. 이번에 우리가 맞서야 하는 것은 가볍게 여길 것이 아닙니다."

스포츠맨은 평상시답지 않게 엄숙했다.

"제 생각도 그렇습니다. 당신이 이 일에 적역이라고 생각하십니까?"

"약한 모습을 보여드려서 유감스럽습니다만 분명 이 일은 매듭을 짓겠습니다. 사건이 더 안 좋은 것일수록 제 도움이 필요할 겁니다. 이제 저는 괜찮습니다."

메이슨 씨가 말했다. 그러고는 밝게 웃으면서 주머니에서 시커멓게 그을은 담배 파이프를 꺼냈다.

"충격을 받았을 때는 이놈이 최고의 의사죠. 제가 필요한 때가 올 때까지 여기에 앉아서 담배를 좀 피우겠습니다."

"그것이 어떤 형태로 올 거라고 예상하십니까?"

말론이 록스턴 경에게 물었다.

"뭔가 눈에 보이는 모습이겠지. 그것만은 확실해."

"저도 연구를 많이 했지만 그것만큼은 이해할 수 없습니다." 말론이 말했다. "권위자들도 모두 다 물질적인 기반이 있다는 사실에는 동의를 합니다. 그리고 물질적인 기반은 사람의 육체에서 나온다고 하고요. 그것을 엑토플라즘이라고 부르더군요. 그 근원은 사람이 맞지요, 안 그렇습니까?"

"물론입니다." 메이슨이 대답했다.

"그렇다면 트레메인 박사가 당신과 내게서 물질을 빨아들여 자신의 외형을 만든다고 볼 수 있는 것입니까?"

"제가 이해하기에는 대부분의 경우 영혼들이 그런 식으로 외형을 만듭니다. 구경하는 사람이 춥다고 느끼거나 머리털이 곤두선다고 느낄 때, 자신의 생명력이 빨려나가는 것을 느끼는 것입니다. 심할 경우 기절을 하거나 죽게 될 수도 있습니다. 아마 그가 제게서 엑토플라즘을 빼냈을 겁니다."

"만일 우리에게 영매 기질이 없었다면? 만일 우리가 아무것도 내놓지 않는다면 어떻게 되는 겁니까?"

"최근에 바로 그런 경우에 관한 글을 읽었습니다." 메이슨 씨가 대답했다. "그 글은 아이슬랜드의 닐슨 교수가 자세히 관찰하고 쓴 보고서였습니다. 그의 사건에서는 악한 영혼이 동네로 내려가서 불쌍한 사진사에게서 자신이 필요한 것을 빨아내고는 다시 돌아와서 그 에너지를 사용했다고 합니다. 그는 대놓고 말을 했다고 하더군요. '내가 누구누구에게 다녀올 여유를 다오. 그러면 내가 어떤 능력을 가지고 있는지 보여주지.' 라고요. 그는 실로 무시무시한 괴물이어서 사람들은 그를 통제하기가 매우 어려웠다고 합니다."

"내 생각엔 말야, 젊은 친구, 우리 생각보다 더 큰 건에 걸려든 것 같구먼." 록스턴 경이 말했다. "뭐, 우리가 할 수 있는 일은 다 한 셈이지. 복도에는 불을 켜 두었어. 2층에서 계단으로 내려오는 것이 아니라면 누구도 소모사를 건드리지 않고 우리한테 접근할 수가 없지. 이제 우리가 할 일은 기다리는 것밖에 없어."

그래서 그들은 기다렸다. 아주 지루한 시간이었다. 마차 시계가 색깔이 변색된 나무 벽난로 난간 위에 놓여 있었는데 시침이 느리게 1에서 2로, 그리고 또다시 2에서 3으로 기어가고 있었다. 밖에서는 부엉이가 부엉부엉 우는 소리가 어둠 속에서 음침하게 들려왔다. 저택은 샛길로 들어와서 위치해 있었고 그들을 현실과 연결해 주는 인간이 만드는 소리는 하나도 들리지 않았다. 목사는 의자에 앉아서 졸고 있었다. 말론은 끊임없이 담배를 피워 댔다. 록스턴 경은 잡지의 책장을 넘기고 있었다. 한밤의 침묵 사이로 이상한 탁탁 소리와 삐그덕 소리가 간간히 들려왔다. 아무 일도 일어나지 않는 와중에……

누군가가 계단을 내려왔다.

의심의 여지가 없었다. 조심스러운 소리였지만 분명히 발걸음 소리였다. 삐걱! 삐걱! 삐걱! 그러고는 1층으로 내려왔다. 그 다음에는 문으로 다가왔다. 일행은 모두 자리에서 벌떡 일어났고 록스턴 경은 권총을 움켜쥐었다. 어떻게 들어온 것일까? 문이 조금 열렸지만 더 이상 열리진 않았다. 그러나 모두들 누군가가 들어왔고 자신들을 감시하고 있다는 느낌을 받았다. 갑자기 더 추워진 것 같아서 말론은 몸을 떨었다. 그 순간 발걸음 소리가 멀어졌다. 발소리는 이전보다 훨씬 더 낮고 재빨랐다. 심부름꾼이 정보를 가지고, 위층의 그림자 속에 숨어 있는 위대한 주인에게로 달려가는 것을 상상할 수 있었다.

세 사람은 아무 말도 없이 서로를 바라보면서 앉아 있었다.

이윽고 록스턴 경이 창백하지만 단호한 얼굴을 하고 말을 꺼냈다.

"이런!"

말론은 메모를 끄적거렸다. 목사는 기도하고 있었다.

한참이 지난 후에 록스턴 경이 말했다.

"자, 이제 우리가 녀석을 직면해야 할 때가 왔습니다. 이대로 그냥 놔둘 수는 없습니다. 우리는 문제를 해결해야 합니다. 목사님, 저도 예전에 정글에서 다친 호랑이를 쫓았던 적이 있었지만 지금 같은 기분은 처음입니다. 만일 제가 이런 흥분을 위해서 온 거라면 제대로 온 셈입니다. 어쨌든 저는 위층으로 올라가겠습니다."

"같이 갑시다." 그의 동료들이 말하면서 자리에서 일어났다.

"젊은 친구! 자넨 여기 있어! 목사님도 마찬가지입니다. 우리 세 사람이 움직이면 소음이 너무 많이 납니다. 만일 필요해지면 제가 부르겠습니다. 제 계획은 몰래 나가서 계단에서 조용히 기다리는 겁니다. 녀석이 무엇인지는 알 수 없지만 만일 다시 온다면 저를 쓰러뜨리고 와야 할 겁니다."

세 사람은 모두 복도로 나갔다. 촛불 두 자루에서 밝은 빛의 원이 드리워졌고 계단은 멀리까지 불 밝혀져 있었다. 록스턴은 총을 들고 계단을 반쯤 올라가서 앉았다. 그는 손가락을 입술에 댄 후 손을 마구 흔들어서 동료들에게 방에 들어가라고 했다. 두 사람은 다시 불가에 앉아서 기다리고 또 기다렸다.

30분, 45분……. 그러고 갑자기 그것이 왔다. 갑자기 급하게 다가오는 발소리가 들렸다. 그리고는 총소리가 메아리쳤다. 치고 받는 소리가 난 뒤 뭔가 묵직하게 떨어지는 소리가 났고 도와달라는 커다란 비명 소리가 들렸다. 두 사람은 두려움에 떨면서 현관으로 달려갔다. 록스턴 경이 쓰레기와 횟가루 범벅인 바닥에 엎어져 있었다. 록스턴 경을 일으켜 세웠는데 그는 반쯤 넋이 나가 있었고 볼과 손의 긁힌 상처에서 피가 났다. 계단 위쪽을 올려다보니 꼭대기에 있는 그림자들이 아까보다 더 검고 짙어진 것 같았다.

록스턴 경이 의자로 부축되어 가면서 말했다.

"난 괜찮습니다. 잠시만 숨을 돌리고 있다가 저 악마 녀석이랑 다음 판을 뛸 겁니다. 만일 저 녀석이 악마가 아니라면 지구상에 악마라고 불릴 만한 녀석은 하나도 없을 겁니다."

말론이 말렸다. "이번에는 혼자 가지 마세요."

목사도 거들었다. "절대로 그래선 안 됩니다. 무슨 일이 있었는지 말해 주십시오."

"저도 잘 모르겠습니다. 아까 보셨듯이 저는 계단에 앉았습니다. 그런데 갑자기 급한 발소리가 들렸습니다. 뭔가 시커먼 것이 제 위에 있다는 것을 알 수 있었습니다. 저는 몸을 돌리면서 총을 쐈습니다. 그 다음 순간, 제가 마치 아기인 것처럼 내동댕이쳐졌습니다. 저 횟가루는 제 위에 쏟아진 겁니다. 저도 그 정도밖에 이야기해 드릴 수 없군요."

말론이 끼어들었다.

"왜 우리가 이 문제에 더 관여해야 합니까? 이제 저것이 인간이 아닌 무엇이라는 사실을 수긍하셨지 않나요?"

"그것은 의심할 여지가 없이 확실하지."

"그렇다면 이제 경험을 하신 거네요. 더 이상 뭘 바라시는 겁니까?"

"글쎄요. 적어도 저는 그것보다는 바라는 게 많습니다. 제 생각엔 저희의 도움이 필요한 것 같습니다." 메이슨 씨였다.

"제가 보기엔 저희가 도움이 필요한 것 같습니다." 록스턴 경이 무릎을 문지르면서 말했다. "이 일을 끝내기 전에 의사를 봐야 할 것 같습니다. 저는 목사님에게 동의합니다. 저도 꼭 이 일을 매듭지어야 할 것 같습니다. 만일 그게 싫으면, 젊은 친구……."

제대로 제안의 말을 꺼내지도 않았지만 말론의 아일랜드 계피를 들끓게 만들기에는 충분했다.

"저 혼자 올라가겠어요!" 그는 외치면서 문 쪽으로 걸어갔다.

"안 됩니다. 제가 따라가겠습니다."

목사가 서둘러서 그를 따랐다.

"그리고 날 빼놓고 가면 안 되지!" 록스턴 경이 절룩절룩 뒤따르며 외쳤다.

그들은 촛불이 빛과 그림자를 드리우는 복도에 같이 섰다. 말론이 난간에 손을 얹고 첫 번째 계단에 발을 올렸을 때 갑자기 일이 터졌다.

무엇이었을까? 그들은 알 수 없었다. 그들이 본 것은 계단의 위에 있던 검은 그림자가 짙어지고 뭉쳐져서 박쥐의 형태를 갖추는 것이었다. 맙소사! 그것들이 움직이고 있었다! 그들은 재빠르게 아무런 소리도 내지 않으면서 아래층으로 내려오고 있었다! 칠흑같이 검고 일그러진 거대한 형체가 반쯤 인간의 형상을 갖고 있었다. 그것은 악마 같고 저주 받은 형체였다. 세 사람은 모두 소리를 지르면서 문으로 달려갔다. 록스턴 경이 문고리를 잡아채 문을 열었다. 그러나 너무 늦었다. 이미 그것이 일행을 덮쳤다. 일행은 모두 썩은 듯한 냄새와 함께 반쯤 형성된 얼굴과 몸을 휘감는 팔의 뜨뜻하고 끈적끈적한 느낌을 느낄 수 있었다. 그 다음 순간 세 사람은 두려움에 반쯤 넋이 나간 채로 자갈이 깔려 있는 집 앞길에 뒹구르고 있었다.

다시 일어서서 제 정신으로 돌아오자 말론은 훌쩍거리고 록스턴은 욕을 했지만 목사는 아무 말도 없었다. 모두들 구르면서 여기저기 타박상을 입었지만 정신적으로 받은 공포 때문에 육신의 아픔은 중요하게 느껴지지 않았다. 그들은 저물어가는 달빛을 받으면서 집 앞에 서서 검은 문 안을 노려보고 있었다.

이윽고 록스턴이 말했다.

"이제 충분히 경험했네."

"충분하고도 넘치죠." 말론이 답했다. "언론에서 아무리 잘 해 준다고 해도 저는 절대 저 집에 다시 들어가지 않겠습니다."

"다치셨습니까?"

"더럽혀지고 모욕을 당한 것 같습니다……. 어쨌든 끔찍했습니다!"

"끔찍하지!" 록스턴 경이 외쳤다. "그 냄새를 맡았는가? 그 썩는 듯한 온기도?"

말론은 메스꺼워하면서 소리쳤다. "그 무시무시한 눈을 빼면 생김새랄 것도 없었습니다! 게다가 반쯤만 형상화되어 있었잖습니까! 무시무시하군요!"

"그럼 불은 어떻게 하지요?"

"아, 빌어먹을 불! 그냥 타게 내버려 두지요. 전 다시 들어가지 않겠습니다!"

"벨체임버 씨가 아침에 들어갈 겁니다. 어쩌면 지금 여관에서 저희를 기다리고 있는지도 모르죠."

"예. 여관으로 돌아갑시다. 다시 인간 세상으로 돌아가죠."

말론과 록스턴이 몸을 돌리는데 목사는 가만히 서 있었다. 그는 주머니에서 십자가를 꺼내 들고 있었다.

"두 분은 돌아가십시오. 저는 다시 들어가겠습니다."

"뭐라고요! 집 안으로 말입니까?"

"네, 집 안으로 말입니다."

"목사님, 그건 미친 짓입니다! 녀석이 목사님의 목을 부러뜨릴 겁니다. 녀석의 마수 앞에 우리는 힘없는 인형 같지 않았습니까."

"뭐, 그러라지요. 저는 가겠습니다."

"안 됩니다! 자 말론, 목사님을 붙잡아!"

그러나 너무 늦었다. 메이슨 씨는 성큼성큼 재빨리 걸음을 떼서 문을 확 열고 안으로 들어간 후 문을 닫았다. 동료들이 그를 따라 들어가려고 하는데 안쪽에서 끼익 소리와 덜컥 소리가 들렸다. 목사가 그들이 들어오지 못하게 막은 것이었다. 우편함이 있던 자리에 난 넓은 틈 사이로, 목사에게 돌아오라고 설득해보았다.

그러나 목사는 단호한 목소리로 재빨리 말했다.

"거기 계십시오! 제겐 따로 할 일이 있습니다. 일이 끝나면 나가겠습니다."

다음 순간 그는 뭐라고 말하기 시작했다. 그의 달콤하고 익숙하며 애정이 담긴 목소리가 현관에 울렸다. 말론과 록스턴이 밖에서 그의 기도문과 훈계를 중간중간 한마디씩 듣자하니 마치 친절한 인사말 같았다. 좁다란 틈으로 들여다본 말론의 눈에는 촛불에 비치는 검고 곧은 형체가 눈에 띄었다. 그것은 문에 등을 돌리고 계단의 그림자와 맞서서 오른손에 십자가를 높이 든 목사였다.

그의 목소리가 잦아들어 아무 소리도 나지 않게 되었을 때 그날 저녁의 두 번째 기적이 일어났다. 어떤 목소리가 그에게 대답했다. 그것은 말론도 록스턴도 들어본 적 없는 소리였다. 쉭쉭거리는 거친 소리로 음산한 말을 뱉었는데 설명할 수 없을 정도로 위협적이었다. 그것은 매우 짧게 말했고 목사는 즉시 날카로운 감정이 깃든 목소리로 대답했다. 목사의 말은 훈계처럼 들렸는데 저편에서 울리는 험악한 목소리가 즉시 대답을 했다. 계속해서 둘은 질문을 던지고 대답했다. 어떤 때는 매우 짧고 어떤 때는 매우 길게 말했으며 그 어조도 애원에서 논쟁으로, 기도로, 위안으로 계속 변했지만 비난의 말은 하지 않았다. 뼛속까지 추위가 느껴지자 록스턴과 말론은 문 밖에 웅크리고 앉아서 이해할 수 없는 대화의 조각조각을 엿듣고 있었다. 그리고 한 시간도 안 된 시간이었지만 매우 지겹게 느껴지는 시간이 지난 후 메이슨 씨는 기뻐하면서 큰 목소리로 "하느님 아버지." 라고 계속 외쳤다. 그것이 환청이었는지, 아니면 메아리였는지, 아니면 그의 저편에 있는 어둠의 목소리였는지는 알 수가 없었다. 잠시 후 왼쪽의 창문으로 흘러나오던 불빛이 사라졌다. 문이 열리고 록스턴 경의 가방을 든 목사가 나타났다. 그의 얼굴은 달빛을 받아 창백해 보였지만 그의 행동은 활기 있고 기쁜 듯 보였다.

"아마 이 안에 다 있을 겁니다." 라고 말하면서 목사가 가방을 건넸다.

록스턴과 말론은 그의 양쪽 팔을 부축하고는 길가로 달렸다.

"이런, 참 내! 다시는 그렇게 도망가지 마십시오.!" 록스턴 경이 소리쳤다. "목사님께서는 빅토리아 십자 훈장을 몇 개나 받아야겠습니다."

"아닙니다. 저의 할 일인걸요. 그 불쌍한 친구는 도움이 절대적으로 필요했습니다. 저도 하나의 죄인일 뿐이지만 그 도움을 줄 수 있었던 것입니다."

"그에게 도움이 되었나요?"

"그러길 바랍니다. 그러나 저는 위대한 힘의 도구일 뿐입니다. 그 집에는 이제 귀신이 나오지 않습니다. 그가 약속했지요.

그러나 이젠 그 이야기는 그만하겠습니다. 시간이 지나면 좀 더 나아질 겁니다."

쌀쌀한 겨울 새벽의 빛을 받으면서 그들이 다시 여관으로 돌아 왔을때 집주인과 하녀들은 놀란 눈으로 세 모험가를 쳐다보았다. 그들은 그날 하룻밤 사이에 각각 다섯 살씩은 더 먹은 것 같이 보였다. 메이슨 씨는 주변의 시선을 받으면서 소박한 응접실에 놓인 말총 소파에 몸을 던진 후 즉시 잠에 빠져들었다.

"불쌍한 양반! 상태가 별로 안 좋아 보이는군요!"

말론이 말했다. 정말이지 그의 하얀 얼굴과 초췌한 얼굴, 길고 비틀거리는 팔다리는 목사를 마치 시체처럼 보이게 만들었다.

"그에게 따뜻한 차 한잔 갖다 주자고."

록스턴이 대답했다. 그는 하녀가 방금 피워놓은 불에 손을 녹였다.

"이런, 참 내! 우리들 상태도 그다지 좋지 않긴 하지. 자, 젊은 친구, 우리는 목적을 달성했어. 나는 내가 원하던 짜릿함을 맛보았고 자넨 기사를 얻었지. 그리고 목사님은 영혼을 구해 주었고 말야. 그러고 보니 우리의 목표는 목사님의 것에 비해 보잘것없군."

일행은 아침 일찍 런던 행 기차를 탔다. 그들의 객차 칸엔 다른 사람들이 없었다. 메이슨은 거의 말을 하지 않고 생각에 골똘히 잠겨 있었다. 갑자기 그는 일행에게 말했다.

"두 분 말입니다. 저와 함께 기도를 하시지 않겠습니까?"

록스턴 경이 얼굴을 찌푸렸다.

"목사님, 저는 그런 일에 익숙하지 않습니다."

"저와 함께 무릎을 꿇어 주십시오. 당신들의 도움이 필요합니다."

　그들은 목사를 가운데 놓고 나란히 무릎을 꿇었다. 말론은 기도문을 머릿속으로 되뇌었다.

　"아버지시여. 우리는 불쌍하고 약한 생명체들로, 당신의 아이들일 뿐입니다. 운명과 상황에 흔들리는 존재들입니다. 주님께 간청하오니, 저희 인간들을 동정하시옵소서. 그리고 아버지로부터 멀리 떨어져 헤매던 루퍼트 트레메인이 지금 어둠 속에 있사옵나이다. 그는 자존심이 강하고 증오로 가득찬 잔인한 심성을 지녀 아주아주 깊이 가라앉아 있습니다. 그러나 이제 그도 빛을 향해 돌아섰습니다. 그러니 그를 위해 기도드리옵나이다. 그리고 그를 사랑했던 엠마라는 여인 또한 어둠 속에 있사옵니다. 그녀가 그를 구제할 수 있도록 해 주십시오. 둘 다 지상을 떠나지 못하게 하는 괴로운 기억에서 풀려날 수 있도록 해 주십시오. 오늘 밤 이후로는 머지않아 가장 낮은 곳까지 임하게 될 주님의 영광스러운 빛을 향해 나아갈 수 있도록 해 주십시오."

　일행은 다시 일어났다.

　목사는 앙상한 손으로 가슴을 두드리면서 말했다.

　"이제 됐습니다!"

　그는 이가 다 보이도록 미소를 지었다.

　"대단한 밤이었습니다! 안 그렇습니까? 정말이지, 대단했습니다!"

────────────

1) 헤비 게임: 격렬하고 힘든 레저 스포츠.

9장

매우 물질적인 현상

말론은 마치 린든 일가의 일에서 벗어날 수 없는 운명을 지닌 것만 같았다. 운이 나빴던 톰을 본 지 얼마 안 되어서 말론은 톰의 달갑지 않은 동생과 불미스러운 일로 얽히게 되었다.

그 사건의 시작은 알저논 메일리 변호사가 아침에 건 전화 한 통으로 시작되었다.

"오늘 오후에 시간 있습니까?"

"물론입니다."

"말론 씨, 당신은 정말 힘이 넘치는 사나이입니다. 아일랜드 대표로 럭비를 하신 적도 있었죠? 그럼 혹시 좀 거친 싸움이 벌어져도 상관이 없을까요?"

말론은 전화기를 들고 미소 지었다.

"그런 거라면 제게 맡겨 주십시오."

"만만치 않은 일이 될지도 모릅니다. 아마도 대단한 싸움꾼을 상대해야 할지도 모르거든요."

"조오옿습니다!" 말론이 활기차게 대답했다.

"그리고 또 한 사람이 필요합니다. 단순히 모험을 하기 위해 따라올 만한 사람이 없을까요? 만일 그 사람이 영적인 문제에 대해 아는 바가 있다면 더 좋겠죠."

말론은 잠시 생각에 빠졌다. 곧 영감이 떠올랐다.

"록스턴 경이 있죠." 그가 말했다. "그는 겁쟁이도 아니고 싸움 건에 유용한 사람이죠. 제가 데리고 갈 수 있을 겁니다. 도셋셔 일을 겪은 이후에 이쪽의 일이라면 관심이 많습니다."

"좋습니다! 데리고 오십시오! 만일 록스턴 경이 올 수 없다면 우리 둘이서 이 일을 해야 할 겁니다. 서남(西南) 구역의 벨쇼 가든 41번지입니다. 얼스 코트 역에서 가깝습니다. 오후 3시에 만납시다."

말론은 즉시 록스턴 경에게 전화를 걸었다. 곧 익숙한 목소리가 들려왔다.

"뭐지, 젊은 친구? 싸움이라고? 아, 물론이지. 뭐, 리치먼드 디어 파트에서 골프 시합이 있긴 하지만, 이 일이 더 매력적인데. 뭐라고? 좋아. 그럼 거기서 만나자고."

그래서 오후 3시에 메일리와 록스턴, 그리고 말론은 변호사의 집 응접실에 불을 쬐며 앉아 있었다. 그의 부인은 매우 아름답고 매력적인 여인으로 물질적으로나 영적으로나 그를 도와주는 협력자였다. 그런 그녀가 일행을 맞았다.

"자, 여보, 당신은 이 일에 관여할 필요가 없소. 당신은 조용히 물러가 있구려. 그리고 다투는 소리가 나더라도 걱정할 필요 없소."

"하지만 여보, 걱정이 되는걸요. 다칠 수도 있잖아요."

메일리가 웃음을 터뜨렸다.

"내 생각엔 당신 가구들이 다칠지도 모르겠는걸. 두려워할 건 없소. 그리고 다 이유가 있어서 그러는 거요. 그럼 무슨 말인지 알지 않소?"

그가 설명하자 부인은 내키지 않는 듯이 방을 나갔다.

"정말이지 아내는 그 이유 때문에 모험을 감수하는 것 같습니다. 그녀는 따뜻하고 사랑으로 가득한 여성적인 마음씨를 가진 사람이라 사람들이 죽음의 그림자로부터 자유로워지는 것이, 그리고 죽음 이후에 커다란 행복이 있다는 사실을 깨닫게 되는 것이 어떤 의미를 갖는지 잘 깨닫고 있습니다. 정말이지 그녀는 제게 영감을 주는 사람입니다. 자." 그리고 그는 웃으면서 말을 계속했다. "이 이야기는 그만두어야 겠습니다. 우리는 이제 아주 다른 분위기의 것을 생각해야 합니다. 아내는 아름답고 착한데 비해 이 문제는 너무 흉측하고 혐오스럽군요. 톰 린든의 동생에 관련된 일입니다."

"그 친구에 대해 들어본 적이 있습니다." 말론이 대답했다. "저도 예전에는 권투를 약간 한데다 아직도 N.S.C의 회원이거든요. 사일러스 린든은 웰터급에서 거의 챔피언이 될 뻔했습니다."

"네, 바로 그 사람입니다. 그는 이제 권투 선수를 그만뒀고 영매가 되고 싶어합니다. 사실 저와 몇몇 심령교인들은 그의 생각을 진지하게 받아들였죠. 모두 그의 형을 사랑하기 때문에 그랬던 것이고 그런 힘은 유전이 되기 때문에 그의 주장도 일리가 있는 듯했습니다. 그래서 우리는 어제 저녁 그에게 기회를 주었습니다."

"그런데 무슨 일이 일어났죠?"

"전 그자가 처음부터 수상했습니다. 경험이 많은 심령교인들은 영매가 속이는 것은 불가능하다는 사실을 잘 아실 겁니다. 만일 속임수가 동원된다면 그것은 외부인의 도움이 필요한 것입니다. 저는 처음부터 그를 조심스럽게 지켜보았습니다. 그리고 제가 캐비닛 옆에 앉아 있었죠. 이윽고 그가 흰 옷을 입고 나타나더군요. 저는 제 옆에 앉아 있던 아내와 미리 짜고 손을 놓았습니다. 그리고 그가 제 옆으로 지나가는 것을 느꼈죠. 그는 물론 하였습니다. 제가 미리 주머니에 준비해 두었던 가위로 그의 옷자락을 약간 잘라냈습니다."

메일리는 주머니에서 조그만 삼각형 천 조각을 꺼냈다.

"여기 있습니다. 보십시오. 그저 평범한 린넨일 뿐입니다. 그 친구는 아마도 잠옷 가운을 입고 있었을 겁니다."

록스턴 경이 물었다. "왜 당장 이것을 보이지 않았습니까?"

"그곳에는 숙녀분들도 여럿 있었습니다. 그리고 그 방에 있는 사람 중에는 몸싸움을 할 만한 사람이 저밖에 없었습니다."

"그럼 어떻게 하는 것이 좋겠습니까?"

"그에게 3시 반에 오라고 약속을 했습니다. 곧 올 겁니다. 만일 그가 자신의 옷이 조금 잘려나간 것을 알아채지 못했다면 내가 왜 보자고 했는지 전혀 모를 겁니다."

"어떻게 하실 겁니까?"

"글쎄요. 그건 그에게 달렸습니다. 무슨 일이 있어도 그를 막아야 합니다. 그런 사람들 때문에 우리의 대의가 왜곡되는 것입니다. 어떤 나쁜 놈들은 실상을 전혀 모르면서 돈 때문에 이 일에 들어오기도 합니다. 두 분의 도움이 있으면 제가 혼자 있

을 때와 달리 그와 동등한 입장에서 이야기 해 볼 수 있을 것
같습니다. 이런이런, 벌써 왔군요!"

밖에서 무거운 발소리가 들렸다. 문이 열리고 가짜 영매이자
잘 나가던 권투선수였던 사일러스 린든이 들어왔다. 덥수룩한
눈썹 아래 보이는 작고 탐욕스러워 보이는 눈이 의심스러운 듯
이 세 사람을 훑어보았다. 그는 가식적인 미소를 지으면서 메
일리에게 고개를 끄덕였다.

"안녕하십니까, 메일리 씨. 어제 저녁에는 매우 좋은 시간을
보내지 않았습니까?"

"앉으시오, 린든." 메일리가 의자를 가리키면서 말했다. "내
가 당신과 이야기하고 싶은 게 바로 어제 저녁의 일입니다. 당
신이 우리를 속였죠."

화가 난 사일러스의 우락부락한 얼굴이 붉어졌다.

"무슨 말이죠?" 그가 날카롭게 외쳤다.

"당신이 우리를 속였습니다. 당신은 영혼인 척 분장을 하고
나타났습니다."

"당신은 거짓말쟁이요! 난 그런 짓은 하지 않았소!"

메일리가 주머니에서 린넨 조각을 꺼내서 무릎 위에 펼쳐 놓
았다.

"이건 뭐란 말입니까?" 메일리가 물었다.

"글쎄, 그게 뭐 어쨌단 거요?"

"이건 당신이 입고 있던 하얀 가운에서 자른 겁니다. 당신이
내 앞에 서 있을 때 내가 잘랐지요. 만일 가운을 잘 살펴 보면
어디가 잘렸는지 알 수 있을 겁니다. 소용없습니다, 린든. 게임
은 끝났소. 당신은 부정할 수 없을 거요."

사내는 잠시 충격을 받은 듯했다. 그러더니 갑자기 매우 불경스러운 말들을 쏟아놓기 시작했다.

"게임이라니 무슨 말이지?" 그가 이글거리면서 소리쳤다. "내가 당신에게 속을 정도로 어리석은 줄 아나? 이건 함정인가? 그런 종류의 속임수를 걸려면 상대를 잘못 찾았어!"

"이젠 시끄럽게 굴거나 폭력을 써도 소용없어, 린든."

메일리가 조용히 말했다.

"내일 당신을 즉결 재판소로 가게 만들 수도 있어. 자네 형을 생각해서 그런 스캔들이 생기는 건 원하지 않아. 그렇지만 여기 내 책상 위에 있는 서류에 서명하기 전에 이 방을 나가지는 못할 거야."

"오, 그러셔? 그럼 누가 날 막을 건가?"

"우리가 막을 걸세."

그와 문 사이에 세 사람이 섰다.

"막을 거라고? 그럼 한번 해 보시지!" 그의 눈에는 분노가 이글거렸고 커다란 손은 주먹이 되었다. "내 앞에서 비키시지?"

일행은 대답을 하지 않았지만 인간의 가장 원시적인 표현인 싸우기 전의 으르렁거리는 소리를 냈다. 그 다음 순간 린든이 어마어마한 힘으로 주먹을 날리면서 그들을 덮쳤다. 어릴 때 복싱을 했던 메일리가 첫 번째 주먹을 막았지만 그 다음에 날아오는 주먹이 메일리의 방어를 무너뜨려서 그는 문에 세차게 부딪히면서 쓰러졌다. 록스턴 경이 한쪽으로 덤벼들었지만 럭비 선수의 본능을 가진 말론은 상체를 숙여서 권투 선수 출신 사내의 무릎을 잡아챘다. 만일 사내가 서 있을 때 싸우기 벅찰 것 같으면 뒤로 넘어뜨리면 격투 기술을 발휘할 수 없게 된다. 린든은 뒤로 넘어지면서 땅에 부딪히기 전에 안락의자에 부딪혔다. 그는 턱을 부딪히면서 비틀거리며 한쪽 무릎으로 일어서려 했지만 말론이 그를 다시 쓰러뜨렸고 록스턴의 뼈대 굵은 손이 멱살을 틀어 쥐었다. 사일러스 린든은 비겁한 면이 있었고 겁을 먹었다.

"일어나게 해 주쇼!" 그가 외쳤다. "그만하면 됐잖소!"

그는 사지를 뻗고 드러누웠다. 말론과 록스턴이 그 위로 몸을 숙이고 그를 들여다 보았다. 쓰러지면서 충격을 받은 메일리는 창백한 얼굴을 하고 다시 일어났다.

"난 괜찮소!" 그가 문 밖에서 들려오는 여인의 목소리에 대답해서 외쳤다. "아니, 여보. 아직은 아니오. 좀 있으면 들어와도 돼요. 자, 린든, 자네가 일어날 필요는 없겠지. 그대로도 충분히 이야기를 나눌 수 있으니까 말야. 자네는 이 방을 나가기 전에 이 서류에 서명을 해야만 해."

"그 서류가 뭐요?"

록스턴 경이 멱살을 놓아주자 린든이 켁켁거리면서 말했다.

"내가 읽어 주지."

메일리는 책상에서 서류를 집어 큰 소리로 읽어 주었다.

"나, 사일러스 린든은 스스로 영혼인 척하면서 사기꾼 같은 행동을 했다. 나는 앞으로 평생 영매인 척하지 않겠노라 맹세한다. 내가 이 맹세를 깨뜨리면 서명이 된 이 진술서가 법정에서 판결을 받는 데에 이용되어도 좋다."

"자, 서명을 하겠나?"

"싫소. 내가 미쳤소?"

록스턴 경이 한마디 했다.

"내가 이자를 다시 한번 쥐어짤까? 어쩌면 목을 한번 죄어주면 제대로 된 분별력이 돌아올지도 모르지, 안 그런가?"

"그러실 필요 없습니다." 메일리가 대답했다. "이번 사건은 법정에서도 좋은 작용을 할 것 같습니다. 대중에게 우리도 우리 집을 깨끗이 유지하기 위해 애쓴다는 사실을 알릴 수 있으니까요. 자, 린든, 생각할 수 있는 시간을 1분 주겠네. 그리고 경찰을 부르도록 하지."

사기꾼이 결정을 내리는 데에는 1분이라는 시간도 걸리지 않았다.

그가 샐쭉한 목소리로 말했다. "좋소. 내가 서명하지."

그리고 일행은 만일 속임수를 쓴다면 이번에는 가볍게 지나치지 않겠다는 경고를 하고 난 뒤 그가 일어설 수 있도록 풀어 주었다. 그러나 그에게는 다시 사람을 때릴 만큼의 힘도 남아 있지 않았다. 그는 아무 말 없이 서류의 하단에 거칠게 사일러스 린든이라고 끄적거렸다. 세 사람은 그가 서명하는 모습을 증인으로서 쳐다보았다.

"자, 이제 나가게!" 메일리가 날카롭게 소리쳤다. "앞으로는 좀 정직한 일을 찾아내고, 이런 성스러운 일에는 발을 들이지 말게!"

"그 따위 위선은 너희들끼리나 하라고!"

린든은 대답하고 투덜투덜 욕을 하면서 바깥의 어둠 속으로 사라졌다. 그가 나가자마자 메일리 부인이 달려들어와 남편이 괜찮은지 확인하였다. 확인한 후 그녀는 부러진 의자를 보고 슬퍼했다. 그녀는 모든 착한 아내들이 그렇듯이 집 안에 있는 세세한 것들 모두를 좋아했고 자존심을 가지고 있는 사람이었다.

"너무 슬퍼하지 말구려, 여보. 그 불량배를 제거하는 데 지불한 대가로는 매우 작은 것이니 말이오. 신사 분들, 가지 마십시오. 이야기를 나누고 싶습니다."

"그리고 지금 차가 준비되어 있답니다."

"어쩌면 더 강한 것이 좋을 것 같은데."

메일리가 말했다. 정말이지 세 사람은 신경이 팽팽하게 곤두섰기 때문에 매우 지쳐 있었다. 모든 과정을 진심으로 즐기던 록스턴은 아직도 팔팔했지만 말론은 매우 충격을 받았고 메일리는 린든의 육중한 공격 때문에 크게 다칠 뻔했다.

난로 곁에 앉으면서 메일리가 말을 꺼냈다.

"이 악당 녀석이 벌써 몇 년간 톰 린든에게서 돈을 뜯어냈다고 들었습니다. 일종의 협박도 했다고 합니다. 녀석은 그를 배신하고도 남을 악당이지요."

그는 갑자기 어떤 생각이 떠오른 듯이 소리쳤다.

"아, 이럴 수가! 그래서 경찰이 온 거였군요. 런던에 많이 있는 영매들 중에서 왜 하필이면 린든을 골랐겠습니까? 이제 기억이 납니다만 톰이 저 악당 녀석이 영매가 되는 법을 배우고 싶다면서 왔다고 말해 주었습니다. 그런데 톰이 거절했다고 하더군요."

"린든 씨가 그에게 가르칠 수 있는 겁니까?"

말론이 질문을 던졌다. 메일리는 질문을 받고 한동안 생각에 빠졌다.

"예, 어쩌면 가르칠 수도 있겠죠. 그렇지만 가짜 영매 사일러스 린든이 진짜 영매 사일러스 린든보다 훨씬 덜 위험할 겁니

다."

"무슨 말씀이신가요?"

"영매의 기는 발달하는 거예요." 메일리 부인이 대답했다. "전염되는 것이라고 말할 수 있죠."

"초기 기독교에서 손을 잡는 것의 의미도 처음에는 그런 것이었을 겁니다. 마법의 힘을 전달하는 것이지요. 우리는 그렇게 빨리 할 수는 없습니다. 그렇지만 만일 상대방이 영매의 힘을 개발하려는 강한 의지를 가지고 모임에 참석한다면 그리고 특히 그 모임이 진짜 영매가 있는 모임이라면 그 힘을 얻게 될 확률이 꽤 높습니다." 메일리가 대답했다.

"그렇지만 왜 가짜 영매가 되는 것보다 더 위험하다고 말씀하시는 겁니까?"

"왜냐하면 나쁜 의도로 사용될 수 있기 때문이지요. 말론 씨, 제가 확신하건대 흑마술이나 악마의 존재에 대해 언급하는 것은 적을 만들지는 않습니다. 그런 것들은 악한 영매 주변에서 일어나곤 한답니다. 그렇게 되면 사람들에게 널리 알려진 주술과 유사한 영역에까지 이를 수 있습니다. 그것을 부정한다면 거짓말입니다."

"유유상종이라고 하지요." 남편만큼이나 유능하고 설명을 잘하는 메일리 부인이 설명했다. "자신에게 걸맞는 것을 얻게 되는 것입니다. 만일 악한 사람들과 모임을 함께하면 방문객들도 악한 영혼들이 옵니다."

"그렇다면 위험한 면이 있는 겁니까?"

"지구상에 존재하는 것들은 모두 잘못 취급되거나 과장되었을 때 위험한 면을 가지고 있습니다. 그 위험한 면은 정통 심령교와는 상당한 차이가 있습니다. 그리고 아마 우리의 지식이 그것의 상쇄시키는 확실한 방법일 겁니다. 저는 중세의 요술이 진짜였다고 생각합니다. 그리고 그들의 악행을 막는 최고의 방법은 그들보다 고차원인 영혼과 교류를 갖는 것이라고 믿습니다. 그런 일을 그냥 내버려 두는 것은 악마의 힘에 전 분야를 내맡기는 것과 다를 바가 없습니다."

갑자기 록스턴 경이 끼어 들었다.

"작년에 제가 파리에 있을 때 말입니다. 라 페라는 친구가 흑마술에 관련된 장난을 치고 있었죠. 그는 모임 같은 것을 가지곤 했어요. 제 말은, 그가 하는 짓이 뭐 크게 해로운 짓은 아니었습니다만 그것은 결코 영적인 것 같지도 않았습니다."

"신문 기자로서 한번 확인해 보고 싶은 면이군요. 공정을 기하기 위해서 말입니다." 말론이 말했다.

"정말 그렇습니다." 메일리도 동의했다. "카드를 전부 테이블 위에 올려놔야지요."

"그렇다면 젊은 친구, 일주일만 시간을 내서 파리로 같이 가면 자네를 라 페에게 소개시켜 주지." 록스턴 경이 말했다.

"아주 신기한 일입니다만 저도 파리에 있는 친구에게 들를까 하는 생각을 가지고 있었습니다." 메일리가 말했다. "형이상학 연구소에 있는 모퀴 박사께서 제게, 와서 갈리시아인 영매에게 행하고 있던 실험을 봐 달라고 청하였습니다. 그 실험의 종교적 측면에 정말 관심이 많이 갑니다. 그리고 대륙의 과학자들이 마음속으로 그리는 것이 흥미롭습니다. 그렇지만 정확하고 조심스러운 검사라면 그들이 가장 앞서 있습니다. 벨파스트의 크로포드를 제외하고 말입니다. 그는 혼자 그 분야에서 우뚝서 있는 존재 같습니다. 저는 모퓌 박사에게 한번 가겠다고 약속했고 그동안 그는 어떤 면에서는 매우 위험해 보이기도 하지만 멋진 결과들을 많이 얻었습니다."

"왜 위험해 보인다는 거죠?"

"글쎄요. 그의 물질화 대상은 최근 들어서 인간이 아니었습니다. 그것은 사진으로도 증명이 되었습니다. 더 이상은 말씀 드리지 않겠습니다. 직접 가셔서 열린 마음으로 접근해 보는 것이 가장 좋은 방법일 것입니다."

"물론 가겠습니다. 저의 편집장님도 그걸 바랄 겁니다." 말론이 대답했다.

차가 준비되어 나오는 바람에 대화가 중단되었다. 육신의 필요에 의해 고차원적 일이 방해를 받는 것 같았다. 그러나 말론은 그만두기에 너무 집중해 있었다.

"악의 힘에 대해 말씀하셨는데요, 그들을 만난 적이 있었습니까?"

메일리는 부인을 보고 미소를 지었다.

"항상입니다. 저희가 하는 일의 일부입니다. 저희는 그 일에 전문입니다."

"제가 듣기로는 그런 유의 방해꾼이 있으면 변호사님께서 쫓아보낸다고 하던데요."

"반드시 그런 것은 아닙니다. 만일 우리가 그 저급 영혼을 도와줄 수 있다면 그렇게 합니다. 그리고 그것은 영혼이 우리에게 문제가 무엇인지 말해 주도록 만드는 것으로 시작합니다. 그들의 대부분은 사악합니다. 그들은 무식하고 불쌍하고 왜소한 괴물입니다. 살아 있는 동안 배운 편협하고 잘못된 가치관의 결과로 괴로움을 당하는 것입니다. 우리는 그들을 도와주려는 것입니다. 그리고 실제로 도움을 주기도 합니다."

"그들에게 도움을 주었다는 건 어떻게 알게 됩니까?"

"왜냐하면 나중에 그들이 와서 그 이후 자신들이 겪은 일을 알려주기 때문입니다. 우리들은 그런 방법을 사용합니다. 그것을 '구조계'라고 부릅니다."

"저도 그 이야기는 들었습니다. 어디로 가면 저도 한번 그 모임에 참석할 수 있을까요? 점점 그 모임에 끌리고 있습니다. 항상 새로운 세계가 열리는 것 같습니다. 이 새로운 면을 살펴볼 수 있도록 도와주신다면 정말 좋겠는데요."

이 말에 메일리는 생각에 잠겼다.

"저희는 이 불쌍한 생명들을 구경거리로 만들고 싶지 않습니다만. 당신은 아직 심령교인이라고 부를 수는 없어도 여태까지 이해와 공감대를 가지고 이 문제들을 다루어왔습니다." 그가 뭔가를 묻는 듯이 아내를 쳐다보자, 그의 아내가 미소를 지으면서 고개를 끄덕였다.

"아, 당신은 허가를 받았습니다. 그렇다면 알려드리겠습니다. 저희 부부는 작은 구조계를 직접 운영하고 있습니다. 그리고 오늘 오후 5시에 매주 갖는 모임이 있습니다. 우리와 함께하는 영매는 터베인 씨입니다. 목사님인 찰스 메이슨 씨를 제외하고 다른 사람들은 초대하지 않습니다. 그렇지만 두 분께서 경험을 하고 싶어하신다면 여기 계셔도 됩니다. 다과 시간이 끝나면 터베인이 곧 올 겁니다. 그는 기차역에서 짐꾼 일을 하는 사람이기 때문에 마음대로 시간을 뺄 수가 없습니다. 네, 다양하게 발현되는 영적 능력은 하층민들에게서 많이 나타납니다. 그렇지만 그것은 예전부터 그랬습니다. 고대의 선지자들도 어부, 목수, 천막 만드는 사람, 낙타 몰이꾼이지 않습니까. 현재로서는 영국에 존재하는 영적 능력이 가장 탁월한 사람들은 광부, 목화 직공, 기차역 짐꾼, 뱃사공, 파출부 같은 사람들 중에 있습니다. 역사는 반복되는 법이고 톰 린든의 재판은 바울 성인에게 벨릭스 총독이 판결을 내린 것과 다름없습니다.[1] 시간의 굴레는 다시 돌아오게 마련입니다."

1) 벨릭스 총독은 바울이 스스로를 변호하는 것을 듣고 나서 신문을 연기하고 "바울을 지키되 그에게 자유를 주고, 그의 친지들이 돌보아 주는 것을 막지 말라."(사도행전 24장 23절)고 하였다. 이후 아내와 함께 바울을 면회하여 그리스도 신앙과 다가올 심판에 대해 설명을 들은 그는 두려워하였다. 그러나 그는 베스도에게 총독직을 넘기고 떠날 때에 유대인들의 환심을 사고자 바울을 가두어 둔 채로 내버려 두었다.

10장
절망의 구렁텅이

　찰스 메이슨 씨가 급하게 뛰어들어왔을 때 그들은 아직도 차를 마시고 있었다. 영적인 탐험을 같이 하는 것처럼 사람들을 금방 친하게 만드는 것도 없어서, 얼마 전 사건에서 메이슨을 알게 된 록스턴과 말론은 몇 년 동안 알고 지낸 사람들보다 이 사내가 더 가깝게 느껴졌다. 이런 가까운 동지 의식은 교우들 간에 존재하는 특성 중 하나였다. 수척하고 피곤한 모습이지만 인간적인 미소와 진지한 눈동자가 빛나는 얼굴의 메이슨 목사가 비틀거리듯 마른 모습으로 나타났을 때 두 사람은 아주 오랜 친구가 들어온 것 같은 느낌이 들었다. 목사도 역시 진심으로 반가워했다.

　"아직도 탐험 중입니까?" 그가 악수를 나누면서 외쳤다. "두 분의 새로운 경험이 지난번처럼 조마조마한 것이 아니었으면 좋겠습니다."

　"이런이런, 목사님!" 록스턴이 대답했다. "그날 이후로 목사님께 모자를 벗어서 예를 갖추느라 모자 챙이 다 닳았습니다.”

메일리 부인이 어리둥절해서 물었다. “왜죠? 목사님이 무슨 일을 하셨길래요?”

“아닙니다, 아닙니다! 전 그저 어둠 속의 영혼을 안내하기 위해 저의 작은 정성을 다했을 뿐입니다. 그냥 그 정도로만 알고 계십시오. 여기 이분들은 항상 매주 모여서 그런 일을 하시는 분들입니다. 저는 바로 메일리 씨에게서 어떻게 하면 되는지 배웠습니다.”

메일리가 한마디 했다. “뭐, 우리가 경험이 많다는 것은 사실입니다만, 메이슨 씨께서도 이미 많이 경험하셨기에 그 정도는 하실 수 있을 겁니다.”

말론이 소리쳤다. “하지만 전 전혀 감을 못 잡겠는걸요! 제게 좀 명확하게 요점을 설명해 주시겠습니까? 그러니까 우리는 지상에 묶여 있는, 그들도 이해할 수 없는 이상한 상황에 처한 영혼들에게 둘러싸여 있다는 가정은 받아들일 수 있습니다. 게다가 그들에게 도움과 안내가 필요하다는 것도 말이죠. 그 정도로 표현할 수 있는 것 아닙니까?”

메일리 부부는 같이 고개를 끄덕여 동의의 뜻을 나타내었다.

“그렇다면 그 영혼들의 친구나 친척들 중 죽은 사람들은 저 편에서 이들의 몽매한 상태에 대해 인식하고 있을 것 아닙니까. 그들은 진실을 알고 있으니까요. 그럼 그들이 이 고통 받는 자들을 우리들보다 훨씬 잘 도와줄 수 있는 것 아닌가요?”

“그런 질문을 하시는 게 당연합니다.” 메일리가 대답했다. “물론 우리는 그들에게 이의를 제기할 수 있지만 우리는 그들이 주는 답을 받아들일 수밖에 없는 입장입니다. 불쌍한 이들은 너무 무겁고 거대해서 지상에서 벗어나질 못하는 것 같습니다. 그리고 다른 영혼들은 이들과 멀리 떨어져 있는 것 같습니다. 그들은 자신들이 우리와 가깝다고 설명하더군요. 그리고 우리들의 존재를 인식할 순 있지만 그것보다 더 높은 차원의 것은 인식할 수 없다고 말이지요. 그러니 우리가 그들에게 먼저 다가가는 것이 가장 좋은 방법입니다.”

“한번은 불쌍하고 가련한 어둠의 영혼이⋯⋯.”

“아내는 모든 사람들과 모든 것들을 사랑하는 사람입니다. 아내는 악마조차도 불쌍하고 가련하다고 하죠.” 메일리가 설명했다.

“그래요, 그들도 동정과 사랑을 받을 자격이 있어요!” 부인이 소리쳤다. “이 불쌍한 사람은 매주 우리의 도움을 받았어요. 그는 정말 저 깊은 곳에서부터 헤어나왔죠. 그러다가 어느날 그가 환희에 차서 소리를 지르더군요. ‘어머니가 오셨어요! 어머니가 이곳에 왔다고요!’ 그래서 우리가 대답해 주었죠. ‘그런데 왜 어머니께선 이전에 당신을 만나러 오지 않으셨죠?’ 그가 이렇게 답하더군요. ‘그럴 수가 없으셨던 겁니다. 제가 그렇게 어두운 곳에 있었는데 어떻게 어머니께서 저를 볼 수 있었겠습니까?’”

“그렇군요.” 말론이 대답했다. “하지만 당신들의 방법은 수준 높은 영혼이 모든 문제를 주관하고 그 고통 받는 자들을 당신들에게로 데려다 주는 것으로 이해했습니다. 만일 그 존재가 모든 것을 인식하고 있다면 다른 수준 높은 영혼들도 그럴 수 있다고 보는데요.”

메일리가 대답했다. “그렇지 않습니다. 그것은 인도자의 특별 임무이기 때문입니다. 그 구분이 얼마나 뚜렷한지는 제가 기억하는 바로, 이곳에 어둠의 영혼이 찾아왔던 한 경우를 보면 알 수 있습니다. 우리를 보러 온 영혼들은 제가 그들의 주의를 끌기 전까지 그 어둠의 영혼이 있다는 것조차도 알지 못했습니다. 우리가 어둠의 영혼에게 '당신 옆에 있는 우리의 친구를 볼 수 없습니까?' 라고 묻자 그도 이렇게 대답하더군요. '내 눈에는 밝은 빛 외에는 아무것도 보이지 않소.'"

그때 일터인 빅토리아 역에서 온 존 터베인 씨가 도착하여 대화가 끊어졌다. 그는 평범한 옷을 입고 있었는데 약간 통통해 보이는 모습이었다. 깨끗하게 면도가 된 그의 슬픈 얼굴은 창백했고 그의 눈동자는 꿈꾸는 듯 생각에 잠겨 있었다. 겉으로 봐서는 그의 비범한 능력이 전혀 티가 나지 않았다.

"제 기록을 가지고 계십니까?" 그의 첫 질문이었다.

메일리 부인은 웃으면서 그에게 편지 봉투를 건넸다. "준비를 미리 해 두었습니다만 댁에 돌아가셔서 열어보실 수 있습니다." 그리고 그녀는 설명해 주었다. "안됐지만 터베인 씨는 자신이 도구가 되는 일이 실행되는 동안 무아지경에 있기 때문에 아무것도 알지 못하십니다. 그래서 매번 저와 남편이 설명을 써 주곤 한답니다."

"읽어보면 아주 놀랍습니다." 터베인이 말했다.

"그리고 아주 자랑스러우실 겁니다." 메이슨이 더했다.

"글쎄요. 그건 잘 모르겠습니다만." 터베인이 겸손하게 말했다. "도구가 자랑스러워할 게 뭐가 있겠습니까. 일을 행하는 분이 사용하는 것일 뿐이지요. 그렇지만 그것은 물론 특권이라 생각합니다."

"멋진 터베인 씨!" 메일리는 자신의 손을 애정을 담아 터베인의 어깨 위에 올렸다. "훌륭한 영매일수록 이기적이지 않죠. 제 경험엔 그랬습니다. 영매라는 개념 자체가 자신을 다른 사람들이 사용할 수 있도록 내놓는 일인지라 이기심과는 병행할 수 없는 일입니다. 자, 이제 일을 시작하지 않으면 창 씨가 우리를 꾸짖을 것 같군요."

"그는 누구죠?" 말론이 물었다.

"오, 당신도 곧 창 씨를 만날 겁니다! 자, 꼭 둥글게 원을 이루고 앉을 필요는 없어요. 난로 곁에 둘러 앉는 것만으로도 충분합니다. 불을 반쯤 줄여 주세요. 그 정도면 됐습니다. 터베인 씨, 편하게 앉으세요. 쿠션 위에 앉으십시오."

영매는 편안한 소파의 한쪽 곁에 앉아 있다가 금방 잠으로 빠져들었다. 메일리와 말론, 두 사람이 무릎 위에 수첩을 놓고 다음 일이 일어나기를 기다리고 있었다,

곧 일이 시작되었다. 터베인은 갑자기 일어나 앉았다. 꿈꾸는 듯한 그가 긴장한 듯하고 오만한 사람으로 변해 있었다. 그의 얼굴에 미묘한 변화가 지나갔다. 뭔지 모를 미소가 입 주변에 번졌고 눈은 약간 감겨서 모호해 보였으며 얼굴이 앞으로 튀어나왔다. 그리고 두 손을 그가 입은 푸른 라운지 재킷 소매 속으로 찔러넣었다.

"안녕하시오." 그가 짧게 끊기는 스타카토 문장으로 또박또박 말했다. "새로운 얼굴! 누구요?"

"좋은 저녁입니다, 창." 집 주인이 말했다.

"메이슨 씨는 아실 테고, 이분은 우리 일을 연구하는 말론 씨라고 합니다. 그리고 이분은 오늘 나를 도와준 록스턴 경입니

다."

　이름이 소개될 때마다 터베인은 동양적인 몸짓으로 인사를 하면서 손을 이마까지 올렸다가 내렸다. 그의 모든 행동은 매우 위엄 있어 보여 몇 분 전에 그 자리에 앉은 겸손한 사내와는 많이 달라보였다.

　"록스턴 경!" 그가 말을 되받았다. "영국의 귀족 나리! 나도 아는 분이 있었소. 마카트……. 아, 말해선 안 되오. 그를 외국 악마라고 불렀소. 이 창도 그땐 배울 것이 많았소."

　"지금 창이 언급한 것은 매카트니 경의 이야기입니다. 벌써 100년도 더 된 이야기죠. 당시 창은 위대한 철학자였습니다." 메일리가 설명했다.

　"시간을 낭비하지 맙시다!" 지배령이 외쳤다. "오늘은 할 일이 많소. 많은 자들이 기다리오. 새로 온 자도 있고 전에부터 오던 자도 있소. 내 그물에 이상한 사람이 걸린 것 같소. 자, 시작하오."

　그는 쿠션 사이에 앉았다. 1분이 지나고 그가 갑자기 몸을 일으켜 앉았다.

　"감사 드리고 싶어요."

　그가 말했다. 완벽한 영어였다.

　"전 2주 전에 왔어요. 당신이 말한 것에 대해 생각해 봤는데 그러고 나서는 갈 길이 훤해졌어요."

　"당신이 신의 존재를 믿지 않던 영혼인가요?"

　"그래요, 네! 화가 나서 그렇게 말했죠. 전 너무 지치고 피곤했어요. 그 기나긴 시간……. 회색 안개 속에서……. 어마어마한 후회의 무게! 희망이 없었지요! 전혀 없었어요! 그런데 당신이 제게 편안함을 가져다 주었어요. 당신과 그 위대한 중국인의 영혼이 말이에요. 내가 죽은 후 처음으로 들어보는 친절한 말이었어요."

"당신이 죽은 것은 언제였나요?"

"아! 정말 영겁의 시간이 흐른 것 같아요. 우리는 당신들처럼 시간을 측정하지 않죠. 그것은 정말 쉴 수도 없고 변하지도 않는 길고 끔찍한 꿈 같은 세월이었어요."

"그때 영국의 왕이 누구였죠?"

"빅토리아 여왕이었어요. 제 생각은 물질에만 집중하도록 잘 맞추어질 수 있어서, 정말로 물질에 매달려 있도록 만들었죠. 저는 미래의 삶을 믿지 않았어요. 이젠 제가 틀렸다는 것을 알았지만 저의 생각은 새로운 조건에 잘 적응하지 못했죠."

"당신이 있는 곳은 안 좋은 곳인가요?"

"모든 것이…… 다 회색이지요. 그게 가장 안 좋은 부분이에요. 이곳 주변은 그렇게 끔찍합니다."

"그렇지만 당신은 혼자가 아니에요. 다른 영혼들도 있어요."

"예, 그렇지만 그들도 저보다 많이 알지 못하거든요. 그들도 역시 믿음에 대해 조소를 보내고 의심하고 그리고 비참하답니다."

"당신은 곧 빠져 나갈 겁니다."

"아, 정말! 제발이지, 제가 그럴 수 있게 도와주세요!"

"불쌍한 영혼!"

메일리 부인이 특유의 달래는 듯한 달콤한 목소리로 말했다. 그녀의 목소리를 들은 동물은 모두 그녀의 곁으로 모여들 것 같았다.

"너무나 고생을 많이 했군요. 그렇지만 자신에 대해서만 생각하지 마세요. 다른 이들도 생각해 보세요. 그들을 데리고 올라가려고 노력해 보세요. 그것이 자신을 가장 잘 도울 수 있는 것이랍니다."

"감사합니다, 부인. 그러도록 하지요. 여기 제가 데리고 온 사람이 있습니다. 그도 당신의 말을 들었습니다. 앞으로는 같이 가도록 할 겁니다. 그러면 언젠가 우리도 빛을 찾을 날이 있겠죠."

"당신을 위해서 기도 드릴까요?"

"네, 그럼요! 꼭 해 주세요!"

"당신을 위해 기도 드리겠소." 메이슨이 말했다. "이제는 '우리 아버지'라는 말을 할 수 있습니까?"

메이슨은 오래된 잘 알려진 기도문을 읊었는데 그가 끝내기 전에 터베인이 쿠션을 놓은 의자 위로 쓰러졌다.

그는 다시 창이 되어 일어났다.

지배령인 그가 말했다.

"그는 잘 왔다 갔소. 기다리고 있는 자들을 위해 시간을 양보했소. 좋은 일이지. 이번엔 좀 힘든 건이군. 아우!"

그는 약간 우스운 불만의 비명을 지르면서 다시 고꾸라졌다. 그가 다시 일어났을 때 그의 얼굴은 길고 엄숙하였고 그는 손바닥을 마주 대고 합장하고 있었다.

"이건 뭐야?" 그는 감정이 실린 목소리로 또렷하게 말했다. "이 중국 사람이 무슨 권리로 나를 이리로 불러냈는지 매우 혼란스럽군. 당신들이 내게 알려주지 않겠소?"

"어쩌면 우리가 도와드릴 수 있지 않을까 해서 그렇게 한 겁니다."

"내가 도움이 필요하다면 말이오, 내가 직접 부탁을 드리리다. 지금으로서는 도움이 필요없소. 모든 변화가 상당히 멋대로 일어나고 있는 것 같소. 이 중국인이 내게 설명한 바에 따르면 지금 내가 어떤 종교적 행사에 끌려와서 구경하고 있는 것이라 들었소만."

"저희들은 심령교 모임입니다."

"가장 해로운 종파이군. 가장 불경스러운 행사인 게야. 소박한 교구의 신부로서 나는 이런 신성모독에 반대하오."

"당신은 그 편협한 시각 때문에 앞으로 나아가지 못하는 것입니다. 고통을 받고 있는 것은 당신입니다. 저희들은 당신의 고통을 없애드리고 싶습니다."

"고통을 받아? 무슨 뜻이지, 선생?"

"당신이 죽었다는 사실은 알고 계십니까?"

"말도 안 되는 소리!"

"당신이 죽었다는 것을 아시냐고요?"

"내가 당신하고 이야기를 나누고 있는데 어떻게 죽었을 수가 있소?"

"그건 당신이 이 사람의 몸을 이용하고 있기 때문입니다."

"내가 분명 정신병자 수용소로 들어온 모양이군."

"그렇습니다. 가장 상태가 안 좋은 사람들의 수용소인 셈이지요. 그리고 당신도 그 사람들 중 한 명입니다. 그곳에서 행복하십니까?"

"행복하냐고? 물론 아니지, 선생. 지금 나의 환경은 완벽하게 최악이고 도대체 왜 그런지 나로서는 이해할 수 없는 지경이오."

"혹시 아팠던 기억이 있습니까?"

"그렇소. 정말 심하게 아팠소."

"너무 아파서 죽은 겁니다."

"무슨 말도 안 되는 소리를 하는 거요."

"어떻게 자신이 죽지 않았다고 확신하는 겁니까?"

"선생, 내가 종교적인 가르침을 당신에게 좀 전파해 드려야 겠소. 고귀한 삶을 살아온 사람이 죽으면 영광스러운 새로운 몸을 얻게 되며 천사들과 만나게 되오. 현재 나의 몸이 아프기 전과 완전히 똑같다고 하기는 힘들지만 나는 지금 칙칙하고 단조로운 장소에 있소. 그리고 내 주변에 있는 이들은 이전에 내가 만나던 사람들과 똑같다고는 할 수 없지만 분명 천사는 아니오. 그러니 당신의 그 황당한 어림짐작은 고려해 볼 필요도 없소."

"이제 자신을 속이는 일은 그만두십시오. 우리는 당신을 도와주고 싶습니다. 당신이 처한 위치에 대해 인식하지 못하면 절대 앞으로 나아갈 수 없습니다."

"정말이지, 내 인내심을 너무 자극하는군. 내가 말하지 않았소……?"

갑자기 영매가 쿠션 위로 쓰러졌다. 다음 순간 중국인 지배령이 소매에 손을 넣고 묘한 미소를 지은 채 사람들에게 말을 했다.

"좋은 사람. 하지만 바보 같은 사람. 곧 깨닫게 될 거요. 다시 데리고 오시오. 더 이상 시간 낭비 말고. 아, 이런! 주님! 도와주십시오! 자비를! 도와주십시오!"

그는 얼굴을 위로 한 채 다시 소파 위로 쓰러졌다. 그리고 그가 끔찍한 비명을 외쳐 일행은 자리에서 벌떡 일어났다.

"톱! 톱을 가져와!" 그가 외쳤다. 그러고는 목소리가 웅얼거림으로 잦아들었다.

메일리도 충격을 받은 것 같았다. 나머지 사람들은 공포에 질렸다.

"누군가가 그를 장악했습니다. 이해할 수가 없군요. 아마도 매우 강력하고 사악한 영체인 것 같습니다."

메이슨이 물어보았다. "제가 말을 걸까요?"

"잠시만 기다려 보십시오. 녀석이 자리를 잡도록 두면 금방 볼 수 있을 겁니다."

영매는 고통에 몸부림쳤다. "아, 맙소사! 빨리 톱을 가져오란 말이야!" 그가 계속해서 소리쳤다. "여기 내 가슴뼈를 가로질러서 있어. 뼈가 부서지고 있어! 느낌이 와! 호킨! 호킨! 날 아래에서 잡아당겨줘! 호킨! 이 들보를 위로 밀어줘! 아니야, 아니야, 더 아파! 들보에 불이 붙었어! 아! 끔찍해! 끔찍해!"

그의 비명소리는 오싹했다. 공포가 가득한 비명이었다. 그리고 바로 그 다음 순간 중국인이 눈을 끔벅거리고 있었다.

"어떻게 생각하시오, 메일리 씨?"

"끔찍했습니다, 창. 무엇이었습니까?"

"이건 저 사람을 위한 거였소." 그는 말론을 향해 고갯짓을 했다. "그는 신문 기사를 원하오. 내가 기삿거리를 준 거요. 그는 이해할 거요. 설명할 시간 없소. 기다리는 이가 많소. 다음은 선원이군. 이제 시작이오!"

중국인이 사라지고 영매의 얼굴에는 즐거워하는 듯한 이해할 수 없는 미소가 스쳤다. 그는 머리를 긁적거렸다.

"이런 젠장. 되놈한테 명령을 듣게 될 줄이야. 그렇지만 그가 '쉿!' 하고 말하면 정말 닥치고 있어야 하고 대꾸도 할 수 없지. 자, 이제 왔는데. 뭘 원하슈?"

"우리는 바라는 게 없습니다."

"글쎄, 아까 그 되놈은 원하는 게 있다고 생각하던데, 그래서 날 이리로 보낸 거요."

"뭔가를 원한 것은 당신이었습니다. 당신은 알고 싶어하지 않았습니까."

"어…… . 지금 내가 길을 잃은 건 사실이유. 내가 죽었다는 사실은 안다고. 내가 포술장을 보았는데 바로 내 눈앞에서 박살 났거든. 만일 그가 죽었으면 나도 죽었고 우리들 모두 죽은 거지. 마지막 한 사람까지 당했을 테니까. 그렇지만 우리 군목 때문에 다들 웃었어. 우리들만큼이나 당황했거든. 불쌍한 군목. 내가 그를 불렀지. 우린 지금 우리 처지를 받아들이고 있어."

"당신들의 배는 어느 배였습니까?"

"몬머스"

"독일 군과의 전투에서 침몰한 배 말씀이십니까?"

"맞아. 남미 바다에서였지. 정말 지옥이 따로 없더군. 그래 지옥이었어."

그의 목소리에는 감정이 묻어 있었다. 그는 다시 활기찬 목소리로 말을 꺼냈다.

"어쨌든 우리 동지들이 녀석들에게 복수했다고 들었는데. 그렇지 않나, 선생?"

"그렇습니다. 모두 해치웠습니다."

"이쪽으로 와서는 녀석들을 전혀 볼 수가 없어. 그게 더 나을 지도 모르지. 우린 결코 잊어버리지 않으니까."

"그렇지만 잊어버려야 합니다. 그것이 당신들의 문제입니다. 그래서 그 중국인 지배령이 당신을 데리고 온 겁니다. 우리는 당신에게 알려주려고 하는 것이고요. 우리가 하는 이야기를 동료들에게 전해 주십시오."

"잘된 일이네, 선생. 다들 여기 내 뒤에 있으니까."

"그렇다면 당신과 그들에게 말씀 드리겠습니다. 현세의 투쟁과 원망은 이제 모두 끝났습니다. 이제 당신들은 뒤가 아니고 앞을 바라보셔야 합니다. 생각의 끈으로 당신들을 아직 붙잡고 있는 이 세상을 떠나십시오. 그리고 욕망을 버리고 이기심을 버려 더 고귀하고 평화로우며 아름다운 삶에 어울리는 자신으로 변하십시오. 이해할 수 있습니까?"

"잘 들리오, 선생. 동료들도 듣고 있어. 우리는 방향을 원하고 있어, 선생. 진심이오. 여지껏 우린 잘못된 지시를 받았어. 그리고 이렇게 방랑하게 될지 예상치 못했지. 천국과 지옥에 대해서는 들었지만 지금 이곳은 그 어느 쪽도 아닌 것 같거든. 지금 중국 신사가 말하길 시간이 다 되어서 다음주에 다시 와서 이야기하라고 하네. 선생, 고맙소. 동료들과 내가 하는 말이오. 다시 오겠소."

침묵이 흘렀다.

말론이 말을 뱉었다. "정말 믿기 어려운 대화입니다!"

"만일 제가 방금 그 선원의 말이 영혼의 세계에서 흘러나온 말이라고 기사를 쓴다면 사람들이 뭐라고 할까요?"

메일리가 어깨를 으쓱했다.

"대중이 뭐라고 말하는가가 중요합니까? 저도 시작할 때는 매우 민감한 사람이었습니다만 이제 언론의 공격이라면 커다란 탱크가 공격을 해도 작은 총알 한 방 맞은 정도의 충격밖에 오지 않습니다. 솔직히 저는 관심도 없습니다. 그저 가능한 한 진실에 가깝게 접근하고 나머지 것들은 그들의 수준에 머무르도록 놔두는 것입니다.

록스턴 경이 한마디했다.

"이런 일들에 대해 아는 척하려는 것은 아닙니다만, 가장 놀라운 사실은 이들은 모두 평범하고 점잖은 사람들이라는 점이오. 안 그렇소? 그런데 이들은 살아 있는 동안 특별히 잘못한 것도 없는데 왜 어두운 곳을 헤매다가 이 중국인에게 끌려와야만 하는 것이오?"

"대부분 각각 지상과의 연결이 강력한 데다가 영적인 연계가 없기 때문입니다." 메일리가 설명했다. "방금 왔던 성직자는 형식과 의식에 사로잡혀 있습니다. 그리고 물질주의자는 의도적으로 자신의 생각을 물질에만 집중을 하고 있죠. 선원은 복수에 대한 생각에만 몰두하고 있습니다. 수백만의 사람들이 그렇게 머무르고 있는 겁니다."

"어디에 말입니까?" 말론이 물었다.

"이곳에요. 정확히 말하면 지상에 머무르는 것이지요. 말론 씨도 직접 보지 않으셨습니까, 도셋셔에 가셨을 때 말입니다. 그 영혼도 지상에 있지 않았습니까? 그때는 최악의 경우로, 그 존재가 자신을 드러내 눈에 보이게 만들고 있었지만 일반적인 법칙을 벗어나지는 않았습니다. 제 생각엔 전 지구가 이 지상에 묶여 있는 존재들로 가득한 것 같습니다. 예언대로 위대한 정화가 일어난다면 살아 있는 사람들에게도 좋은 일이겠지만 그들에게 더 유익할 것 같습니다."

말론은 처음 이 탐사를 시작했을 때 심령교 교회에서 만난 특이한 예지자 미로마를 떠올렸다.

"그렇다면 어떤 일이 곧 일어날 것이라 믿으시는 겁니까?" 그가 물었다.

메일리가 미소를 지었다. "그건 말하기엔 좀 벅찬 주제인 것 같습니다. 저는 이렇게 생각합니다……. 이런, 창 씨가 다시 오셨습니다!"

지배령이 대화에 끼어들었다.

"나도 들었소. 앉아서 듣고 있소. 앞으로 무슨 일이 일어나는지 여부를 물었소. 일어날 것이오! 아직은 아니지만. 당신들이 알아도 좋을 때가 오면 알게 될 것이오. 이것은 기억하시오. 모든 것은 최선이라는 것. 무슨 일이 일어나든, 그것이 최상의 사건이 될 것이오. 신께서는 실수를 하지 않으시오. 자, 이제 당신의 도움을 바라는 다른 이들이 있으니 당신에게 맡기오."

여러 영혼들이 잇따라서 잠깐 방문했다. 하나는 브리스틀에 살았다고 하는 건축가였다. 그는 악한 사람은 아니었지만 미래에 대한 생각을 전혀 하지 않았다. 이제 그는 어둠 속에 있고 안내자가 필요했다. 또 다른 이는 버밍험에 살던 이로 고등교육을 받은 사람이었지만 물질주의자였다. 그는 메일리의 말을 받아들이지 않았고 자신이 진짜 죽었다는 사실도 받아들이지 않았다. 그리고 마지막으로 어설픈 신앙심과 편협한 사고를 가진, 참기 힘든 유형의 난폭한 사내가 왔다. 그는 매우 소란스러웠는데 계속해서 '그 피(血)'에 대해서 말했다.

"이 상스러운 헛소리는 뭐냐?" 그가 여러 번 물었다.

"이것은 헛소리가 아닙니다. 우리들은 당신을 도우려고 하는 것입니다." 메일리가 답했다.

"악마에게 도움을 받고 싶어하는 자가 어디 있나?"

"그럼 어려움에 처한 영혼을 돕고자 하는 악마가 있겠습니까?"

"그것은 속임수일 거야. 이건 악마의 짓거리란 말야! 내 경고하는데! 나는 이런 짓에 참여하지 않아!"

차분하고 기묘한 중국인이 다시 돌아왔다.

"좋은 사람. 바보 같은 사람." 그는 다시 말했다. "시간은 많소. 언젠가는 깨닫게 되겠지. 자, 이번에는 좀 안 좋은 건인데. 아주 안 좋소. 아우!"

그는 쿠션 사이로 고개를 떨구었다. 그리고 여자의 목소리가 들렸다.

"자넷! 자넷!"

잠시 침묵이 흘렀다.

"자넷! 내 말이 안 들리니! 모닝 티는 어디 있지! 참을 수 없군! 내가 계속해서 부르고 있잖니, 자넷!"

형체는 몸을 일으켜 앉으면서 끔벅이던 눈을 비볐다.

"무슨 일이야? 당신들은 누구야? 무슨 권리로 여길 들어왔어? 여기가 내 집인 걸 몰라?" 그녀가 소리쳤다.

"아닙니다, 친구. 이곳은 제 집입니다."

"당신 집이라고! 여기는 내 침실인데 어떻게 당신 집이지? 당장 꺼져!"

"아닙니다. 당신은 지금 당신의 상황을 이해하지 못하고 있습니다."

"끌어내야겠군. 무례하구나! 자넷! 자넷! 오늘 아침엔 왜 아무도 시중을 들지 않는 거야?"

"돌아보십시오, 부인. 이곳이 당신의 침실입니까?"

터베인이 놀란 듯 주변을 둘러보았다.

"내가 본 적이 없는 방이잖아. 여기가 어디지? 이건 무슨 일이야? 당신은 친절한 숙녀인 것 같군. 말해 줘요. 이게 어떻게 된 거야? 오, 정말 무서워! 무서운 일이야! 존과 자넷은 어디 있지?"

"마지막으로 기억 나는 게 뭡니까?"

"난 자넷을 야단치고 있었어. 걘 내 하녀거든. 그 아이가 너무 조심성이 없어지길래. 그래. 난 그 애에게 화가 나 있었어. 너무 화가 나서 아팠지. 나는 아주 아파서 침대에 들었지. 사람들이 내게 흥분하면 안 된다고 했어. 그렇지만 화가 나는 걸 어떻게 해? 그래. 숨을 쉴 수 없었던 기억이 나는군. 불이 꺼진 후였어. 자넷을 부르려고 했는데 왜 다른 방에 와 있는 거지?"

"밤중에 숨을 거둔 겁니다."

"숨을 거둬? 그럼 내가 죽었단 말야?"

"네, 부인. 당신은 죽은 겁니다."

한참 동안 아무도 말을 꺼내지 않았다. 그러고는 날카로운 비명 소리가 났다.

"아니야, 아니야, 아니야! 이건 꿈이야! 악몽이라고! 날 깨워 줘! 깨워 줘! 내가 어떻게 죽을 수가 있어? 난 죽을 준비가 되어 있지 않아! 이런 건 생각해 본 적도 없어. 내가 죽은 거라면 여긴 천당이야, 지옥이야? 이 방은 뭐지? 이 방은 진짜 방이잖아."

"그렇습니다, 부인. 당신은 이곳에 불려와서 이 사내의 몸을 사용하도록 허락 받은 겁니다."

"사내?"

그녀는 발작하듯 외투를 만지고 얼굴을 손으로 더듬었다.

"그래, 이건 남자의 몸이야. 아, 난 죽었어! 난 죽었다고! 이젠 어떻게 해야 하지?"

"당신이 여기 계시니 우리가 설명을 드리겠습니다. 당신은 제가 보기에 세속적인 여인으로 살아온 것 같습니다. 사교계의 여성으로서 말입니다. 당신은 물질적인 것들을 위해서만 살아오셨군요."

"난 교회에 다녔어. 매주 일요일마다 세인트 세이비어 교회에 갔단 말야."

"그건 아무것도 아닙니다. 중요한 것은 일상 생활 중의 마음가짐입니다. 당신은 물질에 몰두했습니다. 그래서 지금 세상에 붙잡혀 있는 것입니다. 이 사람의 몸에서 빠져나가면 다시 한 번 당신의 몸과 예전의 환경으로 돌아갈 것입니다. 그렇지만 아무도 당신을 보지 못합니다. 당신은 그곳에서 자신의 모습을 보여주지 못하는 채로 남게 됩니다. 당신의 육신은 땅에 묻힐 겁니다. 그렇지만 당신은 계속해서 붙어 있겠지요."

"그럼 어떻게 하면 돼? 내가 뭘 하면 되지?"

"앞으로 일어나는 일은 기분 좋게 받아들이고 그것이 당신의 정화를 위한 것이라는 사실을 이해하면 됩니다. 물질로부터 자신을 정화하려면 고통을 겪어야 합니다. 모두 잘될 겁니다. 우리가 당신을 위해 기도하겠습니다."

"그렇게 해 줘! 꼭! 오, 맙소사!" 목소리가 점점 사라졌다.

"안 좋은 경우야." 중국인이 일어나 앉으면 말했다. "이기적인 여인! 나쁜 여인! 쾌락을 위해 살다니. 주변 사람들에게 못되게 굴고. 그녀는 고통을 많이 받아야 해. 그렇지만 당신들이 제대로 된 길을 가게 해 주었소. 자, 이제 나의 영매가 지쳤어. 많이들 기다리고 있지만 오늘은 끝이야."

"우리가 잘 해 낸 겁니까, 창?"

"아주 좋소, 아주 좋소."

"그들은 다 어디에 있습니까, 창?"

"전에 말했잖소."

"네, 그렇지만 난 여기 신사 분들께서도 들었으면 합니다."

"천구는 지구를 둘러싸고 일곱 층이 있소. 무거운 것이 아래에, 가벼운 것이 위에 있소. 첫 번째 층은 지상에 있소. 방금 왔던 영혼들이 그곳에 속한 이들이오. 모든 층이 서로 분리되어 있지. 그래서 다른 어느 층에 속해 있는 사람들보다 당신들이 이들과 대화하기 쉬운 거요."

"그리고 그들도 우리에게 말 걸기가 쉬운 거겠지요?"

"그렇소. 그래서 당신들이 누구와 대화를 하고 있는지 모를 때에는 매우 조심해야 하오. 영혼에게 누구인가 물어 보시오."

"그럼, 창 당신은 어느 천구에 속합니까?"

"나는 네 번째 천구에 속하오."

"어느 것이 가장 먼저 만날 수 있는 진정 복된 천구입니까?"

"세 번째요. 서머랜드라고 하지. 성경에는 세 번째 천국[1]이라고 나오지. 성경에는 많은 이야기들이 들어 있소. 하지만 사람들이 이해하지 못하는 것이지."

"그럼 일곱 번째 천국은요."

"아! 그곳이 구세주께서 계신 곳이지. 모두가 마침내 거기에 모인다오. 당신, 나, 모든 사람들."

"그런 다음에는요?"

"너무 질문이 많소, 메일리 씨. 이 불쌍한 창은 더 이상은 모르오. 자, 안녕히. 신의 가호를! 난 가오."

그리고 구조계 모임이 끝났다. 몇 분 뒤 터베인은 긴장한 채 미소를 지으면서 몸을 일으켜 앉았다. 그는 그동안 일어난 일을 하나도 기억하지 못하는 것 같았다. 그는 멀리 살았기 때문에 빨리 떠나야 했다. 그는 자신이 도와준 사람들의 축복 외에는 받은 것 없이 돌아갔다. 그는 겸손하고 돈에 초연한 사람이었는데, 만일 우리 모두가 창조된 순서대로 제자리를 찾아 가버리면 그는 어떻게 될 것인지 궁금했다.

모임은 금방 해체되지 않았다. 손님들은 이야기를 하고 싶어했고 메일리 부처(夫妻)는 듣고 싶어했다.

록스턴 경이 먼저 말을 꺼냈다. "제가 하고 싶은 말은, 정말 흥미롭고 굉장했지만 그 안에 버라이어티 쇼 같은 성격의 요소가 있단 말입니다. 정말로 진짜인지도 확인하기 힘들고 말입니다. 무슨 말인지 아시겠습니까?"

말론도 한마디했다. "저도 그렇게 느낀답니다. 물론 표면적인 가치만 고려한다면 두말할 나위가 없지요. 이것은 너무나도 큰 일이라 다른 사건들은 아무것도 아닌 것처럼 느껴집니다. 그건 제가 보증할 수 있습니다. 그렇지만 인간의 의식이란 매우 이상합니다. 저도 모어튼 프린스가 검토했다는 건과 뷰챔프

양 또는 다른 사람들이 검토한 건들에 대해 읽었습니다. 샤르
코[2]의 실험 결과와 대단했던 낭시 최면 학파[3]에 대해서도 말입
니다. 그들은 사람을 무엇으로든 만들 수 있겠더군요. 사람의
의식이란 것은 여러 가닥으로 나뉠 수 있는 줄 같은 것입니다.
그리고 각 가닥은 서로 다른 개성을 지니며 극적인 형태를 가
질 수 있고, 그렇게 연기를 하고 말을 할 수 있습니다. 터베인
은 정직한 사람이라서 보통 때라면 이런 현상을 만들어 내지
못합니다. 그렇다면 그가 자기 최면에 걸린 것이 아닌지 어떻
게 알겠습니까? 그리고 최면에 걸린 상황에서 한 가닥은 창 씨
가 되고 다른 가닥은 선원이, 그리고 사교계 여인이 되는 것이
아니라고 확신하겠습니까?"

　메일리가 웃었다.

　"여러 인격으로 저글링을 한단 말입니까? 매우 이성적인 반
론이군요."

　메일리가 말했다. "우리도 여러 사건들을 추적해 보았습니
다. 의심의 여지가 없습니다. 이름, 주소, 그 외의 모든 것들도
말입니다."

　"그렇다면 터베인이 얼마나 알고 있는지에 대해 고려해 보아
야 합니다. 그가 알게 된 것인지 아닌지 어떻게 알 수 있습니
까? 특히 역의 짐꾼이라면 그런 정보를 들을 수 있는 확률이
높다고 생각합니다."

　"당신은 의식에 한 번 참여해 보았습니다. 만일 당신도 우리
처럼 여러 번 의식을 보고 그 증거에 대한 정보가 누적되어 있
다면 이렇게 의심하시지는 않을 겁니다." 메일리의 설명이었
다.

말론이 다시 대답했다. "물론 그럴 수 있습니다. 그리고 제 의심이 당신을 화나게 하는 것 같군요. 그렇지만 이런 경우에는 잔인할 정도로 정직해야 하지 않겠습니까. 어쨌든 최종 원인이 무엇이든 간에 저는 정말 손에 땀을 쥐는 시간을 보냈습니다. 만일 이것이 진실이라면, 그리고 당신들이 이런 모임을 하나가 아니고 수천 개를 진행하고 있다면 어떤 결과가 나올까요?"

"그렇게 될 겁니다."

끈기 있는 메일리가 단호한 말투로 말했다.

"우리가 살아 있는 동안에 그렇게 될 겁니다. 이번 일이 당신에게 확신을 주지 못했다니 유감스럽습니다. 그렇더라도 다시 꼭 오셔야 합니다."

그러나 그 다음 방문은 필요하지 않았다. 그날 저녁 매우 이상한 방법으로 확신이 다가왔다. 말론이 사무실로 돌아간 지 얼마 안 되었을 때였다. 그리고 자리에 앉아 자신이 적어온 메모를 이용해서 오후에 있었던 일에 대한 기사를 작성하고 있을 때였다. 메일리가 흥분해서 노란 턱수염을 곤두세우고 사무실로 갑자기 뛰어들어왔다. 그는 석간 신문을 흔들고 있었다. 그는 한마디 말도 없이 말론 옆에 앉아서 신문을 넘겼다. 그리고 기사를 읽었다.

시내의 사고

오늘 오후 5시쯤 15세기에 지어졌다고 하는 낡은 집이 갑자기 무너졌다. 무너진 집은 레서 콜먼 가와 엘리엇 광장 사이, 수의학 학회 본부의 바로 옆에 있었다. 입주자들은 무너지기 전 집에 금이 가는 것을 봤기 때문에 미리 대피할 시간이 충분했다. 그러나 입주자 중 세 사람, 제임스 빌, 윌리암 무어슨과 신원 미상의 한 여인은 쏟아지는 건축물 파편에 깔렸다. 두 사람은 그 자리에서 즉사한 것으로 보이나, 제임스 빌은 커다란 들보에 깔려서 큰 소리로 도움을 요청했다. 그 건물에 살던 용감한 사무엘 호킨이 톱을 가지고 와서 그를 살려내려고 노력했다. 그러나 들보를 톱으로 자르는 동안 그의 주변에 쏟아져 있던 건물의 잔해에 불이 붙었고 호킨은 자신이 화상을 심하게 입을 때까지 용감하게 견뎌냈으나 질식했을지도 모르는 빌을 구해 내는 것은 불가능했다. 호킨은 런던 병원으로 이송되었다. 저녁에 들어온 소식으로 호킨은 생명에는 지장이 없다고 한다.

"그래, 이거야!"
메일리가 신문을 접으면서 말했다.
"자, 디두모의 도마[4]사도님, 결론을 내리시지요."
그리고 그는 들어올 때처럼 다급하게 사무실을 나갔다.

1) 세 번째 천국: 성경은 기록 당시 유대 민족의 세계관을 반영하여 천국이 여
   러 층 존재한다는 문장을 답고 있다. 랍비들의 해석에 따르면 고린도후서 12
   장 등에서는 삼위일체가 거하는 낙원을 '세째 하늘'이라 말하고 있다.
2) 샤르코: 19세기 프랑스 의사로 히스테리의 치료를 위해 최면을 사용한 것으
   로 유명하다. 그는 히스테리 환자만 최면에 걸릴 수 있다고 생각했지만 프로
   이드를 포함한 그의 제자들은 다른 방면에 최면을 적용하게 되었다.
3) 낭시 최면 학파: 프랑스 낭시에 있는 의과대학에서 의사 리벌트가 최면 연구
   를 시작하면서 그 주변에 모인 과학자들과 함께 낭시 학파를 형성하였다. 그
   들은 20세기 초반의 가장 유명한 최면 연구자들인데, 낭시 의과대학에 있었기
   때문에 낭시 학파라 불린다.
4) 도마: 예수의 열두 제자중 한 사람. 요한 복음서에 등장하는 이야기에서 그
   는 의심이 많아 예수의 부활을 믿지 않다가 예수의 상처를 만져본 후에야 믿
   었다.

11장

사일러스 린든의 자립

프로 권투 선수이자 가짜 영매인 사일러스 린든에게 한때는 좋은 시절도 있었다. 좋고 나쁜 일들로 가득했던 날들이었다.

오크스에서 로잘린드에 돈을 걸어 100배로 돈을 딴 적도 있고, 스물네 시간 동안 무지막지한 유흥으로 시간을 보냈던 적도 있었다. 그리고 또 가장 자신 있는 오른쪽 어퍼컷을 화이트채플 소속인 불 워델의 턱에 리드미컬하고 최고로 정확하게 날려서 론스데일 벨트를 딸 기회를 움켜쥐고 챔피언에 도전할 기회도 딴 적이 있었다. 그러나 그의 권투 선수 생활 중에도 지금처럼 최고의 순간을 맛본 적이 없었다. 그래서 우리는 그 사건의 끝까지 한번 그를 따라가 볼 생각이다. 광적인 신도들은 마음이 깨끗하지 않은 사람이 영적인 문제를 다루는 길로 들어서는 것은 위험하다고 강조했다. 그들이 드는 실례의 하나로 사일러스 린든의 이름도 추가될지 모르지만 심판이 내리기 전에 사일러스 린든의 죄는 이미 차고도 넘쳐 버렸다.

그는 록스턴 경의 손아귀 힘이 예전과 다름없이 강하다는 것을 느끼면서 알저논 메일리의 집에서 나왔다. 싸우는 동안 흥분해서 그는 자신이 다쳤다는 사실을 깨닫지 못했지만 문 밖에 나와 섰을 때 손과 목에 멍이 들었다는 것을 알고 거친 욕설을 퍼부었다. 말론이 무릎으로 눌렀던 가슴도 아팠고 메일리를 때려눕혔던 일격에도 대가가 있는 것 같았다. 아니면 그의 형에게 불평하던 손의 상처에 충격을 주었던 것 같다. 어쨌든 사일러스 린든은 기분이 최악이었으며 그럴 만한 이유가 있던 것이었다.

"한 명씩 처치해 주마."

아파트 입구 밖에 선 그는 화가 난 돼지 같은 눈으로 뒤를 돌아보면서 으르렁거렸다.

"두고 보잔 말야!"

그리고 갑자기 떠오른 생각에 그는 길로 달려갔다.

그는 브래들리 광장 경찰서로 들어갔다. 그곳에서 그는 혈색 좋은 얼굴에 검은 콧수염을 가진 유쾌한 머피 경위가 앉아 있는 책상으로 다가갔다.

"자, 뭘 도와드릴까?" 경위는 전혀 친절하지 않은 목소리로 물었다.

"경찰에서 영매를 제대로 잡았다고 들었소만."

"그렇소. 바로 당신 형이오."

"나는 어떤 사람의 편도 들지 않소. 어쨌든 경찰에서는 원하던 판결을 얻지 않았소? 그럼 내게는 무엇이 돌아오는 거요?"

"한푼도 없소."

"뭐라고? 그 정보를 준 사람은 나였잖소? 내가 알려주지 않았던들 잡지 못했을 거 아니요?"

"만일 벌금형이 떨어졌더라면 당신에게도 뭔가 줄 수 있었을지 모르지. 우리도 뭔가 받았을 테고. 그런데 멜로스 판사가 그를 감옥으로 보냈소. 그러니 아무도 받을 게 없지."

"당신이 그렇다고 말해도 그 두 여인네는 뭔가 받았을 거요. 왜 내가 나의 형을 당신네들만 좋으라고 넘겨 주겠소?

머피는 자신에게 중요한 것에 대해서 특별하게 생각하는 성마른 사람이었다. 자신의 사무실에서 이렇게 반박을 받아서는 안 되었다. 그는 얼굴이 붉어져서 자리에서 일어났다.

"내가 한마디 해 주지, 사일러스 린든. 정보원이라면 나도 자리에 앉아서 구할 수 있어. 지금 당장 이곳을 나가. 그렇지 않으면 당신이 의도한 것보다 훨씬 더 오래 머물게 해 주지. 당신이 자식들에게 하는 짓에 대해 불평이 들어왔어. 그리고 아동보호에 관련된 사람들이 관심을 가지기 시작했단 말야. 우리도 관심을 가지기 전에 조심하라고."

사일러스 린든은 더 화가 나서 방에서 도망쳐 나왔다. 집에 가는 길에 마신 물 탄 럼주 몇 잔은 분을 삭이는 데 도움이 되지 않았다. 오히려 그는 항상 술을 마실수록 위험해지는 종류의 인간이었다. 그의 동료들 중에도 그와 술 마시기를 꺼려하는 사람들이 많았다.

사일러스는 토튼햄 코트 가의 뒷편의 볼튼스 코트라 불리는 작은 벽돌집들이 늘어선 동네에 살고 있었다. 그의 집은 막다른 골목에 있는 마지막 집으로 거대한 맥주 양조장의 벽에 붙어 있었다. 이 동네의 집들은 매우 작았는데 그렇기 때문에 그곳에 사는 사람들은 어른이든 아이들이든 대부분의 시간을 길에서 보냈다. 노인들도 꽤 많이 밖에 있었고 사일러스가 외로운 가로등 밑을 지나갈 때 노인들이 그의 떡 벌어진 모습을 보고 눈살을 찌푸렸다. 볼튼스 코트의 도덕성 수준이 높지는 않았지만 아주 엉망도 아니었는데 비해 사일러스는 바닥이었다. 가는 독수리 같은 눈을 가진, 키가 큰 유태인 여인인 레베카 레비가 이 권투 선수의 옆집에 살았다. 그녀는 자기 집 문가에 서 있었고 아이가 그녀의 앞치마를 붙잡고 있었다.

린든이 지나갈 때 그녀가 말을 걸었다.

"린든 씨. 당신 아이들은 좀 더 많은 보살핌이 필요해요. 꼬마 마저리가 오늘은 우리집에 왔었어요. 그 아인 충분히 먹지 못하고 있어요."

"참견마쇼, 젠장할!" 사일러스가 웅얼거렸다. "전에도 말했지만 내 일에 괜히 아는 척하지 마시오. 만일 당신이 남자였으면 이야기하기가 더 편했을 텐데."

"만일 내가 남자였다면 당신이 감히 그 따위로 말하게 내버려두지 않았을 거에요. 사일러스 린든, 창피한 줄 알아야 해요. 아이들을 그 따위로 대하다니. 즉결 재판에 회부되면 내가 증인이 되어 줄 거예요."

"지옥에나 가!" 사일러스가 잠기지 않은 자기 집 문을 차면서 말했다. 몸집이 크고 머리카락에 염색했던 흔적이 보이는 너저분한 여인이 응접실에서 내다보았다. 한때는 화려했던 미모를 지녔던 그녀는 이제 나이가 들고 망가진 모습이었다.

"아, 당신이구나, 그렇지?" 그녀가 말했다.

"그럼 누군지 알았어? 웰링턴 공작이라도 오시는 줄 알았나?"

"난 또 길거리를 헤매는 미친 수소가 우리 문에 부딪히나 했네."

"재밌냐?"

"그런지도 모르지. 웃을 만한 일이 있어야 말이지. 집에는 한 푼도 없고 술도 한 방울 없어. 게다가 당신 새끼들은 계속 성질을 돋우거든."

"개들이 뭘 잘못했는데?" 사일러스는 험악하게 말했다. 이 대단한 커플은 서로에게서 해결책을 찾을 수 없으면 항상 합심하여 아이들을 적대시하곤 했다. 그는 응접실로 들어와서 나무로 된 안락의자에 풀썩 앉았다.

"개들이 또 그 여자를 만났어."

"그건 어떻게 알았어?"

"아이들끼리 말하는 걸 들었지. '엄마가 거기 왔었어.' 라고 하던데. 그러고 나서 한 녀석이 최면 발작을 했어."

"집안 내력이야."

"물론 그렇겠지. 당신이 최면 발작을 하지 않았더라면 다른 사람처럼 일이라도 할 텐데."

"시끄러! 내 말은, 우리 형 톰이 발작을 한단 말야. 그리고 내 아들은 지 삼촌을 꼭 닮았단 말야. 그래, 실신한 거란 말이지? 그럼 넌 뭘 했냐?"

여인은 사악한 미소를 지었다.

"당신이 하는 대로."

"뭐야, 또 봉랍을 썼단 말야?

"많이는 안 썼어. 그냥 깨울 정도만. 개를 깨우려면 그 수밖에 더 있나."

사일러스는 어깨를 으쓱했다.

"애들을 좀 돌봐! 경찰 얘기가 나온다고. 경찰이 그 화상 자국을 보면 너랑 나랑 감옥 갈지도 몰라."

"사일러스 린든, 이 바보! 부모가 아이들 버릇 고치는 것도 안 돼?"

"그래, 그렇지만 네 아이들이 아니잖아. 그리고 계모들은 원래 평이 안 좋아, 알겠어? 옆집 유태인 여자 있잖아. 네가 마저리 옷을 빨던 날 그 여자가 네가 애 옷을 벗기는 걸 봤나 봐. 오늘 그 말을 하던데. 그리고 음식 얘기도."

"음식이 뭐 어쨌다고? 욕심 많은 애새끼들! 내가 저녁 먹을 때 걔들은 빵으로 점심을 먹었어. 좀 굶는다고 어떻게 되는 것도 아니고. 게다가 그럼 나도 욕을 덜 먹으니깐."

"뭐야, 윌리가 너한테 욕을 해?"

"그래, 내가 깨웠을 때."

"네가 뜨거운 봉납을 떨어뜨린 뒤에 말이야?"

"뭐, 난 걔 좋으라고 한 거야, 안 그래? 안 좋은 버릇은 고쳐줘야지."

"뭐라고 했는데?"

"나한테 제대로 욕을 하더군. 그리고 제 엄마 얘기. 제 엄마가 나한테 어떻게 복수할 거란 말 말야. 난 이젠 쟤들 엄마 얘기라면 지겨워!"

"에이미에 대해서 말하지 마. 좋은 여자였어."

"지금은 그렇게 말하지, 사일러스 린든. 그렇지만 너도 그 여자가 살아 있을 땐 특이한 방법으로 애정 표현을 했다는 이야기가 많이 들려."

"턱주가리 닥쳐! 오늘은 네가 화를 돋구지 않아도 이미 엄청나게 많이 열 받았어. 넌 죽은 여자한테도 질투하냐. 그게 네 문제야."

"그리고 그 년의 자식들은 저희들 하고 싶은 대로 나한테 욕이나 하고 말이지. 지난 5년간 너를 돌봐줬는데 말야."

"아니야. 내 말은 그런 건 아니었어. 만일 녀석이 너한테 욕을 했다면 내가 녀석을 고쳐 줘야 해. 혁대는 어디 갔지? 가서 걜 데리고 와!"

여인은 다가와서 그에게 키스를 했다.

"난 너밖에 없어, 사일러스."

"집어치워! 집적거리지 마. 난 지금 그럴 기분 아니야. 가서 윌리나 데리고 와. 마저리도 데리고 와도 좋아. 그 아이가 지 오빠보다 더 건방진 것 같아 손 좀 봐야겠어."

여인은 방은 나갔다가 금세 다시 돌아왔다.

"또 지랄이야! 난 얘가 이러는 거 보면 정말 짜증 나. 이리 와 봐, 사일러스! 와서 보란 말야!"

둘은 다시 부엌으로 들어갔다. 난로 안에는 작은 불이 타오르고 있었다. 그 옆 의자 위에 열 살 정도의 금발 소년이 웅크리고 앉아 있었다. 그의 섬세한 얼굴은 천장을 향해 젖혀 있었다. 눈은 반쯤 감기고 흰자위만 보였다. 여려 보이는 얼굴에는 평온함만이 가득했다. 한쪽 구석에는 한두 살쯤 어려 보이는 불쌍한 여자아이가 겁을 먹고 두려움이 가득한 시선으로 슬프게 오빠를 바라보고 있었다.

"끔찍해 보이지 않아?" 여인이 말했다. "도무지 이 세상 사람 같지 않다니까. 신이 좀 어떻게 손을 써서 저쪽 세상으로 데려가 줬으면 좋겠어. 앤 여기선 별 도움이 안 되니까."

"야, 일어나!" 사일러스가 소리쳤다. "이런 여우짓하지 마!
일어나! 들리냐?"

그는 어깨를 잡고 세게 흔들었지만 소년은 계속해서 잠에 취
해 있었다. 무릎 위에 놓인 손의 손등이 선홍색 반점으로 뒤덮
여 있었다.

"이거 봐, 정말 뜨거운 봉랍은 많이도 부었군. 이봐, 사라,
그냥 깨우기만 하는데도 저렇게 많이 써야 됐어?"

"뭐, 어쩌다 보니 좀 많이 흘렸나 보지. 저 애가 하도 화를
돋우니 나도 참을 수가 없단 말야. 그렇지만 저 지경일 때 얼마
나 감각이 둔한지 당신도 못 믿을 거야. 귀에다 대고 울부짖어
도 돼. 그래도 전혀 모른단 말야. 자, 보라고!"

그녀는 아이의 머리카락을 움켜쥐고 머리를 격렬하게 흔들었
다. 아이는 신음소리를 내며 몸을 떨었다. 그러곤 다시 평화로
워 보이는 혼수 상태에 빠져들었다.

"이야!" 사일러스가 생각이 떠오른 듯이 까칠까칠한 턱을 쓰
다듬으면서 아들을 쳐다보았다. "아무래도 이건 제대로 만들면
돈이 될 수 있는 건수인걸. 강당에서 발작을 일으키는 건 어떨
까? '기적의 소년, 그 비법이 무엇인가?' 돈 냄새가 나는걸. 그
리고 사람들이 애 삼촌의 이름을 아니까 다 믿을 거란 말야."

"그 사업은 직접 하는 건 줄 알았는데?"

"그건 다 도루묵이야." 사일러스가 그르렁거렸다. "말도 꺼
내지 마. 다 끝났어."

"벌서 잡혔어?"

"말도 꺼내지 말라고 했어!" 사일러스가 소리쳤다. "네 평생

잊을 수 없을 정도로 채찍질해 주고 싶은 기분이니까 건드리지 말라고. 후회할 거야."

그는 아이에게 다가가 온 힘을 다해 팔을 꼬집었다.

"이런, 정말로 기적인걸! 얼마나 버티는지 한번 보자."

그는 꺼져 가는 불을 쏘시개로 쑤셔서 다시 살려냈다. 그리고는 반쯤 벌겋게 타고 있는 덩어리를 꺼냈다. 그는 이것을 소년의 머리 위에 올려놓았다. 머리카락을 태우고 살을 지지는 냄새가 났다. 갑자기 고통에 찬 비명이 들렸다. 아이가 정신을 차린 것이었다.

"엄마! 엄마!"

아이가 소리쳤다. 구석에 있던 계집아이도 같이 울기 시작했다. 그들은 마치 함께 우는 양 두 마리 같았다.

"빌어먹을 니들 엄마!"

여인이 마저리의 검은 원피스 옷깃을 움켜쥐고 흔들면서 소리질렀다.

"소리지르지 말란 말야! 더러운 것들!"

그녀는 손바닥으로 아이의 얼굴을 후려쳤다. 자그마한 윌리는 그녀에게 달려 들어 정강이를 걷어차다가 사일러스에게 한 대 맞고 구석에 나동그라졌다. 그 짐승은 막대기를 집어 들고, 움츠리는 두 아이들을 두들겼다. 아이들은 잔인한 가격을 피하려고 애쓰면서 살려달라고 외쳤다.

복도에서 목소리가 들려왔다. "그만해!"

"그 지독한 유태인 여자야!" 여자가 말했다. 그녀는 부엌으로 갔다. "당신 우리집에 왜 들어왔어? 빨리 나가! 안 그러면 후회할 거야!"

“애들 울음 소리가 한번 더 들리면 경찰에 갈 거야.”

“빨리 나가! 경고했어!”

너저분한 계모는 총력을 다해 달려들었지만 늘씬하고 호리호리한 유태인 여자는 당당하게 서 있었다. 그 다음 순간 그들은 부딪쳤다. 사일러스 린든 부인은 소리를 지르면서 뒤로 물러났다. 그녀의 얼굴 위에 난 손가락 네 개에 긁힌 자국에서 피가 흘렀다. 사일러스는 욕지거리를 해 대면서 자기 부인을 밀치고 침입자의 허리를 움켜쥐었다. 그리고 그녀를 문 밖으로 던져냈다. 유태인 여인은 마치 죽어 가는 닭처럼 팔다리를 늘어뜨리고 길거리에 쓰러졌다. 그녀는 일어서지 않고 주먹을 높이 들고 큰 소리로 사일러스의 욕을 해댔다. 사일러스는 문을 쾅 닫았고 이웃들은 싸움의 자초지종을 알기 위해 모두들 밖으로 나왔다. 린든 부인은 앞으로 난 창문 블라인드 사이로 내다보면서 적이 자신의 잘못에 대해 소리 높여 설교하는 대신 일어나서 쩔뚝거리며 집으로 돌아가는 것을 보고 안심하였다. 유태인들은 사랑과 증오가 공존하는 민족인 만큼 해코지를 당하면 쉽게 잊지 않았다.

“여자는 괜찮아, 사일러스. 난 또 자기가 그 여자를 죽인 줄 알았어.”

“자초한 일이야, 위선적인 유태인 같으니라고. 집 안에 들여놓지 않고 바깥 길에 있는 것만도 아주 안 좋아. 윌리 놈은 내가 손을 좀 봐 주도록 하지. 녀석이 이 모든 것의 원인이니까 말야. 녀석은 어디 있어?”

“애들은 자기들 방으로 도망갔어. 문 잠그는 소리도 들렸어.”

"단단히 손봐 줘야 겠군."

"사일러스, 지금은 손대지 않는 게 좋겠어. 이웃들이 모두 주목하고 있으니까 문제를 일으키지 않는 것이 좋겠어."

"그래, 맞아. 내가 다시 돌아올 때까지 그냥 두도록 하지."

"어디 가려고?"

"버논 제독한테. 롱 데이비스의 스파링 파트너로 일을 구할 수 있을 것 같아서 말야. 월요일에 훈련을 시작한다고 했거든. 내 체급의 사람이 필요하댔어."

"그럼 올 때 되면 오겠네. 자기는 술을 너무 많이 마시는 거 같아. '버논 제독'이 무슨 뜻인지 나도 안다고."

"거기가 이 지구상에 내가 유일하게 평화와 휴식을 찾을 수 있는 데야." 사일러스가 말했다.

"그래서 난 돼지 같은 놈이랑 자게 되겠네. 너랑 결혼한 뒤론 늘 그랬어."

"그래. 투덜거리셔!" 사일러스가 딱딱하게 쏘아붙였다. "만일 투덜거리는 것이 사람을 행복하게 할 수 있다면 네가 챔피언일 거야."

그는 모자를 집어 들고 단정치 못한 발걸음으로 길거리에 나섰다. 양조장의 지하실을 덮고 있는 나무 덮개 위로 그의 무거운 발소리가 울려퍼졌다.

위층의 지저분하고 어두침침한 다락방에는 짚으로 속을 채운 낡아빠진 침대 위에 자그마한 두 형체들이 앉아 있었다. 둘은 서로 부둥켜 안고 뺨을 맞대고 울고 있어 눈물이 섞여서 흘렀다. 작은 소리라도 아래층의 괴물에게 자신들의 존재를 상기시킬까 봐 그들은 소리를 내지 않고 울어야 했다. 가끔씩 한 아이가 조절을 못하고 훌쩍거리는 소리를 내면 다른 아이가 "쉿! 조용히! 쉿!" 하고 속삭였다. 갑자기 바깥문이 쾅 닫히는 소리가 나더니 나무 덮개 위로 울리는 발소리가 났다. 둘은 기뻐하며 서로를 꼭 끌어안았다. 그가 돌아오면 자신들을 죽일지도 몰랐지만 어쨌든 몇 시간 만이라도 그들은 안전했다. 여자는 심술 궂고 못된 사람이었지만 남자에 비하면 그렇게 위험한 편은 아니었다. 그들은 어렴풋이 그가 엄마를 무덤으로 내몰았다는 생각이 들었고 자신들에게도 그렇게 할 것만 같았다.

작고 더러운 창문 하나로 새어 들어오는 불빛을 제외하고 방 안에는 빛이 없었다. 창으로 들어온 빛은 마룻바닥에 긴 네모꼴으로 비쳤는데 그 주변으로는 검은 그림자밖에 없었다. 갑자기 소년의 몸이 굳었다. 그는 여동생을 더 세게 움켜쥐고 어둠 속을 응시했다.

"온다!" 아이가 중얼거렸다. "오고 있어!" 꼬마 마저리는 오빠에게 들러붙었다.

"윌리 오빠, 엄마야?"

"빛이야, 아름다운 노란 빛. 마저리, 넌 안 보이니?"

그러나 작은 소녀는 세상 사람들과 마찬가지로 능력이 없었다. 온통 어두울 뿐이었다.

"말해 줘, 오빠." 소녀가 엄숙한 목소리로 속삭였다. 그녀는 별로 겁이 나진 않았다. 왜냐하면 이미 아이들이 두들겨 맞고 잠 못 이루던 밤에 죽은 엄마가 그들을 달래러 여러 번 왔기 때문이다.

"그래, 그래. 오고 있어. 엄마야! 아, 엄마!"

"엄마가 뭐래, 오빠?"

"아, 엄마는 너무 예뻐. 엄마는 울지 않아, 웃고 있어. 우리
가 본 천사의 그림 같아. 너무 행복해 보여. 사랑하는 엄마! 엄
마가 말해. '이제 끝났단다. 이제 다 끝났어." 엄마가 그렇게
말했어. 이제 엄마가 손을 흔들어. 우리 따라가야 해. 이제 방
으로 움직이고 있어."

"아, 오빠. 나 무서워."

"그래, 그래. 엄마가 고개를 끄덕여. 겁내지 말라고 말했어.
엄마가 문을 통해 나갔어. 가자, 마저리. 가자. 안 그러면 우린
엄마를 보지 못할 거야."

두 꼬마는 방을 가로질러 기어갔고 윌리가 문을 열었다. 엄
마는 계단 앞에 서서 그들에게 오라고 손짓하고 있었다. 아이
들은 한 걸음씩 그녀를 따라 빈 부엌으로 내려갔다. 그 여자는
나간 것 같았다. 집 안은 고요했다. 영혼은 계속해서 손짓해 그
들을 불렀다.

"우리 나가야 해."

"오빠, 나 모자도 없어."

"우린 가야 해, 맞지, 엄마가 웃으면서 손을 흔들고 있어."

"아빠가 알면 우릴 죽일 거야."

"엄마가 고개를 흔들었어. 겁낼 필요 없대. 가자!"

그들은 문을 열고 거리로 나섰다. 텅 빈 길거리에서 그들은
반짝이는 우아한 존재를 따라갔다. 복잡한 골목을 지나 인파가
몰려 있는 토튼햄 코트 가로 들어섰다. 거리의 남녀 중 통찰력
을 가진 사람들은 한두 번씩 마치 천사 같은 존재와 그를 따르
는 창백한 얼굴의 두 아이가 지나가는 것을 쳐다보았다. 소년
과 소녀는 어깨 너머로 뒤를 돌아다 보면서 매우 불안해했다.

그들은 기나긴 길을 따라 달려가 초라한 거주지로 들어섰다. 그리고 마침내 황갈색 벽돌집들이 늘어서 있는 조용한 동네에 다다랐다. 그중 한 집의 계단 앞에서 영혼이 멈춰 섰다.

"노크해야 돼." 윌리가 말했다.

"오빠, 뭐라고 말해야 돼? 우린 여기 사는 사람들 모르잖아."

"그래도 문을 두드려야 돼." 소년이 단호하게 말했다.

똑똑!

"괜찮아, 맛지. 엄마가 박수를 치면서 웃고 있어."

문으로 불려 나온 것은 감옥에 간 남편을 생각하며 비탄에 잠겨 혼자 앉아 있던 톰 린든 부인이었다. 그녀는 문을 열고 어쩔 줄 몰라 하는 두 아이를 발견하고 몇 마디 나눈 뒤 여인의 직감으로 모든 걸 알아차리고 두 아이를 끌어안았다. 지쳐버린 이 두 조각배는 너무나도 슬프게 삶의 항해를 시작했지만 이제 더 이상 폭풍에 시달리지 않아도 되는 평화로운 항구를 찾은 것이다.

그날 저녁 볼튼스 코트에서는 이상한 일이 있었다. 어떤 사람들은 두 사건이 연관이 없다고 생각했다. 한두 사람은 있다고 생각했다. 영국 법정에서는 연관이 없다고 생각했기 때문에 아무런 말도 하지 않았다.

끝에서 두 번째 집 안에서 매처럼 날카로운 얼굴이 창문 블라인드 사이로 어두워진 거리를 내다보고 있었다. 죽음처럼 어둡고 무덤처럼 냉혹하게 보이는 매서운 얼굴 뒤에서 그림자 진 촛불이 빛나고 있었다. 남자의 뒤에는 레베카 레비가 서 있었는데, 그의 얼굴로 보아 그는 그녀와 같은 민족임을 알 수 있었다. 한 시간이 지나고 두 시간이 지나도록 여인은 아무 말도 하지 않고 감시하고 또 감시했다. 거리로 들어서는 입구에는 등이 노란색 원을 그리며 매달려 있었다. 그녀의 시선은 이 원에 고정되어 있었다.

갑자기 그녀는 기다리던 것을 보았다. 그녀는 움직이면서 낮은 소리로 말했다. 젊은 사내는 방에서 뛰쳐나와 거리로 나갔다. 그는 양조장 옆 문으로 사라졌다.

술 취한 사일러스 린든은 집으로 오는 중이었다. 그는 우울하고 가라앉은 몽롱한 상태였다. 부상입은 손의 감각이 뇌리를 채웠다. 그는 찾고 있던 일자리를 잡지 못했다. 다친 손이 말을 듣지 않았다. 그는 술집에서 어슬렁거리다가 술을 얻어먹었지만 충분하지 못했다. 그래서 지금 매우 위험한 분위기였다. 앞을 가로막는 남자건 여자건 아이이건 모두 죽으라지! 불 꺼진 집에 살고 있는 유태인 여자가 떠올랐다. 그는 이웃들에 대해 포악한 생각을 했다. 그들이 아이들과 자신 사이를 가로막는단 말인가? 그렇다면 보여줄 것이다. 두 아이 모두 내일 아침 끌고 나가 길거리에서 죽기 직전까지 채찍질당하는 모습을 보여줄 것이다. 그러면 이 사일러스 린든이 그들의 의견 따위에는 신경 쓰지 않는다는 것을 증명할 수 있을 것이다. 그 짓은 지금 해도 좋겠지? 아이들의 비명으로 이웃들을 깨우면서 자신에게 반발하면 무사하지 못하다는 것을 제대로 가르쳐 줄 수 있을 것이다. 그 생각만으로도 즐거워졌다. 그는 더 빨리 걸었다. 문 앞에 거의 다다랐을 때였다.

어째서 그날 밤 지하실 덮개가 제대로 안 잠겨 있었는지 명확하지 않다. 배심원들은 양조장에 책임을 물으려 하였지만 검시관은 린든이 매우 육중한 사내라는 점을 지적했고 술에 취해 있었기 때문에 그 위로 쓰러졌을 거라는 의견을 제시했다. 그리고 다른 사람들은 할 수 있는 일은 다 했다고 했다. 린든은 울퉁불퉁 솟아 있는 돌 위로 8피트 정도 추락했고 척추가 부러졌다. 매우 이상한 일이었지만 그의 이웃인 유태인 여인이 사고 나는 소리를 못 들었기 때문에 그는 다음날 아침에야 발견되었다. 의사는 그가 즉사하지 않았을 거라 생각했다. 그가 버둥거린 끔찍한 흔적이 남아 있었다. 어둠 속에서 피와 맥주를 토하면서 그는 추악한 삶에 더러운 죽음으로 종지부를 찍었다.

그가 남긴 여인은 동정할 필요가 없었다. 끔찍한 남편에게서 해방된 그녀는 결혼 전에 섰던 뮤직 홀 무대로 돌아갔다. 그가 남성다움과 황소 같은 힘으로, 가수였던 그녀를 꼬여 내기 전에 있던 곳으로. 그녀는 이전의 일을 다시 얻으려고 노래를 불렀다.

"안녕! 안녕! 안녕! 난 최신 유행의 멋쟁이, 수레바퀴 모자를 쓴 아가씨."

그녀를 유명하게 만들어 준 노래였다. 그러나 이제는 그녀가 더 이상 최신 유행의 멋쟁이가 아니라는 것은 불을 보듯 명확했고 그녀는 일자리를 구하지 못했다. 그녀는 큰 홀에서 작은 홀로, 다시 술집으로 점점 가라앉았고 삶의 수렁 속으로 빠져들어갔다. 화장 진한 그녀의 공허한 얼굴과 너저분한 머리는 곧 잊혀져 갔다.

12장
갈수록 태산

워그램 가에 세워진 형이상학 연구소는 눈길을 끄는 석조 건물로 입구가 귀족의 성 같았다. 세 친구들은 늦은 저녁에야 사람들을 만났다. 하인이 그들을 접견실로 데리고 갔고 모퀴 박사가 그들을 직접 맞아들였다. 저명한 심령 과학 권위자는 키가 작고 어깨가 넓으며 머리가 큰 사람이었는데 깨끗이 면도한 얼굴의 표정에선 세속적인 지혜와 친절한 이타심이 뒤섞인 것을 느낄 수 있었다. 그는 불어를 잘하는 메일리와 록스턴에게 불어로 대화를 나누었지만 말론에게 말을 건넬 때는 약간씩 틀린 영어를 구사했다. 그러면 말론은 더 많이 틀린 불어로 간단히 답하곤 했다. 그는 우아한 프랑스 사람 특유의 표현력으로 일행의 방문에 기쁨을 감추지 않았다. 그는 갈리시아의 영매인 팬백의 탁월함에 대해 몇 마디 한 후 마침내 실험이 행해지고 있는 아래층의 방으로 그들을 데리고 갔다. 그의 지적이고 날카로운 기민함이 돋보이는 분위기는 그가 사기꾼들에게 속아서 특별한 결과를 낸 것이 아니냐 하는 가설들이 터무니없다는 것을 보여주었다.

나선형 계단을 내려간 그들은 커다란 방에 들어갔다. 벽에 둘러진 선반 위에 병과 증류기, 시험관, 자와 실험 도구들 때문에 첫인상은 마치 화학 실험실 같았다. 그러나 방은 단순한 작업장보다 훨씬 더 품위 있는 가구들을 갖추었고 큼지막한 떡갈나무 탁자가 중앙을 차지했으며 주변에는 편안한 의자들이 놓여 있었다. 방의 한쪽 벽면에는 크룩스 교수의 커다란 초상화가 걸리고 그 옆에는 롬브로소의 초상화가 있었는데, 둘 사이에는 에우사피아 팔라디노[1]의 놀라운 집회 그림이 걸려 있었다. 탁자를 둘러싸고 낮은 목소리로 말하는 남자들이 모여 앉아 있는데 그들은 새로운 방문객이 온 것도 모를 정도로 대화에 푹 빠져 있었다.

모퓌 박사가 말을 꺼냈다.

"이 중에 세 분은 당신들처럼 명망 있는 손님들입니다. 다른 두 분은 제 실험실을 도와주시는 소바주 박사와 뷔송 박사이십니다. 나머지 분들은 유명한 파리 분들이십니다.《마탱》의 부편집장이신 포르트 씨는 오늘 언론을 대표하십니다. 퇴역 장성처럼 보이는 키 크고 얼굴 검은 분은 아실지도 모르겠습니다만…….모르신다고요? 샤를르 리셰 교수이십니다. 바로 우리가 존경하는 원로이시지요. 무슈 메일리와 같은 결론에 아직 도달하지는 않았지만 이 일에 대단한 용기를 보여주셨습니다. 그렇지만 차차 될 겁니다. 우리는 반드시 방침을 외부에 알려야 한다는 것을 기억해 주십시오. 종교적인 색채가 엷을수록 교회와의 문제가 줄어듭니다. 아직도 프랑스에서는 교회가 큰 세력을 유지하고 있습니다. 그리고 이마가 넓고 잘 생긴 분이 그라몽 백작이십니다. 머리가 주퍼터 같고 수염이 하얀 신사 분은 천문학자인 플라마리온입니다. 자, 여러분." 그리고 그는 더 큰 목소리로 말을 이었다. "자리에 앉으시면 일을 시작하도록 하겠습니다."

그들은 순서 없이 원탁 주변에 둘러앉고 세 영국인들은 나란히 앉았다. 한쪽 끝에는 커다란 카메라가 뒤에서 불쑥 올라와 있었다. 옆에 놓인 작은 탁자 위에는 아연 양동이 두 개가 자리를 차지하고 있었다. 문이 잠기고 열쇠는 리셰 교수에게 건네졌다. 모퓌 박사는 매우 똑똑해 보이고 콧수염을 기른 작은 중년의 대머리 사내와 나란히 탁자의 한쪽에 앉았다.

"몇몇 분은 무슈 팬벡을 만난 적이 없으실 겁니다. 제가 소개드리겠습니다. 무슈 팬벡은 자신이 가진 놀라운 힘을 우리의 과학적 연구를 위해 내놓으셨습니다. 우리는 무슈 팬벡에게 매우 감사 드리는 바입니다. 무슈 팬벡은 올해로 마흔 일곱이 되었고 건강은 평범하고 신경·관절 계통의 병에 걸리기 쉬운 체질입니다. 신경계에서 과도한 홍분성이 나타나며 반사신경 경로가 비정상적으로 확장된 것이 발견되었습니다만 혈압은 정상입니다. 심장 박동은 분당 72회인데 혼수 상태에 이르면 100회까지 상승합니다. 팔다리에는 놀라울 정도로 감각이 예민한 부위가 있습니다. 시각과 동공의 움직임은 정상입니다. 제가 더 말씀 드려야 할 것이 있는지 모르겠습니다."

"제가 한마디 하죠." 리셰 교수였다. "초감각은 물질적인 것이기도 하지만 윤리적인 것이기도 합니다. 팬벡 씨는 감수성이 매우 강하고 감정이 풍부합니다. 시인 체질에 온갖 연약함도요. 이렇게 말해도 될런지 모르겠습니다만, 시인들이 받는 재능의 반대급부로 치르는 것들이죠. 위대한 영매는 위대한 예술가이기 때문에 예술가들에게 적용되는 잣대로 판단해야 합니다."

"신사 여러분. 리셰 교수께서 너무 안 좋은 이야기만 하시는 것 같습니다." 영매가 환한 미소를 지으면서 말했다. 일행은 동조의 웃음을 터뜨렸다.

"우리가 모인 것은 최근 들어서 목격했던 주목할 만한 물질화 현상을 다시 재현해서 영구적인 기록을 남기려는 것입니다."

모퓌 박사가 차분하고 이성적인 목소리로 말하기 시작했다.

"이런 물질화 현상은 최근 들어 예상하지 못했던 형태를 취하기 시작했기 때문에 아무리 이상한 형태가 나타나도 두려움을 나타내지 마시라고 여러분께 미리 부탁 드리고 싶습니다. 침착하고 분석적인 분위기가 절대적으로 필요한 것입니다. 자, 이제 불을 끄고 붉은 불을 가장 낮게 켜 주십시오. 더 밝은 조명이 필요한 조건이 될 때까지 그대로 유지하겠습니다."

조명은 모퓌 박사의 자리에서 조절되었다. 순간 그들은 칠흑 같은 어둠에 휩싸였다. 그리고 한쪽 구석에서 침침한 붉은 빛이 비쳤다. 겨우 원탁에 앉은 사람들의 윤곽을 알아볼 정도였다. 음악도 없었고, 어떤 종교적인 분위기도 조성되지 않았다. 일행은 속삭이면서 대화를 나누었다.

말론이 말했다. "이것은 영국에서 하는 것과는 방식이 다르군요."

"매우 다릅니다." 메일리가 대답했다. "제가 보기엔 너무 무방비 상태로 진행되는 것 같습니다. 다 잘못된 것입니다. 이들은 위험에 대해 모르고 있는 것 같습니다."

"어떤 위험이 닥칠 수 있습니까?'

"우선 제가 보기에 이것은 마치 연못가에 앉아 있는 것과 같습니다. 연못에 아무런 해가 없는 개구리가 있을 수도 있지만 식인 악어가 있을지도 모르는 것입니다. 그리고 어느 것이 올지 알 수 없는 것이지요."

영어를 잘하는 리셰 교수는 그의 말을 들었다.

"메일리 씨, 당신의 시각은 잘 알고 있습니다. 제가 영혼을 가볍게 다룬다고 생각하지는 마십시오. 제가 여태 보아온 것들을 보면 개구리와 악어의 비유는 매우 적절한 것입니다. 바로 이 방에서 만일 화를 낸다면 우리 실험을 위험하게 만들 수 있는 괴물의 존재를 깨닫게 되었지요. 저도 당신처럼 이곳에 있는 악한 사람들이 우리의 집회에 사악한 반영을 가져올 것이라 믿습니다."

"우리들과 같은 방향으로 바뀌고 있다니 정말 다행입니다." 메일리가 대답했다. 그는 리셰를 매우 위대한 사람으로서 존경했다.

"바뀌고 있는 것일 수도 있지만 아직 전반적으로 당신들과 같다고 말하긴 어려울 것 같습니다. 인간의 육체 속에 있는 영혼이 가진 잠재 능력은 우리가 생각하는 것보다 강력해서 지금으로서는 불가능해 보이는 영역까지 영향을 미칠지도 모릅니다. 저는 케케묵은 물질주의자의 입장에서 1인치도 양보하고 싶지 않습니다. 결국 몇몇 전선에서는 패배를 인정하게 되었지만. 저명한 우리의 동료 챌린저 교수는 아직도 전선을 그대로 지키고 있습니다."

"예, 그렇습니다." 말론이 대답했다. "그렇지만 희망은 좀 있습니다……"

"쉿!"

모퓌가 날카로운 목소리로 말했다. 침묵이 흘렀다. 그러더니 펄럭거리는 이상한 진동과 함께 거북하게 움직이는 소리가 들려왔다.

"새다!" 누군가가 위압당한듯 거친 속삭이는 목소리로 말했다. 조용해지자 다시 한번 조급하게 퍼덕거리는 소리가 들렸다.

"르네, 준비 다 됐나?" 박사가 물었다.

"모두 준비되었습니다."

"그러면 찍어!"

발광체 혼합물에서 빛이 번쩍 쏟아져 방을 채우고 카메라의 셔터가 열렸다 닫혔다. 갑작스러운 섬광 때문에 방문객들은 잠시 신기한 광경을 볼 수 있었다. 영매는 머리를 손으로 괴고 있었는데 명확히 인사불성의 상태였다. 그의 둥근 어깨 위에 커다란 맹금이 앉아 있었다. 커다란 매나 독수리 같았다. 사진판에 영상이 찍히듯이 순간적으로 기묘한 광경이 그들의 망막에 각인되었다. 그리고 다시 어둠에 휩싸였다. 유일한 광원인 붉은 등 두 개는 마치 구석에 도사리고 있는 불길한 악마의 눈동자 같았다.

"세상에! 방금 보셨어요?" 말론이 숨막힌 듯 말했다.

"연못에서 나온 악어지요." 메일리가 대답했다.

"그러나 해롭지는 않소." 리세 교수가 덧붙였다. "저 새는 여러 번 우리에게 왔소. 다들 들으셨다시피 날개를 움직이지만

그 외에는 아무런 움직임도 없소. 오늘 또 다른 방문을 받을 것
인데, 이보다 더 위험한 방문객이 올지도 모르겠소."

사진을 찍기 위한 섬광은 엑토플라즘을 헤쳐 없앴다. 다시
시작해야만 했다. 사람들이 자리에 앉은 지 15분 정도 지났을
때 리셰가 메일리의 팔을 만졌다.

"무슨 냄새가 나지 않소, 무슈 메일리?"

메일리가 킁킁거렸다.

"예, 그러네요. 런던 동물원을 생각나게 하는 냄새군요."

"좀 더 평범한 비유가 있소. 혹시 몸이 젖은 개와 따뜻한 방
에 있어본 적이 있소?"

"네, 바로 그거네요. 정확한 설명입니다. 그런데 개는 어디
있습니까?"

"이건 개가 아니오. 잠시 기다려 보시오! 잠깐만!"

동물의 냄새는 점점 진해지다가 너무 강렬해졌다. 갑자기 탁
자 주변에서 움직이는 뭔가가 말론의 눈에 들어왔다. 어두침침
한 붉은 불빛 아래 기이한 형태가 웅크리고 있는 모습이 보였
다. 그 형태는 인간과 유사했다. 어두운 불빛을 배경으로 윤곽
이 보였다. 그것은 거대하고 등치가 큰 모습으로 황소 머리에
목이 짧고 어깨는 넓었으나 움직임이 어색해 보였다. 그것은
몸을 앞으로 수그리고 사람들 주변을 어슬렁거렸다. 그러더니
갑자기 멈추었다. 사람들 중에 누군가가 두려움과 놀라움이 섞
인 비명을 질렀다.

"두려워 마십시오." 모퓌 박사의 조용한 목소리가 울렸다.
"이것은 피테칸트로푸스[2]입니다. 해를 끼치지 않습니다." 마치
방 안으로 흘러 들어온 것이 한 마리 고양이인 양 과학자들은

침착하게 이야기를 나누었다.

"긴 발톱을 가졌어요. 제 목 뒤에 발톱을 올렸어요." 어떤 목소리가 외쳤다.

"그래요, 그래. 녀석은 쓰다듬으려는 겁니다."

"당신이나 받으시죠!" 떨리는 목소리의 주인공이 외쳤다.

"그에게 반항하지 마십시오. 위험해질 수도 있습니다. 호의를 가지고 있는 겁니다. 그도 물론 우리들과 마찬가지로 마음을 가지고 있습니다."

괴물은 다시 살금살금 움직이기 시작했다. 녀석은 탁자 끝을 돌아서 세 영국인들 뒤로 갔다. 녀석이 숨을 쉴 때마다 그들의 목 뒤로 가쁜 입김이 느껴졌다. 갑자기 록스턴 경이 역겨워하며 큰 소리로 비명을 질렀다.

"조용히! 조용히!" 모퀴가 말했다.

"이것이 내 손을 핥고 있습니다!"

잠시 후 말론도 록스턴 경과 자신의 사이로 뻗은 털북숭이 팔의 존재를 알아차렸다. 길고 성긴 털이 왼쪽 팔에 닿았다. 팔은 말론 쪽으로 움직였고 말론은 길고 부드러운 혀가 자신의 손을 핥았을 때는 가만히 있으려고 무척 애를 써야 했다. 그러고는 그것이 사라졌다.

"도대체 저것은 무엇입니까?" 그가 물어보았다.

"사진을 찍지 말라는 부탁을 받았습니다. 아마도 빛이 녀석을 화나게 만들 겁니다. 영매를 통해 내려온 명령은 명확했습니다. 우리가 말할 수 있는 것은 녀석은 영장류 같은 인류이거나 인류 같은 영장류라는 것입니다. 오늘은 전보다 훨씬 확실히 그것을 볼 수 있었습니다. 얼굴은 유인원인데 이마가 평평

했습니다. 팔은 길고 손이 크고, 온 몸이 털로 뒤덮여 있더군 요."

"톰 린든은 이것보다 나은 형상화를 보여주었습니다."

메일리가 낮은 소리로 말했다. 그의 목소리는 작았지만 리셰 교수는 놓치지 않았다.

"모든 자연이 우리 연구의 대상이오, 메일리 씨. 우리가 선택 하는 것이 아니오. 꽃은 연구 대상으로 하고 곰팡이는 무시하 는 것이 아니오."

"하지만 위험하다는 것은 인정하셨잖습니까."

"엑스선도 위험했소. 그 위험이 알려지기 위해서 얼마나 많 은 희생자들이 팔을 하나씩 잃었겠소? 그렇지만 그것은 꼭 필 요한 것이었소. 그것은 우리도 마찬가지요. 아직 우리가 하고 있는 일이 무엇이지 정확하게 알지 못하오. 하나 보이지 않는 세계에서 피테칸트로푸스가 우리에게 올 수 있고 같은 방식으 로 돌아갈 수 있다는 것은 세상에 보여줄 수 있소. 그리고 이렇 게 얻을 수 있는 지식은 너무나도 중대한 것이니 그가 그 무시 무시한 발톱으로 우리를 갈기갈기 찢어버린다 하더라도 이 실 험을 계속하는 것이 우리의 임무요."

"과학은 이타적인 고결한 것입니다. 누가 그 사실을 부정할 수 있습니까? 그렇지만 바로 이 과학자들이 영적인 힘과 접촉 하려고 하면 우리의 이성을 위험에 빠뜨리는 것이라고 말하지 않습니까. 우리는 이성, 아니 목숨이라도 인류를 돕기 위해서 기꺼이 희생할 것입니다. 물질주의자들이 연구를 진척시키기 위해 희생하듯이 우리도 똑같이 할 것입니다."

그때 불이 밝혀졌고 중대한 실험이 시도되기 전 잠시 일행은 휴식을 취했다. 사람들은 작은 그룹으로 나뉘어 낮은 목소리로 방금 있었던 실험에 대해 대화를 나누었다. 편안하게 꾸며진 방과 최신의 설비들을 보면 이상한 새와 소리없이 어슬렁거리던 괴물은 마치 꿈인 듯만 같았다. 그렇지만 잠시 후, 바로 옆에 마련된 암실에서 인화하고 정착 작업을 끝마치고 흥분해서 사진판을 흔들면서 달려온 사진사가 보여준 사진을 보면 현실이었음이 분명했다. 그는 그것을 벽에다 붙였는데 사진에는 분명히 손으로 괸 영매의 대머리가 보였고 그의 어깨 가까이에 웅크리고 있는 험악한 형체의 윤곽이 뚜렷이 나타나 있었다. 모퓌 박사는 매우 기뻐하면서 뚱뚱한 작은 손을 비볐다. 모든 탐험가들이 그렇듯이 그도 파리의 언론으로부터 많은 박해를 받으면서 견뎌 왔기 때문에 새로운 현상은 모두 그의 새로운 방어 무기가 되어 줄 것이었다.

"Nous marchons! Hein! Nous Marchons!(우리가 간다! 자, 우리가 나아간다고!)"

그가 외치자 생각에 잠겨 있던 리셰가 기계적으로 대답했다.

"Oui, mon ami, vous marchez!" (그래, 친구, 자네들이 나아가는군!)"

작은 갈라시아 인은 앉아서 앞에 놓인 붉은 포도주 한잔을 마시면서 비스킷을 우물거리고 있었다. 말론은 그에게 다가갔는데 그는 미국에 갔던 적이 있어서 영어를 약간 할 수 있었다.

"피곤하시나요? 이 일을 하면 힘이 빠지나요?"

"적당히 하면 그렇지 않아요. 일주일에 두 번만 합니다. 능력상 가능한 분량을 지킵니다. 박사님이 더 이상은 허락하지 않아요."

"기억 나는 게 있습니까?"

"꿈에서 나타나지요. 여기서 조금, 저기서 조금, 그런 식으로 요."

"항상 이 힘을 가지고 계셨습니까??"

"예, 그렇죠. 제가 아이였을 때부터 그랬어요. 그리고 아버지, 삼촌도 그랬죠. 그들의 이야기는 항상 환상에 대한 것이었죠. 제가 숲에 들어가 앉아 있으면 이상한 동물들이 제 주변에 다가오곤 했죠. 다른 아이들은 그걸 보지 못한다는 사실을 알아챘을 때 저는 너무 놀랐습니다."

"Est ce que vous etes pretes?(준비됐나?)" 모퓌 박사가 물었다.

"Parfaitment.(완벽하게.)"

영매는 과자 부스러기를 털어내면서 대답했다. 박사는 아연 양동이 아래에 있는 등을 켰다.

"여러분, 우리는 이번 실험에서 협동하여 이 엑토플라즘 형체들이 존재한다는 것을 완벽하게 입증해 보일 것입니다. 그들의 성질은 쟁점이 되겠지만 저의 계획이 실패하지 않는다면 객관성 문제에선 의심의 여지가 없을 겁니다. 우선 이 두 양동이가 무엇인지 설명부터 해 드리지요. 미리 주의를 드리자면 여기엔 파라핀이 들어 있습니다. 지금 액화되고 있는 중이죠. 또다른 양동이에는 물이 들어 있습니다. 오늘 처음 오신 분들을 위해 설명을 드리자면 팬벡의 현상은 항상 똑같은 순서로 일어납니다. 그래서 다음 순서로 한 노인의 유령이 나타날 것이라 예상할 수 있습니다. 오늘 저녁 우리는 이 노인을 기다렸다가 심령 연구의 역사에 그를 영원히 새기려고 합니다. 저는 이제

제 자리에 앉아서 제3번 붉은 등을 켤 것입니다. 그러면 훨씬
더 잘 볼 수 있을 겁니다."

　이제 사람들의 얼굴을 더 뚜렷이 볼 수 있었다. 영매의 머리
는 앞으로 고꾸라져 있었고 코 고는 소리로 보아 그는 이미 인
사불성의 상태에 빠져 있었다. 모든 사람들이 그를 바라보는데
바로 눈 앞에서 놀라운 물질화 과정이 진행되었다. 처음에는
빛이 소용돌이치는 모습이 보였다. 그리고 수증기 같은 기체가
그의 머리 주변을 맴돌았다. 그러더니 하얀 반투명 천이 뒤에
서 펄럭거리는 것처럼 보였다. 그것은 점점 뚜렷하게 나타나더
니 하나로 뭉쳤다. 점점 형체를 갖추면서 외곽선이 뚜렷해지더
니 명확한 형체를 가졌다. 그것은 머리가 있었다. 어깨도 있었
고 팔이 자라났다. 그렇다. 의심의 여지가 없었다. 그것은 사람
이었고 나이 든 사람이었다. 노인은 의자 뒤에 서 있었다. 그는
천천히 머리를 한쪽에서 다른 쪽으로 움직였다. 그는 주저하면
서 일행을 응시하였다. 마치 그는 자신에게 질문을 던지는 것
같았다. '여기는 어디지? 그리고 나는 여기 왜 온 것일까?'

　"그는 말을 하지는 않지만 들을 수 있고 지능도 매우 높습니
다."

　모퀴 박사가 자신의 어깨 너머로 유령을 바라보면서 말했다.

　"우리는 매우 중요한 실험에 당신이 도움을 주십사 하는 바
람을 갖고 모인 사람들입니다. 협조해 주시겠습니까?"

　형체는 동의하는 듯이 고개를 끄덕였다.

　"감사합니다. 곧 힘을 제대로 쓸 수 있게 되실 겁니다. 그러
면 영매에게서 떨어져 주시겠습니까?"

　형체는 다시 고개를 끄덕였지만 움직이지 않았다. 말론의 눈

에는 그 형체가 매 순간 짙어지는 것이 보였다. 그는 얼굴을 알아볼 수 있었다. 그것은 확실히 노인의 얼굴이었는데, 어두운 표정에 매부리코를 가진 사람으로 그는 특이하게 아랫입술을 삐죽 내밀고 있었다. 그는 갑자기 퉁명스러운 태도로 움직여 팬벽으로부터 떨어지더니 방 한가운데로 들어왔다.

"자, 선생." 모퀴가 특유의 짧고 명확한 어투로 말했다. "왼쪽에 아연으로 된 양동이가 보일 겁니다. 그쪽으로 가셔서 오른쪽 손을 양동이 안에 넣어주십사 부탁을 드리겠습니다."

형체는 양동이가 있는 쪽으로 움직였다. 그는 주의 깊게 양동이를 살피면서 많은 관심을 보였다. 그는 박사가 말한 대로 자신의 손을 양동이에 집어 넣었다.

"완벽합니다!" 모퀴가 흥분으로 떨리는 목소리로 외쳤다. "자, 선생. 그 손을 차가운 물이 들어 있는 다른 양동이에 넣어 주시겠습니까?"

그 형체는 시키는 대로 했다.

"자, 선생. 당신이 손을 우리 탁자 위에 올려놓기만 하면 우리의 실험은 완벽한 성공으로 끝날 것입니다. 그리고 파라핀은 탁자 위에 놓고 선생은 물질화 과정을 역행하여 다시 영매에게로 돌아가시면 됩니다."

형체는 다시 고개를 숙여 알아들었음을 표시하고 동의하였다. 그러고는 천천히 탁자 쪽으로 움직이더니 몸을 탁자 위로 숙이면서 손을 뻗었다. 그리고 사라졌다. 영매는 거친 숨소리도 멈추고 마치 깨어나려는 듯이 어색하게 움직였다. 모퀴 박사는 다시 방의 불을 켰고 놀라움과 즐거움으로 크게 소리를 질렀다. 일행도 뒤따라 탄성을 내질렀다.

　탁자의 반짝이는 목질 표면 위에 섬세한 파라핀 장갑이 놓여 있었다. 주먹의 관절부는 넓었고 손목은 가늘었다. 손가락 두 개는 손바닥 쪽으로 구부러져 있었다. 모퓌는 너무 기뻐서 제 정신이 아니었다. 그는 손목 부위에서 밀랍을 떼어 조수에게 주었고 조수는 서둘러 방을 나갔다.

　"이젠 끝이야!" 그가 외쳤다. "이젠 그들이 뭐라 하겠습니까? 여러분, 간청 드리겠습니다. 여러분은 여기서 일어나는 일을 목격하신 겁니다. 안에 있던 손이 물질화를 역행한 것이 아니라면 이 현상을 두고 다른 논리적인 설명을 하실 수 있겠습니까?"

　리세가 대답했다. "다른 설명은 있을 수 없겠소. 하지만 이 실험은 매우 완고하고 편견이 강한 사람들과 하셔야 할 것이오. 그들은 부인할 수 없다면 무시하려고 들 게요."

　"여기에 언론에서 오신 분들이 있고 언론은 대중을 대표하는 것입니다." 모퓌가 말했다. "영국의 언론을 대표해서는 무슈 말론이 계시고 말입니다." 그는 약간 틀린 영어로 계속 말했다. "다른 설명을 제시할 수 있으십니까?"

　말론이 답했다. "제가 보기엔 없습니다."

　"그렇다면 무슈, 당신은요?" 그는 《마탱》의 기자에게 질문을 던졌다.

　그 프랑스 인은 어깨를 으쓱했다.

　"이곳에서 상황을 목격할 특권을 누린 사람으로서 이것은 정말 설득력이 있는 증거입니다. 그렇지만 분명히 반대하는 사람들이 있을 것입니다. 그들은 파라핀이 얼마나 섬세한지 잘 모를 겁니다. 그들은 영매가 이 파라핀 모형을 가지고 와서 탁자 위에 올려놓았다고 하겠지요."

모퓌는 의기양양해서 박수를 쳤다. 그의 조수가 옆방에서 조그만 종이 쪽지를 가져다 주었다.

"당신의 반대 의견은 이미 설명이 되었습니다."

그가 종이 쪽지를 흔들면서 외쳤다. "그런 이야기가 나올 줄 예상했지요. 그래서 아연 양동이에 들어 있는 파라핀에 콜레스테롤을 좀 넣어두었습니다. 제가 이 모형의 한쪽 끝을 잘라낸 것을 보셨을 겁니다. 화학적 분석을 위해서였지요. 그리고 그 분석이 끝났습니다. 여기에 결과가 있고 그 안에 콜레스테롤이 감지되었습니다."

"완벽합니다!" 프랑스 기자가 말했다. "박사님께서 마지막 구멍을 막으셨군요. 이제는 뭘 해야 합니까?"

"한 번 했던 일은 다시 할 수 있습니다." 모퓌가 말했다. "제가 이런 모형을 여러 개 준비하도록 하겠습니다. 어떤 경우에는 주먹을 쥐게도 하고 그냥 손 모양으로도 만들도록 하죠. 그리고 석회로 상을 뜨겠습니다. 그래서 그 상을 이 모형 안에 넣어보지요. 매우 정교한 일이지만 할 수 있을 겁니다. 제가 열두 개 정도를 준비해서 세계의 모든 수도로 방송이 나갈 수 있도록 하겠습니다. 그러면 사람들이 직접 볼 수 있겠죠. 그러면 결국 우리의 결론을 사람들이 받아들이지 않을까요?"

리셰가 들떠 있는 박사의 어깨에 손을 얹으면서 말했다. "불쌍한 친구. 희망을 너무 많이 갖지 마시오. 당신은 지금 세상 사람들의 어마어마한 타성을 잊고 있소. 그러나 당신이 말한 대로 'Vous marchez. vous marchez toujours.' (당신들은 나아가는군. 언제까지고 나아가.)"

"우리의 진보는 통제되었지요." 메일리가 말했다. "하지만 그 통제는 인류가 우리의 진보를 받아들일 수 있도록 점진적으로 풀리고 있습니다."

리셰는 미소 지으면서 고개를 저었다.

"항상 너무 앞서 가는군, 무슈 메일리! 항상 눈에 보이는 것보다 더 많은 것을 보고 과학을 철학으로 만들고 있소! 유감스럽지만 당신은 구제할 수가 없군. 당신의 입장이 논리적이라고 생각하시오?"

"리셰 교수님." 메일리가 매우 진지하게 말했다. "제가 똑같은 질문을 드리고 싶습니다. 저는 교수님의 재능을 매우 존경하고 또 교수님께서 조심스러워 하는 부분에 대해 전적으로 동감합니다만 교수님께서는 지금 갈림길에 이르신 게 아닙니까? 교수님께서도 그 인간의 형상을 한 지적 능력을 지닌 유령이 교수님께서 직접 이름을 붙인 엑토플라즘으로 만들어졌으며 방안을 걸어다니며, 영매가 인사불성인 동안에 지시에 따라 행동할 수 있다는 것을 인정하실 수밖에 없는 입장입니다. 그럼에도 불구하고 영혼은 독립적인 존재임을 인정하기 주저하시는군요. 그것은 논리적인 것입니까?"

리셰는 웃으면서 고개를 저었다. 그는 대답을 하는 대신 모퓌 박사에게 작별 인사를 하고 축하 인사를 건넸다. 몇 분 후 일행은 다 흩어졌고 우리의 친구들은 호텔로 돌아가는 택시 안에 있었다.

말론은 그날 본 것에 깊은 감명을 받아서 밤에 잠을 이루지 못하고 중앙 통신사에 보낼 기사를 작성했다. 기사에는 실험 결과를 입증해 줄 인사들의 이름도 넣었다. 세상 어느 누구도 그들이 사기꾼이라거나 거짓말장이로 여기지 못할 만큼 존경할 만한 인사들이었다.

"물론, 이것은 한 시대를 여는 전환점이 될 거야." 그는 그렇게 꿈꾸었다. 이틀 후 그는 런던의 주요 일간지를 하나씩 펼쳐 보았다. 축구에 대한 기사. 골프에 관한 기사. 주가에 대한 전면 기사. 댕기물떼새의 습성에 관한 길고 진지한 기사가 《타임스》에 실렸다. 그러나 어느 하나도 자신이 목격하고 보고한 불가사의에 대해서는 한마디도 하지 않았다. 메일리는 낙심하는 말론의 얼굴을 보고 웃었다.

그가 말했다. "미친 세상입니다, 선생. 제정신들이 아녜요! 그렇지만 아직 끝나지 않았습니다!"

---

1) 에우사피아 팔라디노: 진짜 영매인가 사기꾼인가 논란이 많은 여인(1854~1918), 그녀는 어린 나이에 고아가 되어 나폴리에서 식모살이를 하였는데 주인집이 강신술 모임을 갖는 집이었다. 그녀는 한 모임 중에 자신의 능력을 발휘하기 시작하였고 이후 매우 유명해졌다.

2) 피테칸트로푸스: Pithecanthropus. 원숭이와 인간 사이의 유인원으로 여겨 왔던 '원인'을 가리키는 학명. '직립 보행하는 원숭이 인간'이란 뜻의 '피테칸트로푸스 에렉투스'로 분류했으나 오늘날에는 '호모 에렉투스' 즉 '직립보행하는 인간'으로 분류하는 시각이 우세하다.

13장
챌린저 교수 등판하다

챌린저 교수는 매우 기분이 좋지 않았다. 그가 기분이 좋지 않을 때 식솔들은 그 사실을 알 수 있었다. 게다가 분풀이 대상이 주변에 있는 사람들에 한정된 것이 아니었다. 가끔씩 언론에서 불행한 상대방을 헐뜯고 욕하는 끔찍한 편지들을 보고 화가 난 경우, 빅토리아 아파트에 있는 서재의 왕좌에 앉은 침울한 주피터는 번개를 날렸다. 하인들은 갈기와 턱수염을 가진 교수가 서류 더미에 파묻혀 있다가 마치 시체 위에 올라앉은 사자가 노려보듯이 노려보는 방으로 감히 들어서지 못했다. 그런 때에는 이니드만이 들어갈 수 있었는데 가끔은 이니드도 맹수의 우리로 들어서는 용감한 사육사가 느끼는 철렁함을 경험하기도 했다. 그녀도 역시 신랄함에 있어서는 예외가 아니었다. 그러나 적어도 그녀는 다른 사람들에게는 또 다른 위협이 되었던 물리적인 폭력은 두려워하지 않아도 되었다.

유명한 교수의 신들린 듯한 광폭함은 가끔 물질적인 이유 때문에 일어나기도 했다.

"간에 좋은 거야, 선생! 간에 좋은 거라니까!"

그는 급습을 감행한 후 정상을 참작할 만한 이유를 설명하곤 했다. 그러나 이번 경우에는 화가 난 이유가 뚜렷했다. 바로 심령교다!

그는 이 지긋지긋한 미신에서 벗어날 수가 없는 것 같았다. 그것은 일생 동안 유지해 온 철학과 모든 업적을 거스르는 것이었다. 그는 그들을 깔보고 비웃고 경멸하며 무시해 버리려고 하였다. 그러나 그 괘씸한 것이 다시 한번 주제 넘게 쑥 끼어들려고 하는 것이었다. 월요일 날 마침내 틀렸다고 써 버리고 나면 토요일에는 다시 한번 그의 눈 앞에 나타나는 것이었다. 그리고 그것은 정말이지 불합리했다! 물질적 우주의 문제에 집중시켜야 할 그의 지성이 그림 동화나 소설가들이 창작해 낸 귀신 이야기에 낭비되는 것 같았다.

그러더니 문제는 더 악화되었다. 처음에는 말론이었다. 말론은 단순하나마 명석한 두뇌를 가진 사람들을 대표하는 지표 같은 인물이었는데 그들에게 홀려서 그들의 유해한 시각을 받아들였다. 그러더니 이니드까지. 그의 어린양인 이니드는 인류와 자신을 이어 주는 유일한 통로였는데, 그녀도 역시 오염되어 버렸다. 그녀는 말론의 결론에 동의했다. 그녀는 스스로 증거물을 모으고 있었다. 교수도 스스로 한 사건을 조사해 보았고 의심의 여지 없이 영매는 뱃속이 검은 악당일 뿐이라는 것을 증명해 보였다. 그 녀석은 한 미망인을 마음대로 부리기 위해서 죽은 남편으로부터 메시지를 전달해 주었다. 그것은 명확한 사건이었고 이니드도 인정했다. 그러나 말론도 이니드도 일반화하는 것을 허락하지 않았다.

"어떤 일에든 악당은 있게 마련이에요." 그들의 말이었다.
"판정을 내릴 때는 최악의 경우를 보지 말고 최선의 경우를 보
고 내려야 합니다."

이것만 해도 기분이 나빴는데, 더 나쁜 일들이 남아 있었다.
심령교인들이 공개적으로 그에게 망신을 주었다. 그것도 교육
을 받은 적이 없다고 스스로도 인정한, 다른 문제에 관해서라면
교수의 발 아래 어린아이처럼 엎드려야 할 그런 사람을 통해 그
것도 공개적인 토론회에서. 그러나 진실은 밝혀져야 했다.

그렇다면, 반론을 경멸하지만 이 사건에 대한 지식은 전혀
가지지 못한 첼린저 교수가 결정적인 순간에 올림포스에서 내
려와 상대방이 제시하는 어떤 대표자라도 만나서 토론하겠다
했다고 알리도록 내버려 두리라.

그는 이렇게 썼다. "나도 잘 알고 있소, 나와 동등한 수준의
과학자들을 대하듯이 그들을 대하는 그런 겸손한 행동을 한다
면 그 불합리하고 우스꽝스러운 정신이상자들에게 권위를 주는
위험을 감수하는 것이라는 사실을. 그것은 그들이 가장하는 것
만으로는 절대 얻을 수 없는 것이지만 우리는 대중에 대한 우
리의 의무를 소홀히 할 수가 없어서 가끔씩 심각한 일을 놓고
짬을 내서 덧없는 그들의 거미줄을 과학이라는 빗자루로 치워
야 해. 그렇지 않으면 계속 쌓여서 위협하게 될 테니." 그래서
자신감으로 무장한 골리앗이 아주 보잘 것 없는 맞상대인, 인
쇄공의 조수였고 지금은 심령에 관계된 보잘것없는 잡지를 출
판하는 사내를 만나기로 한 것이다.

토론의 세부적인 내용은 이미 공개된 것이니 그 불쾌한 사건

에 대해 자세히 이야기할 필요는 없겠다. 사람들은 위대한 과학자가 공상가들을 무찌르기 위해 그와 공감하는 합리주의자들과 함께 퀸스 홀로 향했다고 기억할 것이다. 그리고 망상에 사로잡힌 불쌍한 사람들 중 다수는 자신들의 챔피언이 과학의 제단에서 희생양이 되지 않기를 바라면서 참석을 하였다. 두 파벌은 퀸스 홀을 채우고, 수천 년 전 콘스탄티노플의 히포드롬에서 청군과 녹군[1]이 그랬듯이 서로에게 앙심을 품고 노려보았다. 단상의 왼쪽으로는 냉혹하고 완고한 합리주의자들이 정렬하고 있었는데 그들은 빅토리아 풍의 불가지론자들을 경솔하다고 무시하고 가끔씩 《리터러리 가제트》나 《프리싱커(자유 사상가)》에 실리는 글을 통독하면서 자신들의 믿음을 다지는 사람들이었다.

그중에는 조셉 보머 박사도 있었는데 그는 에드워드 몰드 씨와 더불어 종교의 모순에 대한 강연으로 유명했다. 에드워드 몰드는 영혼의 멸종과 육신의 타락에 대한 인간의 요구에 대해 화려한 화술로 주장했다. 반대편에는 메일리의 노란 턱수염이 군기처럼 타올랐다. 그의 부인과 기자인 머빈이 그의 양쪽에 앉아 있었고 심령 대학의 퀸 스퀘어 심령 연합, 그리고 관청과 여러 교회들에서 온 진지한 남자와 여자들이 모여서 가망 없어 보이는 챔피언에게 용기를 주기 위해 모여 있었다. 빽빽이 들어찬 사람들 중에는 식료품점 주인인 친절한 얼굴의 볼소버와 그의 해머스미스 친구, 기차역에서 일하는 영매 터베인, 고행자 같은 외모의 찰스 메이슨 목사와 다행히 감금에서 풀려난 톰 린든, 린든 부인, 크류 집회의 사람들, 앳킨슨 박사, 록스턴 경, 말론 그리고 그 외의 안면 있는 얼굴들이 여럿 보였다. 두

집단 사이에는 의장 자리를 승낙한, 엄숙하고 둔감한 뚱보 게이버슨 판사가 재판소에서 나와 있었다. 종교의 핵심 혹은 생명력의 중심에 대한 결정적인 토론에서 교회가 전적으로 무관심하고 중립적이라는 사실은 매우 흥미로운 일이었다. 둔감하고 덜 깨인 그들은 온 나라의 살아 있는 지성들이 그들에게 의문을 품고 있다는 것을 분별하지 못했으며 흘러가는 대로 내버려 두면 그들은 멸망할 운명임을 알아차리지 못했다. 그리고 미래의 가능성은 또 다른 형태의 부흥에 있다는 사실도 전혀 알지 못했다.

맨 앞줄 한쪽에는 오지랖이 넓은 제자들을 거느린 챌린저 교수가 당당하게 위협적으로 앉아 있었다. 그의 아시리아 풍 턱수염은 매우 공격적으로 앞으로 뻗어나와 있었고 입술에는 반쯤 미소가 번져 있었으며, 참을성 없는 회색 눈동자 위로 눈꺼풀이 반쯤 늘어져 있었다. 그에 상응하는 반대편에는 단조롭고 겸손한 사람이 앉아 있었다. 챌린저 교수의 모자를 그에게 씌운다면 아마도 모자가 어깨까지 덮일 것이다. 그는 창백하고 총명해 보였는데 가끔씩 사자 같은 상대방에게 반대하면서도 미안해하는 듯이 쳐다보았다. 그러나 제임스 스미스를 잘 아는 사람들은 그의 평범하고 서민적인 외모 뒤에는 살아 있는 사람이 지니기 힘든 실질적이면서도 이론적인 지식이 숨겨진 것을 알았기 때문에 걱정도 하지 않았다. 심령학회의 지식인들도 제임스 스미스와 같이 실제로 심령교인으로 활동하는 사람들이 영적 세계에 대한 지식을 갖춘 것에 비하면 어린아이와 같았다. 제임스 스미스와 같은 이들은 평생 보이지 않는 자들과 다양한 형태의 친교를 맺으면서 살아온 이들이다. 그들은 가끔 자신들이 살고 있는 세상과 인연이 옅어져서 일상적인 삶에서는 쓸데없는 사람이 되기 십상이지만, 신문사의 편집장 자리와 가계에 고루 퍼져 있는 친우들 덕에 두 다리를 지상 위에 딛고 살 수 있었다. 그리고 불필요한 교육에 물들지 않은 훌륭한 천부적 재능은 그가 한 분야의 지식에 집중할 수 있도록 했다. 그 지식만으로도 인류의 위대한 지식을 모두 포함하는 것이었다. 챌린저 교수는 그것을 인정할 수 없었겠지만 그 대결은 똑똑하지만 종잡을 수 없는 아마추어와 집중력이 강하고 전문성이 뛰어난 프로간의 대결이었다.

첫 30분 동안 챌린저 교수가 펼친 웅변과 언쟁은 모든 면에서 대단하다는 것을 인정할 수 밖에 없었다. 가슴 둘레가 50인치인 사람에게서 나오는 소리답지 않게 굵게 울리는 그의 목소리는 오르락내리락하면서 청중을 사로잡는 음악처럼 울렸다. 그는 회중을 동요하게 만드는 재주가 탁월했다. 타고난 지도자였다. 가끔 그는 자세히 설명했고, 웃기기도 하였고 또 매우 설득적이었다. 그는 원시인들이 하늘을 두려워하는 가운데 자연스럽게 애니미즘이 발생했다고 했다. 그들은 천둥 소리와 빗소리에 대해 설명할 수 없었고, 지금은 과학으로 분류하고 설명할 수 있는 자연의 운행 뒤에는 선의 또는 악의를 가진 지적 존재가 있다고 믿었던 것이다.

그렇기 때문에 영혼이나 자신들 외의 보이지 않는 존재에 대한 믿음 위에 잘못된 전제가 세워지고 원인을 알 수 없는 격세유전을 통해 현대에 이르러서 교육을 덜 받은 계층 사람들 사이에서 다시 나타나고 있는 것이라고 했다. 이런 유의 역행에 저항하는 것이 과학의 의무이며 그 의무감 때문에 자신도 달갑지 않았지만 서재에서 하던 연구를 놓고 이렇게 대중 앞의 단상에 서게 된 것이라 했다. 그는 운동에 대해 헐뜯는 사람들이 말하는 그대로 묘사하였다. 그것은 매우 고약한 이야기였다. 부러진 발가락 관절의 이야기, 인광 페인트에 대한 이야기, 무슬림 귀신, 그리고 죽은 자의 뼈와 미망인의 눈물 사이에 존재하는 역겹고 야비한 위탁 거래 이야기였다. 이 사람들은 하이에나 같은 인간들로 무덤 주변에서 자신의 살을 찌우는 존재들이라고도 했다. (합리주의자들에게서는 환호가, 심령교인들에게서는 빈정대는 웃음이 터져 나왔다.) 그들은 모두 부랑자들이다. (반대편에서 누군가가 크게 외쳤다. "감사합니다, 교수님!") 사기꾼이 아니면 바보이다. (웃음소리). 자신의 할머니가 식탁의 다리를 두들겨서 메시지를 보낼 수 있다고 믿는 사람을 바보라 부르는 것이 과장된 표현인가? 어떤 미개인이 이렇게 기괴한 미신에 빠진단 말인가? 이 사람들은 죽음으로부터 위엄을 빼앗아서 자신들의 천박함을 무덤 속의 평화로운 망각 속에 밀어넣은 것이다. 그것은 가증스러운 사업이다. 그는 이렇게 강한 표현을 쓰는 것이 유감스럽지만 자라나는 암 덩어리와 대결하려면 칼과 같은 연장을 사용할 수 밖에 없다. 물론 사람은 죽은 이후의 삶에 대해 괴상한 추측을 할 필요가 없다. 우리는 이 세계에서 할 일도 충분히 많다. 삶은 아름다운 것이다. 자신의 의무와 세상의 아름다움을 진심으로 감사할 수 있는 사람이라면 할 일이 많아서 과학인 척하는 사기꾼들과 장난할 필요도 없을 것이다. 어떤 논쟁에서든 이성의 소리에 귀 기울이려 하지 않게 만드는 비논리적인 편견과 비정상적으로 잘 속는 우매함을 지닌 바보 같은 신봉자들과 바보의 무리들은 수백 번도 더 봐

왔지만 볼 때마다 새롭고 놀랍다고 했다.

논쟁은 이렇게 잔인하고 용감한 말로 강한 인상을 풍기면서 시작되었다. 유물론자들은 크게 함성을 질렀고 심령교인들은 불편하고 화가 난 듯 보였다. 그들의 창백하지만 의연한 대변인이 묵직한 맹공에 대응하고자 일어났다.

그의 목소리와 외모에 챌린저처럼 흡입력을 느끼게 하는 것은 아무것도 없었지만 그는 똑똑히 모든 사람이 들을 수 있는 목소리로 자신의 연장에 익숙한 장인처럼 정확하게 자신의 요점을 말했다. 그는 처음에 너무 예의 바르고 미안해하는 것 같아서 마치 겁을 먹은 듯한 인상을 주었다. 그는 자신처럼 교육의 혜택을 받지 못한 사람이 오랫동안 존경을 받아온 저명한 경쟁자와 지적인 검을 겨루는 것이 마치 주제넘은 일인 것처럼 느껴진다고 말했다. 그러나 교수의 이름을 일상적인 단어처럼 유명하게 만들어준 업적의 목록 중에 한 가지 빠진 것이 있었으니, 불행히도 그것은 연설하도록 요청을 받은 바로 이 문제에 대한 것이었다. 스미스는 감탄하면서 그리고 매우 놀라면서 교수의 연설을 듣고 있었다. 교수의 말 중에 들어 있는 주장을 분석하면, 경멸이 담긴 말을 하고 싶었다. 교수는 스미스도 쉽게 구할 수 있는, 심령교에 반대하는 가장 더러운 글을 읽으면서 이번 토론을 준비한 것이었다. 철저하게 경험에서 나온 설득력 있는 자료들은 배제한 채.

덜컥거리는 관절과 다른 부정한 속임수들은 빅토리아 시대 중반에 무지했기 때문에 있었던 일들이고 탁자 다리를 두들겨 의사 표현을 했던 할머니의 이야기는 연사가 심령교 현상에 대한 설명을 제대로 인지하지 못했기 때문에 나온 말이었다. 그

런 비유들은 볼타의 초기 전기 실험을 방해한 춤추는 개구리에
대한 농담을 생각나게 만들었다. 그것들은 챌린저 교수에게 어
울리지 않았다. 그도 물론 사기꾼 영매들이 심령교의 가장 큰
적이라는 것을 알고 있을 것이다. 그리고 그런 사기꾼들이 발
견될 때마다 심령학 논문지를 통해 사기꾼들의 이름이 고발되
었다. 그리고 바로 심령교인들 자신들이 그런 ‘인간 하이에나’
들을 교수처럼 가혹하게 몰아부치고 폭로하는 일을 했다. 범죄
자들이 사악한 의도로 은행을 사용한다고 해서 은행을 비난할
수는 없는 일이다. 여기 선택된 우수한 청중들을 그렇게 수준
낮은 논쟁으로 끌어내리는 것은 시간 낭비였다. 만일 챌린저
교수가 현상은 인정하면서 심령교의 종교적 색채를 부정하는
것이라면 그에게 대답하기가 매우 힘들었을 것이지만 교수는
모든 것을 부정함으로써 스스로를 말도 안 되는 위치에 처하게
만들었다. 챌린저 교수는 물론 유명한 생리학자인 리셰 교수의
최근 실험 결과에 대해 읽어 보았을 것이다. 그의 연구는 30년
이 넘게 이어져 오고 있다. 리셰는 모든 현상을 입증하였다.
　어쩌면 교수는 자신이 가진 경험 때문에 리셰나 롬브로소,
크룩스 들을 마치 미신을 믿는 미개인인 것처럼 말할 수 있는
자격을 가졌다고 청중들에게 말할지도 모른다. 어쩌면 그의 적
수는 세상이 전혀 알지 못하도록 숨어서 실험을 행했는지도 모
른다. 만일 그렇다면 그가 세상에게 입증해 보여야 할 것이다.
교수가 증명을 해 보이기 전까지는 자신보다 열등한 과학적 지
명도를 가진 사람을 조롱하는 것은 과학적이지 못한 처사이며
점잖지 못한 일이다. 적어도 그들은 실험을 해서 결과를 대중
에게 알리려고 했다.

그리고 교수처럼 우수한 신체를 가지고 자랑스런 삶을 사는 사람은 현세 삶에 대한 자부심을 갖는 것이 당연하지만 런던의 달동네에 사는 사람이 자신이 위암에 걸렸다는 사실을 깨닫게 되면 현세의 삶 이외의 것은 부러워할 필요가 없다는 교리에 대해 회의를 품게 될 것이다.

스미스는 사실과 날짜, 숫자들로 예를 들어 가면서 장인답게 말하려 노력한 것이었다. 그것은 웅변의 수준에 달하지 못했지만 대답해야 할 것들은 대부분 담은 것이었다. 그리고 슬프게도 챌린저는 대답할 수 있는 상황이 아니었다. 그는 많은 문헌을 찾아서 읽었지만 상대측의 입장에서 쓴 글을 무시했다. 자격 없는 작가들이 스스로 연구해 보지도 않은 문제에 대해 경솔하고 그럴싸하게 추측한 것을 너무나도 쉽게 받아들인 것이었다. 교수는 대답을 못하고 버럭 화를 냈다. 사자가 울부짖기 시작했다. 그는 검은 갈기털을 곤두세웠다. 그의 눈은 이글거렸고 굵직한 목소리는 강당에 쩌렁쩌렁 울렸다.

존경을 받고 있지만 잘못 알려진 명성 뒤에 숨은 이들은 누구인가? 위대한 과학자가 자신의 일을 미뤄 두고 자신들의 말도 안 되는 추측을 연구하는 데 시간을 허비할 것이라 생각하는 이유가 무엇인가? 어떤 것들은 너무나 명확해서 증명이란 것이 필요하지 않다. 증명의 무거운 짐은 주장을 편 사람들이 져야 하는 것이 아닌가. 만일 여기 있는 이름도 들어본 적도 없는 신사 분이 영혼을 불러올 수 있다고 주장한다면 제정신이면서 편견을 가지지 않은 청중들 앞에서 불러오게 하면 어떻겠는가. 만일 지금 메시지가 들린다고 한다면 일반 대중의 대리인들 앞에서 그 뉴스를 전하면 어떻겠는가. ("그건 이미 했던 일이오!" 한 심령교인이 소리쳤다.) 그렇다고 말하긴 하지만 나는 믿지 않는다. 당신들의 말도 안 되는 주장은 너무 많이 들어와서 심각하게 받아들이기 힘들다. (소란이 일었고 게이버슨 판사가 자리에서 일어났다.) 만일 그가 고차원의 감응을 받았다고 한다면 페컴 라이 살인 사건을 해결하라고 해라. 만일 천사 같은 존재와 연락이 된다면 현세의 인간이 끌어내지 못하는 높은 수준의 철학을 우리에게 달라고 해라. 이 과학의 거짓 쇼이면서 무지의 기만인, 엑토플라즘에 대한 헛소리와 영적 상상력의 소산은 몽매주의에 지나지 않는 것이다. 미신과 암흑의 사생아인 것이다. 이 일은 어디를 탐색하건 간에 물질적 부패와 정신적 부패가 발견되었다. 모든 영매들은 의도적인 협잡꾼이다. ("당신은 거짓말쟁이야!" 린든 근처에서 한 여자의 목소리가 들렸다.) 죽은 자들이 한 말은 어린아이 같은 시시한 이야기 말고는 아무것도 없었다. 그 수용소에는 사교 숭배자들로 가득한 것 같고 모든 사람들이 때가 되어 죽게 되면 더 많은 사교 숭배자로 차게 될 것이다.

그것은 과격했지만 효율적인 연설은 아니었다. 위대한 사내는 분명히 동요된 것이었다. 그는 내심 이것이 대적할 만한 건인데 자신이 대적할 만한 자료를 제대로 찾아내지 못했다는 사실을 깨닫고 있었다. 그래서 그는 회피하기 위해 화를 내면서 상대할 사람이 없으면 무사히 넘어갈 만한 광범위한 주장을 내세웠다. 심령교인들은 화가 났다기보다는 즐거워하는 것 같았다. 유물론자들은 안절부절못하며 불안한 듯 자리에 앉아 있었다. 그때 제임스 스미스가 일어나서 마지막 방어를 했다. 그는 뭔지 모를 미소를 짓고 있었다. 그의 행동은 침묵의 위협이었다.

그가 말하길, 걸출한 상대방에게 더 과학적인 태도를 보여달라고 부탁해야겠다 했다. 정열과 적대감이 돋워졌을 때 많은 과학자들이 자신들이 신봉하는 이론을 무시하는 우스꽝스러운 모습을 보이는 것은 매우 특이한 현상이다. 그들이 믿는 이론들도 모두 버림받기 전에 제대로 평가해야 하는 것들이다. 우리는 최근 들어서 무선 혹은 '공기보다 무거운' 기계 사건에서 볼 수 있듯이 절대 예상하지 못했던 일들이 일어나는 것을 목격하였다. 시도도 해보지 않은 채로 불가능하다고 말하는 것처럼 위험한 것도 없다. 그렇지만 이것이 첼린저 교수가 범한 오류이다. 그는 자신이 통달하지 못한 주제에 대해 의혹을 던지기 위해 그가 통달한 주제에서 사용하는 틀을 적용시킨 것이다. 아무리 생리학이나 자연과학의 대가라 하더라도 그가 심령과학에서도 권위자가 될 수는 없는 것이다.

첼린저 교수는 그가 권위자인 마냥 굴던 주제에 대해 제대로 읽지 않았다는 게 완벽하게 명백했다. 그가 슈렝크 낫징의 영매[2]가 누구인지 말할 수 있을 것인가? 스미스는 잠시 대답을 기다렸다. 그렇다면 크로포드 박사의 영매가 누구인지는 알고 있는 것인가? 그렇지 못하다면 라이프찌히에서 있었던 졸너 교수의 실험에서 대상이 되었던 사람은 누구였던가? 아직도 아무런 대답도 없는 것인가? 그러나 이런 것들이 본 토론에서 가장 중요한 요점들이었다. 그는 개인적인 이야기를 하기 전에 망설였지만 교수의 거친 말투를 들으니 자신도 마찬가지로 솔직해야겠다고 했다. 첼린저 교수는 자신이 비웃었던 엑토플라즘에 대해 최근 독일 교수 스무 명이 검토하고 있다는 사실을 아는지. 여기에 그들의 이름이 있다. 그리고 그 스무 명 모두가 엑토플라즘이 존재한다고 증언했다는 사실도 아는가? 이렇게 많은 과학자들이 옳다고 하는 것을 챌린저 교수는 어떻게 혼자서 반대를 한단 말인가? 그들도 역시 사기꾼이거나 바보들이라고 우겨댈 것인가? 교수는 이 부분에 대한 지식이 전혀 없이 강당에 들어왔으며 지금 처음으로 그 사실에 대해 배우고 있는 것이다. 그는 심령 과학에 어떤 법칙들이 있는지 전혀 개념이 없었다. 그렇지 않았다면 이렇게 불이 밝은 단상 위에서 엑토플라즘 형체를 요구하는 어린아이 같은 짓은 하지 않았을 것이다. 학생들도 엑토플라즘이 빛에 용해된다는 사실을 알고 있다. 그리고 페컴 라이 살인 사건에 대해서 말하자면 천사들의 세상은 런던 경찰청의 부속물이 아니다. 이것은 마치 대중의 눈에 흙을 뿌리는 것과 같은 일이다, 챌린저 교수 같은 사람을……

　바로 그 순간에 폭발이 일어났다. 챌린저는 앉은 자리에서 몸부림을 쳤다. 챌린저는 턱수염을 잡아당겼다. 챌린저는 연사를 노려보았다. 그러더니 갑자기 자리에서 일어나 마치 상처 입은 사자처럼 의장의 탁자 옆으로 튀어갔다. 의장은 두툼한 손을 깍지 껴 불룩한 배 위에 놓고 뒤로 기대 앉아 반쯤 잠이 들던 찰나였는데 교수가 갑작스럽게 나타나자 그 출현으로 놀라서 오케스트라 석으로 떨어질 뻔했다.

　"앉으시오, 선생! 앉으란 말이오!" 그가 소리쳤다.

　"난 앉지 않겠소." 챌린저가 으르렁거렸다. "선생, 당신은 의장이오! 내가 모욕당하려고 여기 있는 게요? 지금 일 돌아가는 모양새를 두고 볼 수가 없군. 더 이상은 참지 않겠소. 내 개인적 명예를 건드리다니 내가 직접 이 문제를 조사하겠소."

다른 사람들의 의견을 무시하는 많은 사람들처럼 챌린저도 남이 자신의 의견을 무시할 때는 매우 민감해졌다. 계속되는 상대방의 통렬한 문장들은 거품을 무는 황소의 옆구리를 찌르는 고슴도치 같은 것이었다. 이제 분노로 아무런 말을 잇지 못한 그는 의장의 머리 위로 상대편을 향해 털북숭이 주먹을 흔들고 있었고 스미스의 조롱하는 듯한 미소는 그를 더 흥분시켜서 그는 무섭게 달려들다가 뚱뚱한 의장을 단상 위에 쓰러뜨렸다. 순식간에 회의장은 아수라장이 되었다. 합리주의자들의 반은 체면을 잃고 분노했고 나머지 반은 "부끄러운 줄 아쇼! 부끄러운 줄!" 하고 소리를 지르면서 자기들의 대장에게 공감을 표시했다. 심령교인들은 조롱하는 소리를 질렀고 어떤 이들은 자신들의 대표를 물리적 위협으로부터 보호하기 위해 앞으로 달려나갔다.

"우리가 노친네를 끌어내야겠군." 록스턴 경이 말론에게 말했다. "그냥 뒀다가는 살인죄로 잡혀 들어가겠군. 내 말은 교수님은 책임감이 없어서…… 누구에게 폭행을 행사한 탓으로 체포될 게 뻔해."

단상은 펄펄 끓는 폭도들이 장악했는데 청중석은 좀 나은 편이었다. 그 떼거리를 뚫고 말론과 록스톤은 챌린저의 옆으로 사람들을 밀치며 나아갔다. 그들은 사려 깊은 추진력과 교묘한 설득력으로 그를 잡아. 여전히 큰 소리로 불평하고 있는 그를 끌고 건물 밖으로 나왔다. 의장은 형식적으로 가결하고 회의는 폭도와 혼란 속에 끝이 났다. 다음날 아침 《더 타임스》에 이렇게 실렸다. "일련의 사건은 통탄할 일이었고 주제가 연사나 청중의 편견을 자극하는 대중적 논쟁이 얼마나 위험한 것인지 우격다짐으로 보여준다. 세계적으로 저명한 교수가 상대방에게 '새대가리!' 혹은 '살아남은 유인원!' 따위의 말을 퍼부은 것은 논쟁자들이 어디까지 갈 수 있는지 증명하고 있다."

이렇게 길게 써넣은 말 덕분에 기분이 최악이 된 챌린저 교수는 위의 말이 실린 《더 타임스》를 손에 쥐고 이마를 잔뜩 찌푸리고 있었다. 그러나 그 순간 분별없는 말론이 극히 개인적인, 그래서 아무에게나 물어볼 수 없는 질문을 던졌다.

어쩌면 우리 친구가 수완을 부려 그 순간을 선택한 것일지도 모른다. 말론은 매우 괴팍하지만 마음속 깊이 존경하고 사랑하는 교수가 어젯밤 일 때문에 고통 받고 있는 것은 아닌지 확인하기 위해서 들른 것이었다. 그런 점에서 그는 곧바로 안심할 수 있었다.

"참을 수 없어!" 교수가 으르렁거렸다. 그의 목소리로 보아 그는 밤새도록 그 일에 대해 생각한 듯했다.

"자네도 있었잖아, 말론. 이해할 수 없게도 자네는 그 사람들의 어리석은 시각에 공감하는 오류를 범했지만 자네도 회의 진행이 전반적으로 참을 수 없는 수준이었다는 것을 인정할 것이네. 그리고 내 마땅한 반발은 정당하기 그지없었지. 내가 의장의 책상을 심령 대학 총장한테 던진 건 예의를 벗어난 행동이지만 그의 도발이 과도했잖나. 이름도 보잘 것 없는 그 스미슨지 브라운인지 하는 작자가 내가 무식하다고 몰아세우면서 청중의 눈에 흙을 던져 넣고 있지 않았냔 말야."

"정말 그렇습니다." 말론이 달래듯이 말했다. "상관하지 마세요, 교수님. 교수님도 한두 대쯤 세게 때리지 않으셨습니까."

챌린저 교수의 험악한 표정이 풀어졌고, 그는 기뻐하면서 손을 비볐다.

"그래, 그래. 기쁘게도 내가 날린 주먹이 제대로 들어갔지. 아무래도 그 주먹은 잊지 못할 거야. 내가 그들이 모두 죽게 되면 수용소가 꽉 찰 거라고 말했을 때 모두 찡그렸지. 녀석들 모두 농장 가득한 강아지마냥 깽깽거리고 울어 댔지. 내가 열의를 보이기 위해 자기네 경솔한 문헌을 읽어야 한다는 주장은 얼토당토 않은 것이지. 그렇지만 나는 말야, 자네가 오늘 아침에 내게 전화를 해서 어제 했던 말들이 자네에게 어떤 영향을 미쳤는지 알려주길 바랐다고. 그리고 우리의 우정에 상당히 금이 가게 하는 그 시각을 바꾸었다고 말해 주길 바랐네."

말론은 과감하게 굴었다.

"제가 여기 올 땐 좀 다른 생각이 있었습니다. 교수님께서도 이니드와 제가 최근 들어서 많은 시간 같이 있었다는 걸 아실 겁니다. 교수님, 제게는 그녀가 이 세상 하나뿐인 여인이 되었습니다. 그리고 그녀가 제 아내가 되지 않으면 전 행복해질 수가 없습니다. 제가 부자는 아닙니다만 제게도 부편집장이 되라는 제의가 들어왔고 결혼을 할 정도의 재산은 있습니다. 교수님께서도 저를 오랫동안 알아 오셨습니다. 그리고 저는 교수님이 저를 나쁘게 생각지 않으시길 바랍니다. 그래서 제가 하려는 것에 대해서 교수님께서 허락해 주시리라 믿습니다."

챌린저는 수염을 쓰다듬으면서 눈을 지긋이 감았다. 매우 위험한 제스처였다.

"내 눈치는 말야, 자네와 내 딸 사이의 관계를 알아채지 못할 정도로 둔하지 않아. 그렇지만 문제는 우리가 토론하고 있던 것에 얽혀 있네. 둘 다 그 유독한 오류에 물들었거든. 그걸 끝장내는 데에 내 삶의 일부를 바치고 싶다는 생각이 점점 드네. 우생학 입장으로만 본다면 그런 기반 위에 이루어진 만남에는 찬성할 수 없네. 그러니 자네의 시각이 좀 더 건전한 방향으로 바뀌었다는 확고한 대답을 들어야만 하겠네."

그래서 말론은 갑자기 고귀한 순교자 부대의 일원이 되었다는 것을 알았다. 매우 어려운 궁지에 빠진 것이었다. 그러나 그는 사나이답게 맞부딪혔다.

"교수님. 저의 생각이 옳든 그르든 물질적인 고려를 통해 생각이 변경이 된다고 해서 교수님께서 저에 대해 더 좋게 생각하지는 않으리라고 믿습니다. 저는 이니드를 얻기 위해서라 해도 저의 의견을 바꿀 수는 없습니다. 그녀의 생각도 마찬가지일 거라고 확신합니다."

"자넨 내가 어제 저녁에 우세했다고 생각하나?"

"교수님의 어제 연설은 매우 감명 깊었습니다."

"내가 자네를 설득하지 못한 건가?"

"증거들을 제가 직접 보고 느꼈기 때문에 제 생각은 바뀌지 않았습니다."

"마법 따위로도 자네의 감각은 속일 수 있어."

"교수님, 유감스럽지만 저의 생각은 이미 결정되었습니다."

"그럼 나도 결정했네." 챌린저 교수가 갑자기 노려보면서 외쳤다. "즉시 내 집에서 나가게. 그리고 제 정신이 돌아올 때까지 다시는 돌아오지 말라고!"

"잠시만요!" 말론이 외쳤다. "너무 성급하게 그러지 마시길 부탁 드립니다. 제게는 교수님과의 우정이 정말 소중합니다. 그러니 가능한 한 어떻게든 우정을 잃는 것만은 피하고 싶습니다. 만일 교수님께서 도와주신다면 저를 혼란스럽게 만드는 이런 일들에 더 잘 이해할 수 있을 것 같습니다. 제가 만일 주선한다면 교수님께서 직접 실연에 참가하셔서 뛰어난 관찰력으로 저를 혼란스럽게 만들었던 것들을 해결해 주실수 있습니까?"

"만일 내가 말야, 친해하는 말론. 자네에게서 이 오염…….뭐라고 부르면 좋을까……? 심령 감염체를 몰아낼 수만 있다면 도와주겠네. 남는 시간을 자네가 너무나도 쉽게 속아넘어간 그럴듯한 속임수를 검토하는 데 기꺼이 할애하도록 하지. 자네가 전혀 머리가 나쁘다는 말은 아니고, 자네는 성격이 좋아서 잘 속는단 말야. 미리 경고하지만 나는 엄격한 조사원으로서 내가 대가로 인정받은 실험 방법을 동원하여 조사하겠네."

"그게 제가 바라는 겁니다."

"그럼 자네가 기회를 마련하면 내가 참석하지. 그렇지만 그때까지 내 딸 문제는 더 이상 거론하지 말게."

말론은 망설였다.

그는 마침내 말을 꺼냈다. "그럼 6개월 동안 보류하겠다고 약속 드리겠습니다."

"그럼 6개월이 지나면 어떻게 하겠다는 말인가?"

"그때가 되면 결정하겠습니다."

말론은 정치적으로 대답하여, 닥치게 될지도 모르는 위험한 상황을 모면했다.

그 집을 나오다가 아침 장을 보고 들어오는 이니드를 엘리베이터에서 만났다. 아일랜드 인 특유의 관대한 양심을 가진 말론은 당장 그 6개월이 시작되는 건 아니라고 생각하고 이니드에게 같이 엘리베이터를 타고 내려가자고 설득하였다. 그 엘리베이터는 누구든지 조절할 수 있게 되어 있는 엘리베이터였는데 그게 층 사이에 멈췄고 안에서 벨을 여러 번 울렸음에도 불구하고 15분 동안이나 그대로 멈춰 있었다. 말론은 누가 그랬는지 너무도 잘 알고 있었다. 엘리베이터가 다시 움직이기 시작하여 마침내 이니드는 집으로, 말론은 거리로 갈 수 있었다. 연인들은 그들의 실험이 성공하기를 간절히 바라면서 6개월을 기다릴 준비를 하였다.

---

1) 청군과 녹군: the Blues and the Greens. 비잔틴 제국의 수도 콘스탄티노플에 있는 히포드롬에서는 마차 경주가 열리곤 했다. 이 경주에는 각각 청색, 녹색, 흰색, 적색을 상징으로 삼는 네 팀이 출전하였는데 이들 중 청색과 녹색은 노예들의 색이었다. 히포드롬에서 주로 이들이 경합을 벌였으며 그 열기는 거의 광적이었다.

2) 슈렝크 낫징의 영매: 슈렝크 낫징은 독일의 귀족이자 의사로 사재를 털어 심령학 연구에 몰두하였다. 그는 특히 엑토플라즘의 물질화라는 문제에 집중하였으며 조심스럽고 논리적으로 실험을 행했기 때문에 때문에 누구도 그의 결과를 틀렸다고 증명하지 못했다. 그는 당시 유명한 프랑스 연구원 마담 비송과 공동으로 에바 캐리어라는 영매에 대해 연구했다. 코난 도일은 비송이 퀴리 부인과 맞먹는 과학자로 대우받게 될 거라고 생각했다. 낫징은 엑토플라즘이 물질화된 형체에서 잘라낸 머리카락이 영매의 것과 완전히 다르다는 것을 입증해 보였다.

14장
챌린저 교수의 이상한 동료

챌린저 교수는 친구를 잘 사귀는 사람이 절대 아니었다. 그의 친구가 되기 위해서는 그에게 의존적이 되어야만 했다. 그는 자신과 동등한 위치를 허용하지 않았다. 그러나 후원자로서 그는 최고였다. 주피터 같은 분위기와 생색을 내는 태도, 기분 좋은 듯한 미소, 마치 인간들 사이로 내려온 신처럼 그의 온화함은 강렬했다. 그러나 대신 그에겐 몇몇 자질이 결여되어 있었다. 그는 우둔함을 역겨워했다. 괴상한 생김새는 그를 따돌림 받게 만들었다. 그는 독립성을 불쾌하게 여겼다. 그는 온 세상이 존경하는 사람이 되고 싶어했고 또 자신보다 우월한 초인을 존경하고 싶어했다. 로스 스코튼 박사는 그런 사람이었고 그래서 챌린저가 가장 아끼는 제자였다.

그런 그가 지금 죽을 것처럼 아팠다. 이 지경이 되는 데 기여를 약간 한 세인트 메리 병원의 앳킨슨 박사가 그를 보살피고 있었는데 병세는 점점 절망적이 되었다. 그의 병은 파종성 경화증으로 앳킨슨은 이 병을 이기는 것은 매우 힘들고 가능성 없는 일이라고 말했다. 챌린저도 앳킨슨이 사서 걱정을 하는 사람이 아니라는 점을 알고 있었다. 그처럼 능력 있는 과학자가 진행하고 있던 「교감 신경계의 발생학」과 「옵소닉 지수의 오류」와 같은 연구의 정점에 달하기 전에 일어난 말도 안 되는 일의 끔찍한 경우로 인해 인격적 혹은 영적인 흔적을 전혀 남기지도 않은 채 마치 화학적 원소들로 녹아버릴 것만 같았다. 그러나 교수는 거대한 어깨를 으쓱하고 묵직한 머리를 흔들면서 피할 수 없는 현실을 받아들였다. 새로 오는 소식마다 그 전 것보다 나빠졌고 마침내 불길한 침묵으로 이어졌다. 챌린저는 젊은 친구가 사는 가우어 가로 갔다. 그것은 괴로운 경험이었다. 그는 다시 가지 않았다. 그 질병의 특징인 근육 경련이 환자의 몸을 매듭짓는 것 같았다. 환자는 인간다운 모습을 유지하고자, 고통을 줄여줄지도 모를 비명을 지르지 않기 위해 입술을 깨물었다. 그는 물에 빠진 사람이 나무조각을 잡듯 스승의 손을 꽉 잡았다.

"정말 교수님 말씀대로 되는 겁니까? 앞으로 6개월 간 고통받은 다음으로 아무런 희망도 없는 것입니까? 교수님의 지혜와 지식으로 볼 때 영원한 소멸의 어두운 그림자에는 삶이나 빛의 섬광이 없습니까?"

"진실을 직면해야 하네, 여보게. 진실을!" 챌린저가 말했다. "환상으로 마음을 달래기보다는 진실을 직면하는 것이 더 나아."

환자는 입술을 벌리고 오랫동안 참아온 비명을 내질렀다. 챌린저는 일어나서 서둘러 방에서 나갔다.

그러더니 놀라운 변화가 일어났다. 그것은 델리샤 프리먼 양의 출현과 함께 시작되었다.

어느날 아침 빅토리아 아파트의 문을 두드리는 소리가 났다. 엄격하고 무뚝뚝한 오스틴은 자신의 눈높이에서 밖을 내다보았지만 아무것도 보이지 않았다. 그러나 아래쪽을 내려다 보니 작고 섬세한 얼굴과 새 같은 눈동자를 가진 숙녀가 자신을 올려다 보고 있었다.

"교수님을 뵙고 싶어요." 그녀가 손가방에서 명함을 찾으면서 말했다.

"교수님은 아가씨를 만나실 수 없습니다." 오스틴이 말했다.

"아니요, 만나실 수 있어요." 작은 숙녀가 조용하게 말했다. 어떤 신문사도 정치인의 은신처도, 법관도 그녀를 제지할 만큼 강한 장애는 되지 않았다. 그녀가 좋은 일을 할 수 있다고 믿고 있으면 말이다."

"만나실 수 없습니다." 오스틴이 다시 말했다.

"그렇지만 정말 뵈어야 해요." 프리먼 양은 이렇게 말하고 집사의 옆으로 갑자기 헤집고 나갔다. 실수가 없는 본능적인 직감으로 신성한 서재의 문을 찾아서 다가가 문을 두드리고 곧 들어갔다.

종이가 수북한 책상 뒤에서 사자 머리가 그녀를 올려다 보았다. 사자의 눈이 빛났다.

"이렇게 쳐들어오다니 무슨 짓이오?" 사자가 으르렁거렸다. 그러나 작은 숙녀는 매우 태연했다. 그녀는 찡그리는 얼굴을 보고도 상냥하게 미소 지었다.

"만나 뵙게 되어서 정말 반갑습니다. 제 이름은 델리샤 프리먼입니다." 그녀가 말했다.

"오스틴!" 교수가 소리질렀다. 집사의 무표정한 얼굴이 문 뒤에서 나타났다. "이건 뭐야, 오스틴. 이 사람 어떻게 들어왔어?"

"막을 수가 없었습니다." 오스틴이 한탄하듯 말했다. "자, 아가씨. 이제 그만하면 됐습니다."

"아니요, 아니요! 교수님, 화를 내시면 안 됩니다. 절대로 안 됩니다." 숙녀는 매우 상냥하게 말했다. "전 교수님이 완전히 끔찍한 분이라고 들었습니다만 실제로 보니 오히려 친절하시군요."

"당신 누구요? 원하는 게 뭐요? 내가 런던에서 최고로 바쁜 사람 중 하나라는 걸 알기는 하는 거요?"

프리먼 양은 다시 한번 가방 속을 뒤적였다. 그녀는 항상 가방을 뒤적거렸다. 어떤 때에는 아르메니아에 대한 광고 전단, 어떤 때에는 그리스에 대한 소책자, 또 어떤 때에는 규방의 임무에 대한 쪽지, 또 다른 때에는 영혼이 말해 준 성명을 적은 쪽지를 꺼냈다. 이번에 그녀는 여러 번 접은 쪽지를 꺼냈다.

"로스 스코튼 박사에게서 온 거예요." 그녀가 말했다. 쪽지는 휘갈겨 쓰고 급하게 접은 것이었다. 글씨가 너무 거칠어서 읽기 힘들었다. 챌린저는 쪽지 위로 무거운 머리를 숙였다.

친애하는 친구이자 안내자인 분께.
제발 이 숙녀 분의 말을 들어 주십시오. 교수님의 시각과 상반되는 생각이라는 사실을 잘 압니다. 그렇지만 어쩔 수 없습니다. 제가 가망이 없다고 하셨지요. 제가 시험해 보았는데 제대로였습니다. 말도 안 되고 미친 짓 같다는 사실을 저도 잘 압니다. 그러나 어떤 희망이든 없는 것보다는 낫습니다. 만일 교수님께서 제 입장이셨더라도 그리 하셨을 것입니다. 편견을 없애고 직접 확인해 보십시오. 펠킨 박사가 3시에 온다고 했습니다.

J. 로스 스코튼

챌린저는 두 번이나 반복해서 읽고 한숨을 내쉬었다. 그는 이 일에 집중하고 있었다. "그가 당신의 말을 들어 보라는군. 뭐요? 가능한 짧게 말해 보시오."

"영혼 의사입니다." 숙녀가 말했다.

챌린저가 의자 위에서 몸을 일으켰다.

"하나님 맙소사. 이 허튼 수작에서 벗어날 수 없는 건가!" 그가 외쳤다. "이 불쌍한 녀석이 조용히 최후를 맞게 두지 않고? 꼭 이런 속임수를 부려야 하는 것이오?"

델리샤 양은 손뼉을 치면서 기쁨으로 눈을 반짝였다.

"그는 죽어 가고 있는 게 아녜요. 앞으로 좋아질 거예요."

"누가 그리 말했소?"

"펠킨 박사요. 그는 틀린 적이 없어요."

챌린저는 콧방귀를 뀌었다.

"최근에 그를 보신 적이 있나요?" 그녀가 물었다.

"몇 주간은 못 봤소."

"그럼 알아보지 못하실 거예요. 거의 다 나았거든요."

"낫다니! 이미 퍼진 경화증이 몇 주 동안 다 낫는다고!"

"가서 보세요."

"나보고 악독한 엉터리 치료를 부추기고 도와주란 말이오?

그리고 그 다음엔 이 파렴치한들이 주는 감사패에서 내 이름을 보게 될 테지. 나는 놈들이 어떤 유의 인간들인지 알고 있어. 만일 내가 가면 난 그의 멱살을 잡고 그를 계단 밑으로 던져 버릴 거요."

숙녀는 배꼽을 잡고 깔깔거리고 웃었다.

"그는 아리스타이데스와 함께 이렇게 말하곤 했죠. '때려도 좋으니 내 말을 들어주시오.' 그러니 그의 이야기를 한번 들어주세요. 당신의 제자는 당신의 일부가 아닌가요. 그는 이런 정통적이지 못한 방법으로 치료받은 것에 대해 매우 창피하게 생각하고 있어요. 그의 의사에 관계없이 펠킨 박사를 부른 것도 저였습니다."

"오, 그랬단 말이지, 당신이? 당신 마음대로 꽤 많은 일을 하셨군."

"제가 옳았다는 것을 아는 이상 어떤 책임이라도 질 준비가 되어 있어요. 앳킨슨 박사와도 이야기했죠. 그도 심령 문제에 대해 아는 바가 거의 없습니다만 그는 교수님 같은 과학자들보다 훨씬 편견이 적었어요. 그는 사람이 죽어가고 있을 때는 어떤 방법이든 도움이 된다면 별 상관이 없다고 봤지요. 그래서 펠킨 박사가 오게 된 겁니다."

"그래서 그 엉터리 의사가 그 병을 치료하기 위해 어떻게 했는지 알려주겠소?"

"그게 로스 스코튼 박사가 교수님께서 보셨으면 하는 거지요."

그녀는 가방 깊숙한 곳에서 시계를 꺼내서 쳐다보았다.

"한 시간 뒤에 그가 거기 올 거에요. 저는 가서 교수님의 친구에게 교수님이 오실 거라고 전하지요. 그를 실망시키진 않으실 거라 믿습니다. 아!" 그녀는 다시 가방을 뒤적거렸다. 베사라비아[1] 문제에 대한 최근 메모예요. 사람들이 생각하는 것보다 훨씬 심각하죠. 그럼, 안녕히 계세요, 교수님. 또 뵈어요!"

그녀는 찌푸리는 사자의 얼굴을 보고 미소 지으며 떠났다.

그러나 그녀는 그녀의 방식대로 임무에 성공했다. 이 자그마한 사람에게는 절대적으로 이타적인 열정이 있어 상대방을 어쩔 수 없게 만들었다. 그녀는 한눈에 모르몬교의 원로에서 알바니아의 산적까지 죄인을 사랑하고 죄를 슬퍼할 수 있는 사람이었다. 챌린저도 역시 그 마법에 걸려서 3시가 약간 지났을 무렵 그는 좁은 계단을 올라 아끼는 제자가 앓아 누운 소박한 침실의 입구에 섰다. 로스 스코튼은 붉은 가운을 입고 침대에 늘어져 있었다. 그리고 그의 스승은 그를 보고 놀라운 기쁨을 느꼈다. 그의 얼굴이 핀 데다 생기가 돌았고 눈동자에 희망이 차 있었다.

"제가 이기고 있습니다!" 그가 외쳤다. "펠킨이 와서 처음으로 앳킨슨과 상담을 한 후로 제 안에 생명의 힘이 돌아오는 것을 느낍니다. 오, 선생님, 밤에 잠 못 들고 침대에 누워서 그 저주 받을 세균들이 삶의 뿌리를 갉아먹고 있는 걸 느끼는 건 정말 두려운 일입니다! 저는 그들의 움직임을 들을 수 있었습니다. 그리고 잘못 연결된 골격처럼 저의 몸이 뒤틀려 엉킬 때 느껴지는 속박! 그렇지만 이젠 경미한 소화불량과 손바닥의 두드러기를 제외하면 전혀 아프지 않습니다. 모두 저를 도와준, 여기 있는 이 친구 덕택입니다."

그는 마치 누군가가 있는 쪽을 가리키듯 손짓했다. 챌린저는 제자의 옆에 잘난척하는 돌팔이 의사라도 있으려니 하고 유심히 주위를 둘러보았다. 그러나 의사는 없었다. 간호사처럼 보이는 연약한 젊은 아가씨가 숱이 많은 갈색 머리를 꾸벅거리면서 구석에서 조용히 겸손하게 졸고 있었다. 델리샤 양은 새침하게 창가에 서 있었다.

"자네가 나아 가고 있다니 정말 기쁘네." 챌린저가 입을 열었다. "하지만 자네의 이성은 그대로 보존해야 하네. 그런 병은 자연적으로 병세가 좋아졌다가 나빠지기도 하지 않나."

"교수님께 이야기를 해 보시죠, 펠킨 박사. 그의 정신을 맑게 해 주세요." 환자가 말했다.

챌린저는 커튼 칸막이와 그것을 둘러싼 천을 올려다보았다. 그의 제자는 어떤 의사에게 말을 하고 있는 것이 분명했지만 아무도 눈에 보이지 않았다. 그의 정신이 설마 날아다니는 유령이 자기 병 처방을 지시한 것이라 생각하는 정도까지 이상하게 되지는 않았을 텐데.

"정말 맑게 해드려야 될 필요가 있군요." 성인 남성의 굵은 목소리가 바로 뒤에서 들려왔다. 교수는 놀라 펄쩍 뛰면서 뒤를 보았다. 말을 한 것은 연약해 보이는 젊은 여인이었다.

델리샤 양이 장난기 어린 웃음을 터뜨리면서 말했다.

"펠킨 박사님을 소개하겠습니다."

"이게 무슨 말도 안 되는 광대놀음이오?" 챌린저가 소리쳤다.

젊은 여성은 자리에서 일어났고 드레스 자락을 밟아 휘청거렸다. 그러더니 참을 수 없다는 손짓을 해 보였다.

"자, 동료들. 때는 바로 내가 담배풀을 사혈침과 더불어 도구로 사용하던 때였소. 나는 라엔넥[2] 이전 시대의 사람이라 우리는 청진기를 들고 다니지 않았소. 작은 외과의사용 배터리를 들고 다녔지. 그렇지만 우리들에게는 담배풀이 적의를 풀게 하는 것이라서 방금 당신에게도 권하려 했는데, 젠장! 이젠 그런 시대가 지나 버렸구려."

챌린저는 상대방이 말하는 내내 흥분을 감추지 못하고 노려보면서 있더니 침대 쪽으로 고개를 돌렸다.

"그럼 자네 말은 이자가 자네를 돌봐준 의사란 겐가? 이 사람에게서 조언을 들었다고?"

젊은 아가씨는 몸을 꼿꼿이 세웠다.

"선생, 당신과 말싸움할 생각은 없소. 내가 듣기로는 당신이 물질적 지식에 너무 사로잡힌 나머지 영혼이 존재할 가능성에 대해서 생각할 여유가 없다고 하더군."

"물론 말도 안 되는 소리를 들을 시간은 없소." 챌린저가 말했다.

"교수님!" 제자가 침대에서 외쳤다. "펠킨 박사께서 제게 이미 해 주신 것에 대해서 생각해 보십시오. 한 달 전에 제가 어떤 상태였는지 교수님은 보셨습니다. 그리고 지금 저를 보고 계십니다. 제 최고의 친구를 공격하지는 않으시겠죠?"

델리샤 양도 한마디 했다. "제가 보기에도 교수님께서 펠킨 박사에게 사과하셔야 될 것 같습니다."

"사설 정신병자 요양원이군!" 챌린저가 코웃음을 쳤다. 그는 고집 센 제자들을 다룰 때 가장 효과적인 코끼리 같은 고집불통의 모습으로 돌아왔다.

"그럴지도 모르지, 아가씨. …… 아니면 연세 지긋하고 덕망 있는 교수님이라고 해야 하나? 세상이 주는 지식 외에는 아무것도 모르는 속세의 학생에 지나지 않는 사람에게 구석에 조용히 앉아서 당신의 방법론과 가르침을 배울 기회를 주셨으면 하오."

그는 말을 하면서 어깨를 귀까지 끌어올리고 눈을 지그시 감은 채, 손바닥을 앞으로 내보였다. 빈정거리고 있는 심상치 않은 모습이었다. 그러나 펠킨 박사는 챌린저의 행동에는 상관도 하지 않고 성급하게 성큼성큼 방을 걸어 다녔다.

"정말 그렇군! 정말 그래!" 그녀는 무심코 말했다. "구석으로 가 있으시오. 무엇보다도 말을 그만하시오. 이 일엔 우리 교수단이 필요할 거요."

그는 명인다운 모습으로 환자를 보았다.

"자, 자, 이제 나아지고 있군. 두 달이면 다시 학교로 가도 될 거야."

"그건 불가능해요!"

로스 스코튼이 울먹거리면서 말했다.

"아니야, 내가 보증하지. 난 거짓 약속은 하지 않아."

"내가 대신 설명할게요." 델리샤 양이 말했다. "박사님, 살아 계시는 동안 어떤 분이셨는지 저희에게 알려주세요."

"쉿! 정말 어쩔 수 없는 여자야. 내가 살아 있을 때도 쓸데없는 잡담뿐이더니 아직도 그 모양이군. 안 돼! 우리는 지금 여기 젊은 친구를 살피고 있어. 맥박! 간헐적인 박동이 사라졌군. 예후가 좋군요. 체온, 확실히 정상이고. 혈압, 내가 보기엔 아직 좀 높아. 소화, 아직 훨씬 더 나아져야 해. 당신네 요즘 사람들이 말하는 단식 투쟁도 아주 나쁜 건 아니야. 뭐, 어쨌든 전반적으로 상태가 괜찮아. 그럼 병이 생긴 부분을 좀 볼까. 자, 선생, 셔츠를 내려 주세요! 엎드리고. 좋아!"

그녀는 엄청난 힘을 실은 손가락으로 정밀하게 척추 윗부분을 훑어내렸다. 그리고 주먹에 갑자기 힘을 실어 눌러서 환자는 비명을 질렀다.

"이제 더 낫군! 내가 설명했듯이 경추가 약간 엇나가 있어서 신경 뿌리가 빠져 나오는 골공(骨孔)이 좁아지게 되거든. 이것 때문에 압박이 일어나지. 그리고 이 신경들은 생명력을 전달하는 경로이기 때문에 생명력이 전달되어야 하는 곳에서 평형이 깨어지고 만 것이야. 내 눈은 당신들의 별볼일 없는 엑스선과 같아서 뼈가 제자리로 돌아간 것을 명확하게 볼 수 있지. 치명적인 압박은 이제 없어."

그리고 첼린저에게 말했다.

"선생, 내가 이 흥미로운 병리를 당신이 알아들을 수 있게 설명했기를 바라오."

첼린저는 적의와 불만에 차서 투덜거렸다.

"뇌리에 남아 있는 작은 문제들은 내가 해결해 주겠소. 그건 그렇고, 친구, 자네는 내게도 명예일세. 그리고 나도 자네가 나은 것이 매우 기쁘네. 지상의 동료 의사 앳킨슨 박사에게도 내 칭찬을 전해 주겠나. 그리고 이제는 내가 더 제시할 게 없다고 말이야. 이 영매는 좀 지쳤군. 가여운 아가씨야. 그래서 오늘은 더 오래 있지 않겠네."

"그렇지만 박사님께서 어떤 분이었는지 알려주시겠다고 하셨잖습니까."

"물론 그랬지. 그런데 별로 할 말이 없네. 난 그저 별볼일 없는 개업의였네. 내가 어렸을 때 위대한 애버네시 아래 있어서 그의 방법들을 좀 배웠는지도 모르지. 난 장년이 되었을 때 공부를 계속 해서 인류를 위해 봉사할 수 있도록 허락을 받은 셈이지. 그렇게 표현하면 적절하다고 할 수 있을까. 물론 당신들도 알겠지만 봉사와 자기 희생을 통해서만 차원 높은 세계로 나갈 수 있는 게지. 이 일로 내가 봉사를 하고 친절한 운명에게 이 여자아이를 찾을 수 있게 해준 것에 대해 감사 드려야겠지. 이 여자아이는 나와 파동이 같아서 몸을 쉽게 조절할 수 있으니까."

"그럼 그녀는 어디 있습니까?" 환자가 물어보았다.

"그녀는 내 옆에서 기다리고 있었는데 지금 자신의 틀 안으로 다시 들어가고 있네." 그는 챌린저를 보면서 말했다. "그리고 당신은 말이오, 선생. 매우 강한 개성과 지식을 가진 사람이오만 너무 유물론에 푹 빠져 있소. 당신의 나이 때에는 특별한 저주가 되지. 내가 확언하건대, 지상에서 가장 사심 없는 종사원들의 수고로 우수하다고 일컬어지는 의학 분야도 당신과 같은 사람들의 독단론에 너무 젖어 있소. 그래서 인간의 내부에 있는 영적 원소를 부당할 정도로 무시하고 있지만 영적 원소는 약초나 미네랄보다 훨씬 중요한 것이오. 그것이야말로 생명력인 것이오, 선생. 그리고 생명력을 조절하는 것이 미래 의학이 나아갈 길이오. 만일 마음을 닫고 있는다면 대중의 신임은 온갖 치료 방법을 활용할 줄 아는 사람에게로 옮겨갈 텐데 그건 당신의 권위가 인정을 하든 하지 않든 상관이 없을 것이오."

젊은 로스 스코튼은 그 광경을 평생 잊을 수 없었다. 대가인 교수가, 최고의 대장인 그가, 말을 듣는 동안 숨을 죽이고 입을 반쯤 연 채로 눈을 동그랗게 뜨고 몸을 앞으로 기울인 채 앉아 있었다. 그의 앞에서는 연약한 젊은 여성이 치렁치렁한 갈색 머리카락을 흔들면서 집게손가락을 경고하듯 휘저어 가면서 마치 아버지가 말 안 듣는 아이를 타이르듯이 말을 하고 있었다. 그녀의 힘이 너무나 강해서 챌린저는 순간 상황을 받아들이기 힘들었다. 그는 숨을 헐떡이면서 투덜거렸지만 그의 입에서는 반격의 말이 나오지 않았다. 그리고 아가씨는 몸을 돌려 의자 위에 앉았다.

"박사님이 가시는군요." 델리샤 양이 말했다.

"하지만 아직 완전히 가진 않았소."

아가씨가 미소를 지으면서 말했다.

"그렇소, 나는 할 일이 많아서 가야만 하오. 이 아이가 내 유일한 영매는 아니오. 그리고 몇 분 뒤에는 에든버러로 가야 하지. 그렇지만 젊은이, 희망을 가지시오. 곧 나의 조수에게 전지를 두 개 더 추가해서 당신의 몸이 받아들일 수 있는 만큼 생명력을 늘이도록 할 것이오." 그리고 챌린저에게 말했다. "당신에게는 지식의 이기심과 두뇌의 자기 중심적 사고를 주의하라고 간청 드리오. 오래된 것을 간직하는 것은 좋소. 하지만 새로운 것을 받아들일 준비를 하고 있어야 하오. 그리고 당신 마음대로 결정을 내리지 마시오. 신께서 바라시는 대로 받아들여야 하오."

그녀는 깊은 한숨을 내쉬고 다시 의자 위에 푹 쓰러졌다. 그녀가 가슴 위로 고개를 숙이고 있는 잠시 동안 절대적인 침묵이 흘렀다. 그리고 그녀는 다시 한숨을 쉬고 몸을 떨면서 어리둥절한 기색의 파란 두 눈을 떴다.

"박사님께서 다녀가셨나요?" 그녀는 부드럽고 여성스러운 목소리로 말했다.

"물론이지!" 환자가 외쳤다. "박사님은 대단했어. 앞으로 2개월 후면 내가 다시 학교로 돌아갈 수 있다고 하셨지."

"잘 됐네요! 그럼 제게 지시하신 것이 있나요?"

"전처럼 특수 지압만 하셨어. 그렇지만 내가 견딜 수 있다면 영적 전지 두 개를 새로 추가하시겠다고 했어."

"저런, 박사님께서는 앞으로 자주 오시지 않겠군요!" 갑자기 소녀는 챌린저를 발견하고 혼란스러워하면서 말을 멈추었다.

델리샤 양이 말했다. "이 쪽은 간호사 어슐러입니다. 어슐러, 이분은 저명하신 챌린저 교수님이세요."

챌린저는 여자들에게는 매우 예의가 깍듯했고, 특히 상대방 여자가 젊고 예쁜 경우에는 더했다. 그는 마치 솔로몬 왕이 시바의 여왕에게 다가가듯이 가서 그녀의 손을 잡고 가부장적인 확신에 차서 그녀의 머리카락을 어루만졌다.

"아가, 너는 그런 사기극을 하기에는 너무 어리고 참해. 앞으로는 이런 일을 하지 마라. 그냥 매력적인 간호사인 것으로 만족하고 의사인 척하는 행동을 그만둬. 그런데 경추니 골공이니 하는 전문 용어는 어디서 들었니?"

어슐라 간호사는 갑자기 고릴라에게 잡힌 것처럼 어찌해 볼 도리 없다는 듯 주변을 돌아보았다.

"그 아가씨는 교수님 말씀을 하나도 이해하지 못합니다!" 침대에 누워 있는 사내가 소리쳤다. "교수님, 제발 실제 상황을 직면하려 노력해 보십시오! 그런 노력에 드는 재정리 작업이 어떤지 저도 압니다. 저도 나름대로 그런 과정을 겪었습니다. 그렇지만, 교수님. 저를 믿으세요. 영적인 요인을 이해하기 전까지 모든 걸 유리창을 통해 보는 것이 아니라 프리즘을 통해 보는 셈입니다."

겁을 먹은 아가씨는 챌린저를 피하려 했지만 그는 계속해서 아버지처럼 타일렀다.

"자, 자. 네가 간호사인 척하며 일을 꾸민 영리한 의사가 누구지? 그런 전문 용어를 너에게 가르쳐준 사람이 누구야? 나를 속이는 것은 불가능하다는 걸 지금은 알겠지. 그러니 말이다, 애야. 모든 것을 내게 알려주고 나면 훨씬 기분이 좋을 거야. 그럼 네가 나에게 가르치려 들었던 것에 대해 우리 같이 웃을 수 있을 거야."

젊은 여인의 양심과 동기를 탐문하는 챌린저를 가로막은 것은 전혀 예상 밖의 일이었다. 환자가 일어나 앉아 있었다. 그의 하얀 베개에는 붉은 반창고만 남아 있었다. 병이 치료되고 있음을 보여주듯 그는 매우 활기차게 말했다.

"챌린저 교수님!" 그가 외쳤다. "지금 교수님께서는 제 가장 좋은 친구를 모욕하고 계시는 겁니다! 그녀는 적어도 이 집 안에서는 과학이 편견을 담고 행하는 멸시로부터 안전합니다. 어슐러 간호사를 더 존중해 주지 못하시겠다면 지금 이 방을 떠나 주십시오."

챌린저는 제자를 노려보았지만 화해를 시키려는 델리샤가 곧 말을 꺼냈다.

"너무 성급하군요, 로스 스코튼 박사!" 그녀가 외쳤다. "챌린저 교수께서 이 일을 이해하실 만한 시간이 없었어요. 당신도 처음에는 저렇게 회의적이었잖아요. 어떻게 당신이 교수님을 몰아세울 수 있어요?"

"그래, 그렇소. 맞는 말이지." 젊은 박사가 말했다. "내 눈엔 마치 엉터리 치료로 향하는 온 우주의 문이 열리는 것 같았지. 정말 그랬어. 하지만 진실은 숨길 수 없는 법이지."

델리샤 양이 한마디를 인용했다. "'내가 아는 한 가지는 예전에 장님이었던 것에 비해 지금은 볼 수 있다는 것이다.'라는 말이 있습니다. 교수님, 눈썹을 치켜 올리시고 어깨를 으쓱하실 수는 있지만 오늘 오후 저희가 교수님 뇌리에 매우 중요한 것을 심어 드렸으니 어느 누구도 그것이 자라 어디까지 갈 수 있는지 모를 겁니다."

그녀는 다시 가방을 뒤적거렸다.

"여기 '두뇌 대 영혼'이라는 작은 안내서가 있군요. 교수님 이것을 읽고 다른 사람에게 주셨으면 합니다."

---

1) 베사라비아: 루마니아 동부 영토로 러시아에 편입되었다가 다시 루마니아에 복속된 후 러시아의 침공으로 인해 매우 전쟁이 잦고 불안했던 지역.
2) 라엔넥: 청진기를 발명한 프랑스 의사(1781~1826)
3) 애버네시: 영국의 해부학자 존 애버네시(1764~1831)

15장
대대적 공격을 위한 함정

말론은 이니드 챌린저와 이야기하지 않겠다고 명예를 걸고 약속했지만 시선만으로도 말할 수 있었으니 그들의 의사 소통이 완전히 막힌 것은 아니었다. 그로서는 매우 견디기 힘든 상황이었지만 시선을 교환하는 것 외의 모든 것에 있어서 그는 합의한 내용을 지켰다. 게다가 자극적인 논쟁을 하지 않게 된 그는 항상 교수를 방문하는 반가운 손님이었기 때문에 더 힘들었다. 이제 위대한 사내가 영적인 문제에 대해 긍정적인 검토를 하게 만드는 것이 말론을 전적으로 장악한 일생일대의 목표가 되어 버렸다. 그는 매우 열심이었지만 또한 매우 조심스러웠다. 교수는 얇은 지층에 덮인 용암과 같아서 언제든 폭발이 일어날 수 있기 때문이었다. 한두 번쯤 그럴 기미가 보여서 말론도 한두 주 동안 그 주제에 대해 아무런 말도 않고 땅이 좀더 굳기를 기다렸다.

말론은 매우 교묘한 방식으로 접근했다. 그가 가장 자주 사용한 방법은 어떤 과학적 요점에 대해 챌린저의 조언을 구하는 것이었다. 예를 들면 반다 해협의 동물학적 중요성이라던가 말레이 반도의 곤충에 대해서 물어봐서 챌린저 교수가 우리가 아는 모든 지식은 알프레드 러셀 월리스 덕분이라는 말을 하도록 만드는 것이었다.

"정말입니까! 심령교도인 월리스 말씀이신가요!"

말론이 아무것도 모르는 척하면서 이렇게 말하면 챌린저는 그를 노려보면서 주제를 바꾸었다.

가끔 말론은 로지를 함정으로 사용하기도 했다. "그를 높이 평가하시나 보군요."

"유럽에서 제일가는 두뇌야." 챌린저가 말했다.

"그가 에테르 관련으로 최고 권위자란 말씀이신가요?"

"물론이야."

"아, 저는 그분의 심령학 연구에 대해서만 알고 있어서 말입니다."

챌린저는 조개처럼 입을 다물었다. 그러면 말론이 며칠 기다리다가 지나가는 말로 한마디씩 했다.

"롬브로소를 만나보셨다면서요!"

"응. 밀라노 학술대회에서."

"제가 그분 책을 읽고 있었거든요."

"범죄학에 대한 책인가?"

"아니요. 『죽음 이후엔 무엇이……?』라는 책이요."

"들어본 적이 없군."

"심령학 문제에 대한 책이거든요."

"아하, 롬브로소처럼 모든 것을 꿰뚫어보는 두뇌를 가진 자라면 그 협잡꾼들의 사기를 재빨리 어떻게 할 수 있을 거야."

"아닙니다. 지지하기 위해서 썼던데요."

"그래? 가장 위대한 사람에게도 설명할 수 없는 약점이 있는 것이지."

말론은 편견의 껍질을 닳게 하기 위해서 그렇게 무한한 참을성과 교묘함을 발휘하여 이성을 한 방울씩 떨어뜨렸다. 그렇지만 어떤 효과도 나타나지 않았다. 어떤 강력한 방법을 사용해야 했다. 그리고 말론은 직접 시연을 보이기로 결심했다. 그러나 언제, 어떻게 어디서 한단 말인가? 그런 중요한 문제들 때문에 그는 알저논 메일리에게 자문하기로 결심했다. 어느 봄날 오후 그는 한때 사일러스 린든과 싸우느라 카펫 위를 뒹굴었던 그 응접실에 다시 앉아 있었다. 찰스 메이슨 목사, 퀸스 홀 논쟁의 영웅이었던 스미스가 지금 대중의 눈앞에 불거진 문제보다 훨씬 후손들에게 중요할 것 같은 문제로 조언을 듣고 있었다. 그것은 바로 영국 내의 심령 운동이 유일신론을 따를 것인가 아니면 삼위일체론을 따를 것인가 하는 것이었다. 스미스는 현재 심령교와 에전의 지도자들이 그랬듯이 전자를 선호했다. 반면 찰스 메이슨은 영국 국교회의 충성스런 목자였고 로지나 바렛 같은 평신도, 혹은 오래된 가르침들을 엄격히 따르면서도 영적 소통을 인정하는 윌버포스, 하웨이스 그리고 성직자 등이 속한 무리의 대변인이기도 했다. 메일리는 전투적인 두 권투 선수를 갈라 놓기에 열심인 심판처럼 두 패거리의 가운데에서 양쪽에 각각 한 번씩 발언할 기회를 주었다. 말론은 그저 듣고 있는 것만으로도 기뻤다. 왜냐하면 바로 이 운동에 의해 세계의 미래가 좌지우지될 것을 깨달았고 그 운동이 변화하는 매

순간이 그의 지대한 관심을 끌었기 때문이었다. 메이슨은 시작하면서 특유의 진지하면서도 유쾌한 성격을 드러냈다.

"사람들은 거대한 변화를 맞을 준비가 안 됐습니다. 아직 필수적이지 않은 거죠. 우리는 멋진 기도문과 교회의 전통에, 성인들과 직접 교섭하는 일과 우리의 살아 있는 지식을 더하기만 하는 것입니다. 그러면 모든 종교를 다시 재활성화시킬 추진력을 얻게 될 것입니다. 한꺼번에 뿌리부터 다 뽑아 올릴 수는 없습니다. 과거의 초기 기독교인들도 그럴 수 없다는 것을 알아냈죠. 그래서 주변에 있던 종교들에 다양한 허가를 내릴 수 밖에 없었던 것입니다."

"바로 그것 때문에 기독교가 망가지게 된 것이죠." 스미스였다. "교회의 독자적인 힘과 순수함이 진정 끝난 겁니다."

"그래도 살아 남았지요."

"그래도 악당 콘스탄티누스 황제가 손을 댄 이후로는 예전과 완전히 달라졌습니다."

"아, 그만하십시오. 첫 번째 기독교인 황제를 악당으로 매도해서는 안 됩니다." 메일리가 말했다.

그러나 스미스는 완고했다. 그는 솔직하고 타협할 줄 모르는 불도그 같은 반골이었다. "그럼 자기 식구의 반을 죽인 사람을 뭐라고 불러야겠습니까?"

"지금 우리는 그의 개인적인 성격을 논하고 있는 것이 아니잖습니까. 우리는 기독교 교회의 조직에 대해 이야기하고 있었습니다."

"제가 솔직하게 말하는 게 싫으신 겁니까, 메이슨 목사님?"

메이슨은 특유의 밝은 미소를 보여주었다.

"신약의 존재에 대해 인정하신다면 당신이 무슨 일을 해도 개의치 않습니다. 만일 독일인 드루스가 했던 것처럼 우리의 주님이 신화일 뿐이라 증명한다 해도 제가 숭고한 가르침을 교시할 수 있다면 제게 아무런 영향이 없을 것입니다. 이것도 어디선가 본 말이지만 제가 인용하면 적절할 것 같군요. '그것이 저의 신념입니다.'"

"뭐, 어쨋든 그점에 대해서는 저도 별 이견이 없습니다." 스미스가 대답했다. "만일 더 나은 가르침이 있다 하더라도 제가 본 적이 없습니다. 그리고 제가 설파하는 가르침도 이 정도면 앞으로도 계속할 정도는 된다고 봅니다. 그렇지만 쓸데없는 장식이나 과도한 부분은 잘라내야겠죠. 그것들은 모두 어디서 온 겁니까? 다른 여러가지 종교들과 타협한 내용이었습니다. 그래서 콘스탄티누스도 온 세계를 뒤덮은 자신의 제국 내에 평정을 유지할 수 있었던 것이죠. 그는 마치 패치워크 퀼트와 같이 된 것입니다. 이집트의 의식을 가지고 와서 제의, 주교, 홀장 (笏杖), 출가, 결혼 반지 등을 만들었죠. 모두 이집트의 것입니다. 부활절 의식은 다신교에서 유래한 것으로 춘분을 가리키는 것입니다. 견진성사는 미트라 신 제의에서 온 것입니다. 세례도 마찬가지입니다. 단지 피 대신 물을 사용하고 있는 것이지요. 음복으로 말하자면……"

메이슨은 귀를 막았다. "이건 당신이 예전에 한 강의로군요." 그가 웃었다. "강의실을 빌리십시오. 이렇게 개인의 집에서 강요하지 마시고. 그렇지만 스미스, 이 모든 것은 주제에서 벗어납니다. 사실이라 하더라도 저의 입장에 아무런 영향도 주지 못합니다. 우리가 따르는 교리는 잘 돌아가고 있으며 당신의 겸손한 추종자들을 포함한 많은 사람들의 존경을 받고 있습니다. 그걸 놓고 다투는 것은 잘못되고 어리석은 일입니다. 동의하시리라 확신합니다."

스미스는 완고하게 말했다. "아니오, 아닙니다. 목사님은 목사님네 축복받은 교회의 신도들 감정에 너무 많이 신경을 쓰십니다. 그렇지만 교회에 가보지도 않은 열 명 중 아홉 명에 대해서도 생각해야 합니다. 당신의 겸손한 추종자들을 포함한 그들 생각에 비합리적이고 공상적이라 치부한 것들에 진저리쳐 왔습니다. 만일 그들에게 같은 것을 제공한다면 영혼의 가르침을 섞는다고 하더라도 어떻게 그들의 동의를 얻어내겠습니까? 이 불가지론자들과 무신론자들에게 접근해서 이렇게 말할 겁니까? '이 대부분이 진실이 아니라는 것에, 그리고 오래된 폭력의 역사와 반응에 물들었다는 것에는 동의합니다, 그렇지만 우리에겐 순수하고 새로운 것이 있습니다. 와서 보십시오!' 라고 말입니까? 그렇게 하면 그들이 당신의 신학을 받아들여 자신의 이성에 폭력을 가하지 않고도 다시 신에 대한 믿음과 종교의 근본으로 되돌아가게 구슬릴 수 있겠군요."

메일리는 자신의 갈색 수염을 당기면서 이 상반되는 충고를 듣고 있었다. 두 사람을 잘 알기에 그는 그들 사이에 아무런 악감정이 없다는 것을 알고 있었다. 그들은 가끔 매우 격하게 말했다. 스미스는 예수를 신 같은 인간이라고 생각했고 메이슨은 인간 같은 신이라 생각했기 때문이다. 그리고 결국 결론은 비슷했다. 동시에 그는 극단적인 입장을 따르는 사람들은 정말 멀리 떨어져 있어서 협의라는 것이 불가능하다는 사실도 알고 있었다.

"제가 이해할 수 없는 것은 말입니다." 말론이 끼어들었다. "왜 당신들의 친구인 영혼들에게 이런 질문을 던지고 그들의 결론에 따르지 않는가 하는 것입니다."

"말론 씨가 생각하시는 것처럼 간단하지가 않습니다." 메일리가 대답했다. "죽음 이후에도 우리는 모두 지상에서 가지고 있던 편견들을 유지하게 됩니다. 그리고 어느 정도 그 편견을 반영하는 환경에 처하게 됩니다. 그렇기 때문에 모든 사람들이 자신의 예전 시각을 계속해서 고수하게 되죠. 그리고 시간이 지나면 영혼은 폭이 넓어져서 최종적으로 만물을 아우르는 신념을 갖게 됩니다. 거기엔 인간의 형제애와 주님의 부성만이 들어 있습니다. 그렇지만 매우 시간이 걸리는 일이죠. 격노한 고집쟁이들이 장막을 사이에 두고 대화하는 것을 들은 적이 있습니다."

"그 일은 저도 들은 적이 있습니다." 말론이 말했다. "그것도 바로 이 방에서 말이죠. 그렇지만 유물론자들은 어떻습니까? 적어도 그들은 변화하지 않을 수 없겠죠?"

"제가 알기로는 그들의 의식이 그들 자신의 상태에 영향을 주기 때문에 아무 일도 일어날 수 없다는 생각에 사로잡혀서, 그들은 정말 아무것도 하지 않은 채 수년간 누워 있기도 합니다. 그리고 마침내 일어나서 시간을 허비했다는 사실을 깨닫게 되고 이윽고 매우 빠르게 변화를 거칩니다. 그들은 대부분 상당히 좋은 성격을 가진 사람들이고 아무리 잘못된 시각을 지녔다 했어도 숭고한 동기에서 그랬던 것이기 때문입니다."

"예, 그들은 세상의 소금과 같은 존재들인 경우가 많습니다." 목사는 진심으로 말했다.

"그리고 그들은 우리의 운동을 위해서 가장 좋은 스카웃 대상입니다." 스미스가 말했다. "그들이 스스로 자신들 외에도 지적 능력이 실재한다는 증거를 찾아내면 반응이 대단합니다. 거기서 얻는 기쁨이 그들로 하여금 이상적인 전도사가 되도록 하는 것입니다. 종교를 가지고 있는 사람들은 나중에 더 알게 된다고 해도 완벽한 진공 상태로 있다가 공간을 채울 수 있는 뭔가를 찾아내는 것이 어떤 의미인지 절대 모를 겁니다. 전 불쌍하고 착실한 자들이 어둠속을 더듬고 있는 것을 보면 그의 손에 제대로 된 것을 쥐어 주기 위해 노력합니다."

그때 메일리 부인이 차를 가지고 나타났다. 그러나 대화는 시들지 않았다. 심령적 가능성을 탐구하는 사람들이 지닌 특징 중 하나였다. 주제는 너무 다양하고 너무나 흥미를 끌어, 그들이 함께 모일 때면 참으로 놀라운 시각이나 경험을 교류하는 데 빠져 버리는 것이다. 말론은 어렵사리 자신이 방문하게 된 특정 목적에 대해 이야기할 수 있도록 대화를 전환시켰다. 이들보다 자신에게 제대로 조언을 해 줄 사람들이 없었고 게다가 모두 챌린저처럼 대단한 사람에게는 최고 수준으로 준비해 주어야 한다고 생각하는 사람들이었다.

어디에서 할 것인가? 그 점에 대해서는 만장일치였다. 심령 대학에 있는 커다란 회합실이 가장 편안하고 적합한 장소로, 모든 면에서 런던에서는 제일 좋은 곳이었다. 언제 할 것인가? 빠를수록 좋았다. 모든 심령학자들과 영매들은 이 상황에 도움을 주기 위해 무슨 약속이라도 미룰 게 분명했다.

누가 영매를 할 것인가? 아! 이 문제에서는 마찰이 좀 있었다. 물론, 볼소버의 모임이 가장 이상적이다. 개인적인 모임이

고 돈을 받지도 않았다. 그러나 볼소버는 성미가 급한데 챌린
저는 분명히 매우 모욕적이고 화가 나게 행동할 것이었다. 그
러면 회의는 폭동이나 대 실패로 끝나게 될 것이다. 그런 모험
은 할 수 없었다. 그를 파리까지 데리고 가는 것이 좋을까? 그
렇지만 황소 같은 교수를 모퓌 박사의 도자기점에 풀어놓으면
누가 책임을 질 것인가?

"어쩌면 교수가 피테칸트로푸스의 멱살을 잡아서 방에 있는
모든 사람들의 목숨을 위험하게 만들지도 모릅니다." 메일리의
대답이었다. "안 됩니다. 절대로 그래선 안 됩니다."

"영국에서 가장 체력이 좋은 영매가 밴더비라는 데에는 의심
의 여지가 없습니다." 스미스가 말했다. "그렇지만 우리 모두
그의 성격을 알죠. 그는 믿을 수 없습니다."

"왜 안 되죠? 어떤 문제가 있습니까?" 말론이 물었다.

스미스는 입술에 손을 댔다.

"그는 자신 이전에 많은 영매들이 간 길을 따라가고 있습니
다."

말론이 말했다. "하지만 분명 그것은 우리의 대의에 강력히
어긋나는 논거로군요. 만일 결과가 그렇다면 어떻게 그것이 좋
은 일이 될 수 있습니까?"

"시가 좋다고 생각하십니까?"

"왜요? 물론 그렇다고 생각합니다!"

"그렇지만 포우는 주정뱅이였고 콜러리지는 아편 중독자였
습니다. 바이런은 난봉꾼이고 버레인은 성욕 도착자였습니다.
우리는 사람을 행위에서 분리할 줄 알아야 합니다. 천재들은
우수한 두뇌의 반대급부로 정서 불안을 겪어야 합니다. 위대한

영매들은 천재들보다도 더 예민합니다. 많은 이들이 삶을 아름답게 살아가지만 어떤 이들은 그렇지 않습니다. 그러나 그들은 너그러이 용서를 받습니다. 그들은 가장 소모적인 일을 하는 사람들이라 각성제가 필요합니다. 그리고 그 조절을 못하게 되는 것이죠. 그렇지만 영매 기질은 계속해서 유지됩니다."

"그러니 밴더비 이야기가 하나 떠오르는군요." 메일리였다. "말론 씨는 만난 적이 없으실 듯합니다. 그는 언제 만나도 매우 우스운 모습을 하고 있습니다. 키도 작고 둥글둥글하고 허풍이 센 사내로 아마 배가 나와서 몇년 동안 자신의 발가락을 본 적이 없을 겁니다. 술을 마시면 더 웃기는 사람이 됩니다. 2~3주 전에 그가 어떤 호텔의 바에 있다는 긴급 메시지를 받았습니다. 너무 취해서 혼자 힘으로 집에 갈 수 없다더군요. 그래서 친구 한 사람과 같이 그를 구출하러 나섰습니다. 몇 가지 불미스러운 모험을 겪으면서 그를 집으로 데리고 갔는데 갑자기 강령술 모임을 하겠다고 고집을 부리는 겁니다. 우리는 그를 막으려 했지만 바로 옆의 작은 탁자에 트럼펫이 놓여 있었고 그가 갑자기 불을 껐습니다. 순간 그 현상이 시작되었습니다. 게다가 매우 강력했습니다. 그런데 그의 지배령인 프린셉스가 트럼펫을 쥐어잡고 그를 때리면서 훼방을 놓았습니다. '이 악당! 주정뱅이 악당! 감히 이런 짓을 하다니!' 트럼펫은 마구 찌그러졌습니다. 밴더비는 큰 소리를 지르면서 방을 나갔고 우리도 집으로 돌아왔습니다."

"그렇다면 어쨌든 그 당시에는 영매가 아니었군요." 메이슨이 말했다. "그러나 챌린저 교수라면 어떤 경우에라도 모험을 할 수 없습니다."

“톰 린든은 어떤가요?” 메일리 부인이 물었다. 메일리는 고개를 저었다.

“톰은 감옥에 다녀온 이후로 예전같지 않습니다. 이 바보들은 우리의 소중한 영매들을 괴롭히기만 하는 것이 아니고 그들의 능력을 망가뜨리고 있습니다. 그것은 면도날을 축축한 장소에 놔두고 날카로운 날을 유지하기 바라는 것과 마찬가지입니다.”

“뭐라고요! 그가 능력을 잃었습니까?”

“뭐, 그 정도까지는 아닙니다. 그렇지만 예전처럼 좋지 못하다는 것이죠. 모임 때마다 구석에 경찰이 보여서 혼란스럽답니다. 그래도 신뢰할 수 있는 영매입니다. 그래요, 전반적으로 볼 때 톰을 영매로 하는 것이 좋을 것 같군요.”

“그럼 누구를 대상으로 하지요?”

“챌린저 교수도 친구를 한두 사람 데리고 오고 싶어할 것 같습니다만.”

“그 사람들은 파동에 끔찍한 방해물이 될 겁니다! 그렇다면 우리 측에서도 그에 대응할 수 있도록 호의적인 사람들을 준비해야 합니다. 델리샤 프리먼 양이 있군요. 그녀는 올 겁니다. 저도 갈 수 있습니다. 메이슨 씨도 오실 거죠?”

“물론 갈 겁니다.”

“그럼 당신은요, 스미스?”

“아, 안 됩니다! 들여다 봐야 하는 논문도 있고, 다음주에 예배 세 건, 장례 두 건, 결혼식 한 건, 그리고 회의가 다섯 개 있습니다.”

“그렇다면 한두 사람 더 데리고 와야겠군요. 린든은 8이라는

숫자를 제일 좋아하지요. 자, 말론, 이제 교수의 동의를 얻고
날짜만 결정하면 됩니다."

"그리고 확신하는 마음가짐이요." 메이슨이 진지하게 말했
다. "그리고 우리의 파트너들의 조언을 들어야 합니다."

"물론입니다, 목사님. 자, 그럼 된 겁니다, 말론. 그리고 우
리는 이제 기다리는 수밖에 없습니다."

그날 저녁 매우 다른 종류의 사건이 말론을 기다리고 있었
다. 말론은 살면서 맞닥뜨리리라 예상치 못한 협곡을 만났다.
항상 하듯이 그가 《가제트》의 사무실에 도착했을 때였다. 보면
트 씨가 만나고 싶어한다는 것을 수위에게 들었다. 말론의 직
속 상관은 스코틀랜드 출신의 부 편집장 맥아들 씨였고 수석
편집장이 왕국을 살피는 봉우리의 꼭대기에서 언덕 아래에 있
는 동료들에게 관심을 가지고 내려다 보는 것은 매우 드문 일
이었다. 그는 항상 깔끔하고 부유하고 유능했으며 봉랍처럼 붉
은 가죽과 오크 가구로 구색을 갖춘 궁전 같은 집무실에서 나
오지 않았다. 그는 말론이 들어갔을 때 편지를 쓰고 있었고 몇
분이 지난 후에야 날카로운 회색 눈을 들었다.

"아, 말론 씨. 좋은 저녁이오! 한동안 당신을 만나고 싶었소.
앉으시오. 요 얼마간 당신이 써온 심령 문제에 대한 기사에 대
해서 이야기를 하고 싶소. 처음에 시작할 때는 건전한 비판 의
식과 약간의 유머가 가해져 있어서 나나 대중들이 받아들일 수
있었소. 그런데 유감스럽게도 취재가 진행되면서 당신의 시각
이 변하는 것을 볼 수 있었소. 이제는 그 실행을 묵과하는 위치
에까지 이르렀다고 보이오. 그 기사는 내가 말할 필요도 없이
《가제트》의 정책이 아니오. 만일 우리가 공명정대한 조사원에

의한 연재 기사를 예고하지 않았던들 기사를 중단했어야 할 거요. 기사는 계속되어야 하니 논조를 바꿔 주시오."

"그럼 어떻게 하기를 바라시는 겁니까?"

"그중에서 우스꽝스러운 면을 다시 추가했으면 하오. 그것이 대중이 원하는 것이오. 재미있는 부분을 들춰보시오. 노처녀 고모라도 불러서 재미있는 말을 하게 만들어 보시오. 내 의도를 아시겠소?"

"유감스럽지만 제 눈에는 그것들이 재미있어 보이지 않고 점점 더 심각하게 보입니다."

보먼트는 근엄하게 고개를 저었다.

"불행히도 우리의 구독자들도 그렇더군요." 그의 책상 위에는 편지들이 한더미 쌓여 있었는데, 그가 하나를 집어들었다. "이걸 보시오. '난 당신네 신문이 주님을 공경하는 출판물이라 생각했는데 당신네 기자가 인정하는 듯한 것들은 레위기와 신명기에서 명확히 금지한 것들입니다. 만일 계속해서 당신네 신문을 구독한다면 나도 죄를 짓는 것이라 생각됩니다.'"

"고집불통인 바보!" 말론이 투덜거렸다.

"그런지도 모르지만 고집불통인 바보가 내는 돈도 다른 돈과 똑같소. 여기 또 다른 편지가 있소. '요즘 같은 자유 사상의 시대이자 여명의 시기에 천사나 악마에 대한 이야기로 되돌아 가자는 것은 아니겠지요? 만일 그렇다면 구독 취소 처리해 주세요'."

"이런 반대자들을 모두 모아서 한 방에 가둬놓고 자기들끼리 결론을 내라고 하면 아주 재미있을 것 같습니다."

"그럴지도 모르오. 말론 씨. 그렇지만 나는 《가제트》의 부수에 신경을 써야 하오."

"어쩌면 대중의 지능을 너무 과소평가하고 있지 않나 하는 생각이 들지 않으십니까? 이런 여러 극단주의자들 사이에 어마어마한 수의 대중이 위대하고 존경할 만한 증언을 보면서 감동받을 수도 있다는 것은요? 그들을 재미있게 하지 않고 참된 사실을 알도록 하는 게 우리의 임무 아닙니까?"

보먼트 씨는 어깨를 으쓱했다.

"심령교인들은 자기 나름대로 싸워야만 하오. 우리는 선전지가 아니오. 그리고 종교적인 믿음에 대해서 대중을 선동하는 일도 하지 않소."

"아닙니다. 저는 사실에 대해서만 말하는 겁니다. 진실들이 얼마나 조직적으로 어둠에 묻혀 있는지 한번 보십시오. 예를 들면, 런던의 어느 신문에서도 엑토플라즘에 대한 지적인 기사를 읽을 수가 없었잖습니까? 많은 과학자들이 이렇듯 대단히 중요한 물질을 증명하기 위해 조사중이라고 누가 상상이나 했겠습니까?"

보먼트가 참을 수 없다는 듯이 말했다. "어쨌든 나는 이런 종류의 논쟁을 하기에는 너무 바쁘오. 내가 말하고 싶은 요점은 코넬리우스 씨께서 우리가 다른 방향으로 나가야 한다는 편지를 받았다는 점이오."

코넬리우스 씨는 《가제트》의 사주(社主)였다. 자기 힘으로 그리 된 게 아니다. 그의 아버지가 수백만 파운드를 남겨주었기 때문에 그는 그 일부를 사용해서 《가제트》를 샀다. 그는 거의 사무실에 나타나지 않았지만 가끔 그의 요트가 멘톤에 도착했다거나 그가 몬테카를로 도박판에서 목격되었다거나 혹은 레스터셔에 갈 예정이라는 짧은 글들이 신문에 실렸다. 그는 지적인 능력이 없는 사람으로 가끔 자기 신문 첫페이지에 큰 글씨로 실리는 성명서로 대중의 의견을 움직이곤 했다. 난봉꾼은 아니었지만 매우 부유하고 자유롭게 살아서 항상 범죄의 언저리에 있곤 했고 가끔은 그 경계선을 넘기도 했다. 말론은 이 경솔한 사람이, 바로 이 버러지 같은 작자가, 인류와 하늘에서 내려오는 지시와 위로의 메시지를 가로막는다고 생각하니 피가 머리에 몰리는 것만 같았다. 그렇지만 그의 이기적인 손가락은 실제로 그 신성한 흐름을 막아버릴 수 있는 힘을 가지고 있었다.

"그럼 그걸로 결정난 거요, 말론 씨." 보먼트가 논쟁을 끝내듯 말했다.

"대단히 결정적입니다." 말론이 말했다. "너무 결정적이어서 당신네 신문과 제 관계에 종지부를 찍는군요. 지금 계약 기간이 6개월 남았습니다. 그게 끝나면 전 퇴직하겠습니다!"

"좋을 대로 하시오, 말론 씨." 보먼트는 다시 글쓰기에 열중했다.

말론은 다툼의 흥분을 가라앉히지 못한 채 맥아들의 사무실에 들어가서 무슨 일이 있었는지 고했다. 나이 든 스코틀랜드인 부 편집장은 매우 놀랐다.

"에, 이봐. 자네의 아일랜드 기질이 문제야. 스카치 한잔 하면 도움이 될 거야. 몸속을 흐르든, 술잔에 들어 있든 말일세. 그리고 이봐, 다시 돌아가서 생각을 다시 해 봤다고 말하게!"

"절대 그럴 수 없습니다! 그 코넬리우스란 뻘건 얼굴 배불뚝이의 생각이란……. 그의 사생활이 어떤지는 잘 아시잖아요? 그런 자가 사람들이 무엇을 믿는지 결정한다는 생각만으로도

참을 수 없습니다. 제게 지상에서 가장 성스러운 일을 우스꽝
스럽게 만들라는 지시를 내리다니요!"
"이봐, 자넨 끝났네!"
"이런 일로 끝나는 것이 차라리 잘된 거죠. 다른 일을 찾겠습
니다."
"만일 코넬리우스가 막는다면 그럴 수 없을걸. 만일 자네가
고분고분한 개가 아니라는 말이 돌면 플리트 가에 자네 자린
없을 거야."
"정말 창피한 일이군요!" 말론이 외쳤다. "심령교가 이런 식
으로 대우를 받는 것은 언론의 수치입니다. 이것은 영국만의
일도 아닙니다. 미국은 더 심합니다. 언론에는 가장 저질이고
비열한 사람들만 있는 것 같습니다. 성격이 좋은 친구들도 있
긴 하지요. 그렇지만 물질적인 사람들에게만 그런 것이죠. 그
러고도 대중을 선도한다니! 끔찍합니다!"
맥아들은 젊은이의 어깨에 아버지처럼 손을 얹었다.
"우리는 있는 그대로의 세상을 볼 뿐이야. 세상은 우리가 만
든 것이 아니고 우리가 책임을 질 필요도 없네. 기다려 보게!
더 기다려 보라고! 그렇게 서둘러야 할 필요는 없어. 자, 다시
생각해 봐. 자네의 일에 대해서, 그리고 자네가 사랑하는 아가
씨에 대해서도 말야. 그리고 우리의 자리를 보존하기 위해서
모두가 먹는 파이를 자네도 먹도록 하게나."

16장
챌린저 교수 일생일대의 경험

이제 그물도 쳤고 함정도 팠으니 사냥꾼들은 대단한 사냥감을 쫓을 준비가 되었다. 그러나 사냥감이 옳은 방향으로 몰리는 걸 스스로 용납할 것인가 하는 문제가 남아 있었다. 챌린저에게 영혼과의 교제에 대한 설득력 있는 증거를 그의 앞에 내놓아 그가 생각을 바꾸게 할 의도로 회의를 한다고 알려주면 그의 마음속에 분노와 조소가 일 것은 뻔했다. 그러나 이니드의 지원을 받은 똑똑한 말론은 교수는 사기를 예방하기 위해 참석하는 것이라는 생각을 주입시켰고 챌린저 교수라면 그들이 왜, 그리고 어떻게 속고 있는지를 찾아낼 수 있을 것이라 했다. 이런 생각을 가지고 챌린저는 경멸하는 눈초리로 생색을 내면서 제안에 동의했다. 그는 자신처럼 인류의 축적된 문화와 지혜를 대표하는 사람에게서 진지하게 주목받는 일보다는 신석기 시대 미개인의 동굴에나 더 어울리는 모임에 자기가 참석함으로써 은혜를 베풀겠다고 했다.

이니드는 아버지와 함께 왔고, 교수도 동료를 한 사람 데리고 왔는데, 말론을 포함한 모임 사람들 그 누구도 그가 누구인지 몰랐다. 그는 키가 크고 빼빼 마른 스코틀랜드 출신의 젊은 이로 얼굴에는 주근깨가 많았고 풍채가 당당했으며 아무것도 그의 침묵을 뚫을 수 없을 것 같았다. 어떤 질문을 던져도 그가 어떤 심령 연구에 관심을 가지고 있는지 알아낼 수 없었고 그에게서 들을 수 있었던 유일한 긍정적인 대답은 그의 이름이 니콜이라는 것뿐이었다. 말론과 메일리는 홀랜드 파크로 가서 기다리고 있던 델리샤 프리먼과 찰스 메이슨 목사, 오길비 씨 부부, 해머스미스에서 온 볼소버 씨, 그리고 심령 연구에 열심이고 매우 빠른 속도로 진보하고 있는 록스턴 경과 만났다. 모두 합치면 아홉 명이었다. 매우 안 어울리는 듯한 회합으로 어떤 노련한 조사자도 대단한 결과를 예상할 수 없을 만했다. 회합실에 들어서자 안락의자에 앉아 있는 린든과 그 옆에 앉아 있던 부인이 보였다. 둘은 일행에게 소개되었는데, 그중 다수는 이미 그의 친구들이었다. 첼린저는 허튼 짓은 참을 수 없다는 듯 즉시 그 사실을 알아차렸다.

"이 사람이 영매인가?" 그는 역겹다는 듯이 린든을 쳐다보면서 말했다.

"그렇습니다."

"그의 몸을 수색했나?"

"아직입니다."

"누가 수색할 건가?"

"모인 이 중 두 명을 선택하였습니다."

첼린저는 의혹의 냄새를 맡았다.

"누군데?" 그가 물었다.

"교수님과 교수님의 친구 니콜 씨가 수색하는 것이 어떠냐는 제안이 들어왔습니다. 옆방에 침실이 있습니다."

불쌍한 린든은 감옥에서 겪은 불쾌한 기억이 떠오르게 두 사람 사이에서 걸어갔다. 그는 이전에도 신경이 날카로웠지만 이번 고난과 사람을 압도하는 챌린저가 있다는 건 그를 더욱 힘들게 만들었다. 그는 다시 나타났을 때 메일리를 향해 매우 슬픈 듯이 고개를 저었다.

"오늘 우린 아무것도 얻지 못할 것 같습니다. 오늘의 회합을 연기하는 것이 좋을 것 같네요." 그가 말했다.

메일리는 다가와서 그의 어깨를 다독거렸고 린든 부인은 그의 손을 붙잡아 주었다.

"괜찮소, 톰." 메일리가 말했다. "당신이 악용당하지 않도록 당신을 지키는 친구들이 바로 옆에 있다는 사실을 기억하시오."

그리고 메일리는 평상시보다 더 단호한 목소리로 챌린저 교수에게 말했다.

"교수님, 영매는 실험실에서 사용하는 것들과 마찬가지로 매우 섬세한 도구라는 사실을 기억해 주십시오. 영매를 악용해서는 안 됩니다. 그에게서 의심 받을 만한 것은 아무것도 못 찾으셨으리라 생각됩니다만."

"아무것도 못 찾았소. 그리고 그 결과로 오늘 아무것도 얻어내지 못하리라 한 거 아니오."

"그가 그렇게 말한 것은 당신의 방법이 그를 혼란스럽게 만들었기 때문입니다. 그를 좀 더 부드럽게 대하셔야 합니다."

챌린저는 어떤 개선도 약속하지 않았다. 린든 부인이 그의
눈에 띄었다.

"이 사람이 영매의 아내라고 들었소. 그녀도 수색해야 하오."

"그것도 물론 문제가 되지요." 스코틀랜드 인 오길비가 말했
다. "제 아내와 교수님 따님이 그녀를 데리고 갈 겁니다. 그렇
지만 챌린저 교수님, 가능하다면 온화하게 대하셨으면 하고,
또 우리 모두 당신만큼이나 결과에 흥미가 많다는 사실을 기억
해 주십시오. 그러니 만일 상황을 어지럽히시면 우리 모두 고
통을 겪게 될 것입니다."

식료품점 주인인 볼소버 씨는 마치 자신이 신전에서 모든 일
을 주관하는 듯 위엄있게 자리에서 일어났다.

"제안합니다. 챌린저 교수님도 수색을 받아야 합니다."

챌린저의 턱수염이 분노 때문에 곤두섰다.

"나를 수색해! 무슨 뜻이오, 선생?"

볼소버는 위축될 사람이 아니었다.

"당신은 오늘 우리의 친구로서 여기에 온 것이 아니고 적으
로서 왔습니다. 만일 이 모임이 사기라는 것을 밝혀내면 개인
적인 승리가 되겠죠. 안 그렇습니까? 그러므로 저는 교수님도
수색을 받아야 한다고 말씀 드리는 바입니다."

"그렇다면 선생, 지금 내가 속임수를 쓸 가능성이 있다고 말
하는 거요?" 챌린저가 포효했다.

"그렇군요, 교수님. 우리 모두 한번씩은 의심을 받습니다."
메일리가 웃으면서 말했다. "우리 모두 처음에는 교수님처럼
분개하지만 좀 지나고 나면 익숙해집니다. 저도 거짓말쟁이라
는 말을 들었죠. 미친놈이라는 소리도 들었고요. 그게 무슨 상

관입니까?"

"그건 말도 안 되는 주장이요." 챌린저가 주변 사람들을 노려보며 말했다.

"그렇다면 교수님." 악착같은 스코틀랜드 사람 오길비가 말했다. "물론 이 방에서 나가실 수도 있습니다. 그렇지만 만일 여기에 참여하신다면 우리 모두가 과학적이라고 인정할 수 있는 조건에 동의하셔야 합니다. 우리의 운동에 매섭게 적대적인 사람이 주머니에 무엇을 가지고 있는지 모르는 상태에서 어둠 가운데 회합을 진행하는 것은 전혀 과학적으로 보이지 않는군요."

"자, 자!" 말론이 끼어 들었다. "챌린저 교수의 명예는 믿을 수 있는 것이잖습니까."

"그건 그렇습니다만." 볼소버가 한마디 했다. "제 눈에는 챌린저 교수께서 린든 씨 부부의 명예를 믿는 것처럼 보이진 않습니다."

오길비도 거들었다. "우리가 조심스러워하는 데에는 이유가 있습니다. 영매들 중에 사기를 치는 사람들이 있듯이 영매를 대상으로 사기를 치는 사람들이 있다고 말씀 드릴 수 있습니다. 여러 가지 예를 들 수 있습니다. 그러니 교수님, 수색을 받으셔야겠습니다."

"1분도 걸리지 않을 겁니다." 록스턴 경이었다. "여기 젊은 말론과 제가 순식간에 한번 보도록 하겠습니다."

"그렇게 하면 되겠군요. 빨리 갑시다!" 말론이 말했다.

그래서 붉은 눈을 하고 씩씩거리는 황소 같은 챌린저도 옆방으로 안내되었다. 몇 분 후에 모든 준비 절차가 끝났고 그들은 둥그렇게 둘러앉아서 회합을 시작했다.

그러나 이미 상황은 망가져 있었다. 요리하기 위해 꽁꽁 묶어 둔 닭처럼 영매를 묶어 두어야 한다고 주장하고 불을 끄기 전에 의심의 눈초리로 노려보고 있는 이 꼼꼼한 연구자들은 그들의 행위가 마치 화약에 물을 묻히고 폭발하기를 기대하는 것과 같다는 것을 깨닫지 못했다. 그들은 자신이 참여한 회합 결과를 망친다. 그리고 그 결과들이 제대로 일어나지 않을 때는 자신들의 이해력이 부족했기 때문이라기보다 자신들이 용의주도했기 때문이라고 상상한다. 그렇기 때문에 전 세계의 모임들은 모두 동조하는, 혹은 경외하는 분위기에서 이루어 졌으며 '과학'을 하는 차가운 사람들은 절대 제대로 된 모임을 볼 수 없었다.

다들 준비 과정에서 있었던 논쟁 때문에 매우 혼란스러움을 느꼈는데, 하물며 모든 것의 민감한 중심에 있는 사람은 얼마나 더 심하게 느꼈겠는가! 그에게는 방 안이 온통 상충되는 영적 힘의 급류와 소용돌이로 가득한 것 같아서 이리로 혹은 저리로 쏠리고 있는 것만 같았고 마치 나이아가라 폭포 아래의 급류 속에서 항해하는 것만큼이나 힘들었다. 그는 절망 속에서 신음했다. 모든 것이 섞이고 혼란스러웠다. 그는 언제나처럼 영혼을 보는 것부터 시작을 했지만 많은 이름이 그의 귓가에서 아무런 순서 없이 윙윙댈 뿐이었다. '존' 이라는 단어가 가장 우세한 것 같아서 '존' 이라는 이름이 누구에게든 어떤 의미가 있는가 물어보았다. 그가 들을 수 있는 유일한 대답은 크게 울리는 챌린저의 웃음 소리뿐이었다. 그런데 그때, 채프먼이라는 성이 떠올랐다. 그렇다. 메일리가 채프먼이라는 친구를 잃었다고 했다. 그러나 그것은 아주 오래전의 일이었고 그의 존재에는 이유가 없었다. 더구나 메일리는 그의 이름을 기억하지도 못했다. '버드워스.' 아무도 버드워스라는 이름의 친구가 없었다. 매우 뚜렷한 메시지를 받았지만 지금 모임의 사람들에게는 아무런 연관이 없는 것 같았다. 모든 것이 잘못되고 있었고 말론은 점점 절망했다. 챌린저가 너무 큰 소리로 쿵쿵거려서 오길비가 항의했다.

"교수님, 문제를 더 악화시키고 계시는군요. 과거 10년 동안의 경험으로 볼 때 이렇게 영매가 헤매고 있는 경우는 본 적이 없습니다. 그리고 제가 보기에는 모두 교수님의 행동 때문입니다."

"물론 그렇겠지." 챌린저가 만족스러워하면서 말했다.

"유감스럽지만 아무런 소용이 없어요, 톰." 린든 부인이 말을 꺼냈다. "지금 기분이 어때요, 여보? 이제 그만 하고 싶나요?" 그러나 린든은 부드러운 외모와는 달리 전사였다. 그도 동생이 론스데일 벨트를 거의 받을 뻔하게 했던 성격을 다른 형태로 공유하고 있었다.

"아니. 지금 혼란스러운 것은 정신적인 부분뿐입니다. 만일 제가 혼수상태에 빠지면 그건 극복할 수 있습니다. 신체는 좀 더 나은 상태인 것 같습니다. 어쨌든 계속 시도해 보겠습니다."

조명은 검붉은 미광이 될 때까지 낮춰졌다. 캐비닛에 커튼이 드리워졌다. 캐비닛의 한쪽에는 톰 린든이 안락의자에 기대어 앉아서 식식거리며 숨을 쉬면서 혼수상태에 빠지는 모습의 윤곽선이 청중들에게 비쳤다. 그의 아내가 캐비닛의 다른 쪽에서 주의 깊게 살펴보고 있었다.

그러나 아무 일도 일어나지 않았다.

15분 가량이 흘렀다. 그리고 다시 15분이 흘렀다. 일행은 매우 참을성 있게 기다렸지만 챌린저는 앉은 자리에서 조바심을 내기 시작했다. 모든 것이 차갑고 죽어버린 것만 같았다. 아무 일도 안 일어날 뿐더러 어떤 일이 일어나리라는 기대도 모두 사라져 버렸다.

마침내 메일리가 외쳤다. "안 통합니다!"

"걱정이군요." 말론이었다.

영매가 뒤척거리다가 신음 소리를 냈다. 그가 일어나고 있었다. 챌린저는 여봐란 듯이 하품을 했다.

"이거 시간 낭비 아니오?" 그가 물었다.

린든 부인이 영매의 머리와 이마를 만졌다. 그가 눈을 떴다.

"결과가 있었어?" 그가 물었다.

"소용 없어요, 톰. 아무래도 미뤄야 할 것 같아요."

"저도 그렇게 생각합니다." 메일리가 말했다.

"이런 적의를 가진 조건은 그에게 매우 큰 스트레스가 됩니다." 오길비가 화가 난 듯이 챌린저 교수를 보면서 말했다.

"그렇겠지." 챌린저 교수가 흡족한 미소를 지으면서 말했다.

그러나 린든은 지지 않았다.

그가 말했다. "상황이 나쁩니다. 파동은 다 엉망입니다. 그렇지만 제가 캐비닛 안에서 시도해 보겠습니다. 캐비닛은 힘을 응축하니까요."

"좋습니다. 그럼 마지막 기회입니다. 시도해 보도록 하겠습니다." 메일리가 대답했다.

안락의자는 천으로 된 캐비닛 안으로 옮겨졌고 영매는 뒤따라 들어간 후 커튼을 닫았다.

"캐비닛은 엑토플라즘 발산물을 응축합니다." 오길비가 설명했다.

"물론." 챌린저가 대답했다. "그리고 동시에 진실의 입장에서 말한다면 영매가 시야에서 사라지는 것은 정말 유감스럽다는 것을 지적해야겠소."

"제발 다시 언쟁을 시작하지 마시죠." 메일리가 참다못해 외쳤다. "결과를 좀 얻을 수 있도록 합니다. 그리고 나서 그 가치를 평가할 시간은 충분합니다."

다시 한번 지겹게 기다렸다. 그리고는 캐비닛 안에서 울리는 신음소리가 흘러나왔다. 심령교인들은 기대에 차서 허리를 펴고 앉았다.

"저것이 엑토플라즘입니다. 방출될 때 항상 고통을 유발하죠." 오길비였다.

그가 말을 끝내기가 무섭게 커튼이 갑자기 난폭하게 확 열리고 커튼 고리가 달그락거리는 소리가 났다. 어둠 속에서 흐릿한 하얀 형체의 외곽선이 드러났다. 그것은 망설이듯이 천천히 방의 한 가운데로 나아갔다. 붉은 빛 속에 있었기 때문에 뚜렷한 외곽선은 보이지 않았지만 어둠 속에 움직이는 하얀 천 조각처럼 보였다. 두려움을 느끼는지 형체는 망설이면서 한걸음 한 걸음 다가와서 교수의 반대편에 섰다.

"지금이야!" 교수는 큰 소리로 포효했다.

갑자기 고함 소리, 비명 소리, 그리고 쾅 하고 부딪히는 소리가 들렸다.

"잡았어요!" 누군가가 외쳤다.

"불을 켜!" 다른 사람이 소리질렀다.

"조심하시오! 영매가 죽을 수도 있소!" 세 번째 목소리가 외쳤다.

원은 있었다. 챌린저는 스위치로 달려가서 모든 불을 켰다. 갑자기 빛이 쏟아져서 참관인들은 당황한 채 반 장님이 되었고 그대로볼 수 있을 때까지 몇 초가 걸렸다.

사람들이 볼 수 있게 되고 평정을 찾고 나서 본 광경은 그들 대부분에게 통탄스러웠다. 하얗게 질리고 멍해서 아파보이는 톰 린든이 바닥에 앉아 있었다. 그를 때려눕힌 젊은 스코틀랜드 거한이 그를 굽어 보며 서 있었다. 린든 부인은 남편 옆에 무릎을 꿇고 앉아서 공격한 자를 노려보고 있었다. 일행이 상황을 살피는 동안 침묵이 흘렀다. 챌린저 교수가 침묵을 깼다.

"자, 신사 여러분. 이제 더 이상 할 말이 없을 것이오. 당신들의 영매는 마땅하게도 제대로 발각된 것이오. 이제 당신들이 말하는 귀신의 정체를 알 것이오. 여기 니콜 씨는 매우 유명한 축구 선수인데, 지시 대로 재빨리 일을 처리한 것에 대해 심심한 감사의 뜻을 전하는 바요."

"매우 낮게 태클을 걸었습니다." 키가 큰 젊은이가 말했다. "아주 쉬웠습니다."

"아주 효과적으로 한 것이네. 자네는 이 양심 없는 사기꾼을 잡는 걸 도와줌으로써 사회에 봉사한 것이네. 말할 필요도 없이 이자를 고발할 것이네."

그러나 이때 메일리가 매우 권위적으로 말을 꺼내서 챌린저도 들을 수밖에 없었다.

"교수님의 실수는 별스러운 것이 아닙니다만 방금 무지로 인해 저지르신 행동은 영매에게 치명적일 수 있었습니다."

"무지라고! 그런 식으로 말한다면 나도 당신을 피해자가 아닌 공범으로 간주하겠소!"

"잠시만요, 챌린저 교수님. 먼저 직접적으로 질문을 하나 던지겠습니다. 교수님도 마찬가지로 직접적으로 대답해 주십시오. 불쾌한 사건이 일어나기 직전에 우리가 모두 목격한 그 형체는 희지 않았습니까?"

"그렇소."

"그런데 보시다시피 지금 영매는 완전히 검은 옷만 입고 있습니다. 하얀 옷은 어디에 있습니까?"

"그것이 어디 있는지는 내게 중요하지 않아. 그의 아내나 자신이 예측하지 못한 사건에 대해 대비하고 있었겠지. 그들은 나름대로 홑이불이나 그 무엇인지 모를 하얀 옷을 숨기는 방법이 있소. 그런 자세한 이야기는 법정에 가서 설명하면 되오."

"지금 살펴 보십시오. 방 안에 하얀 것이 있는지 찾아보십시오."

"나는 이 방에 대해 잘 모르오. 난 그저 상식적으로 생각할 뿐이지. 이자는 영혼인 척하다가 발각됐어. 그가 변장 도구를 어느 구석이나 틈에 갖다 숨겼는지는 별로 중요하지 않아."

"그렇지 않습니다. 그것은 중요한 문제입니다. 방금 보셨던 것은 꾸며낸 것이 아니고 진짜 현상이었습니다."

챌린저가 껄껄거리고 웃었다.

"네, 교수님. 아주 사실적인 현상이었습니다. 방금 물질화 현상이 반쯤 일어난 상태에서 변형된 형체를 보신 겁니다. 그런 일을 주관하는 안내령은 교수님의 의심이나 의혹에 전혀 개의

치 않습니다. 그들은 결과를 내기 위해서 일을 시작하기 때문에 만일 문제가 생겨서 그들이 하는 일이 저지되면 그 모임에서는 또 다른 방법으로 안내자를 맞이하게 됩니다. 당신의 편견이나 편리와는 아무런 상관이 없이 말입니다. 교수님이 조장하신 조건처럼 악조건이어서 그런 일도 불가능하고 엑토플라즘 형태를 만들어 낼 수 없게 되면 그들은 의식이 없는 영매를 엑토플라즘으로 에워싸고 캐비닛 밖으로 내보내는 것입니다. 당신이 사기꾼이 아니듯이 린든도 사기꾼이 아닙니다.”

“저는 신께 맹세코 캐비닛에 들어간 이후부터 바닥에 쓰러져 깨어난 순간까지 기억 나는 것이 하나도 없습니다.” 린든이 말했다. 그는 비틀거리며 일어났는데 매우 심하게 떨고 있어서 그의 아내가 가져다 준 물잔을 들고 있지 못할 정도였다.

챌린저는 어깨를 으쓱했다.

“당신들의 핑계는 더 믿을 수 없는 심연을 만들어낼 뿐이오. 나의 임무는 명확했고 난 최선을 다할 것이오. 당신들이 하는 말이 무엇이든 간에 판사들이 합당한 고려를 할 게요.” 그리고 챌린저 교수는 온 목적을 달성하여 득의양양해하며 몸을 돌렸다.

“이니드, 가자!” 그가 말했다.

그리고 그때 갑작스럽고 예측하지 못했던 극적인 사건이 벌어졌다. 그곳에 있었던 그 누구도 그 뚜렷한 기억을 떨칠 수가 없을 것이다.

챌린저가 불렀는데 아무런 대답이 없었다. 모두들 자리에서 일어나 있었다. 이니드만이 자기 자리에 앉아 있었다. 그녀의 머리는 어깨에 닿았고 눈은 감겨 있었으며 머리카락이 약간 흐트러져 있었다. 마치 조각의 모델 같았다.

"잠들었군. 이니드, 일어나렴. 갈 참이다." 챌린저가 말했다.

그녀는 아무런 반응도 보이지 않았다. 메일리가 몸을 숙여 그녀를 들여다 보았다.

"쉿! 그녀를 방해하지 마세요! 혼수상태입니다."

챌린저가 달려왔다. "무슨 짓을 한 거요? 당신들의 짜증나는 곡예가 아이를 놀라게 한 게군. 기절해 버렸어."

메일리가 그녀의 눈꺼풀을 들어보았다.

"아니오, 눈동자가 위를 향하고 있어요 혼수상태에 빠진 겁니다. 따님은 아주 강력한 영매입니다."

"영매라고! 헛소리 마시오. 애야, 일어나라! 일어나!"

"제발 그녀를 놔두세요! 그러지 않으면 평생 후회하실 겁니다. 영매로서 혼수상태에서 갑자기 깨어나는 것은 안전하지 않습니다."

챌린저는 놀라서 서 있었다. 이번만은 그의 두뇌도 그를 배신했다. 자신의 딸이 신비로운 낭떠러지 끝에 서 있는 것일까? 그리고 자신이 그녀를 밀어버리는 것일까?

"어쩌면 되지?" 그는 어쩔 줄을 모르고 물어보았다.

"두려워하지 마십시오. 전부 잘 될 겁니다. 앉으세요! 다들 앉으세요. 아! 그녀가 말하려고 합니다."

이니드는 움찔거렸다. 그리고 허리를 세우고 앉았다. 입술이 떨렸다. 한 손을 뻗었다.

"저자!" 그녀는 챌린저를 가리키면서 외쳤다. "나의 영매를 해쳐선 안 돼. 메시지가 있어. 저자에게!"

숨소리도 나지 않는 침묵이 흘렀다.

"말씀하시는 분은 누구십니까?"

"빅터가 말하는 것이오, 빅터. 내 영매를 해하지 마시오. 메시지가 있소. 저자에게!"

"그래요, 그래요. 메시지는 뭐지요?"

"저자의 아내가 와 있소."

"네!"

"그녀가 예전에도 왔었다고 하는군. 이 아가씨를 통해서 왔다는 군. 화장을 한 바로 다음에. 그녀가 노크를 하고 그가 그 소리를 들었지만 이해를 못했소."

"이게 무슨 뜻인지 아시겠습니다, 챌린저 교수님?"

그의 굵직한 눈썹은 의심이 가득한 질문하는 듯한 눈 위로 몰려 있었고 주변에 있는 얼굴들을 돌아가면서 노려보았다. 이것은 속임수였다. 아주 비열한 속임수. 그들은 그의 딸을 매수한 것이었다. 이런 저주받을 일이. 놈들의 행각을 반드시 모두 폭로할 것이다. 아니, 그는 질문할 필요가 없었다. 모두 알 것 같았다. 딸아이를 끌어들인 것이다. 믿을 수 없지만 그런 게 틀림없었다. 그녀는 말론을 위해서 저러고 있는 것이다. 여자들은 사랑하는 남자를 위해서 무슨 일이든 한다. 그렇다, 가증스러운 일이다. 교수는 다른 때보다 훨씬 악의에 차 있었다. 무서운 얼굴과 그가 뱉어내는 끊어진 말에서 그의 확신을 느낄 수가 있었다.

다시 한번 이니드가 팔을 들어올려 앞에 있는 사람을 가리켰다.

"또 다른 메시지요!"

"누구에게 전하는 겁니까?"

"저자에게. 내 영매를 해치려 했던 사람. 그는 내 영매를 해

쳐선 안 돼. 여기 사내가 와 있어, 두 사람, 그에게 말을 전하고 싶어하오."

"그래요, 빅터. 말해 주세요."

"첫 번째 남자는……." 이니드는 고개를 기울이고 마치 뭔가를 듣는 것처럼 귀를 쫑긋 세웠다. "그래, 그래. 알았어! 알, 알, 알드리지야."

"무슨 기억 나시는 게 있습니까?"

챌린저가 비틀거렸다. 그의 얼굴은 믿을 수 없다는 표정이었다.

"두 번째 사내의 이름은?" 그가 물었다.

"웨어. 그렇지. 웨어라고 해."

챌린저는 갑자기 털썩 앉았다. 그는 이마 위에 손을 갖다 댔다. 그는 갑자기 매우 창백해졌다. 그의 얼굴은 땀에 젖었다.

"그들을 아십니까?"

"난 그 이름을 가진 두 사람을 알고 있었소."

"할 말이 있다고 하오." 이니드가 말했다.

챌린저는 충격에 대비하여 마음을 다지는 것 같았다.

"자, 뭐요?"

"너무 개인적이오. 말할 수 없소. 여기 이 사람들 전부 있는데."

메일리가 말했다. "우리는 밖에서 기다릴 겁니다. 자, 친구들, 교수님이 메시지를 받을 수 있게 해드립시다."

그들은 딸 앞에 앉아 있는 사내를 놔두고 문 밖으로 나갔다. 그런데 그는 예사롭지 않은 불안감에 사로잡힌 듯했다.

"물론, 함께 있어 줘!"

문은 닫히고 세 사람만 남았다.

"할 말이 뭐요?"

"가루에 대한 이야기야."

"그래, 그래."

"회색 가루?"

"그래."

"이자들이 하고 싶은 말은, '당신이 우릴 죽인 게 아니오.'"

"그럼 물어봐 주시오. 그들에게, 그들이 어떻게 죽었는지?"

챌린저는 띄엄띄엄 말을 이었다. 그의 거대한 몸이 감정으로 떨리고 있었다.

"병으로 죽었어."

"어떤 병이요?"

"패, 패, 그게 뭐지? 폐렴."

챌린저는 안심의 한숨을 크게 내쉬면서 의자에 쓰러졌다. "신이여!" 그는 외치면서 이마를 쓸어 내렸다. 그리고 말을 이었다.

"말론, 다른 사람들을 부르게."

그들은 층계참에서 기다리고 있다가 방으로 들어왔다. 챌린저는 일어나서 그들을 맞았다. 그의 첫마디는 톰 린든에게 하는 말이었다. 그는 마치 자존심이 순간적으로 꺾인 사람처럼 말했다.

"선생, 당신을 판단하는 것은 내가 감히 할 일이 아니오. 내 훈련된 지각으로 확인했지만 매우 이상하고도 너무나도 확실한 일이 일어났소. 당신들의 최근 행동을 통해 도출된 그 어떤 설명도 부정할 각오가 되어 있지 않소. 내가 했던 공격적인 표현들은 모두 잊어 주길 바라오."

톰 린든은 진정한 기독교 신자였다. 그는 금방 진심으로 용서했다.

"내 딸에게 메일리 씨가 말한 것을 입증하는 이상한 힘이 있다는 사실은 확실하오. 나는 과학적인 무신론이 옳다고 생각하지만 당신들은 오늘 나에게 부정할 수 없는 증거를 보여주었소."

"우리 모두 겪는 일입니다, 교수님. 우리는 의심하고, 또 의심 받기도 하지요."

"그런 점에서 내 말이 의심을 받을 수 있다는 사실을 가까스로 납득할 수 있소." 챌린저는 권위 있게 말했다. "오늘 내게 제공된 정보는 살아 있는 사람이 줄 수 없는 것이었소. 그것만은 의심의 여지가 없소."

"젊은 아가씨가 괜찮아졌어요." 린든 부인이 말했다.

이니드는 몸을 일으키고 앉아서 놀라워하는 주변 사람들을 응시했다.

"무슨 일이 있었나요, 아버지? 제가 깜빡 잠이 들었나 봐요."

"괜찮단다, 아가. 우리 나중에 이야기하자꾸나. 자, 같이 집으로 가자. 난 생각해야 할 일들이 많아요. 물론, 자네도 우리와 함께 갔으면 하네. 자네에게 좀 설명해 줘야 할 것들이 있네."

챌린저 교수는 자신의 아파트에 도착하자 오스틴에게 무슨 일이 있더라도 방해하지 말라고 명했다. 그리고 그의 서재로 말론을 데리고 갔다. 그는 커다란 안락의자에 앉고 말론은 왼쪽에, 그의 딸은 오른쪽에 앉았다. 그는 커다란 손을 뻗어 이니드의 자그만 손을 잡았다.

침묵이 한참 지난 후에 그가 말했다.

"애야. 네가 특이한 힘을 소유하고 있다는 건 분명하구나. 나는 오늘 밤 유감없이 명백하게 결정적인 증거를 보았단다. 네가 그 힘을 지녔다면 다른 사람에게도 그런 힘이 있을 수 있다는 사실을 부정할 수 없고, 결국 영매가 존재할 수도 있다고 나도 인식하게 되었단다. 그렇지만 아직 나의 생각은 매우 혼란스러우니 그것에 대해 논의하진 않겠다. 그리고 말론, 좀더 확실한 개념들을 얻기 위해서 자네 친구들과 해결해야 할 것들이 많네. 오늘은 내가 매우 큰 충격을 받았으며 내 앞에 새로운 지식의 길이 하나 더 열렸다는 것밖에 말할 수 없군."

말론이 말했다. "저희가 도움이 될 수 있다니 영광입니다."

챌린저는 이그러진 미소를 지었다.

"그래, 틀림없이 자네 신문에 '챌린저 교수의 대화'라는 헤드라인으로 승리를 자랑하겠군. 그렇지만 내가 그 정도까지 간 건 아니란 걸 경고하겠네."

"저희는 조급한 짓은 절대 하지 않을 겁니다. 그리고 교수님의 의견은 그저 사적인 것으로 남을 수 있습니다."

"나는 의견이 생기면 그것을 발표하는데 필요한 용기를 가지고 있어. 하지만 아직은 때가 아니야. 그렇지만 오늘 저녁 난 메시지를 두 개나 받았고 그것은 분명 이니드를 넘어선 곳에서 온 것으로 볼 수 밖에 없네. 이니드, 네가 정말 의식이 없었다는 것을 믿는단다."

"정말이에요, 아빠. 전 아무것도 몰랐어요."

"그럴 테지. 그리고 넌 속임수를 쓸 줄 모르잖니. 첫 번째 것은 너의 엄마에게서 온 것이었어. 그녀는 전에 내가 이야기한 그 소리를 자기가 낸 것이라고 확인해 주었다. 이제 보니 네가 영매인 게 분명하구나. 그때 넌 잠을 자고 있었지만 혼수상태였던 거지. 믿을 수가 없어. 상상할 수도 없고 기묘하게 멋진 일이지만 진실인 것 같구나."

"크룩스도 교수님과 거의 같은 말을 했습니다." 말론이 대답했다. "그는 '절대 불가능하지만 완벽한 사실이다.'라고 썼습니다."

"그에게도 사과해야겠군. 아마도 많은 사람들에게 사과를 해야겠지."

"아무도 사과를 바라지 않습니다. 이 사람들은 그런 성격이 아니거든요." 말론이 말했다.

"설명할 일은 두 번째 것이네."

교수는 의자에 앉아 불안한 듯이 조바심을 냈다.

"이건 아주 개인적인 일이야. 내가 한번도 발설한 적 없는 일이고 지상의 어느 누구도 알 수 없는 일이지. 이미 많은 부분을 들어버렸으니 나머지도 다 알려 줄게.

내가 젊은 내과의였을 때의 일이야. 그렇지만 그것이 내 삶에 구름을 드리웠다 해도 과언이 아니지. 그 구름은 오늘에서야 걷혔단다. 다른 사람들은 오늘 있었던 일을 텔레파시나 무의식 중인 두뇌의 행동이나 그 외의 어떤 것을 동원해서 설명하려 하겠지만 나는 의심하지 않아. 의심한다는 것이 불가능하지. 그 메시지는 죽은 사람들이 내게 보낸 것이었어.

당시 신약을 두고 논란이 있었어. 너희들이 이해할 수 없는 이야기를 자세히 할 필요는 없지. 그저 그것이 매우 위험한 독과 강력한 약을 만들어 낼 수 있는 흰독말풀과라는 정도만 알면 돼. 나는 매우 초기 시료를 받았고 그 특성 연구에 대해 내 이름이 알려지기를 바랐지. 그것을 두 사람에게 주었어. 웨어와 알드리지에게 말야. 내가 생각하기에 안전한 양만큼 투입을 했지. 그들은 환자였고 공립병원에서 내 치료를 받고 있었거든. 두 사람 모두 다음날 아침에 죽어 있었어.

나는 비밀리에 두 사람에게 투약을 했어. 아무도 몰랐지. 두 사람은 모두 아팠기 때문에 그들의 죽음은 자연스러워 보였고 아무런 스캔들도 나지 않았어. 그러나 항상 나의 마음 한구석에는 두려움이 있었지. 나는 내가 그들을 죽였다고 생각했네. 그것은 나의 삶에서 매우 어두운 배경이 되어 왔어. 오늘 자네도 직접 들었듯이 그들은 명으로 죽은 것이네. 내가 준 약 때문이 아니고.”

“불쌍한 아빠!” 이니드는 교수의 털북숭이 손을 다독이면서 속삭였다. “불쌍한 아빠! 얼마나 괴로우셨을까!”

챌린저는 동정을 받기에는 너무 자존심이 강한 사람이었다. 그것이 자신의 딸이라 하더라도. 그는 손을 빼냈다.

“난 과학을 위해서 그랬을 뿐이야. 과학은 항상 모험을 해야 하지. 내가 지탄을 받아야 할 거라 생각지 않아. 그렇지만, 그렇지만, 오늘은 마음이 아주 가볍구나.”

17장
안개가 걷히다

말론은 직장을 잃었고 자신의 독립에 대해 떠도는 소문 때문에 플리트 가에서는 다시 일을 찾을 수가 없었다. 그의 원래 직장은 젊은 유태인 술꾼이 차지했다. 그는 심령의 문제들을 매우 우습게 다루면서도 자신의 시각은 개방적이며 공명정대하다고 장담하였던 연속 기사를 게재하여 인기를 얻었다. 그는 마침내 다가오는 더비 경주에서 3등까지의 말 이름을 맞추는 영혼이 있다면 5000파운드를 주겠다고 했다. 그리고 엑토플라즘은 사실은 영매들이 기술적으로 숨긴 병맥주의 거품이라고 했다. 이것들은 독자들도 기억할 수 있는 신문의 재주부리기 같은 것이었다.

그러나 한쪽 길이 막히자 다른 쪽 길이 열리는 듯했다. 무모한 포부와 천재적인 실험에 빠져 있던 챌린저는 오랫동안 자신의 사업을 도와주고 세계적인 특허를 관리해 줄 활동적이고 똑똑한 사람을 찾고 있었다. 챌린저가 평생 동안 해 온 일의 결과물인 많은 장치들이 있어서 돈을 벌여 들였지만 그것을 관리하지 못했다. 깊이가 얕은 바다에 이르렀을 때 배에서 사용할 수 있는 자동 경보기라든가 미사일을 빗나가게 하는 장치, 공기 중 질소를 분리해 내는 경제적인 방법, 무선 통신의 획기적인 개선안, 수지 혼합 공정의 새로운 처리 방법들이 주로 돈을 벌여 들이는 발명이었다. 코넬리우스의 행동에 화가 난 교수는 이 모든 것의 관리를 미래 사위의 손에 맡겼으며 사위는 교수의 이익을 보호하는 일에 열심이었다.

챌린저는 많이 변했다. 그의 주변에 있는 동료들은 그 원인을 분명히 알 수는 없었지만 그의 변화를 느끼고 있었다. 그는 부드러워졌고, 겸손해져서 예전보다 종교적인 사람이 되어 있었다. 그의 영혼 깊은 곳에서는, 과학적인 방법에 있어서 최고라고 생각해 왔던 그가 실제로 비과학적이었고 미지의 정글에서 인류의 영혼이 진보하는 데에 걸림돌이 되었다는 사실을 깨닫고 있었다. 스스로에 대한 이런 판결이 그의 성격에 변화를 가져왔다. 그리고 챌린저다운 독특한 에너지를 가지고 이 주제에 대한 훌륭한 문헌에 뛰어들어, 과거 그의 두뇌를 눈멀게 만들었던 편견을 걷어내고 해어, 드 모건, 크룩스, 롬브로소, 바렛, 로지와 많은 위인들의 책을 읽었다. 그는 자신이 한순간이나마 이런 의견 일치가 오류에 기인한 거라고 여겼다는 점에 놀라워했다. 과격하고 진지한 그의 성격은 마찬가지의 열정을 가지고 심령학을 받아들이게 되었고 한때 그것을 부정하던 옹졸한 태도로 옹호하게 되어, 과거에 동료였던 이들에게 이를 드러내고 으르렁대기도 하였다.

그는 《스펙테이터》에 훌륭한 기사를 썼다.

우리 시대의 시끄러운 논객들은 갈릴레오의 망원경을 통해 목성의 달들을 보는 것을 거부했던 고위 성직자들이 지녔던 우둔함과 의심, 그리고 완고한 무분별함을 훨씬 능가하고 있다. 그들은 심령의 문제를 탐구할 의사도, 시간도 없으면서 거칠게 극단적인 의견만을 표현하고 있다.

그리고 마지막 문장에 자신을 반대하는 사람들은 "실제로 20세기의 정신을 대표하지 못하고 있으며 그들의 의식은 마치 선신세의 지층에서 파낸 화석과 같다."라고 결론 내렸다. 이미 수년 동안 그 반대의 입장에서 발표한 기사들이 훨씬 더 과격했음에도 불구하고 비평가들은 언제나처럼 두려워하면서 기사의 거친 말투에 손을 들었다. 이제 점점 검은 갈기가 회색이 되어가면서 더욱 강해지고 강건해지는 챌린저 교수의 위대한 두뇌에 대한 이야기를 여기서 접겠다. 이후 그는 죽음이라는 좁은 지평선 안에 갇혀 있지 않아 그의 개성과 지능은 존속하고 발전한 형태로 작용할 수 있게 되었다.

그리고 결혼식이 있었다. 이니드의 아버지가 화이트홀의 예식장에 누구를 불렀는지 아무도 예측할 수 없었지만 예식은 조용히 이루어졌다. 그날 모인 즐거운 사람들은 모두 하나의 공동 지식을 가지고 세상의 반대와 같이 싸우면서 돈독해진 사람들이었다. 찰스 메이슨 목사가 주례를 섰다. 만일 성자들이 축성한 결혼식이 있다면 바로 그날 아침의 결혼식이었을 것이다. 그는 검은 복장을 입고 이가 드러난 활기찬 미소를 지은 채 사람들 사이를 누비며 평화와 온정을 나눠주고 있었다. 많은 전투에서 남은 흉터 투성이지만 더 싸우고 싶어하는 나이 든 전사인 노란 턱수염의 메일리는 그의 무기를 견디고 그에게 용기를 북돋워주는 아내를 에스코트하고 있었다. 파리에서 온 모뤼 박사는 웨이터에게 커피를 주문하려고 애썼는데 이쑤시개를 건네 받았고 록스턴 경은 그 모습을 냉소적으로 즐기며 보고 있었다. 그리고 친절한 볼소버 역시 해머스미스 모임의 사람들과 함께 참석하였고, 톰 린든과 그의 부인, 북에서 온 불도그, 스미스 그리고 앳킨슨 박사, 마빈과 그의 아내, 오길비 부부, 델리샤 양과 팸플릿이 가득한 그녀의 가방, 이제 병이 완전히 치료된 로스 스코튼 박사, 그를 치료해 준 펠킨 박사를 지상에서 대표하는 어슐러 간호사가 모여 있었다. 우리의 좁은 가시광선 영역과 가청영역 네 옥타브 내에서 이런 사람들이 모여 있는 것을 보고 들을 수 있었다. 그리고 그 좁은 한계를 벗어나서 얼마나 많은 존재들이 와서 축복을 해 주었는지 아무도 알 수 없었다.

이 기록을 결말짓기 전에 마지막으로 한 가지. 그것은 포크스톤의 임페리얼 호텔에 있는 응접실이었다. 창가에 에드워드 말론 부부가 앉아서 험악한 저녁 하늘을 배경으로 서쪽의 영국 해협을 내려다 보고 있었다. 거대한 보라색 촉수들이 이미 수평선 아래로 내려가 보이지 않는 태양을 협박하는 듯이 천정을 향해 발버둥치며 올라가고 있었다. 아래 쪽에는 디에프에서 온 작은 배가 집을 향해 돌아가고 있었다. 거대한 배가 다가오는 위험을 눈치 챈 듯이 육지에서 멀찌감치 떨어져 있었다. 으르렁대는 듯한 하늘의 모호한 조짐이 두 사람의 의식을 자극했다.

말론이 입을 열었다. "말해 봐, 이니드. 그 동안 겪어온 다양한 심령 경험 중에 어느 것이 가장 기억에 남지?"

"그걸 묻다니 매우 이상하군요, 네드. 저도 방금 그 생각을 하던 참이거든요. 그건 아마도 저 끔찍한 하늘에 대한 생각과 관련된 것일 거에요. 저는 신비로 가득한 사내인 미로마와 파멸에 관한 그의 말이 가장 기억에 남아요."

"나도 그래."

"그 이후 그에 대해 들은 바가 있나요?"

"딱 한 번. 그게 다야. 일요일 아침 하이드 파크에서였지. 그는 몇 명 안 되는 사람들에게 이야기하고 있었어. 나도 그 속에 끼어서 이야기를 들었지. 예전의 그 경고였어."

"사람들이 어떻게 받아들였죠? 웃었나요?"

"글쎄. 당신도 그를 만났고 이야기를 들어봤잖아. 웃을 수 없었어. 그렇지 않아?"

"절대 웃을 수 없었죠. 그렇지만, 네드, 당신도 심각하게 받아들이는 것은 아니겠죠? 저기 영국 땅을 보세요. 이 거대한 호텔과 사람들을 보세요. 진부한 조간 신문과 문명 세계의 질서를요. 정말로 이 모든 것을 파괴할 무엇이 올 수 있다고 믿으세요?"

"알 수 없지. 그렇게 말하는 것은 미로마뿐만도 아니지 않아?"

"그게 세상의 종말이라고 그가 말하던가요?"

"아니. 그는 세계의 부활이라고 했어. 진정한 세계, 신께서 계획하신 세계가 다시 태어나는 것이지."

"그건 엄청난 예언이군요. 그렇지만 무엇이 잘못된 걸까요? 왜 그런 끔찍한 심판을 받아야만 하는 것이죠?"

"그건 유물론이나 교회의 융통성 없는 관습, 영적 욕구에 대한 단절, 보이지 않는 것에 대한 부정, 새로운 사실에 대한 조롱. 이런 것들이 그 원인이라고 했지.”

“그렇지만 분명 세상이 지금보다 더 엉망이었던 적도 있잖아요?”

“그렇지만 이렇게 좋은 조건에서 그랬던 적은 없었어. 세상은 지금처럼 소위 문명이라는 것이 발전했던 적도, 교육이나 지식을 많이 소유했던 적도 없었지. 그런 것들이 고차원의 문제에 접근이 가능하도록 했을 텐데 말이야. 세상의 모든 것들이 악해지는 것을 봐. 우리는 비행기를 만들 수 있는 지식을 가지고 있어. 그런데 그걸로 고작 도시에 폭탄을 투하하는 일을 하지. 화합물에 대해서도 많은 지식을 가지게 되었지. 그리고 폭발물이나 독가스를 만든다고. 점점 악화되고 있어. 지금은 모든 국가들이 어떻게 하면 서로를 죽일 것인가만 연구하고 있다고. 정말 신이 이런 목적으로 지구를 만드신 것일까? 그리고 계속되는 악화 일로를 그냥 두실까?”

“그건 당신의 의견인가요, 미로마의 의견인가요?”

“글쎄. 나도 이 문제에 대해서 한동안 생각을 했는데 그의 결론이 정당하다고 봐. 찰스 메이슨이 쓴 영혼의 메시지를 읽었지. ‘인간이나 국가에게 가장 위험한 조건은 영적인 면보다 지적인 면이 더 발달했을 때이다.’ 지금 세상이 정확히 그 조건에 처해 있지 않아?”

“그럼 종말이 어떻게 올까요?”

“그 부분에서는 미로마의 말을 그대로 옮기는 수밖에 없어. 그의 말에 의하면 우리가 아는 재앙이 모두 한꺼번에 일어날 것이라더군. 전쟁, 기아, 역병, 지진, 홍수, 해일…… 말로 표현할 수 없는 평화롭고 영광스러운 종말이겠지."

커다란 보라색 사광이 하늘을 가로질렀다. 어두운 진홍색 빛, 으스스한 분노의 이글거림이 서쪽으로 퍼져 나갔다. 하늘을 보면서 이니드는 몸을 떨었다.

"우리가 배운 한 가지는 진정한 사랑이 존재하면 두 영혼이 헤어지지 않고 계속해서 앞으로 나아간다는 사실이지. 그렇다면 당신이나 내가 죽음, 또는 그 이후의 삶에 대해 두려워할 필요가 없잖아?"

이니드는 그의 손을 잡으면서 미소를 지었다.

"두려워할 필요 없죠." 그녀가 말했다.

〈안개의 땅 · 끝〉

물질 분해 장치
The Disintegration Machine

물질 분해 장치

챌린저 교수는 매우 화가 난 상태였다. 내가 그의 서재 문에 서서 문고리를 잡고 서 있는 동안 온 집을 쩌렁쩌렁 울리는 그의 말 소리를 들을 수 있었다.

"그래, 이게 두 통째 잘못된 통화란 말이야. 오늘 아침에만 두 통째야. 나같이 할 일이 산더미 같은 과학자에게 별 병신 같은 것이 전화를 걸어서 훼방을 놓아서야 되겠냔 말이지. 참을 수 없군. 당신네 관리자를 바꿔 줘. 뭐, 당신이 관리자라고? 그럼 당신은 왜 도대체 관리를 제대로 하지 않는 거지? 그래. 당신 따위는 이해할 수 없는 중요한 일을 하고 있는 나를 방해하는 일을 관리하고 있는 꼴이지. 지배인을 바꿔 줘. 출장이라고? 그럴 줄 알았어. 만일 이런 일이 또 일어나면 법정에 세워 줄 거야. 닭이 시끄럽게 꼬꼬댁거리게 놔둔 주인도 유죄 판결을 받은 적이 있지. 내가 그 판결을 받아냈어. 시끄럽게 구는 닭도 유죄라면 따르릉거리는 전화도 유죄이지 않겠나? 문제는 간단하지 않냔 말이야. 서면으로 사과해. 좋아. 고려해 보지. 그럼."

이때 나는 용기를 내서 방 안으로 들어갔다. 확실히 좋은 때가 아니었다. 그가 전화기에서 시선을 떼자 나는 그와 시선이 마주쳤다. 분노한 사자. 풍성한 검은 턱수염이 곤두서 있었고 가슴은 분노로 부풀어 올라 있었다. 오만한 회색 눈동자가 나를 아래위로 훑어보았다. 그의 분노가 내게로 쏠렸다.

"지긋지긋한, 쓰레기 악당들 같으니라고." 그가 소리쳤다. "내가 말하는 동안 웃는 소리가 다 들렸어. 이건 나를 화나게 하려는 음모야. 그리고, 말론, 자네는 정말 재수없는 아침에 왔군. 개인적으로 볼 일이 있어서 내게 온 건가 아니면 인터뷰를 해 오라고 신문사에서 시켰나? 친구로서는 들어올 수 있지만 기자로서는 당장 쫓겨날 거네."

내가 주머니에서 맥아들 씨가 준 편지를 찾고 있는데 교수는 뭔가 갑자기 화나는 사건이 떠오른 모양이었다. 거대한 털북숭이 손이 책상 위의 종이 조각들을 더듬거리다가 이윽고 조그만 신문 조각을 찾아냈다.

"자네는 최근에 밤을 새우고 쓴 기사로 넌지시 날 일깨우고도 남았지." 그가 종이 조각을 내게 흔들면서 말했다. "최근 졸렌호펜 점판암층에서 발견된 공룡의 흔적에 대한 자네의 어리석은 의견 중에서 알게 된 거야. 자네는 이렇게 한 문단을 시작했지. '우리 시대 살아 있는 가장 위대한 과학자 중 한 사람인 G. E. 챌린저 교수는…….'"

"그게 뭐 어때서 말씀이십니까?" 내가 물었다.

"이 기분 나쁜 자격과 제한은 뭐지? 나와 동등한 수준으로 여겨지는 우수한 과학자들은 누구란 말이지? 아니면 나보다도 더 우수한 사람이 있단 말인가?"

"잘못 썼군요. 제대로 쓰려면 '우리 시대 가장 위대한 과학자'라고 썼어야 합니다."

내가 인정했다. 그것은 내가 가진 믿음이기도 했다. 내 말에 그는 한겨울에서 한여름으로 돌변했다.

"이봐, 젊은 친구. 내가 너무 가혹하다고 생각하지는 말게. 그렇지만 나처럼 호전적이고 비이성적인 동료들에게 둘러싸여 있다 보면 스스로의 편을 들게 되지. 내가 본디 자기 주장이 강한 편은 아니지만 반대 의견에 대비해서 나의 입장을 다질 필요가 있어. 자, 이리 오게! 여기 앉으라고! 나를 만나러 온 이유가 뭔가?"

그는 쉽게 흥분해서 다시 사자처럼 으르렁거릴 수 있었기 때문에 난 쓸데없이 말을 돌려야 했다. 나는 맥아들의 편지를 꺼냈다.

"제가 이걸 읽어드려도 될까요? 이건 저의 신문사 편집자인 맥아들이 보낸 것입니다."

"그 사람은 기억이 나네. 신문사에서 일하는 종류치고는 그다지 싫지 않은 사람이지."

"적어도 교수님에 대한 존경심은 높으니까요. 어떤 일이든 높은 수준의 도움이 필요하면 꼭 교수님께 의지하곤 했죠. 이번에도 그런 일입니다."

"그가 원하는 것이 뭔가?"

칭찬에 기분이 좋아진 챌린저는 깃털을 뽐내는 덩치 큰 새 같았다. 그는 팔꿈치를 책상에 대고 고릴라 같은 두 손을 깍지

끼었으며 턱수염은 앞으로 곤두서 있었고 처지는 눈꺼풀로 반쯤 덮인 커다란 회색 눈은 인자하게 나를 바라보고 있었다. 그는 모든 방면에서 거대한 사람이었고 그의 자비심은 그의 난폭한 면을 누르고도 남을 만큼 컸다.

"맥아들 씨가 제게 준 쪽지를 읽어드리지요.

우리의 존경스러운 친구인 챌린저 교수를 방문해 주게. 그리고 다음과 같은 상황에 대해 도움을 요청해 주게나. 햄스티드의 화이트 프라이어 맨션에 사는 시어도어 니모라는 라트비아 출신의 신사가 있네. 그는 자신이 매우 특별한 기계를 발명했다고 주장하는데, 그는 그 기계가 사정거리 내의 모든 물건을 분해할 수 있다고 하는군. 물질은 분자 혹은 원자 상태로 분해되는 것이라고 하네. 그리고 그 과정을 역행함으로써 재결합할 수 있다더군. 이 주장은 터무니 없는 것 같은데, 그렇지만 이 주장을 뒷받침할 수 있는, 그리고 이 사내가 대단한 발견을 했다는 명백한 증거가 있다고 하네.

그런 발명이 사실이라면 얼마나 혁명적인 것인지는 내가 과장할 필요가 없겠지. 또한 그것이 전쟁터에서 무기로 사용될 잠재력의 중요성에 대해서도 말이야. 이것을 전함을 분해할 수 있는 힘, 혹은 대부대를 원자의 집합체로 바꿀 수 있는 힘으로 이용하면 세계를 지배할 수 있을 거야. 사회적이나 정치적인 이유 때문에 이 일을 파헤치는 걸 지체해서는 안 되네. 그자는 자신의 발명품을 팔려고 안달이 나 있어서 언론을 유혹하고 있네. 그러니 그에게 접근하는 일은 어렵지 않을 거야. 내가 준 이 명함이면 그가 문을 열어 줄 걸세. 내가 바라는 것은 자네가 챌린저 교수를 모시고 그를 방문하여 그의 발명품을 살펴본 후《가제트》에 그 발명품의 가치에 대한 검토 보고서를 써 주는 것이야. 오늘 저녁에 내게 연락을 주게.

R. 맥아들.

제가 받은 지시 사항은 이겁니다, 교수님."

나는 편지를 접으면서 한마디 더했다.

"진심으로 교수님께서 함께 가 주시길 바랍니다. 저처럼 이해력에 한계가 있는 사람이 이런 문제에 대해 혼자서 가 본들 무슨 소용이 있겠습니까?"

"맞아, 말론! 정말이야!" 위대한 사내는 푸르르거렸다. "자네가 결코 모자라는 지능을 가진 것은 아니지만 자네가 내게 알려준 이 일은 아무래도 자네가 혼자 알아보기에는 벅찬 일인 것 같군. 아까 말할 가치도 없는 사람들이 전화를 해서 오늘 아침 일을 망쳐놓았으니 좀 더 다른 일을 한다고 문제가 되진 않을 거야. 나는 저 이탈리아의 익살꾼인 마조티의 질문에 대답해 주고 있었네. 그의 열대 흰개미의 미숙한 발달에 대한 시각은 너무 가소롭고 경멸받아 마땅하지만 놈의 사기를 만천하에 드러내는 것은 저녁 때까지 미뤄둘 수 있지. 그동안은 나도 자네랑 같이 갈 수 있네."

그래서 그 10월의 아침, 북부 런던으로 가기 위해 나는 교수님과 함께 지하철을 탔다. 그 여행이 내 인생의 가장 놀라운 경험이 될 줄은 몰랐다.

엔모어 가든을 떠나기 전, 나는 교수에게 항상 분풀이를 당하는 전화기를 통해 우리가 노리는 사내가 집에 있다는 것을 확인하고 그에게 우리가 가는 것을 알렸다. 그는 햄스티드에 있는 아늑한 아파트에 살고 있었는데, 다른 방문객들과 열띤 토론을 벌이느라 우리를 30분이 넘도록 기다리게 만들었다. 그 방문객들이 떠날 때 현관에서 들려온 인사 소리로 보아 그들은 러시아 인이었다. 반쯤 열린 문으로 그들의 모습을 흘끔 보았는데, 그들은 매우 부유하고 똑똑해 보이는 사람들이었다. 그들은 아스트라한 옷깃이 달린 코트와 반짝거리는 중산모를 썼고 공산주의 사회에서 성공한 자들이 금세 자기네 것으로 받아들인, 잘 사는 부르주아의 모습이었다. 그들이 나가고 현관 문이 닫힌 후 곧 시어도어 니모가 우리가 있는 방으로 들어왔다. 햇빛을 전면으로 받은 그를 볼 수 있었는데 그는 길고 마른 손을 비비면서 미소를 띤 채, 교활한 노란 눈으로 우리를 훑어보았다.

그는 키가 작고 땅딸한 사내로 약간 기형인 듯한 체형을 가지고 있었는데 정확하게 어디가 기형인지는 금방 알아차리기 힘들었다. 어떻게 보면 그는 등에 혹이 없는 꼽추 같았다. 그의 커다랗고 부드러운 얼굴은 덜 익은 덤플링처럼 전반적으로 균일한 색깔과 습기를 머금고 있는 것 같았고 창백한 배경 위에 얼굴을 장식한 여드름과 부스럼이 매우 도드라져 보였다. 그의 눈은 고양이와 같았다. 그리고 단정치 못하고 침으로 젖은 입술 위에는 곤두선 듯한 길고 얇은 콧수염을 기르고 있었다. 모래 색의 눈썹을 보기 전까지는 누구라도 그의 외모가 매우 불쾌하다고 느낄 것이다. 눈썹 위 두상은 한번도 본 적이 없는 근사한 곡선을 드러내고 있었다. 그 거대한 머리에는 챌린저의 모자도 맞을 듯했다. 얼굴의 아래쪽만 보면 시어도어 니모는

졸렬하고 비열한 음모나 꾸밀 법한 사람이라고 생각하겠지만
위 쪽을 보면 세계적인 사색가나 위대한 철학가와 견줄 만한
사람이라고 생각할 것이다.

"자, 신사 여러분." 그가 외국 억양이 약간 느껴지는 부드러
운 목소리로 말했다. "전화로 말씀하신 대로라면 니모 분해 장
치에 대해 알고 싶어서 오신다고 하셨는데 맞습니까?"

"바로 그겁니다."

"혹시 영국 정부에서 오신 분들인지 여쭤봐도 될까요?"

"아닙니다. 저는 《가제트》의 기자이고 이분은 챌린저 교수이
십니다."

"유명한 이름이군요. 유럽의 저명 인사이시군요."

그가 알랑거리며 친한 척하려고 미소를 짓자 누런 송곳니가
번쩍거렸다.

"정부에서 오셨으면 이제 기회를 놓쳤다고 말씀을 드리고 싶
었습니다. 그리고 또 어떤 손해를 봤는지는 나중에 차차 알게
될 것입니다. 어쩌면 제국을 모두 잃은 것인지도 모르지요. 저
는 기계 값을 가장 먼저 주는 정부에게 팔려고 마음먹고 있었
습니다. 만일 당신들이 원하지 않는 상대의 손에 기계가 들어
간 것이라면 스스로를 탓하라고 하고 싶습니다."

"그렇다면 비밀을 팔았단 말씀이십니까?"

"제가 책정한 가격에 팔았지요."

"구매자들이 독점할 것이라 보십니까?"

"물론 그러겠지요."

"그렇지만 다른 사람들도 그 비밀을 알지 않습니까?"

"아닙니다. 선생." 그는 넓은 이마를 만졌다.

"이것이 그 비밀이 안전하게 들어 있는 금고입니다. 강철보다 더 강하고 예일 자물쇠보다도 안전한 것으로 잠겨 있습니다. 저를 빼고는 이것의 전모를 아는 사람은 아무도 없습니다."

"당신이 그것을 판매한 신사 분들이 알고 있겠죠."

"아닙니다, 선생. 전 돈을 다 받기 전에 지식을 넘겨줄 정도로 바보는 아닙니다. 그리고 돈을 받은 이후에도 그들은 저를 사는 것입니다. 그렇지만 이 금고와 내용물을 그들이 원하는 장소로 옮길 수 있죠." 그는 다시 한번 이마를 두드렸다. "그런 후에야 거래가 끝나는 것입니다. 정직하게, 그리고 무자비하게 끝나버리는 것입니다. 그러고는 역사가 새로 만들어질 겁니다." 그는 두 손을 비비면서 미소를 지었는데 마치 으르렁거리는 것처럼 보일 정도로 입술이 뒤틀어졌다.

"선생, 실례하겠소."

여태까지 조용히 앉아 있던 챌린저가 큰 소리로 말을 꺼냈다. 시어도어 니모에 대한 불만과 불쾌감이 얼굴에 가득했다.

"우선 대화를 나누기 전에 그것이 진정 가치 있는 일인지 우리를 설득하여 주셨으면 좋겠소. 얼마 전 먼 거리에서 광산을 폭파할 수 있다고 말했던 이탈리아 인은 조사해 보니 형편없는 사기꾼이었던 것을 우리는 아직 기억하고 있소. 역사는 반복되는 것이오. 선생, 알고 계시겠지만 나는 과학자라는 명성을 유지해야 하오. 당신이 친절하게도 유럽의 저명인사라고 말한 그 명성 말이오. 내 생각엔 미국에서도 마찬가지로 유명하다고 생각하지만. 조심스러운 것은 과학자다운 특성이긴 하지만 우리가 당신의 주장에 대해 숙고하기 전에 당신은 증거를 제시해야만 하오."

니모는 노란 눈으로 나의 일행에게 악의에 찬 눈빛을 보냈지만 상냥한 미소가 금세 얼굴에 번졌다.

"정말 명성대로이시군요, 교수님. 모든 세상 사람들을 다 속여도 교수님은 속일 수가 없다고 들었습니다. 저는 교수님을 설득할 수 있도록 실제 시험 가동을 해 보일 준비를 하고 있습니다. 그렇지만 시작하기 전에 일반적인 원리에 대해서 몇 마디 말씀을 드려야겠습니다.

여기 저의 실험실에 세워져 있는 실험 플랜트는 하나의 모형에 불과하기 때문에 한계를 가지고 있습니다만 제한된 범위 내에서는 훌륭하게 작동합니다. 아무런 어려움 없지요. 예를 들면 당신을 분해했다가 재조립할 수 있습니다. 그렇지만 거대한 정부에서 수백만에 달하는 비용을 지불할 때는 그런 의도로 사용하려는 것이 아니겠지요. 저의 모형은 그저 과학적인 장난감에 불과합니다. 이런 힘은 거대한 스케일로 작용했을 때 어마어마한 실질적 효과를 얻을 수 있는 것입니다."

"우리가 그 모형을 볼 수 있소?"

"챌린저 교수님. 볼 수 있을 뿐만 아니라 교수님께 시연을 해 드릴 수도 있습니다. 만일 용기가 있으시다면 말입니다."

"만일이라고!" 사자는 으르렁거리기 시작했다. "선생, 당신의 그 '만일'이라는 말이야말로 가장 거슬리는군."

"자, 자. 교수님의 용기에 대해 논쟁하려는 것은 아니었습니다. 저는 그저 기계를 실행해 볼 기회를 드리겠다는 말씀이었습니다. 그렇지만 우선은 물질을 지배하는 법칙에 대해 몇 마디 말씀을 드리겠습니다.

특정 결정, 예를 들면 소금이나 설탕 같은 것은 물에 넣으면

용해되어 사라집니다. 그것들이 존재했었는지조차 알 수 없게 됩니다. 그러나 증발이나 다른 방법으로 물의 양을 줄인다면 짠! 하고 다시 결정들이 나타나서 이전처럼 눈에 보이게 됩니다. 유기체인 당신이 그런 과정을 거친다고 생각하실 수 있습니까? 그것은 소금처럼 당신이 우주 속에 녹았다가 조건을 약간 반전시키면 다시 재조립되는 것과 같은 것입니다."

"그 비유는 틀린 것이오." 챌린저가 소리쳤다. "만일 그 말도 안 되는 가정을 받아들여서 우리의 몸을 이루는 분자가 어떤 분열을 일으키는 힘에 의해 분산되었다고 하더라도 다시 이전과 똑같은 위치로 재조립이 된다는 법이 어디 있소?"

"그 반론이 나올 줄 알았지요. 제 답변은 한 개의 원자까지도 원래 있던 자리로 되돌아간다는 것입니다. 눈에 보이지 않는 틀이 있어 모든 벽돌이 제자리를 찾아 가는 것입니다. 지금은 웃고 계시지만 교수님의 불신과 미소는 곧 또 다른 감정으로 바뀌게 될 것입니다."

챌린저는 어깨를 으쓱했다. "난 빨리 그 테스트가 보고 싶소만."

"제가 여러분이 이 아이디어를 이해하는 데 도움이 되도록 말씀 드리고 싶은 것이 또 하나 있습니다. 두 분 모두 동양의 마법이나 서양의 신비주의에서 말하는 강령 현상에 대해 들어 보셨을 겁니다. 그것이 멀리 있는 물건을 갑자기 새로운 장소로 불러오는 것입니다. 분자를 흩어 에테르 파동으로 운반하여 절대 어길 수 없는 법칙의 지배를 받아 원자들이 원래의 위치로 모여 재조립하는 방법을 제외한다면 그런 일은 불가능합니다. 그것이 제가 만든 기계가 하는 것을 제대로 비유한 것입니

다."

"한 가지 믿을 수 없는 현상을 설명하기 위해 또 다른 믿을 수 없는 현상을 인용할 수는 없소." 챌린저가 말했다. "나는 당신의 강령을 믿지 않소 니모 씨. 그리고 당신의 기계도 믿지 않소. 나는 매우 바쁜 사람이니 시연을 하려면 더 이상 거추장스러운 격식은 집어치우고 빨리 보여주었으면 하오."

"그렇다면 저를 따라오십시오." 발명가가 말했다. 그는 우리를 데리고 아래층으로 내려가 뒤편의 작은 정원을 가로질러갔다. 그곳에는 꽤 커다란 별채가 있었는데 그가 잠긴 문을 열었고 우리는 다 함께 들어갔다.

안에는 커다란 석회벽으로 된 방이 있었는데 무수히 많은 구리 철사들이 천정에 매달려 늘어져 있었고 받침대 위에는 거대한 자석이 놓여져 있었다. 그 앞에는 유리로 된 프리즘으로 보이는 물건이 놓여 있었는데 길이가 1미터 가량 되고 지름이 30센티미터 정도 되었다. 오른쪽에는 아연으로 된 단 위에 의자가 놓여 있었는데 그 위에 번쩍이는 구리로 된 모자가 매달려 있었다. 모자와 의자에는 모두 많은 전선들이 연결되어 있었고 한쪽 옆에는 숫자가 매겨진 홈이 파인 톱니바퀴가 달려 있었는데 탄성 고무에 쌓여 있는 손잡이는 '0'이라 표시된 홈에 놓여 있었다.

"니모의 분해기입니다." 그 특이한 사내는 기계를 향해 손을 흔들면서 말했다. "이것이 원자 사이에 존재하는 힘의 균형을 변형시킴으로써 전국적으로 유명해질 수밖에 없는 그 기계입니다. 이 기계를 가진 자가 세상을 다스리게 될 겁니다. 챌린저 교수님, 외람된 말씀이지만 교수님께서는 이 문제에 대해서 고려도 제대로 하시지 않고 제게 무례하게 대하셨습니다. 저 의자에 앉아서 당신의 몸을 이용해서 새로운 힘이 어떤 능력이 있는지 시연할 수 있도록 도전하시겠습니까?"

챌린저는 사자와 같은 용기를 가지고 있었고 무엇이든 자신에게 도전하는 것이라면 그는 순간적으로 격분했다. 그는 기계로 달려가려 했으나 내가 그의 팔을 잡고 못 가게 말렸다.

"안 됩니다. 교수님의 목숨은 너무 중요합니다. 이것은 바보 같은 일입니다. 이 일에는 안전에 대한 보장이 하나도 없습니다. 저 기계와 가장 유사한 것은 아마도 싱싱 교도소에 있는 전기 사형 의자일 것입니다."

"내 안전에 대한 보장은 말이야." 챌린저가 말했다. "자네가 증인이라는 것이고 만일 내게 무슨 일이 생기면 이자는 살인으로 체포될 거라는 것이지."

"교수님만이 하실 수 있는 일들을 미완의 상태로 내버려 둔 채 그런 일을 당하시면 과학계에게는 아무런 위로가 되지 않습니다. 꼭 그러셔야 한다면 제가 먼저 하겠습니다. 그리고 안전이 입증이 되면 교수님이 하십시오."

자기 개인에게 위험하다는 건 챌린저의 마음을 바꿀 수는 없었을 것이지만 그가 끝내지 못한 과학 연구에 대한 언급은 충격이 컸다. 그는 망설이고 있는 것을 보고 나는 그가 결정을 내리기 전에 뛰어가서 의자에 앉았다. 나는 발명가가 손잡이를 잡는 것을 보았다. 덜컥 소리가 들렸다. 그리고 잠시 혼란스러운 느낌이 들었고 눈 앞에는 안개가 낀 듯했다. 다시 시야가 맑아졌을 때 눈 앞에는 밉살스러운 미소를 띤 발명가가 서 있었고 사과처럼 빨간 볼을 가진 챌린저 교수가 그의 어깨 너머로 나를 쳐다보고 있었다.

"자, 시작하라니까요!" 내가 말했다.

"벌써 끝났습니다. 당신은 훌륭히 반응했습니다." 니모가 대답했다. "이리 나오시죠. 이젠 교수님께서도 준비가 되셨을 겁니다."

나는 내 늙은 친구가 그렇게 동요하는 모습은 처음 보았다. 그의 심하게 충격을 받은 것 같았다. 그는 떨리는 손으로 나의 팔을 움켜쥐었다.

"맙소사. 말론, 이건 진짜야." 그가 말했다. "자네가 사라졌었어. 그건 의심의 여지가 없어. 잠시 안개가 낀 듯하다가 완전히 빈 공간만 남았어."

"얼마동안 제가 사라졌습니까?"

"2, 3분 정도. 고백하자면 나도 공포에 질렸어. 난 자네가 영영 돌아오지 못할 것이라 생각했거든. 그때 저자가 저 손잡이인지 뭔지를 달칵하면서 다른 칸으로 옮겼지. 그랬더니 자네가 다시 의자에 앉아 있는 거야, 약간 어리둥절해 보이기는 했지만 예전과 똑같은 모습으로. 자네가 나타난 걸 보고 내가 얼마나 신께 감사했는 줄 아나!"

그는 커다란 붉은 손수건으로 젖은 이마를 훔쳤다.

"자, 교수님." 발명가가 말했다. "혹시 아주 질리신 겁니까?"

챌린저 교수가 눈에 띄게 긴장했다. 그러더니 저지하는 나의 손을 밀치고 의자 위에 올라 앉았다. 손잡이는 3번 칸으로 옮겨졌다. 교수는 사라졌다.

만일 조작하는 사람이 완벽하게 냉정을 유지하지 않았더라면 나도 공포에 사로잡힐 뻔했다.

"매우 흥미로운 과정이지요, 그렇지 않나요?" 그가 한마디 했다. "교수님의 독특한 특징을 떠올리면 지금 그가 이 건물 안 어딘가에 분자로 된 구름처럼 존재한다고 생각할 때 이상한 기분이 들지 않습니까? 그는 지금 물론 제 마음대로 할 수 있습니다. 만일 제가 그를 분자 상태로 놔둔다고 해도 그 어떤 것도 저를 막을 수 없습니다."

"제가 곧 당신을 막을 방법을 찾아낼 겁니다."

그의 미소는 다시 으르렁거림으로 바뀌었다. "당신은 내가 그런 생각을 했더라도 상상도 못 했을 겁니다. 저런, 저런! 위대한 챌린저 교수가 우주의 공간으로 녹아 없어져서 흔적도 없다니! 끔찍하지요! 끔찍하지 않겠습니까! 하지만 어떻게 보면 그가 이렇게 조용하고 예의 바른 사람이었던 적이 없죠. 좀 가르쳐 주면 어떻겠습……?"

"안 됩니다."

"우린 그저 신기한 실연이라고 하면 됩니다. 당신 신문에 흥미로운 기사가 될 만한 거요. 예를 들면, 생체 조직 중에서 머리카락은 아주 다른 주파수에 있다는 것을 알아냈습니다. 그래서 의도적으로 없애거나 포함시킬 수 있죠. 털이 없는 곰을 보는 것도 매우 흥미로울 것 같습니다. 한번 보시지요!"

그는 손잡이를 달칵 움직였다. 그리고 바로 챌린저 교수가 의자에 앉은 채 나타났다. 그렇지만, 그런 모습의 챌린저 교수라니! 털이 깎인 사자였다! 나는 그의 장난에 매우 화가 났지만 동시에 터져 나오는 웃음을 참을 수가 없었다.

챌린저의 커다란 머리는 어린아이의 머리처럼 머리카락이 없었고 턱은 여자처럼 매끈했다. 풍성한 갈기가 사라진 그의 얼굴은 살이 아래로 많이 처져 있었고 햄처럼 생겼다. 그의 전체적인 모습은 지쳐서 초라해지고 뚱뚱한 나이 많은 검투사의 모습이었는데 거대한 턱이 마치 불도그 같았다.

어쩌면 보고 있던 우리 두 사람의 얼굴 표정 때문이었는지도 모른다. 분명히 나와 같이 보고 있던 사내는 악마 같은 미소를 짓고 있었을 것이다. 어쨌든 무엇 때문이었는지 챌린저는 손을 들어 머리를 만져보고 자신의 상태를 파악했다. 그 다음 순간 그는 의자에서 튀어올라 발명가의 멱살을 낚아채서 땅바닥에 내동댕이쳤다. 챌린저의 힘이 얼마나 센지 아는 나는 그 남자가 죽었을 것이라 생각했다.

"교수님, 제발 조심하십시오! 만일 교수님이 이자를 죽이면 절대 벗어날 수가 없습니다" 내가 외쳤다.

그는 내 말을 들었다. 챌린저 교수는 미친 듯이 화가 난 순간에도 항상 이성적인 생각이 가능한 사람이었다. 그는 벌떡 일어서서 덜덜 떨고 있는 발명가를 일으켜 세웠다.

"5분 주지." 그는 화가 나서 헐떡거리고 있었다. "5분 안에 내 원래 모습대로 돌려놓지 않으면 너의 그 조그만 목을 졸라 죽여줄 테다!"

분노한 챌린저 교수는 논쟁을 할 수 있는 대상이 아니었다. 아무리 용감한 사람이라도 그의 앞에서는 움츠러들었는데 니모 씨는 특별히 용감한 사람도 아닌 것 같았다. 오히려 칙칙한 원래 낯빛이 물고기 배 같은 색으로 변하자 그의 얼굴에 있는 뾰루지와 사마귀가 두드러져 보였다. 팔다리가 떨려서 그는 말도 제대로 하지 못했다.

"너무하시는군요, 교수님!" 그가 한 손으로 목을 움켜쥐고 웅얼거렸다 "이런 폭력은 정말 무익한 겁니다. 친구들 사이에 당연히 통할 수 있는 무해한 장난이라고요. 저는 그저 이 기계의 능력을 보여드리고 싶었습니다. 교수님께서 다양한 시연을 보고 싶어하실 줄 알았습니다. 나쁜 뜻은 없었습니다, 교수님, 절대로요!"

챌린저 교수는 대답 대신 의자에 다시 올라 앉았다.

"자네가 이자를 잘 살펴, 말론. 다른 짓은 못하게 하라고."

"제가 절대 못하게 하겠습니다."

"빨리 원래대로 되돌려 놓지 않으면 대가를 치러야 할걸."

공포에 질린 발명가는 자신의 기계로 다가갔다. 재결합력은 최대로 가동되었고 순식간에 노련한 사자와 헝클어진 갈기가 다시 나타났다. 그는 애정을 담아서 턱수염을 손으로 쓰다듬었고 회복이 완벽한지 확인하기 위해 머리를 쓰다듬었다. 그리고 의자에서 엄숙하게 내려왔다.

"선생은 치명적인 대가를 치러야 할지도 모르면서 자기 마음대로 했소. 그렇지만 보여주기 위해서 그렇게 했다는 설명을 받아들여 주지. 자, 그럼 당신이 발견했다고 하는 이 대단한 힘에 대해 몇 가지 직접적인 질문을 던져도 되겠소?"

"무슨 질문이든 대답할 수 있지만 그 힘의 근원이 무엇인지는 알려드릴 수 없습니다. 그것은 저의 비밀입니다."

"정말 명확하게 당신 말고는 이 세상 어느 누구도 그 사실을 모른단 말이오?"

"상상조차 못할 겁니다."

"조수는?"

"없습니다. 전 혼자 일합니다."

"이런! 이거 아주 흥미롭구먼. 이 힘이 진짜라는 점은 아주 흡족한데, 아직 그 실용적인 의미는 이해할 수 없군."

"제가 설명했잖습니까. 이건 모형일 뿐입니다. 그렇지만 커다란 규모의 공장을 세우는 것도 매우 쉬울 것입니다. 보시면 아시겠지만 이 기계는 수직으로 작동합니다. 위쪽에 특정 전류가 흐르게 하고 아래쪽에도 전류가 흐르도록 하는 것입니다. 그러면 분해되거나 재조립할 수 있도록 파동이 형성되는 것입니다. 그렇지만 이 과정은 수평으로도 진행할 수 있습니다. 수평으로 만들더라도 같은 효과를 가지고 올 것이고, 유효한 영역은 전류의 세기에 비례할 것입니다."

"예를 들어보게."

"그럼 이렇게 생각해 보지요. 작은 배에다가 한쪽 극을 싣고 다른 작은 배에다가 반대 극을 실으면 두 배 사이에 들어오는 전투함들은 모두 분자로 사라지는 것입니다. 그것은 군대에 대해서도 마찬가지입니다."

"그리고 당신은 이 비밀을 유럽의 권력을 독점할 수 있도록 팔았단 말인가?"

"그렇죠. 돈만 제게 보내주면 역사적으로 그 어떤 국가도 가져본 적이 없는 어마어마한 권력을 쥐게 되는 것입니다. 이 무기의 위력을 사용하는 데 거리낌이 없는 사람의 손에 이 기계가 들어가면 어떤 일이 일어날지 아직도 제대로 가늠할 수가 없습니다."

사내의 사악한 얼굴에 득의양양한 미소가 지나갔다.

"상상해 보십시오. 런던의 4분의 1에 영향을 미치도록 기계를 세우는 겁니다. 그 정도의 규모에서 흘릴 수 있는 전류의 효과를 생각해 보십시오." 그는 크게 웃음을 터뜨렸다. "전 토마스 계곡이 깨끗해지는 모습이 떠오르는군요. 우글거리는 수백만 사람들 중에 남자든 여자든 어린아이든 아무도 남지 않을 겁니다!"

그의 말이 내게 공포를 느끼게 했다. 특히 그가 말을 하는 내내 보여주었던 흥분이 더욱 공포스러웠다. 그러나 그 말은 같이 듣고 있던 챌린저 교수에게는 매우 다른 효과를 나타낸 것 같았다. 놀랍게도 교수는 온화한 미소를 지으면서 발명가에게 한 손을 내밀었다.

"자, 니모 씨. 아무래도 축하를 드려야 할 것 같소이다." 그가 말했다. "당신이 자연의 뛰어난 성격을 하나 찾아내 인간이 사용할 수 있도록 만들었다는 사실에는 의심의 여지가 없소. 그리고 이 힘을 활용하면 반드시 파괴적이 된다는 것은 매우 유감스러운 일이나 과학은 그런 것과는 상관없이 지식은 자연이 인도하는 쪽으로 따라갈 뿐이지 않겠소. 내 생각엔 이것에 관련된 원리에 대해 캐내려고 하지 않는다면 내가 기계의 구성을 살펴보아도 별 상관을 하지 않을 것 같은데, 어떻소?"

"전혀 꺼리지 않습니다. 그 기계는 단순히 몸체일 뿐이지요. 그것의 영혼, 그러니까 그것을 활성화시키는 원리는 절대로 알아내실 수 없을 겁니다."

"그렇소. 그러나 단순한 기계라 하더라도 대단한 창조적인 재주를 보여주는 것 같소." 그리고 교수는 기계 주변을 맴돌며 여러 부분을 손가락으로 건드려 보았다. 그러더니 그는 큰 덩치를 절연된 의자에 올려놓았다.

발명가가 물었다. "다시 한번 우주로 여행을 떠나고 싶으신가요?"

"나중에. 어쩌면 …… 나중에! 그런데 당신도 잘 알겠지만 여기 전기가 좀 새어 나오고 있소. 지금 내 몸으로 아주 약한 전류가 흐르는 것을 뚜렷이 느낄 수가 있소."

"불가능합니다. 의자는 잘 절연되어 있습니다."

"그렇지만 지금 느껴지는 걸." 그는 의자에서 내려왔다.

발명가가 그 자리로 재빨리 올라갔다.

"난 아무것도 안 느껴지는데요."

"등 뒤로 뭔가가 간지럽히는 느낌이 없소?"

"아니요, 교수님. 전 그런 느낌이 없는데요."

갑자기 날카로운 소리와 함께 사내가 사라졌다. 나는 놀라서 챌린저를 쳐다보았다.

"이런! 교수님! 기계를 건드리신 겁니까?"

교수는 약간 놀란 척하면서 인자한 미소를 지었다.

"이런, 이런! 내가 모르고 손잡이를 건드렸지 뭐야. 이렇게 서투른 기계를 만들면 이상한 경우가 생기기 매우 쉬운 일이지. 여기 이 레버는 분명 보호 장비를 가지고 있어야 해."

"3번 칸에 놓여져 있는데요. 그건 분해가 일어나는 칸입니다."

"자네가 기계에 올라갔을 때 나도 봤네."

"그렇지만 교수님께서 돌아오셨을 때 저는 너무 흥분해서 어떤 칸으로 가면 돌아오는지 못 봤습니다. 교수님은 보셨습니까?"

"봤는지도 모르지. 말론, 그렇지만 나는 그런 작은 세부적인 것은 기억하고 싶어하지 않네. 그리고 여기에 많은 칸이 있지만 우린 그 용도를 모르지. 잘 모르는 것으로 실험을 하면 문제가 더 악화될지도 몰라. 지금 이대로 두는 것이 더 좋을 수도 있어."

"그렇다면……"

"그래. 바로 그거야. 그게 더 나을 거야. 시어도어 니모의 흥미로운 개성은 우주로 퍼져 나가 흡수되었지. 그의 기계는 가치가 없는 것이 되었고 특정 외국 정부는 인류에게 매우 유해할 것 같은 지식을 알아내지 못하게 되었지. 아침 나절의 일로서 나쁘지 않은 거지, 말론. 자네 신문은 기자의 방문 직후 일어난 설명할 수 없는 라트비아 출신의 발명가의 실종에 대해서 흥미로운 기사를 쓸 수 있을 테고. 난 아주 즐거운 경험이었네. 지겨운 일상적 연구는 이런 흥미로운 순간들 덕분에 훨씬 즐거운 일이 되지. 그렇지만 삶에는 즐거운 일만 있는 것이 아니고, 의무를 다 해야 하는 법. 그래서 나는 그 이탈리아 인 마조티와 열대 흰개미의 애벌레 성장에 대한 말도 안 되는 시각에 대해서 다시 연구해 보아야겠어."

되돌아보니 의자 위에는 흐릿하고 유성의 안개가 어려 있는 것 같이 보였다.

"그렇지만 분명히……." 나는 역설했다.

"법을 잘 지키는 시민의 첫 번째 의무는 살인을 예방하는 것이야."

첼린저 교수가 말했다.

"난 그렇게 한 거야. 이제 됐어, 말론. 됐다고! 이 문제에 대해서는 더 이상 말하지 않겠네. 난 중요한 문제에 쏟아야 할 내 생각을 너무 오랫동안 다른 곳에 허비했단 말이야."

〈물질 분해 장치 · 끝〉

지구가 절규했을 때

When The World Screamed

지구가 절규했을 때

《가제트》의 기자인 내 친구, 에드워드 말론이 여러 번 모험을 함께 겪었던 챌린저 교수에 대해 말하는 것을 들은 기억이 어렴풋이 난다. 하지만 나는 회사에서 일이 과중하게 부과되어 있어 매우 바빴기 때문에 주요 관심사 외에는 세상이 어떻게 돌아가고 있는지 거의 모른다. 내 기억에 의하면 챌린저 교수는 매우 과격하고 참을성 없는 천재라고 했다. 그래서 그로부터 다음과 같은 사업상 편지를 받았을 때 나는 놀라지 않을 수 없었다.

14, 엔모어 가든, 켄싱턴

선생.

나는 피압 시추[1] 분야의 전문가와 이야기를 나눌 기회가 있었소. 내가 그 전문가에 대해 그다지 좋지 않게 평가하고 있다는 사실을 숨기고 싶지 않소. 그리고 나처럼 두뇌 명석한 사람들은 특정한 분야의 전문가(대부분의 경우 전문가라 부르기도 무색하오)들의 편협한 시각보다 훨씬 넓고 정확한 시각을 가지고 있소. 어쨌든 나는 당신에게 기회를 주고 싶소. 피압에 대한 전문가들의 목록(멍청이들의 목록이라는 말이 더 어울릴 것 같소)을 훑어보니 당신의 이름이 가장 눈에 띄었소. 그리고 나의 젊은 친구인 에드워드 말론 군에게 물어보니 당신과 아는 사이라고 하였소. 그래서 당신과 일단 만나서 대화를 나눠보고 싶소. 그리고 만일 당신이 나의 기준에 적합하다면 (나의 기준은 절대 낮은 수준이 아니오만) 매우 중요한 문제를 의뢰하고 싶소. 지금으로서는 그 문제가 극비이기 때문에 그 내용을 기록으로 남길 수 없소. 말로만 할 수 있을 뿐이오. 만일 다른 일정들이 있다면 모두 취소하고 위의 주소로 다음주 금요일 오전 10시 반까지 와 주시오. 신발 털개가 있소. 그리고 챌린저 부인은 상당히 깔끔하다오.

조지 에드워드 챌린저로부터

나는 이 편지를 나의 상관에게 보여주고 대신 답변해 주길 바랬는데 그는 피어리스 존스 군이 약속을 지킬 것이라고 교수에게 답장을 보냈다. 그가 보낸 것은 예절 바른 사업상의 짧은 편지였는데 첫 구절이 이렇게 시작되었다. "귀하의 편지(날짜가 적히지 않았습니다)는 잘 받아보았습니다." 그것 때문에 교수가 두 번째 편지를 썼다. 마치 담벼락을 이루고 있는 가시덤불처럼 마구 휘갈겨 쓴 두 번째 편지는 다음과 같았다.

　선생, 내 편지에 날짜가 없다고 시비를 걸었는데, 한 가지 귀

띔해 준다면, 정부가 어마어마한 세금을 걷는 대신 편지 봉투에
동그란 도장을 찍어 주는 걸로 알고 있소. 그 도장에는 편지를
부친 날짜가 적혀 있다는 사실을 알고 있었나 모르겠소. 만일
이 표시가 없거나 글씨를 알아 볼 수 없다면 문제는 우체국에
있는 것이라 사료되오. 그러니 내가 귀하에게 의뢰했던 문제에
대해서만 생각했으면 하는 바이오. 그리고 그 외의 문제들, 내
편지가 어떤 형태이니 하는 것에 대해서는 토를 달지 말아주시
오.

내 눈에는 분명히 미친 사람을 대하고 있는 것으로 보였다.
그래서 더 이상 사건이 진행되기 전에 리치먼드에서 럭비를 같
이 하던 친구인 말론에게 도움을 청하는 게 좋겠다고 생각했
다. 그는 예전과 마찬가지로 항상 밝은 분위기의 아일랜드 인
이었다. 그는 챌린저 교수와 나의 첫 접촉에 대해 듣고는 아주
재미있어했다.
  "그건 아무것도 아니야. 교수와 5분만 같이 있어 봐. 마치 살
아 있는 채로 가죽이 벗겨지는 것 같은 느낌일 거야. 그의 사나
움을 따라잡을 자는 온 세계를 뒤져도 없을걸."
  "그럼 왜 사람들이 그걸 참고 있는 거야?"
  "참고 있지 않아. 만일 자네가 한번 모든 문서 비방죄와 싸움
과 폭행에 대한 경찰 보고를 읽어……"
  "폭행이라고!"
  "만일 자네가 교수의 의견에 반론을 제시한다면 그는 자네를
계단 아래로 던질 생각밖에 하지 않을 거야. 양복을 입은 원시
인이라고 생각하면 딱이지. 한 손에는 몽둥이, 한 손에는 울퉁

불퉁한 석기를 들고 있는 원시인 말이야. 어떤 사람들이 자신이 태어났어야 할 때를 몇백 년씩 잘못 찾아서 태어난다면 교수는 몇천 년을 잘못 찾아서 태어난 사람이지. 그는 신석기하고도 초기쯤에 태어났어야 할 사람이라고."

"그런데도 교수란 말이지!"

"그게 불가사의란 말이야! 유럽에서 가장 위대한 두뇌에 그의 상상을 모두 현실에 옮길 수 있을 정도의 추진력을 가지고 있어. 동료 과학자들은 그를 암적 존재로 취급하기 때문에 모두 그를 막으려고 혈안이 되어 있지만 그건 트롤 어선으로 베렝가리아 호[2]를 막으려는 것과 마찬가지야. 그는 그들을 무시하고 자신의 목표를 향해 곧장 돌진하거든."

"그렇다면. 한 가지는 분명하군. 나는 그 사람과 상관하고 싶지 않아. 약속을 취소해야지."

"그건 안 돼. 그 약속은 정확하게 지켜야 해. 분 단위까지 맞춰서 지키지 않는다면 한마디 듣게 될 거야"

"왜 그래야 하지?"

"음, 이유를 말해 주지. 우선 내가 챌린저 교수에 대해 한 말에 대해 너무 심각하게 받아들이지 말게나. 그와 가까워지는 사람들은 모두 그를 좋아하게 된다네. 늙은 곰은 실제론 그다지 위험한 사람은 아니거든. 그는 천연두에 걸린 인디오 아기가 치료를 받게 하기 위해서 손수 아기를 등에 업고 오지에서 마데이라 강가까지 100마일이나 걸어간 적도 있는 사람이야. 그는 모든 면에서 위대한 사람이야. 만일 자네가 그를 거스르지만 않는다면 자네를 해치지 않을 걸세."

"별로 그러고 싶은 생각이 없는걸."

"그렇다면 자네가 바보인 게지. 자네 혹시 헹기스트 다운의 기이한 일에 대해 들어 본 적이 있나? 남쪽 해안의 시추 말야."

"내가 듣기로는 누군가가 비밀리에 석탄 탐사를 했던 것이라고 하던데."

말론이 윙크를 했다.

"자네가 좋을 대로 생각하면 되네. 나는 교수와의 비밀을 지켜야 하기 때문에 그의 허락을 받기 전엔 아무런 말도 꺼낼 수가 없어. 하지만 이건 말해 주지. 왜냐하면 이미 신문에 실린 내용이니까. 고무 장사로 돈을 번 베터튼이라는 사내가 죽으면서 자신의 전 재산을 몇년 전에 챌린저에게 주었다네. 물론 과학을 위해 사용해 달라는 조건을 달고 말이지. 그건 막대한 금액이었어. 수백만은 됐을 거야. 그러자 챌린저는 바로 서섹스에 있는 헹기스트 다운을 샀어. 거긴 쓸모없는 석회질 지대 북부에 위치한 땅인데 그는 상당히 넓은 땅을 사들이고 격리시켜 버렸어. 그 중앙에는 거대한 협곡이 있어. 그는 그곳에서 탐사를 시작했어. 이렇게 발표했지. (이 부분에서 말론은 다시 한번 윙크를 했다.) 영국에 석유가 있고 그걸 증명해 보이겠다고. 그는 비밀을 지키기로 약속한 일꾼들에게 많은 돈을 지불하고 작은 마을을 만들어서 그곳에서만 살게 했어. 마을이 자리잡은 협곡도 역시 격리되어 있고 맹견들이 지키고 있다네. 벌써 기자들 여러 명이 목숨을 잃을 뻔했지. 바지만 찢기고 말았지만. 이건 거대한·작전이라고 볼 수 있어. 그리고 토마스 모든 경의 회사도 손을 대고 있지만 그들도 비밀을 유지하기로 약속한 상태야. 이제 드디어 피압 시추 전문가의 도움이 필요한 게로군. 이런 일을 거부한다면 자네가 바보 같은 게 아닐까? 일이 끝날 때엔 두둑한 보수도 받을 수 있을 텐데. 게다가 자네가 평생 만나본 사람들 중 가장 멋진 사내가 자네의 어깨를 두드려 줄 거야."

말론의 말에 설득당한 나는 금요일 아침에 엔모어 가든으로 향했다. 시간을 지키려고 무척이나 신경을 쓴 탓에 20분이나 일찍 도착하였다. 길가에서 기다리던 내 눈에 띈 것은 문에 은으로 된 화살 모양 장식이 달린 롤스로이스였다. 그것은 분명 모든 사(社)의 임원인 잭 데본셔의 차였다. 내가 알기로 그는 매우 정중한 사내였는데 그가 갑자기 문을 열고 나타나더니 하늘을 향해 손을 들어올리고 격분해서 이렇게 소리질렀다.

"젠장할 교수 놈!"

"무슨 일입니까, 잭? 오늘 아침은 기분이 상한 듯합니다."

"어, 피어리스! 당신도 이 일에 엮여 있습니까?"

"그럴 수도 있다는 생각이 드는군요."

"그럼 화를 내지 않도록 수련을 쌓아야 할 거요."

"보아하니 당신 인내심을 꽤나 넘어섰나 보군요."

"뭐 그렇다고 할 수 있습니다. 교수를 만나러 왔는데 집사가 하는 말이 '교수님께서 이렇게 전하라십니다. 지금은 달걀을 먹느라고 매우 바쁘니 좀 더 편리한 시간에 찾아오면 기쁘게 만나주겠다고 하십니다.' 하인을 통해서 그런 말이나 전하고 있으니. 오기 전에 교수가 우리에게 지불해야 할 4만 2000파운드를 받으러 가겠다고 미리 연락했는데도 말이오."

나는 휘파람을 불었다.

"그럼 돈을 떼인 겁니까?"

"아니, 그런 건 아닙니다. 돈에 관해서는 그 고릴라도 상당히 후한 편이지만 그는 내킬 때 돈을 내는 편이고 다른 사람에 대해서는 전혀 상관하지 않지요. 어쨌든 피어리스 씨도 들어가서 한번 만나 보십시오. 마주쳐 보면 알 겁니다."

그는 그 말을 남기고 차를 타고 휑하니 사라졌다.

나는 가끔씩 시계를 쳐다보면서 정각에 들어가려고 노력했다. 나는 벨 사이즈 복싱 클럽의 중량급 선수로 활동할 정도로 체격이 꽤 좋은 편이었다. 그럼에도 불구하고 이렇게 떨리는 접견은 처음이었다. 만일 그 미친 자가 나에게 공격을 해온다 하더라도 나는 자신을 방어할 만한 자신감은 있었다. 그러나 이것은 물리적인 위협이 아니었다. 오히려 짭짤할 것 같은 계약을 놓칠까 하는 조바심과 공개적으로 망신을 당하게 되는 것은 아닐까 하는 두려움이 나를 괴롭혔다. 항상 그렇듯이, 상상만 하던 순간이 지나 행동이 시작되면 문제는 그렇게 어렵기만 한 것은 아니다. 나는 회중시계를 닫아 넣고 문을 두드렸다.

목각 인형 같은 얼굴의 집사가 문을 열었다. 그의 얼굴에는 표정이 없었는데, 마치 충격에 단련이 되어 있어서 어떤 것에라도 놀라지 않을 자신이 있어 보이는 듯한 얼굴이었다.

"약속이 있으십니까?" 그가 물었다.

"물론입니다."

그는 들고 있는 목록을 훑어보았다.

"성함은? 아, 그렇군요, 피어리스 존스 씨. 10시 반. 아주 조심해야 합니다, 존스 씨. 왜냐하면 항상 기자들한테 시달리거든요. 이미 아시겠지만 교수님께서는 기자들을 아주 싫어하십니다. 이쪽으로 오십시오. 챌린저 교수님께서 기다리십니다."

다음 순간 나는 교수와 마주하고 있었다. 그의 외모에 대해

서는 나의 친구인 테드 말론이 『잃어버린 세계』에서 훨씬 묘사
를 잘 해두었으니 나는 굳이 설명하려 애쓰지 않겠다. 내 눈에
띈 것은 마호가니 책상 뒤에 앉아 있는 거대한 나무 밑동 같은
사내와 스페이드 모양의 수염, 그리고 반쯤 감기고 무례해 보
이는 커다란 회색 눈이었다. 그의 거대한 머리는 약간 뒤로 젖
혀져 있었고 턱수염은 앞으로 곤두서 있었는데, 전체적으로 매
우 오만하고 참을성이 없어 보였다. 그가 풍기는 분위기는 '넌
또 뭘 원하는데?' 라고 말하고 있는 것 같았다. 나는 책상 위에
명함을 올려 놓았다.

"아, 그렇군."

그는 명함이 마치 기분 나쁜 냄새라도 풍기는 물건인 것처럼
오만하게 손가락으로 집어올리면서 말했다.

"당신이 소위 전문가라 불리는 사람이군. 존스 군…… 피어
리스 존스 군. 존스 군은 대부에게 감사를 드려야겠소. 이 우스
꽝스러운 이름[3] 덕에 내 눈에 뜨인 것이니깐 말이야."

"챌린저 교수님. 저는 제 이름에 대한 이야기를 나누러 온 것
이 아니고 일 때문에 온 것입니다." 나는 최선을 다해 품위를
유지하면서 말했다.

"이런. 당신은 아주 예민한 사람인가 보군, 존스 군. 신경이
매우 날카로운 상태란 말이야. 당신과 이야기를 나눌 때는 조
심해야겠군. 이리 와서 좀 앉으시게. 방금 시나이 반도의 간척
에 대해 당신이 쓴 짧은 브로셔를 읽고 있었어. 직접 쓴 것인
가?"

"물론입니다. 거기 제 이름이 있잖습니까."

"그렇겠군! 그렇지만 항상 그런 것은 아니지 않은가? 어쨌든

자네의 주장을 인정하지. 이 책에는 이권이 개입되어 있지 않으니까 말이야. 지루한 이야기지만 가끔 번뜩이는 아이디어가 눈에 띄는군. 여기저기 반짝이는 생각들이 박혀 있어. 결혼했나?"

"아니요, 안 했습니다만."

"그렇다면 자네도 비밀을 유지할 가능성이 있는 것이군."

"비밀을 지키기로 약속한다면 분명히 지키겠습니다."

"자네 말을 믿어보지. 나의 어린 친구인 말론에게 들었네. (그는 마치 테드가 열 살 정도의 어린이인 듯이 말했다.) 자네를 매우 좋게 생각하고 있더군. 믿어도 될 거라고 했어. 지금 내가 하고 있는 실험이 어마어마한 것이기 때문에 신뢰도 역시 매우 중요한 것이야. 어쩌면 이번 실험은 역사상 가장 위대한 것이라고도 할 수 있지. 그리고 자네의 참여를 부탁하고 싶네."

"영광입니다."

"물론 영광이지. 만일 이 일의 성격이 이렇게 방대하고 여러 가지 높은 수준의 기술을 필요로 하는 것이 아니었다면 난 일을 혼자서 했을 거야, 자, 존스 군. 자네가 비밀을 지키기로 약속하였으니 용건을 이야기하지. 우리가 살고 있는 이 지구는 하나의 살아 있는 생명체로, 순환계, 호흡계, 신경계를 갖추고 있다고 보이네."

교수는 확실히 미친 사람이었다.

그가 말했다. "자네의 두뇌가 그 사실을 받아들이지 못하는 것 같군. 그렇지만 점차 이 생각에 익숙해 질 거야. 자연의 모든 것에는 유사성이 존재하게 마련이거든. 장기적으로 보았을 때 땅이 천천히 올라갔다가 내려가는 것을 생각해보게나. 그런 건 동물의 느린 호흡과 유사하잖나. 그리고 릴리풋 사람[4]인 같은 우리 인간들에게는 지진이나 분화로 느껴지는 것이 지구가 몸을 긁거나 만지작거리는 정도라고 생각할 수 있어."

"그럼 화산은요?" 내가 물었다.

"쯧쯧. 그런 건 우리 몸에 있는 종기와 비슷한 거야."

교수의 괴벽스러운 주장에 대응할 만한 답을 찾느라고 나의 두뇌가 팽팽하게 돌아갔다.

"온도!" 내가 소리질렀다. "지구의 지하로 내려갈수록 온도가 매우 급격하게 올라가는 것은 사실 아닌가요? 게다가 지구의 중심은 뜨거운 액체이지 않습니까?"

그는 손을 저으면서 나의 반문을 일축했다.

"선생. 현재 의무 교육제가 실행되고 있으니 당신도 배웠겠지만 지구는 북극과 남극, 양극에서 약간 눌린 듯한 구체 모양이야. 그렇기 때문에 극지방이 지구 중심에서 거리상으로 가장 가까운 지점이지. 그러니 당신이 언급한 내부의 열로부터 가장 크게 영향을 받을 거야. 그렇다고 극지방이 열대성 기후로 악명 높은가?"

"저는 전혀 처음 듣는 이야기입니다."

"물론 그렇겠지. 새로운 아이디어를 세상에 내놓는 것은 생각해 낸 사람의 특권이지. 평범한 사람들은 달가워하지 않지만. 자, 선생. 이건 뭐겠소?"

그는 책상에서 조그만 물체를 들어올리면서 말했다.

"제가 보기엔 성게 같군요."

"정확하군!"

그는 어린이들이 똑똑한 짓을 했을 때 부모들이 과장되게 놀라듯이 매우 놀란 흉내를 내면서 소리쳤다.

"이것은 성게일세. 아주 흔한 성게지. 자연은 크기에 상관없이 여러 가지 형태로 반복되지. 이 성게는 세상의 모형이자 원형이란 말야. 자네 눈에도 대충 둥그런 모양과 극 지방이 편평한 것이 보일 거요. 지구가 하나의 성게라고 생각해 보자고. 반대 의견 있나?"

나의 주된 반론은 그의 주장이 논쟁을 하기에 너무나 기이하다는 사실이었지만 나는 감히 말을 꺼내지 못했다. 그래서 난 그의 주장 중 덜 충격적인 주장에 대해 질문을 던졌다.

"살아 있는 생명체는 음식이 필요합니다. 지구는 그렇게 많은 양의 음식을 어디에서 얻습니까?"

"그래, 정말 좋은 지적이야! 좋았어!"

교수는 칭찬하면서 말했다.

"당신은 뻔한 것을 빨리 알아차리면서 좀 더 미묘한 암시는 늦게 알아내는군. 지구는 어떻게 영양분을 섭취할까? 그럼 다시 한번 성게를 살펴보자고. 주변을 에워싼 물이 작은 생물체 안으로 흐르면서 양분을 가져다 주지."

"그렇다면 교수님은 물이……."

"아니지. 에테르야. 지구는 우주 상에서 원형 궤도를 따라 움직이지. 그리고 지구가 움직이는 동안 에테르가 계속해서 지구로 유입되면서 생명력을 준단 말이야. 그리고 다른 성게 같은 천체들도 그렇게 살아가는 것이지. 금성, 화성 그 외에도 모두 각각 먹이를 얻는 영역을 확보하고 있는 셈이지."

이 사내는 정말 미쳤다. 그렇지만 그와 언쟁을 할 순 없었다. 그는 나의 침묵을 동의로 받아들이고 만족한 듯이 미소를 지으면 나를 바라보았다.

"이제 좀 이해가 되나 보군. 이제 서광이 비치기 시작하는 거야. 처음에는 좀 당혹스럽겠지, 당연히. 그렇지만 곧 적응이 될 걸세. 내 손에 있는 이 조그만 생명체에 대해서 내가 더 발견해 낸 사실을 알려주도록 하지.

이 딱딱한 외부의 껍질 위에 아주 미세한 곤충들이 있다고 가정해 보자고. 그럼 이 성게가 그 존재를 인식하고 있을까?"

"아마도 못 하겠죠."

"그렇다면 지구는 인류가 자신을 어떻게 활용하는지 전혀 알지 못한다고 생각할 수 있지. 지구는 태양 주의를 도는 동안 오래된 배의 밑창에 따개비들이 붙듯이 표면에서 자라나는 이끼 같은 식물들과 극미 동물의 진화에 대해 모르고 있을 거야. 그게 현재 상황인데 나는 그것을 바꿔 보려고 하네."

나는 놀라서 그를 쳐다보았다.

"그것을 바꿔보려 하신다고요?"

"나는 지구에게 적어도 조지 에드워드 챌린저라는 주목해야 할 사람이 있다는 사실을 알릴 걸세. 이 일은 이런 종류의 암시로는 세계 최초이지."

"그럼 어떻게 그 일을 하실 생각이신가요?"

"아, 이제야 사업 이야기를 할 수 있겠군. 자네가 정곡을 찔렀어. 다시 한 번 내 손아귀에 있는 생물체에 주의를 기울여 주게. 표면의 딱딱한 껍질 아래 온통 신경과 감각이 살아 있지. 만일 표면에 기생하는 미세 동물체가 녀석의 관심을 끌려고 한다면 껍질에 구멍을 내고 감각 기관을 자극하면 되지 않겠나?"

"물론이죠."

"아니면 우리에게 익숙한 인체의 피부 위를 맴도는 벼룩이나 모기를 보자고. 우리는 녀석들이 있다는 걸 인식하지 못하지만 그것들이 주둥이로 우리들의 껍질인 피부를 뚫으면 그제서야 기분 나쁜 놈들이 존재하는 걸 알게 되지. 이젠 나의 계획이 당신에게 명확해질 거야. 어둠 속에 서광이 비치는 것이지."

"이런, 맙소사! 교수님 말씀은 지구의 표면을 뚫고 기둥이라도 박아 넣자는 것입니까?"

교수는 말로 표현할 수 없는 자기만족을 느끼는 듯 눈을 감았다.

"자네는 지금 그 딱딱한 껍질을 처음으로 뚫으려고 하는 사람을 보고 있는 거야. 아니지. 현재 상황으로 표현해서 뚫은 사람이라고 해야겠지."

"그 일을 해내셨다고요!"

"모든 사의 효과적인 도움을 받아서 말이야. 해냈다고 해도 될 것 같아. 수년 동안 밤낮으로 꾸준히 진행해 왔지. 온갖 드릴, 시추기 그리고 폭발물을 사용해서 마침내 우리는 목표를 달성해 냈어."

"벌써 지표층을 뚫었다는 말씀은 아니겠죠?"

"자네가 하는 말이 흥분해서 나온 거라면 그냥 넘어가겠지만, 만일 못 믿어서 그러는 거라면……."

"아닙니다. 절대 그런 것은 아닙니다."

"내 말에 의문을 갖지 말고 받아들이게. 우리는 지표층을 뚫었어. 그 두께가 정확히 14,442야드이더군. 대략 8마일쯤이었어. 그것을 뚫는 과정에서 석탄층을 발견하는 행운이 있었어. 아마 그것이 나중에는 이 사업의 비용을 충당하게 되겠지. 가장 큰 어려움은 지저의 석회층에서 솟아나는 물과 헤이스팅즈 모래층이었어. 그렇지만 모두 극복할 수 있었지. 이제 마지막 단계만 남았는데 그 마지막 단계가 바로 피어리스 존스의 일이야. 자네는, 바로 모기요, 자네의 피압 시추기는 피부를 찌르는 침이란 말이지. 두뇌는 해야 할 일을 다한 거야. 이젠 생각하는 사람은 빠지고 기계적인 일을 한 사람이 들어오는 거지. 자네가 이제 금속봉을 가지고 들어오는 거란 말이야. 이제 잘 알겠나?"

"8마일이오? 교수님, 피압 시추로는 5000피트가 한계라는 사실을 아시는 겁니까? 제가 알기로는 실레시아에서 6200피트 깊이로 팠던 적이 있었는데 그것도 불가사의로 받아들여지고 있단 말입니다!" 내가 소리 질렀다.

"나를 오해했군, 피어리스 군. 내 표현이 잘못되었거나 자네 머리가 잘못된 거야. 어느 쪽이라고 주장하지는 않겠네. 나도 피압 시추의 한계를 잘 알고 있고 6인치짜리 시추기가 내 목적에 걸맞았더라면 이 터널을 파는 일에 수백만 파운드를 쓰지도 않았을 거야. 내가 당신한테 요구하는 건 100피트 길이가 안 되는 드릴을 아주 날카롭게 만들어서 전기 모터로 구동할 수 있게 준비해 달라는 거야. 무게를 이용한 일반적인 진동 드릴이라면 요구 조건을 만족시킬 수 있어."

"왜 하필이면 전기 모터입니까?"

"내 역할은 원인을 설명하는 게 아니라 명령을 내리는 거야. 마지막으로 이야기하자면 멀리서 전기로 이 드릴을 작동시키는 것에 자네 목숨이 달려 있네. 물론 그렇게 만들 수 있겠지?"

"물론입니다."

"그럼 그렇게 준비하게. 아직 자네가 투입될 준비가 안 되었지만 빨리 준비하는 게 좋을 거야. 이제 내 할 말은 다 했어."

그때 내가 충고했다.

"그렇지만 제가 드릴로 뚫어야 하는 지질이 어떤 종류인지는 꼭 알려 주셔야 합니다. 모래층인지, 진흙층인지 아니면 석회층인지에 따라 다르게 대처해야 합니다."

"젤리라고 해 두지." 챌린저 교수의 답변이었다. "그래, 지금으로선 자네가 드릴을 젤리에 처박아야 한다는 거지. 그러니존스 군, 나는 이제 생각해야 할 문제가 있으니, 이제 잘 가시오. 당신 임금에 대한 내용도 포함한 공식 계약서를 현장 소장과 작성하면 되오."

나는 꾸벅 인사를 하고 돌아서 나왔지만 문을 열기 전에 호기심이 나를 사로잡았다. 교수는 벌써 깃털 펜을 종이 위에 무섭게 끼적거리고 있었다. 내가 말을 걸자 그는 방해 받은 것에화를 냈다.

"이젠 뭐지, 선생? 난 자네가 간 줄 알았는데."

"한 가지 여쭤보고 싶습니다. 이 비범한 실험의 목적이 도대체 무엇입니까?"

"어서 가시오, 선생. 가란 말야!" 그가 화난 듯 소리쳤다. "상업성이나 장삿속에서 좀 벗어날 수 없나? 쓸데없는 장사꾼기준을 벗어나 보란 말이야! 과학은 지식을 찾는 일이야. 지식이 우리를 인도하도록 하는 것이고 우리는 그것을 찾아가야만해. 우리가 무엇인지, 왜 있는지, 어디에 있는지를 알아내는 것은 모든 인류의 염원이 아니겠는가? 가라고, 선생, 가!"

그는 서류 위로 거대한 머리를 숙였다. 수염과 머리카락이 섞여서 한 덩어리처럼 보였다. 깃대로 된 펜은 더욱 신경질적으로 끼적거리는 소리를 냈다. 그래서 나는 그 특이한 사내를 두고 나왔다. 나는 그와 함께 하게 된 기이한 일에 대한 생각으로 머리가 복잡했다. 사무실로 돌아가자 테드 말론이 내 접견 결과를 다 알고 있다는 듯이 미소를 지으면서 나를 맞아주었다.

"자!" 그가 외쳤다. "역시 어떻든가? 폭행당하지는 않았겠지? 자네는 그를 기술적으로 잘 다루었을 거야. 그 늙은 소년에 대해 어떻게 생각하는가?"

"내가 만나본 사람 중에 가장 상대방을 화나게 하고, 무례하고 참을성 없는 데다가 고집도 센 사람이었네. 그렇지만……."

"바로 그거야!" 말론이 외쳤다. "우리 모두 그 '그렇지만'이라는 단어와 부딪히게 된다네. 물론 교수는 자네가 말한 그대로야. 오히려 그보다 심하지만 그렇게 위대한 사내를 일반적인 잣대로 평가할 수 없다는 생각이 들지. 그래서 다른 사람이라면 참을 수 없는 행동도 참게 되는 거야. 안 그런가?"

"글쎄, 그에 대해 뭐라 말할 정도로 잘 알지는 못하지만 그가 단순히 사람을 괴롭히는 미친 사람이 아니라는 것은 인정하네. 그리고 만일 그의 말이 사실이라면 그는 분명히 비길 데 없이 뛰어난 사람이야. 그런데 모두 사실인가?"

"물론 사실이야. 챌린저 교수는 항상 제대로 된 결과를 보여주지. 자, 자넨 정확히 어디까지 알고 있는 것인가? 그가 헹기스트 다운에 대해 이야기했나?"

"그래, 대충 이야기해 줬어."

"그렇다면 이 모든 게 어마어마한 일이라는 내 말을 믿게나. 개념 자체도 어마어마하고 실행도 어마어마한 일이지. 그는 신문 기자를 싫어하거든. 그렇지만 나는 예외적으로 그의 신임을 받고 있지. 왜냐하면 내가 그가 허락하는 것 이외에 기사를 쓰지 않을 것이란 사실을 그도 아니까. 그래서 나는 그의 계획을 알고 있네. 계획의 일부인지도 모르지. 그는 정말 속이 깊은 사람이라 모든 것을 다 알려주었는지 절대 알 수 없으니까. 하여튼 헹기스트 다운 건은 아주 실질적인 계획이고, 이제 거의 끝나가는 일이라는 건 확실히 알려줄 수 있네. 내가 하고 싶은 말은 일이 일어나기를 기다리라는 거하고 자네 장비를 준비하라는 것이네. 머지않아 교수가 직접 연락을 취하든지, 아니면 내가 연락을 전하게 될 거야."

실제로 나는 나중에 말론에게서 연락을 전해 들었다. 몇 주 후 그는 상당히 이른 시간에 내 사무실에 메시지를 가지고 왔다.

"첼린저 교수가 보내서 왔어." 그가 말했다.

"자네는 상어를 안내하는 방어 같구먼."

"그에게 도움이 된다면 자랑스러운 일이지. 그는 정말로 불가사의한 사람이거든. 그리고 항상 성공해 내지. 이제 자네 차례야. 그리고 막을 올릴 준비가 되어 있는 것이지."

"그래도 내가 직접 볼 때까지는 믿을 수가 없어. 하지만 모든 게 준비가 되어서 트럭에 실려 있다네. 언제라도 출발할 수 있어."

"그럼 당장 가지. 내가 자네를 에너지가 넘치고 시간을 잘 지키는 사람으로 만들어 놓았으니까 나를 봐서라도 신경써 주게나. 그리고 함께 기차를 타고 가는 동안, 어떤 일을 하게 되는 것인지 대략 설명해 주겠네."

그날은 아름다운 봄날 아침이었다. 정확히 말하자면 5월 22

일이었다. 우리는 역사적인 무대가 될 곳으로 운명적인 여행을 떠났다. 가는 길에 말론은 챌린저가 내게 지시 사항을 적어 보낸 쪽지를 건넸다.

선생. (쪽지는 이렇게 시작했다.)

헹기스트 다운에 도착하는 대로, 내 계획을 모두 알고 있는 책임 기술자 바포드 씨가 시키는 대로 하시오. 나의 젊은 친구인 말론이 이 편지를 가져다 줄 텐데 그도 역시 나와 연락이 닿지만 내 개인적인 연락처는 알려주지 않을 것이오. 우리는 이제 1400피트 이하의 지하로 내려가면서 내가 예상했던 행성체의 본성을 확실히 보여주는 특정 현상이 수갱에 나타나는 문제를 겪고 있소. 그러나 현대 과학계의 둔해 빠진 지식인들에게 강한 인상을 주려면 좀 더 두드러진 증거가 필요하오. 그 증거는 당신이 제공할 것이고 그들은 목격하게 될 것이오. 만일 당신이 관찰력이 뛰어나다면 엘리베이터로 내려가면서 두 번째 백악층[5]과 데본기와 캄브리아기 지표가 되는 석탄층이 계속해서 이어지는 것을 볼 수 있을 것이오. 그리고 마지막으로 화강암 층이 보일 것이오. 우리 터널의 대부분은 그 화강암 층을 뚫고 만들어졌소. 그 바닥은 현재 타르로 방수 처리된 두꺼운 천으로 덮여 있는데 절대로 손대지 마시오. 만일 섬세한 지구의 내부 표피를 서툴게 건드렸다가는 때 이른 결과를 초래할지도 모르오. 나의 지시에 따라 튼튼한 들보가 두 개 바닥에서 20피트 높이에 일정한 간격으로 평행하게 갱을 가로질러 고정되어 있소. 이 공간은 당신의 피압 시추기를 지지하는 클립으로 작용하게 될 것이오. 시추기 드릴 길이는 50피트면 충분할 것이고 그중 20피트는 지지대 아래로 내려가 드릴 끝이 방수천까지 닿도록 하시오. 당신 목숨이 중요하다면 그보다 더 내려가지는 마시오.

그 상태에서라면 30피트는 갱의 입구를 향해 뻗어 올라가게 될 것이고, 드릴을 풀면 아마도 40피트가 넘는 드릴이 지구 내부 물질 속을 뚫고 들어갈 것으로 예상되오. 물질이 매우 부드럽기 때문에 드릴 동력이 필요하지 않을지도 모르겠소. 그냥 관을 놓기만 하면 아마 자체 무게 만으로도 우리가 발견한 층을 뚫고 들어갈 것이오. 이 정도 지시 사항은 평범한 지능을 가진 사람이라면 충분히 이해하리라 생각되오. 더 이상의 지시 사항은 필요없을 거라 생각되지만 더 필요하다면 우리 젊은 친구 말론을 통해 내게 물어보면 될 것이오.

조지 에드워드 챌린저

사우스 다운즈의 북쪽 기슭에서 가까운 스토링튼 역에 도착했을 때 나는 상당히 긴장한 상태였다. 비바람에 상한 복스홀 30 랜도릿[6] 자동차가 우리를 기다리고 있었다. 우리는 차를 타고 덜컹거리는 길을 6마일 내지 7마일이나 달려갔다. 우리가 지나간 길은 사잇길이거나 자연적으로 격리되어 있는 장소였는데, 바퀴 자국이 깊이 패어 있어 무거운 차량들이 많이 지나다녔다는 것을 알 수 있었다. 어느 지점에선가 풀밭에 고장나 쓰러져 있는 트럭을 보니 다른 차들도 우리들처럼 힘들었다는 사실을 짐작할 수 있었다. 한번은 수력 펌프의 밸브와 피스톤으로 보이는 커다란 기계 덩어리가 튀어나와 있었다. 가시금작화가 덩굴을 이루고 있었고 기계는 녹슬어 있었다.

말론이 미소를 지으면서 말했다.

"저건 챌린저 교수가 한 짓이지."

"예상했던 크기에서 십분의 일 인치가 차이 난다고 하더니 그냥 옆길로 집어 던졌어."

"물론 그 이후에는 고소당했겠지?"

"고소! 그렇지, 이 친구야. 아마 우리를 위해 법정을 하나 별도로 만들어야 할 거야. 한 1년 동안 전용 법정을 바쁘게 하고도 남을 만큼 사건이 있어. 정부도 마찬가지일세. 이 노친네는 아무런 상관도 하지 않네. 렉스 대 조지 챌린저 그리고 조지 챌린저 대 렉스. 이 두 법정 사건은 치열한 공방전이 될 거야. 자, 다 왔군. 괜찮아, 젠킨스! 우릴 들여보내 줘!"

등치가 커다랗고 귀가 컬리플라워처럼 생긴 사람이 차 안을 흘끗 들여다 보더니 얼굴을 찌푸리고 의심스러운 듯 쳐다보았다. 그는 나의 동료를 알아보고 긴장을 풀고 인사를 했다.

"들어가세요, 말론 씨. 저는 미국에서 온 기자인 줄 알았습니다."

"그들도 냄새를 맡았단 말인가?"

"그쪽은 오늘 왔고 《더 타임스》에서는 어제 왔습니다. 녀석들 제대로 윙윙거리면서 귀찮게 굴더군요. 저걸 보십시오!"

그는 멀리 지평선에 보이는 점들을 가리켰다.

"저 번쩍거리는 거 보십시오! 그게 《시카고 데일리 뉴스》 기자의 망원경입니다. 네, 이제 다들 우리를 노리고 있습니다. 녀석들이 마치 멀리 산봉우리 위에 까마귀처럼 한 줄로 앉아 있는 모습을 본 적도 있습니다."

"불쌍한 기자들!"

우리가 무시무시한 철조망 사이에 난 문으로 들어가는 동안 말론이 말했다.

"나도 그들 중 하나인 만큼 어떤 기분인지 알지."

그 순간 우리 뒤에서 애처롭게 징징대는 소리가 들렸다.

"말론! 테드 말론!"

방금 오토바이를 타고 도착한 뚱뚱하고 작은 사내가 헤라클레스 같은 문지기의 손아귀를 벗어나려고 버둥거리고 있었다.

"이봐, 이거 놔!" 그가 침을 튀기며 외쳤다. "손 치우란 말야! 말론, 이 고릴라를 좀 치워 주게."

"놔 주게, 젠킨스! 내 친구야!" 말론이 외쳤다. "아니, 여보게, 뭔 일이야? 여기는 뭘 노리고 왔어? 자네가 있을 곳은 플리트 가이지. 서섹스의 황무지가 아니고 말야."

우리 손님이 대답했다.

"내가 뭘 원하는지는 자네도 잘 알거네. 나도 헹기스트 다운에 대해 기사를 쓰라는 지시를 받았기 때문에 취재를 못하고는 돌아갈 수가 없어."

"미안해, 로이. 하지만 여기서는 아무것도 얻을 수가 없어. 자넨 철조망 밖에 있을 수밖에 없네. 더 원하는 것이 있다면 챌린저 교수를 만나서 허락을 받아야 해."

"그랬지. 오늘 아침에 갔어." 기자는 애처롭게 말했다.

"그래, 뭐라던가?"

"나를 창 밖으로 던진다고 하더군."

말론이 껄껄거리며 웃었다.

"그래서 뭐라고 했어?"

"그래서 '문이 고장났어요?' 라고 말하고 뛰어나와서 문에 이상이 없다는 걸 입증해 보여줬지. 말을 늘어놓을 때가 아니었어. 내가 그냥 간 거였거든. 런던에 사는 그 턱수염 달린 아시리아의 황소나 여기 내 필름을 망쳐버린 악당이나. 말론 자네도 어지간히 희한한 사람들하고 알고 지내는 군."

"내가 해 줄 수 있는 건 없어, 로이. 가능하면 도와 주고 싶어. 사람들 말이 플리트 가에서 자네를 이길 수 있는 사람은 없다지만 이번에는 안 될 것 같군. 사무실로 돌아가. 그리고 며칠 기다려 보라고. 노친네가 허락하는 즉시 자네에게 그 뉴스를 알려줌세."

"들어갈 수 없겠나?"

"절대 안 되네"

"돈을 써도?"

"그런 말은 하지 않는 게 좋다는 정도는 알지 않나."

"사람들이 이게 뉴질랜드로 가는 지름길이라던데."

"여기서 얼쩡거리고 있으면 병원으로 가는 지름길이 될 거야, 로이. 잘 가. 우리도 할 일이 있어서 이만."

"저 친구는 로이 퍼킨이야. 전쟁 특파원이지." 말론은 단지 안을 걸어가면서 말했다. "방금 그의 기록이 깨진 거야. 절대 실패하지 않는 것으로 알려져 있거든. 저 뚱뚱하고 순진한 얼굴 덕에 어디든 들어가곤 하지. 한때는 같이 일했던 적도 있어. 자, 저쪽이……" 그는 재미있게 생긴 붉은 지붕 단층집들이 모여 있는 곳을 가리켰다. "바로 사람들 숙소야. 그 사람들은 아주 유능한 일꾼들이네. 선택받은 사람들이지. 여기서 시세보다 훨씬 많은 돈을 받고 일하고 있지. 독신이어야 하고 완전 금주를 하고 있고, 또 비밀을 지킨다는 맹세를 한 사람들이지. 내 생각엔 아직 아무도 말을 흘리지는 않은 것 같아. 저기 운동장은 축구장이고, 떨어져 있는 집은 도서관과 휴게실이야. 노친네는 대단히 조직적으로 일을 꾸미지. 여기 이분은 바포드 씨. 수석 엔지니어이시네."

키가 크고 마른, 약간 우울해 보이는 사내가 걱정으로 인한 주름이 깊이 팬 얼굴로 우리 앞에 나타났다.

"당신이 피압 기술자로군요." 그가 우울한 목소리로 말했다. "올 거라 들었소. 그리고 이렇게 와서 반갑소. 이 일에 대한 책임감에 정말 신경이 곤두서 있기 때문이라오. 우리는 계속 일하고 있는데 다음에 석회 물이 솟아 오를지, 아니면 석탄층이 나타날지, 석유가 분출될 것인지 아니면 지옥의 화염이 솟아오를 것인지 모르고 있소. 여태까지 마지막 일을 남겨두었소만 당신이 모든 것을 연결하는 일을 하게 될 거요."

"저 아래는 그렇게 덥습니까?"

"그렇소. 뜨겁지. 두말하면 잔소리요. 그렇지만 압력과 제한된 장소인 것을 감안한다면 그다지 덥지 않다고 말할 수도 있소. 물론 환기는 엉망이오. 펌프질로 공기를 아래로 보내지만 두 시간만 일하고 나면 교대해야 하오. 그 정도가 대부분 사람들의 한계라오. 다들 아주 의지가 강한 사람들인데도 말이오. 교수님도 어제 내려갔는데 모든 일에 흡족해하셨소. 오늘 점심을 같이하고 그 뒤에 직접 내려가서 보시오."

우리는 간소한 점심을 빨리 먹은 뒤 매우 친절한 엔진실 관리자에게 엔진실에 뭐가 있는지 소개를 받았고 풀밭에 버려진 더 이상 사용되지 않는 기구들도 보았다. 한쪽에는 커다란 아롤식 유압 굴착기가 해체되어 있었는데 아마도 처음 땅을 팔 때 사용했을 것 같았다. 그 옆에는 계속 단계별로 사용했던 굴착기와 바닥에서 흙을 끌어올리는 데 사용했던 대형 용기와 연결되어 있는 강철 줄을 잡아당기는 거대한 엔진이 놓여 있었다. 엔진실 안에는 어마어마한 힘을 가진 에서 위스의 터빈이 분당 140번 회전하면서 평방인치당 1400파운드의 압력을 생성하는 유압 압축기를 가동시키고 있었다. 생성된 압력은 3인치짜리 관을 통해 갱으로 내려 보내져 브랜트 타입인 오목한 모양의 커터기 네 대를 움직였다. 엔진실이 지지하고 있는 것은 매우 커다란 조명 장비를 위한 발전소였다. 그리고 그 옆에는 200마력짜리 터빈이 하나 더 있어서 작업장 바닥으로 연결된 20인치 파이프로 공기를 내려보내는 10피트짜리 선풍기를 가동했다. 이 모든 놀라운 설비들을 자부심으로 가득한 기사들이 기술적인 설명을 곁들여 소개해 주었는데 나는 지겨워서 몸이 찌뿌드드해지는 것 같았다. 아마 독자들이 나의 글을 읽으면서 그런 느낌일지도 모르겠다. 그러던 와중에 반가운 훼방꾼이 나타났다. 바퀴가 구르는 우렁찬 소리가 들려오고 나의 3톤 리랜드 트럭이 도구와 배관, 그리고 작업반장인 피터스와 앞 자리에 탄 지저분한 모습의 조수를 싣고 풀밭 위로 달려오는 반가운 모습을 보았다. 두 사람은 즉시 일을 시작해서 내 물건들을 내리기 시작했다. 그들이 일하도록 놔두고 나와 말론, 그리고 관리자는 수갱에 다가갔다.

그곳은 내가 상상했던 것보다 훨씬 큰 규모로, 정말 경이로운 장소였다. 파낸 흙으로 만들어진 말발굽 모양의 언덕을 보니 흙을 수천 톤 파냈다는 것을 알 수 있었다. 백토, 찰흙, 석탄 그리고 쑥돌로 이루어진 말발굽 중앙에는 불쑥 솟은 강철 기둥과 바퀴가 있었고 그 바퀴가 엘리베이터와 펌프들을 움직이고

있었다. 모두 말발굽의 뚫린 부분에 위치한 벽돌로 된 동력실로
연결되어 있었다. 그 안에 수갱 입구가 열린 채 있었다. 수갱은
입을 크게 벌린 거대한 구덩이로, 그 지름이 30피트나 40피트에
달했고 그 위로 벽돌과 시멘트로 만들어진 구조물이 있었다.
난 옆으로 목을 빼고 무시무시한 심연을 들여다 보았다. 교수
는 그것의 깊이가 8마일 정도라고 했는데 그것이 의미하는 바
가 무엇인지 속으로 열심히 생각해 보았다. 입구에 사선으로
햇빛이 비쳐서 나는 수백 야드에 달하는 지저분한 백토가 불안
정한 표면 여기저기에 솟아오른 모습을 볼 수 있었다. 구덩이
안을 내려다보니 멀리, 아주 멀리 어둠 속에 작은 불빛이 보였
다. 내가 본 그 어떤 점보다 작았지만 새까만 배경 속에 분명하
고 뚜렷하게 두드러졌다.

"저 불빛은 뭐지?" 내가 물었다.

말론이 내 옆에서 난간에 기대 몸을 구부렸다.

"저건 올라오는 엘리베이터야. 상당히 멋지지 않나? 저건 여
기서부터 한 1마일 이상 떨어져 있는 걸세. 그리고 저 조그만
불빛은 강력한 아크 전등이라네. 승강기는 매우 빠른 속도로
움직이니까 몇분 안 있어 여기 도착할 거야." 말론이 대답했다.

정말로 불빛의 점은 점점 커졌고 마침내 터널을 은색 불빛으
로 채웠다. 나는 강력한 불빛으로부터 눈을 돌렸다. 잠시 후 철
창 엘리베이터가 승강장에 멈추었고, 안에서 남자 네 명이 기
어 나와 입구를 통과했다.

"거의 녹초가 된 상태야." 말론이 말했다. "저 정도 깊이에서
두 시간씩 교대로 일하는 것은 장난이 아니지. 자, 자네 물건
중 일부가 이리로 올 준비가 되었을 거야. 그럼 우리가 할 일은

내려 가는 것이겠군. 그러고 나서 자네가 상황을 판단할 수 있을 거야."

그는 나를 엔진실에 붙어 있는 별실로 데리고 들어갔다. 가장 가벼운 견으로 만들어진 헐렁한 작업복 여러 벌이 벽에 걸려 있었다. 나는 말론을 따라서 옷을 모두 벗은 뒤 그 작업복을 입고 바닥이 고무로 된 슬리퍼를 신었다. 말론은 나보다 먼저 옷을 갈아입고 탈의실을 나갔다. 잠시 후 개 열 마리가 뒤엉켜 싸우다가 하나로 줄어드는 듯한 소음을 들었다. 급하게 나가보니 내 친구는 배관을 쌓는 걸 도와주었던 작업자의 목을 팔로 휘감고 바닥에 뒹굴고 있었다. 그는 상대방이 필사적으로 매달려 있는 물건을 빼앗으려고 애를 쓰고 있었다. 훨씬 힘이 센 말론이 상대의 손아귀에서 그 물건을 뜯어냈고, 그것을 집어 던진 후 박살 날 때까지 발로 밟았다. 나는 그제서야 그것이 사진기임을 알아차렸다. 지저분한 얼굴의 작업자는 초라하게 일어났다.

"테드 말론! 망할 자식!" 그가 외쳤다. "그건 새로 산 10기니짜리 사진기란 말야!"

"어쩔 수 없네, 로이. 자네가 사진을 찍는 모습을 보았거든. 그러니 이렇게밖에 할 수 없었어."

"도대체 어떻게 우리 작업복을 입고 들어온 거요?" 나는 화가 나서 물었다.

그 악당은 눈을 찡긋하며 히죽거렸다.

"항상 방법이 있게 마련이오. 그렇지만 당신네 작업 반장을 탓하지는 마시오. 그는 이게 그저 걸레라고밖에 생각지 않더군요. 난 그의 조수와 옷을 바꾸어서 들어올 수 있었소."

말론이 말했다. "그럼 이젠 나가게. 우겨도 소용없어, 로이. 만일 챌린저가 여기 있었다면 개를 풀어 자넬 쫓았을 거야. 나도 당해 본 적이 있으니 너무 심하게 굴지는 않겠네. 하지만 나도 이곳의 감시견이니 짖을 수도 있고 물 수도 있어. 자! 밖으로 나가게!"

그래서 진취적인 손님은 미소 짓는 작업자 두 사람과 함께 걸어서 단지 밖으로 나갔다. '과학자의 미친 꿈'이라는 부제 아래 작성된 네 컬럼짜리 기사는 이렇게 만들어진 것이었다. 며칠 뒤 《어드바이저》에는 '호주로 가는 지름길'이라는 제목의 기사가 씌어져 챌린저 교수가 뇌졸중으로 쓰러질 지경에까지 이르렀다. 그래서 《어드바이저》의 편집장과 가장 불쾌하고 위험한 인터뷰를 하게 되었다. 기사는 《어드바이저》의 노련한 전쟁 특파원인 로이 퍼킨의 모험에 대한 이야기를 각색하고 과장한 것이었다. 기사에는 '엔모어 가든의 털북숭이 괴물', '철조망이 둘러쳐지고 깡패, 맹도견이 지키는 작업 단지', 그리고 '나는 영국과 호주를 연결하는 터널의 입구에서 두 악당들에게 잡혔는데, 그들보다 더 야만적으로 군 것은 본 기자와 면식이 있고 챌린저에게 빌붙어 있는 기자였다. 그 자리에는 피압 기술자인 척하며 이상한 옷을 입은 음흉한 자가 있었는데 그의 모습은 화이트채플[7]을 생각나게 하였다.' 그 악랄한 기자는 갱도의 입구에 있는 철로에 대해 화려하게 묘사하고, 지그재그로 파인 땅속에 밧줄로 움직이는 기차가 들어갈 거라는 따위로 설명하여 우리를 화나게 만들었다. 기사로 인해 생긴 실질적인 불편함은 그것 때문에 사우스 다운즈에 앉아서 무슨 일이 생기기를 기다리는 놈팡이들이 더 많아졌다는 것뿐이었다. 그리고 그들이 그곳에 온 것을 후회한, 그 일이 벌어진 날이 다가왔다.

나의 작업반장과 가짜 조수는 경보기 상자, 항해용 밧줄, V 자형 드릴, 막대기와 추 등의 장비들을 어지럽게 내려놓았다. 말론은 모든 일에 상관 말고 가장 낮은 층으로 내려가자고 했다. 우리는 내려가기 위해 철골로 만들어진 케이지 안으로 들어갔고 수석 엔지니어와 함께 땅속으로 갔다. 아래로는 연결된 자동 엘리베이터가 설치되었고 갱도 옆으로 각각 운전대가 만들어져 있었다. 엘리베이터가 매우 빠른 속도로 움직여서 그것을 타고 내려가는 것은 일반적인 엘리베이터를 타고 내려간다기보다는 수직의 철도 여행을 하는 것 같은 느낌이었다.

우리가 탄 엘리베이터는 철골로 만들어져 있었고 매우 밝은 불이 있었기 때문에 우리가 내려가는 동안 옆으로 지나가는 지층을 아주 잘 볼 수 있었다. 매우 빠른 속도로 옆을 스쳐지나갔지만 나는 각 지층을 알아 볼 수 있었다. 누르스름한 색의 점토층이 있었고 커피 색깔의 헤이스팅스 지층, 좀 옅은 색의 애쉬버냄 층, 그리고 짙은 색의 석탄기 점토층을 볼 수 있었다. 또 눈부신 전기 불빛에 아주 새까만 지층들이 지나가고 반짝이는 석탄층과 점토층이 번갈아 나타났다. 여기저기 벽돌 구조물이 만들어져 있었는데 전반적으로 갱도는 별도의 지지대가 없이 만들어져 있었고 그것을 만드는 데 들었을 어마어마한 노동력과 기술력에 놀랄 수밖에 없었다. 석탄층 아래에서 콘크리트처럼 뒤범벅된 지층을 볼 수 있었다. 그 이후에는 원시의 화강암 층을 뚫고 지나갔다. 화강암 층에 수정 결정이 반짝거려서 마치 새카만 벽에 다이아몬드를 뿌려놓은 듯했다. 우리는 계속 내려가, 어떤 인간도 내려가 본 적 없는 깊이로 들어섰다. 고대

암석들은 다양하고 멋진 색깔을 자랑했다. 매우 두꺼운 붉은 장석층을 잊을 수 없다. 우리의 강력한 전등 빛에, 지상의 것이 아닌 듯이 아름다운 빛깔을 선보였다. 매 승강장을 지나 엘리베이터를 갈아타면서 대기가 점점 더워져서 가벼운 견으로 된 옷으로도 견딜 수 없을 만큼 많은 땀이 슬리퍼 위로 쏟아졌다. 내가 더 이상은 참을 수 없다고 생각하던 그때, 마지막 엘리베이터가 승강장에 멈추었고 우리는 바위를 깎아서 만든, 둥그런 모양의 승강장으로 나왔다. 말론은 이상할 정도로 수상쩍은 눈빛으로 주변의 벽을 둘러보았다. 말론은 내가 아는 사람 중 가장 용감한 사내인데 지나치게 신경이 곤두서 있는 것처럼 보였다.

"이상하게 보이는 물체야."

수석 엔지니어가 가까이에 있는 바위를 만지면서 말했다. 그는 불빛을 비추면서 그것이 이상하게 끈적끈적한 점액으로 덮여 번쩍거리는 것을 보여주었다.

"여기 있으면 몸이 떨리고 오싹하지. 우리가 다루고 있는 게 뭔지 도무지 알 수가 없단 말이오. 교수는 매우 기뻐하는 것 같았는데 내게는 새롭기만 하오."

"이 벽이 스스로 떠는 모습을 본 적이 있네. 지난번 내려왔을 때 자네의 드릴을 고정하기 위해 저기 있는 대들보 두 개를 설치했는데, 벽을 뚫었더니 매번 두들길 때마다 저 벽이 움찔거렸어. 런던에서 노친네의 이론을 설명 들을 때는 말도 안 된다고 생각했는데 지표에서 8마일이나 내려온 이곳에서 보니 그런 것 같지 않더군."

"게다가 저 방수 천으로 덮여 있는 밑을 본다면 그런 생각이 더 들 거요. 여기 아래쪽의 바위들은 모두 치즈처럼 잘려나가는데 그 바닥에는 지구상에서 볼 수 없는 새로운 형태를 볼 수 있소. 교수가 '만지지 마! 덮어둬!'라고 말해서 우리는 그의 지시에 따라 방수 천을 덮었고, 저렇게 되어 있는 것이오."

"한번 볼 수 없을까요?"

엔지니어의 우울한 표정 위로 두려움이 나타났다.

"교수의 말을 거스르는 건 장난이 아니지. 게다가 교수는 매우 교활하기도 하오. 그가 어떻게 감시를 하고 있는지 절대 모르지. 어쨌든 한번 들쳐 보고 어찌 되나 볼까."

그는 반사등을 돌려서 검은 방수 천 위를 비추었다. 그리고 몸을 숙여서 방수 천의 가장자리로 이어진 밧줄을 잡아당겨 6평방야드 정도의 표면이 드러났다.

그것은 매우 놀랍고도 무서운 광경이었다. 바닥은 회색 빛이 도는 물질로 되어 있었고 유약을 바른 듯 매끈하고 반짝거렸으며 마치 호흡을 하는 듯이 천천히 오르락내리락 움직임을 반복했다. 박동은 직접 느껴지진 않았지만 표면 위로 지나가는 부드러운 물결 혹은 리듬으로 전달되었다. 표면 자체는 전적으로 균일하지는 않았지만 그 밑으로 마치 간유리를 통해 보이듯이 옅은 백색 헝겊 조각 내지는 액포가 보였는데 그 크기와 모양이 계속해서 변했다. 우리 세 사람은 모두 마법에 걸린 것처럼 서서 이 특이한 광경을 쳐다보았다.

"가죽이 벗겨진 동물처럼 보이는군." 말론이 경외심에 차서 속삭였다. "노친네가 그 잘난 성게에 빗댄 게 아주 틀린 건 아닌 듯하네."

"이런 맙소사!" 나는 소리를 질렀다. "그리고 내가 이 괴물에게 작살을 찔러 넣어야 하는 거야!"

"그건 자네에게 주어진 특권인 셈이지." 말론이 말했다. "그리고 서글픈 이야기이지만, 만일 내가 방해가 되어서 실패하게 되는 게 아니라면 자네가 그 일을 할 때 나도 옆에 있어야만 한다네."

"난 같이 있지 않을 거요."

수석 엔지니어가 결연히 말했다.

"그 결심은 그 어떤 것보다 확고하지. 만일 교수가 강요한다면 나는 이 일을 그만둘 거요. 맙소사, 저걸 좀 보시오!"

회색 표면이 갑자기 위로 솟구쳐 올라 우리를 향해 달려들었다. 마치 방파제에서 파도를 보는 것 같았다. 그러더니 그것은 곧 내려 앉았고 얕은 박동 소리만 예전처럼 들려왔다. 바포드는 밧줄을 내려 타르 칠한 방수 천을 다시 덮었다.

"마치 우리가 여기 있는 걸 아는 것 같군." 그가 말했다.

"왜 이것이 우리가 있는 방향으로 그렇게 부풀어 올랐겠소? 내 예상에는 빛이 이것에게 어떤 영향을 미치는 게 아닌가 하는데."

"이제 뭘 해야 하는 겁니까?" 내가 물었다. 바포드 씨는 엘리베이터가 서는 자리 바로 아래에 있는, 구덩이를 가로지르는 들보를 두 개 가리켰다. 두 들보는 9인치 정도 떨어져 있었다.

"이게 영감님의 생각이었소. 내가 했더라면 더 잘 고정시켰을 것 같지만 교수님에게 그 이야기를 하는 것은 마치 미친 버펄로와 논쟁하는 거나 마찬가지지. 그가 시키는 대로만 하는 것이 더 편하고 안전하오. 그의 생각은 당신의 6인치짜리 천공기를 지지대 두 개 사이에 고정시킨다는 거요."

"좋습니다. 그건 별로 어려울 것 같지 않습니다. 오늘부터 제가 이 일을 넘겨 받도록 하겠습니다."

　지구의 모든 대륙을 파헤쳐 온 나의 파란만장한 삶에서도 그 일은 가장 특이한 경험이 되었다. 챌린저 교수는 멀리서 기계를 작동시켜야 한다고 고집을 부렸는데 나도 그의 주장이 상당히 일리가 있음을 깨달았기 때문에 전기 조정 장치 만들 계획을 세웠다. 구덩이에는 위에서부터 맨 아래까지 안으로 전선이 깔려 있었기 때문에 매우 쉬운 일이었다. 나와 함께 일하는 십장인 피터와 내가 긴 배관을 가지고 매우 조심스럽게 내려가서 바위 투성이인 선반에 쌓아 놓았다. 그리고 우리는 가장 아래에 있는 엘리베이터 승강구를 끌어올려 공간을 확보했다. 우리는 중력만을 믿고 있을 수 없기 때문에 진동 시스템을 사용할 예정이어서 100파운드짜리 추를 엘리베이터 아래에 있는 도르래에 달았다. 그리고 우리의 배관들을 V자 모양의 갈고리를 이용해서 내려보냈다. 이윽고 추가 달린 밧줄을 갱의 한쪽 옆으로 고정하고 전기가 통하면 풀리게 만들었다. 일은 매우 섬세한 작업이었고 열대의 온기보다 더한 더위 속이라 힘들었다. 더욱이 발이 미끄러지거나 공구를 떨어뜨려 우리 아래에 있는 방수천에 부딪히기라도 한다면 터무니 없는 재앙을 일으킬지도 몰랐다. 우리는 또한 주변 환경에 압도당했다. 계속해서 나는 이상한 떨림이 벽을 타고 움직이는 것을 보았는데 내가 벽에 손을 대자 둔탁한 박동이 느껴졌다. 피터도 나도 마지막으로 수신호를 교환하고 올라갈 준비가 되었을 때, 언제든 바포드씨와 챌린저 교수가 실험을 시작할 수 있도록 준비를 마쳤다는 사실에 매우 안심했다.

　우리는 그다지 오래 기다릴 필요가 없었다. 작업을 완료한지 사흘 뒤에 내게 메시지가 도착했다. 그것은 사람들이 집에서 사용하는 평범한 초청장이었다. 초청장은 이랬다.

G. E. 챌린저 교수,

F.R.S. MD., D.Sc.[8] 기타 등등의 학위를 소지한 G. E. 챌린저 교수(전 동물학 연구소장, 지면이 협소하여 모든 학위와 지위를 표시하지 못함)가 <u>존스 씨(숙녀 동반 금지)</u>를 초대합니다.

· 6월 21일 화요일

· 오전 11시 30분

서섹스의 헹기스트 다운으로 오셔서 정신이 물질을 극복하는 위대한 승리를 증거하여 주십시오.

10시 5분에 빅토리아 역에서 특별 열차가 운행됩니다. 운임은 각자 지불입니다. 상황에 따라 실험 이후 점심식사가 있습니다. 스토링튼 역에 내리십시오.

R.S.V.P.[9] (성함을 블록체로 기입)

14 (Bis), 엔모어 가든, S.W.

나는 곧 말론도 그와 유사한 공문을 받았다는 사실을 알았다. 그는 공문에 대해 말하면서 키득거렸다.

"이걸 우리한테 보낸 건 그저 형식적인 것뿐이야. 무슨 일이 있든 우리는 그 자리에 가야만 해. 마치 살인자한테 교수형 집행인이 내리는 명령과도 같은 것이지. 내가 장담컨대 이 일 때문에 지금 런던 전체가 웅성거리고 있을 거야. 노친네는 자기

맘대로 움직이지만 그 덥수룩한 노인네의 머리 위로는 항상 스
포트라이트가 쏟아지지."

그리고 마침내 위대한 날이 왔다. 개인적으로 나는 그 전날
저녁에 구덩이 아래에 내려가서 모든 것이 제자리에 있는지 확
인하는 것이 좋겠다는 생각이 들었다. 천공기가 제자리에 고정
되어 있는지, 추는 적당히 조절되었는지, 전기 스위치는 가동
하기 쉽게 연결이 되어 있는지를 확인하고 나는 이 특이한 실
험에서 내가 맡은 부분이 아무런 문제 없이 매끄럽게 진행될
것이라 만족했다. 전기 조절 장치는 위험을 최소화하기 위해
입구에서부터 500야드 떨어진 장소에서 작동시켰다. 그리고 운
명의 아침이 되었다. 전형적인 영국 여름 날씨였다. 나는 확신
을 가지고 지면으로 올라왔고 언덕의 절반쯤 올라가서 어떤 일
이 일어나고 있는지 한눈에 볼 수 있었다.

온 세상이 헹기스트 다운에 모이는 것 같았다. 우리가 볼 수
있는 거리 내에 있는 길이 사람들로 가득했다. 자동차들이 서
로 들이받으면서 들썩거리며 내려왔고 단지로 들어오는 문 앞
에서 사람들을 쏟아냈다. 사람들은 대부분 그곳까지 올 수 있
었다. 입구에는 힘이 센 문지기들이 지키고 있어서 어떤 뇌물
을 주더라도 모두들 갖고 싶어하는 황갈색 표를 제시하지 못하
면 통과할 수 없었다. 그래서 사람들은 대부분 이미 언덕의 사
면과 정상을 빽빽하게 메우고 있는 구경꾼의 대열에 합류했다.
마치 더비 경주가 있는 날의 엡솜 다운처럼 사람들이 모여 있
었다. 단지 안의 특정 지역에는 철조망이 둘러쳐진 자리가 있
어서 특권을 받은 다양한 사람들이 관련된 신문사들을 대표하
고 있었다. 상원 위원들을 위해 마련된 자리가 또 있었고, 하원

을 위한 자리도 따로 마련되어 있었다. 그리고 학계의 회장들을 위해서, 그리고 소르본느의 르 펠리에와 베를린 대학의 드 리싱거 박사를 포함한 과학계의 유명 인사들을 위해서도 자리가 별도로 마련되어 있었다. 모래 주머니와 골 진 철제 지붕으로 보호된 장소는 왕족 세 사람을 위해 특별히 만들어진 것이었다.

11시 15분이 되자 마차들이 특별히 초대된 손님들을 역에서 태우고 줄줄이 왔고 나는 손님 맞이를 돕기 위해 단지 안으로 들어왔다. 챌린저 교수는 눈부신 프록코트와 하얀 양복조끼, 그리고 반짝거리는 중산모를 쓰고 왕족들의 관람석 옆에 서 있었다. 그의 표정은 사람들 위에 군림하는 듯했고 심지어는 공격적일 정도의 자비심과 엄숙한 자만심까지도 나타나 있었다. 그를 비판하는 사람 중 하나는 그를 이렇게 묘사했다. '여호와 콤플렉스의 전형적인 환자임에 틀림없다.' 그는 안내를 거들었으며 가끔은 손님들이 자기 자리를 찾아갈 수 있도록 도와주었다. 그리고 주변에 엘리트들이 일행을 이루자, 땅이 불뚝 솟은 작은 언덕 위에 자리를 잡고 마치 환영의 환호라도 기대하는 의장인 양 주변을 둘러보았다. 더 오는 사람들이 없었기 때문에 그는 바로 이야기를 시작했고 그의 목소리는 멀리 있는 자리까지 쩌렁쩌렁 울렸다.

"신사 여러분" 그가 큰 소리로 말했다. "이번 일에 나는 숙녀들을 초대하지 않았소. 내가 오늘 아침에 그들을 초대하지 않은 것이 여기서 감사를 받을 만한 일은 분명히 아닐 거요." 그는 코끼리 같은 유머로 겸손함을 가장하면서 말을 이었다. "역사적으로 남녀 관계는 항상 훌륭한 것이고 또한 친근한 것이었으니 말이오. 오늘 숙녀들을 초대하지 않은 진짜 이유는 우리 실험이 위험 요소를 약간 가지고 있기 때문이오. 그렇지만 여러분이 우려하실 만큼 큰 위험은 아니오. 기자석은 특별히 모든 상황을 내려다 볼 수 있도록 가까운 곳에 마련해 놓았소. 기자들은 나의 일에 거의 참을성이 없는 것으로 보일 정도의 관심을 보여주었소. 그래서 이 건에 대해서 이제 자신들의 편리를 돌봐주지 않았다는 불평을 할 수 없을 것이오. 만일 아무 일도 일어나지 않는다면 적어도 나는 최선을 다한 것이오. 반면 무슨 일이 일어난다면 그들은 경험하고 기록하기에 완벽한 위치에 있을 것이오. 물론 기자들이 자신들이 그 일에 적합하다고 생각한다면 말이오.

다들 아시겠지만 어떤 과학자라도 자신의 행동이나 결론의 다양한 원인에 대해 평범한 사람들에게 설명할 수 없을 것이오. 평범한 사람이라 부른 것은 경멸하려는 의도가 있는 것은 아니오. 지금 무례한 훼방꾼이 눈에 띄는데, 저기 뿔테 안경을 쓴 신사는 우산을 그만 흔드시오. ('손님을 그렇게 무례하게 부르다니!'라는 소리가 들렸다.) 어쩌면 '평범한 사람들'이라는 나의 말이 저 신사를 화나게 만들었는지도 모르겠소. 그럼 이렇게 말하겠소. 나의 청중들은 매우 특별한 분들이오. 말 몇 마디에 아웅다웅해선 안 되오. 부적절한 말로 방해를 받기 전에 하려던 말은 이 모든 문제가 곧 나올 지구에 대한 책에 자세하고 명쾌하게 설명될 것이라는 말이었소. 그 책은 아마도 세계 역사에서 신기원을 이룩하는 책이 될 것이오. (사람들이 웅성거렸고 '사실만 이야기 하시오!', '우리를 부른 이유가 뭐요?' 그리고 '지금 장난하시오?' 등의 말이 들렸다.) 이 일에 대해 명확하게 설명하려 하였는데, 만일 이런 식으로 계속 방해를 받는다면 질서와 예의를 지키게 만들 방법을 취할 수밖에 없소. 나는 지구의 껍질에 축을 박았고 지금 감각이 있는 피질에 강력한 자극을 주려고 하는 참이오. 나의 동료들이 조심스럽게 작업을 하려는 참이오. 여기에 참여할 동료들은 피압 시추의 전문가인 피어리스 존스 군 그리고 나의 대리인인 에드워드 말론 군이오. 섬세한 물질이 드러난 부분을 찌를 것이고 지구가 어떤 반응을 보일지는 짐작만 할 수 있을 뿐이오. 그리고 이 탁자 위에 놓인 전기 스위치를 누르면 실험은 끝나게 될 것이오.”

챌린저의 장황한 연설을 들으면 청중들은 언제나 마치 자신이 껍질이 뚫려버려 신경이 다 드러난 지구처럼 느껴지곤 했다. 이번 모임도 예외는 아니어서 청중들은 분노에 찬 비평을 수군거리면서 정해진 자리로 되돌아 갔다. 챌린저는 둔덕의 꼭대기에 놓인 탁자 옆에 혼자 앉아 있었는데, 그의 갈기와 턱수염이 흥분에 떨리고 있었다. 그 모습이 더할 나위 없이 불길해 보였다. 말론도 나도 그 광경을 좋게 생각하지 않았지만 우리는 특별한 우리의 임무를 완수하기 위해 서둘렀다.

우리 눈앞에는 놀라운 광경이 펼쳐져 있었다. 알 수 없는 우주의 텔레파시를 통해서 지구는 전에 없는 무례한 행동이 시도되려는 사실을 알고 있는 듯했다. 노출된 표면은 부글거리며 끓고 있었다. 거대한 회색 기포가 올라와서 퍽퍽 소리와 함께 터졌다. 표면 밑에 있는 기포와 액포는 계속해서 분리 되었다가 합쳐지는 과정을 빠른 속도로 반복했다. 표면을 가로지르는 물결은 이전보다 훨씬 강력하고 빨랐다. 표면 아래에 혈관 같이 구불구불한 선들이 합쳐지는 지점에서 짙은 자주색 액체가 박동했다. 모든 것에서 생명의 고동이 확연했다. 인간의 폐에 부담될 정도로 매우 짙은 냄새가 났다.

나의 시선은 이 기이한 광경에 고정되어 있었는데 말론이 내 팔꿈치를 잡는 바람에 놀라서 정신을 차렸다.

"이럴 수가. 존스! 저길 봐!" 그가 외쳤다.

나도 흘긋 보았는데 그 다음 순간 나는 전기 회로 연결 부위를 던지고 엘리베이터에 폴짝 올라탔다.

"빨리 와! 목숨을 건지려면 도망가야 할 거야!"

우리는 정말 두려운 광경을 보았다. 갱의 아랫부분 전체로 바닥에서 보았던 움직임이 퍼져 갔고 벽도 바닥과 같이 박동하기 시작했다. 움직임은 들보가 고정된 벽의 구멍에까지 번져서 조금만 더, 몇 인치만 더 구멍이 움츠러들면 들보가 떨어질 것은 자명한 사실이었다. 그렇게 되면 내가 설치한 막대의 뾰족한 끝이 전기 장치와 상관없이 지구를 뚫고 들어갈 것이다. 그렇게 되기 전에 말론과 내가 갱에서 빠져나가야만 했다. 어떤 특이한 천재지변이 일어날지 모르는 상황에서 지하 8마일 되는 곳에 있다는 것은 끔찍한 상황이었다. 우리는 지표면을 향해 미친 듯이 도망갔다.

그 악몽 같은 여행은 말론도 나도 절대 잊을 수 없을 것이다. 엘리베이터는 윙윙거리는 작동 소리를 내면서 쌩 하고 빨리 올라갔지만 그 몇 분이 마치 몇 시간처럼 느껴졌다. 매번 승강구에 도착할 때마다 우리는 펄쩍 뛰어나가서 그 다음 엘리베이터에 올라타고 작동시켜서 위쪽으로 날아올랐다. 강철로 만들어진 격자 천정 틈새로 갱도의 입구에 보이는 작은 빛의 원이 보였다. 원은 점점 넓어져서 시야를 채웠고, 입구에 있는 벽돌 건

조물이 눈에 들어왔을 때 우리는 대단히 기뻤다. 우리는 위를 향해 달렸다. 이윽고 우리가 감옥으로부터 탈출하여 녹색 잔디를 디딜 수 있는 감사한 순간이 다가왔다. 그러나 매우 아슬아슬했다. 우리가 서른 걸음을 떼기도 전에 나의 쇠 드릴이 우리의 어머니 별인 지구의 신경절을 뚫고 들어간 그 대단한 순간이 닥쳤다.

무슨 일이 일어난 것일까? 말론도 나도 마치 태풍에 발이 휩쓸린 것처럼 잔디밭에 나동그라져서 아이스링크 위의 컬링 스톤 두 개인 마냥 굴렀기 때문에 뭐라 말할 입장이 아니었다. 동시에 지구 역사상 가장 공포에 짓눌린 비명이 우리의 귀를 공격했다. 그 끔찍한 비명 소리를 설명하려 시도했던 증인 수백 명 가운데 적절한 표현을 찾아낸 사람은 없다. 그것은 장엄한 자연이 폭주하여 고통, 분노와 위협이 모두 섞여서 녹아 든 오싹한 비명 소리였다. 수백 개의 경보가 동시에 울리는 듯한 그 소리는 1분 동안 지속되어 무시무시한 그 의지가 군중들을 마비시켰다. 비명소리는 여름 대기 속으로 퍼져나가 남쪽 해안에서 메아리쳤고 심지어 해협을 건너가 이웃나라 프랑스에까지 들렸다. 역사상 그 어떤 소리도 부상당한 지구의 비명소리와 견줄 수 없었다. 어리둥절하고 귀가 먹먹해진 나와 말론은 충격과 소리를 느낄 수 있었지만 다른 세부적인 상황은 나중에야 사람들에게 전해 들었다.

지구가 내뱉은 것들 중 가장 먼저 출현한 것은 엘리베이터 케이지였다. 갱도의 벽에 있었던 다른 기기들은 질풍을 피할 수 있었지만 엘리베이터 케이지의 딱딱한 바닥은 위쪽으로 생긴 흐름의 힘을 강력하게 받았다. 공기가 흐르는 파이프 안에 작은 탄알들이 여러 개 있다면 서로에게 영향을 주지 않고 순서대로 파이프 밖으로 발사된다. 그렇게 해서 엘리베이터 케이지 열네 개가 순서대로 쏘아 올려졌고 모두 포물선을 그리면서 떨어졌다. 그중 하나는 워딩 부두 앞바다로 떨어졌고 두 번째 것은 치체스터에서 멀지 않은 들판에 떨어졌다. 관람객들은 모두 푸른 하늘을 나는 열네 개의 엘리베이터보다 더 특이한 광경은 절대 보지 못했다고 증언했다.

그리고 그 다음에는 간헐천이 솟구쳤다. 타르를 포함한 끈적거리는 물질이 거의 200피트에 달하는 높이로 솟아올랐다. 현장 위를 날던 호기심 많은 비행기는 고사포를 맞은 듯이 불시착했다. 비행사도 비행기도 끈적거리는 액체로 뒤덮였다. 이 무시무시한 물질에서는 코를 찌르는 역겨운 냄새가 났는데 아마도 행성의 생명을 유지하는 피와 같은 것이라 추측된다. 아니면 그것은 드리징거 교수와 베를린 학파가 주장하듯이 스컹크처럼 자신을 보호하기 위해 분비한 것으로 자연이 챌린저처럼 주제넘은 사람들에게서 모성(母星) 지구를 방어하기 위해 만들어 놓은 것일지도 모른다. 만일 그렇다고 한다면 실패였다. 작은 언덕 위에 만든 왕좌에 앉아 있던 공격자는 반격을 피해서 전혀 더러움이 묻지 않았고, 오히려 액체가 뿜어져 나오는 방향에 앉아 있던 불쌍한 기자들만 흠뻑 젖었다. 그들은 그 이후 몇 주 동안이나 사람들이 모인 곳에 갈 수가 없었다. 분출되어 나온 분비물은 바람에 남쪽으로 날려서 무슨 일이 일어날지 고대하면서 다운즈 주변의 언덕 꼭대기에서 기다리던 군중들 위로 쏟아졌다. 사상자는 없었다. 어느 집에도 혈육을 잃은 쓸쓸함은 없었지만 많은 집들이 구린내를 품기게 되었고 아직도 어떤 집의 벽에는 당시의 기념품들이 남아 있다.

그러고는 구덩이가 닫혔다. 자연이 상처를 내부에서부터 밖으로 치유하듯이 지구도 매우 빠른 속도로 자신의 생체 물질 내에 만들어진 틈을 메웠다. 갱의 마주 맞부딪히면서 고음의 부서지는 소리가 오랫동안 들려왔다. 깊은 곳에서부터 울려 나오던 소리가 점점 위쪽으로 올라오더니 입구에 있었던 벽돌 구조물이 귀가 멍멍해질 정도의 큰 폭발음과 함께 쓰러졌다. 그리고 작은 지진 같은 떨림이 파낸 흙을 쌓아둔 둔덕으로 전해져서 구멍이 있었던 장소에는 철조물과 흙더미의 잔해가 50피트에 달하는 피라미드를 이루었다. 챌린저 교수의 실험은 끝난 것뿐만 아니라 그 현장은 영원히 인류의 시야에서 사라졌다. 왕립 협회에서 세운 오벨리스크가 아니면 우리 후손들은 이 어마어마한 사건이 일어났던 정확한 위치를 알지 못할 것이다.

그리고 마지막 이벤트가 남았다. 여러 가지 현상들이 계속해서 일어난 뒤 한참 동안 사람들이 정신을 차리고 무슨 일이 일어났는지, 그리고 어떻게 일어났는지를 깨닫느라 침묵이 흐르고 아무것도 움직이지 않았다. 그런데 갑자기 그들의 뇌리에 이 위대한 업적, 개념의 발전, 그리고 실행을 위한 천재성과 경이로움에 대한 생각이 떠올랐다. 모두들 챌린저를 쳐다보았다. 들판의 구석구석에서 칭찬이 쏟아져 나왔고 챌린저 교수는 언덕 위에서 그를 향해 여기저기에서 흔드는 손수건 사이로 자신을 우러러보는 얼굴들을 내려다 보았다. 돌이켜 보니 그때 난 그의 모습을 매우 잘 볼 수 있었다. 그는 반쯤 감은 눈을 하고 찬사를 의식하는 미소를 지으면서 의자에서 일어났다. 왼손은 허리에 얹고 있었고 오른손은 프록코트의 깃에 묻고 있었다.

들판에서 귀뚜라미가 울 듯이 카메라 셔터 소리가 났으니 아마
도 그 모습은 영원히 보존될 것이다. 6월의 태양이 내는 황금빛
을 받으면서 그는 엄숙하게 각 방향으로 고개를 숙여 인사했
다. 첼린저는 초인적 과학자였고, 대 탐험가였으며 행성 지구
가 인식할 수밖에 없었던 첫 번째 인간이었다.

끝내기 전에 한마디만 더 하겠다. 그 실험의 결과는 물론 매
우 세계적인 것이었다. 지구는 다른 곳에서는 실제 껍질이 관
통 당한 곳에서처럼 비명을 지르지 않았지만 자신이 의지를 가
진 존재임을 보여 주었다. 모든 구멍과 모든 화산에서 지구는
자신이 화가 났음을 알렸다. 아이슬랜드 인들이 지각 대변동을
우려할 만큼 헤클라[10]가 울부짖었고 베수비오[11]는 뚜껑이 날아
갔다. 에트나[12]가 상당한 양의 용암을 분출하여 이탈리아 법정
에서는 첼린저 교수에게 해를 입은 포도밭 보상금으로 50만 리
라를 지불하라는 판결을 내렸다. 심지어 멕시코를 비롯한 중앙
아메리카에서는 심성 지질층이 분개했다는 증거들이 나타났었
고 스트롬볼리[13]의 울부짖는 소리가 지중해 동부 연안을 채웠
다. 전 세계를 떠들썩하게 만드는 것은 모든 인간의 야심이었
지만 지구가 비명을 지르게 만든 것은 첼린저만의 특권이었다.

〈지구가 절규했을 때 · 끝〉

1) 피압 시추: 내부 압력이 큰 액체 층으로 시추공을 투입하여 시추공이 층을 뚫고 들어가자마자 물이 솟아오르도록 하는 방식. 프랑스 아르투아 (고대명 아르테시움) 지역에서 우물을 파는 데 사용되었던 방법에서 이름이 유래되어 영어로는 아르테시아의 시추법 (Artesian boring)이라고 한다.

2) 베렝가리아 호: 1920년대에 유명했던 거대한 수송선

3) 우스꽝스러운 이름: 피어리스(peerless)라는 단어에는 '비할 데 없는', '최고의' 라는 뜻이 담겨 있다.

4) 릴리풋 사람: 걸리버 여행기에 나오는 소인국 사람들

5) 두 번째 백악층: 석회암층이 북프랑스와 영국에 걸쳐 분포하는데 그중 유공층으로 이루어져 백악기의 특징적인 지층인 것을 백악층이라 한다.

6) 복스홀 30 랜도릿: 복스홀은 1903년 설립된 영국의 자동차 회사이다. 랜도릿은 소형 랜도(landau) 자동차로, 바퀴가 네 개이고 지붕이 둘로 나뉘어 뒤로 젖힐 수 있게 되어 있으며 운전석은 바깥에 높게 만들어져 있어서 마차의 형태를 유지하고 있다. 30이란 숫자는 30마력을 뜻한다.

7) 화이트채플: 19세기 영국의 뒷골목

8) F.R.S., MD., D.Sc.: 학위명 F.R.S.는 Fellow of Royal Society (왕립 협회원), MD.는 Doctor of Medicine (의학박사) D.Sc.는 Doctor of Science (이학박사)의 이니셜이다.

9) R.S.V.P.: Repondez s'il vous plait. 불어로, 회신을 부탁하는 말. 편지에 많이 쓰인다.

10) 헤클라: 아이슬랜드에 있는 활화산

11) 베수비오: 이탈리아 나폴리 만에 있는 활화산

12) 에트나: 이탈리아 시실리 섬의 활화산

13) 스트롬볼리: 지중해 티레니아 해에 있는 리파리 제도 북단의 섬. 짧은 간격으로 작은 화산 폭발이 주기적으로 일어난다.

해 설

챌린저 교수 연작의 세계

셜록 홈즈의 창조자인 아서 코난 도일이 만든 또 하나의 인물인 챌린저 교수는 1912년에 발표된 「잃어버린 세계」를 통해 세상에 알려졌다. 「잃어버린 세계」와 챌린저 교수는 상당한 독자들을 매료시켜 선풍적인 인기를 끌었으며 이후 코난 도일은 풍부한 유머와 익살스러운 인물들이 벌이는 입담이 돋보이는 일련의 작품들, 즉 「유독 지대」(1913), 「안개의 땅」(1926), 「지구가 절규했을 때」(1928), 「물질 분해 장치」(1929)를 발표하였고 지리적 시간을 거슬러 올라가는 여행, 소위 '인류의 발전'에 대한 등장인물의 비판적 시각, 빅토리아 시대의 과학과 미신이 어우러진 세계관 등으로 동시대와 후대의 많은 작가에게 영향을 주었다.

작중 인물들

코난 도일 자신도 청년 시절 이전부터 여러 격렬한 스포츠를 즐겼

으며 청장년 시기의 대부분을 육체적으로 잘 단련된 상태로 보냈음을
생각한다면 도일에게는 냉정한 사고력과 단련된 몸은 불가분의 것이
며 정의감에 투철한 매력적인 주인공에게 필수적 요소였던 듯하다. 셜
록 홈즈와 챌린저 교수 모두 육체적으로 상당한 힘을 발휘하고 동시에
우수한 두뇌의 소유자이며 주위에 부화뇌동하지 않는 냉정한 사고력
을 지니고 당대의 이슈 사이에서 편견에 치우치지 않은 태도로 문제를
해결하려 했기 때문이다. 그럼에도 두 인물의 행동 패턴이나 성격은
지킬 박사와 하이드 씨처럼 천재 한 명을 차갑고 절도 있는 인물과 활
화산 같고 저돌적인 인물로 갈라놓은 듯 대조적인 데가 있다. 냉정한
사람의 전형인 양 날카롭고 말쑥한 외양을 지닌 홈즈와는 달리 챌린저
는 '그의 외모에 숨이 멎는 줄 알았다.'는 말론의 회고처럼 대학 교수
에 대해 일반적으로 떠올리는 모습과 전혀 다른 '유인원과 닮은' 외모
로 나타난다. 그러데 여기에는 실제 모델이 있었다. 코난 도일이 공부
했던 에든버러 대학은 귀족적 사교가 중요한 옥스퍼드나 케임브리지
대학과는 달리 냉정한 지적 탐구 분위기가 지배적이었다. 교수진도 출
신 계급과 인간적 매력보다는 학문적 성취와 강의의 질이 중요했다.
덕분에 도일은 대학에서 강렬한 개성을 지닌 스승들을 만날 수 있었
다. 잘 알려진 대로 의과대학의 외과 실습 교수 조지프 벨을 주요 모
델로 지적 유희를 즐기는 홈즈를 창조했듯이 코난 도일은 조지 버나드
쇼, 모교에 있던 괴상한 교수 그리고 광적인 친구를 챌린저의 모델로
삼았다. 벨 교수의 동료였던 생리학 교수 윌리엄 러더퍼드는 버나드
쇼와 마찬가지로 천재적이었고 탁월한 능력의 소유자이면서도 지나치
게 시끄럽고 자기 과시적으로 떠들어대는 열정적인 사람이었다. 편집
증적인 동창생이자 믿기지 않는 말을 그럴싸하게 늘어놓는 조지 버드
도 챌린저를 만들어내는 데 한몫을 했다.

챌린저라는 이름은 1870년대 당시 일대 센세이션을 일으켰던 탐사대가 탔던 배의 이름이었고, 도일은 자신이 만들어낸 '고정관념에 사로잡히길 거부하는 학계의 이단자'에게 이 이름을 붙여주었다. 소위 '소도둑 같은' 외모뿐만이 아니라 쩌렁쩌렁하다 못해 때로는 울부짖는 듯한 목소리와 타인의 발언을 배려하지 않는 장광설, 왕족과 초대받은 귀빈에게 겸양어를 구사할 때조차 겸양이 느껴지지 않는 말투는 러더포드에게서 받은 깊은 인상을 토대로 한 것이다. 교수의 모습을 거의 그대로 차용한 챌린저 교수는 아주 오래 전 태초의 인류의 모습 속에 가장 진보된 지식과 두뇌를 갖춘 모순적 인물인 셈이다.

제갈공명의 두뇌와 장비의 품성이 혼재된 그의 모습이 다른 탐험대원과 함께 실린 사진을 보자. 마치 잃어버린 세계를 찾아 남미의 오지로 떠난 탐험대를 찍은 것처럼 연출한 이 사진은 실제로는 랜스포드(코난 도일의 사진을 찍은 사진가)와 포브스(코난 도일의 매제이자 일러스트레이터), 코난 도일 그리고 조카인 포브스 2세이다. 서멀리와 챌린저 두 교수의 대조적인 모습이 다소 연극적으로 드러나 있는 이 사진을 찍으며 이들은 대단히 재미있어한 것으로 보인다.

각 인물들이 소설 속에서 처음 만나 남미로 떠날 당시의 나이를 살피면 챌린저는 1863년생으로 나타나므로 1912년 기준으로 마흔아홉 살, 서멀리는 그보다 훨씬 많은 예순여섯 살이며 록스턴은 서멀리보다 스무 살 적은 마흔여섯 살이고 말론은 스물세 살로 등장한다. 그러나 등장인물 각각의 말투를 보면 이런 나이 차이나 직업, 출신 계급보다는 개개인의 개성이 더 강하게 표출된다. 물론 작가 역시 동시대의 관습에서 자유로울 수는 없었겠지만 말론의 회고에 드러나는 묘사를 보면 코난 도일 자신이 이야기를 진행하면서 이들의 세대적 차이나 계급적 차이를 그다지 두드러지게 의식하지 않았던 것 같다. 이는 도일 자신의 가계사에 기인한 탓도 있을 것이다. 아일랜드의 평범한 가톨릭 가정에서 태어난 그의 어머니는 플랜태저넷이나 튜더 왕조의 혈통이 도일 가에 이어졌다고 주장했지만 코난 도일 자신은 이에 대해 상관없다는 태도를 견지했고 '고귀한 혈통'이란 관념을 다소 우습게 여기기도 했다.

「잃어버린 세계」에 등장하는 챌린저 교수와 서멀리 교수는 당대를 대표할 만한 석학들이자 나이 지긋한 교수들이지만 순진무구하다고 할 만한 학자적 양심에 어울리게 처세에는 둘 다 서툴다. 속을 감출 줄 모르는 챌린저 교수는 대인 관계에 있어 철저하게 그때그때 끓어오르는 감정 상태에 충실히 움직인다. 마음에 안 드는 사람에게 주먹을 날리고 멱살을 잡고 집어 던지곤 한다.(그렇지만 한편으로는 정의감이 강하고 인정이 많아서 전염병에 걸린 아이를 등에 업고, 멀고 험한 길을 마다 않고 의사에게 데려다 주는 사람이기도 하다.) 자신을 제외한 대부분의 세상 사람이 그의 말을 알아들을 머리가 없다고 여기는 오만한 태도를 갖고 있는 그는 지적인 능력도 갖추지 못한 채 그의 말을 들어 보자고 나서는 학계의 동료와 언론계에 상당한 불만과 경멸을 품고 있지만 낙담하거나 변명하는 대신 언제나 전투적으로 싸울 태세를 갖추고 있다. 반면 속을 드러내되 비비 꼬아서 표현하기를 즐기는 냉소적인 비교해부학자 서멀리는 꼬장꼬장하며 학문적 탐구 외에는 그다지 열정이 없다. 외양부터 챌린저와 대조적인 그는 키가 크고 말랐으며 품위를 손상시키는 일을 절대 하지 않는 학자로 평소엔 신학자 같은 분위기를 풍긴다. 화를 내는 대신 빈정거리기를 즐기는 것으로 말론에게 첫인상을 남긴 그는 다소 근엄한 태도마저 갖고 있다. 이들은 관습적 사고를 깨는 도전성에 있어서는 홈즈와 왓슨에 견줄 만한 쌍이다. 물론 서멀리는 왓슨에 비해 훨씬 개성이 돋보이는 인물이긴 하다. 열

광적인 챌린저의 환호를 몇 마디 말로 일축하는 서멀리와 초면부터 열
에 들뜬 무례한 말투로 동료 학자와 귀족인 록스턴 경을 포함한 일행
을 휘두르는 챌린저는 남미의 오지에서 탐험을 하는 동안 내내 크고
작은 일로 어린 학생들처럼 싸우면서 친해진다. 챌린저가 보다 감성적
인 인물로 표현된 「안개의 땅」에서는 가장 고령인 서멀리가 죽어서 영
체로 나타나는데 이때 챌린저는 절친한 동료 학자의 평화로운 안식을
방해하는 행위라며 몹시 분개한다.

코난 도일의 가계인 아일랜드 인으로 나타나는 말론은 챌린저 시리
즈의 세 작품에서 화자를 맡고 있다. 억압적 상황에서 더욱 고개를 드
는 기질을 타고난 그는 기자로 설정된 덕분에 각 작품에서 여기저기를
캐고 다니며 독자에게 많은 정보를 제공할 수 있게 되었다. 객관적으
로 사건의 전말을 사람들에게 알리기 위해서는 기자처럼 적역도 없을
것이다. 또 1920년대에는 크림 전쟁, 보어 전쟁 등 여러 전쟁을 거치
면서 전쟁 특파원으로서 기자의 매력이 크게 부각되었다. 전쟁 특파원
은 매우 위험하였지만 경쟁적으로 대중의 알고자 하는 욕구를 채워주
었고 개인적으로 영웅의 대우를 받아 이름을 떨치기도 하였다. 소설
속에서 말론 역시 잃어버린 세계에서 벌어진 유인원 전쟁의 특파원으
로 일하게 된다.

처음 등장할 때 말론은 아직은 젊어서 그런지 약간은 미숙해 보이
지만 사랑하는 연인의 말 한마디에 목숨을 걸고 모험을 떠날 정도로
정열적이기도 하다. 작품 말미에서 그는 결국 여인에게 배신당하지만
탐험대에서 만난 존 록스턴을 따라 다이아몬드 채굴 모험을 떠난다.
그에게는 용감하고 정의로운 귀족 영웅과 의리에 찬 모험을 하는 것이
훨씬 즐거운 일이었을 것이다. 사실 말론은 지적인 면에 있어서는 챌
린저와 서멀리에게 뒤떨어지고 육체적인 면이나 모험의 경험에 있어

서는 록스턴에게 뒤떨어진다. 그럼에도 균형 잡힌 성격을 타고난 덕분에 까다로운 챌린저와도 교분을 나누는 중심적 인물이 된다. 실제로 말론의 모델이 되었던 사람은 프랑스계 영국 기자인 에드문드 모렐이라는 인물이다. 밝고 사람들과 잘 친해지는 말론의 성격은 모렐에서 기인했다고 한다. 코난 도일은 1909년부터 모렐과 알고 지냈는데, 당시 모렐은 콩고에서 벨기에의 레오폴드 2세가 자행한 잔혹한 일들을 폭로하려는 운동을 벌이고 있었다. 당시 중앙아프리카 대부분은 벨기에 왕인 레오폴드의 개인 재산이었는데 1908년 개인적으로 레오폴드 국왕이 콩고를 좌지우지하는 것에 대해 세계적으로 여론이 불리해지자 이 땅에 대한 운영권은 벨기에의 정부로 넘어가게 되고 그 대가로 레오폴드 국왕은 수백만 프랑을 받는다. 그러나 그 변화는 표면적인 것에 지나지 않아 콩고 원주민에 대한 학대와 무분별한 상아·고무 채집 등이 계속되었다. 모렐은 기자로서 이 사실을 널리 알리고 근절하기 위해 운동을 펼쳤고 그로 인해 유명인사가 되었다.

모렐과 비슷하지만 훨씬 파란만장한 인물이자 록스턴 경의 모델이 되었던 이는 아일랜드 출신 외교관인 로저 케이스먼트 경이다. 케이스먼트는 1903년 영국 영사로 리우데자네이루로 파견되었는데, 영국 외교부는 그에게 페루의 아마존 고무 회사에서 원주민을 악용한다는 고발 내용을 조사하는 임무를 맡겼다. 그 회사가 위치한 페루 북부 지역에 있는 푸토마야 강을 방문했던 그는 살인과 폭력을 비롯한 가장 극악무도한 범죄를 보았다고 보고하였고 몇몇 사람들의 처벌을 요청하였다. 케이스먼트의 이런 반응은 록스턴의 행동에 그대로 반영되어 있다. 케이스먼트의 보고서는 1912년까지 발표되지 않았었지만 개인적인 친분이 있었던 도일은 1911년에 대부분을 쓴 「잃어버린 세계」에서 케이스먼트의 이야기를 토대로 록스턴 경이 콩고나 남미에서 흑인과 인디오들을 위해 전쟁을 벌인 부분은 그렸다. 사실 케이스먼트는 매우 불우한 최후를 맞이한 것으로도 유명하다. 그는 영국에 있어 악랄한 배신자로 알려져 있다. 아일랜드 독립 운동을 위해 독일의 지원을 받으려 했던 사실이 발각되어 처형당했다. 코난 도일은 그의 구명을 위해 노력했고 거의 성공할 뻔했는데, 케이스먼트의 일기장이 발견되면서 그가 동성애자라는 사실이 밝혀졌고, 당시 사회적 분위기에 그 사실이 불리하게 작용하였다. 도일이 그 사실을 미리 알았는지는 모르겠으나 작중 록스턴 경은 특별히 동성애적 요소를 지니고 있지는 않다. (그의 부인에 대한 언급이 없다는 점은 그다지 중요하지 않을 것이다.) 예술 애호가이자 '부드러운 목소리로 말하는 편안한 느낌의 빨강머리 사나이'이고 '익살스러우면서도 권위적인 눈'을 가진 록스턴 경은 탐험대 중 가장 서글서글한 성격을 가지고 있다. 두뇌 명석하고 관찰력이 뛰어남과 동시에 자신과 상관없는 사람들을 위해 전투를 벌일 정도로 의협심과 정의감이 강한 사내이다. 탐험대 내에 일어나는 불화를 잠재우는 이른바 '썰렁한' 유머를 구사하기도 하는 그는 실질적으로 리더 격이며 개성이 강한 탐험 대원들을 묶어준다. 그는 각종 운동에 능한 군 출신의 원칙주의자이면서 주변 사람들에 대한 예절이 깍듯하다. 계층의 상하 여부를 떠나 소위 '영국 신사'들은 대개 언어에 매우 조심스러운 편이며 어찌 보면 상당히 까다롭다. 표현하는 내용은 신랄하더라도 자신보다 아랫사람에게도 "Mr."라는 호칭을 붙이고 일정한 예의를 갖추는 것이 일반적이다. 챌린저가 무례하게 말하는 것과 대조적이다.

연작 중의 돌연변이

개성적인 인물이야말로 챌린저 시리즈의 가장 핵심적인 매력이라 할 수 있다. 그런데 연작 가운데 하나는 돌연변이처럼 다른 곳을 향하고 있으니 바로 「안개의 땅」이다. 1913년에 「유독 지대」를 발표한 이후 13년 후에야 나온 「안개의 땅」은 작가가 전작들과 명백히 다른 의도를 가지고 쓴 작품이라 작품색이나 인물의 구현 등 전반적으로 전작과 상당한 차이를 보이고 있다.

「잃어버린 세계」 이후 챌린저 교수는 매우 인기가 높아져, 셜록 홈즈와 더불어 코난 도일의 작품 세계를 대표하는 인물이 되었음에도 「안개의 땅」에서는 교수의 활약보다 심령교인들의 집회 이야기가 큰 비중을 차지하는 것은 코난 도일이 교수의 인기를 빌어 자신의 심령학과 강신술에 대한 믿음을 피력하고자 하였기 때문이다. 작가의 나이 예순일곱에 발표한 「안개의 땅」은 1차대전이 끝나고 코난 도일의 아들이 죽은 이후에 창작되었다. 도일은 첫 번째 아내인 루이자가 병석에 눕고 아버지가 죽은 이후로 사후 세계에 대해 관심을 가지기 시작했다. 아들이 죽자 그 관심은 극에 달했고, 급기야 심령학과 강신술에 빠져 죽은 사람들과의 의사소통이 가능하다고 받아들였다. 그는 어떤 소녀들이 종이 인형으로 만든 요정과 찍은 사진이 진짜라고 했을 때 그녀들을 옹호했고, 마술사 후디니에게도 영적 능력이 있다고 했다. 후디니 본인은 영적 능력을 극구 부인함은 물론 강신술을 인정하지 않았지만 코난 도일은 절친한 친구였던 후디니가 자신이 가지고 있는 능력에 대해 잘 모르고 있을 뿐이라고 주장해서 마술 비법을 밝힐 수 없는 후디니를 곤란하게 만들기도 했다. 코난 도일이 만들어낸 인물 중에 챌린저 교수가 「안개의 땅」 집필 당시의 작가 자신에 가장 가까웠다. 성격적으로 허세를 부리는 편이었으며 관습적 사고와 편견을 깨는 모험을 좋아하고 인간의 합리적 이성을 높이 추구하였으나 감성 또한 풍부하였던 그들은 심령학이나 강신술을 질 낮은 사기술로 치부하였으나 결국 그 전도사 격이 되었다. 심령의 문제를 소설로 다루면서 코난 도일은 많은 사람들이 자신의 글을 통해 심령교나 강신술이 사람들이 생각하듯이 사기가 아니라는 사실을 깨달아주길 바랐기 때문에 안개의 땅을 읽으면 그가 심령학을 하나의 종교적 운동으로 간주하고 있고, 영매나 점술사, 혹은 강신회나 점을 보는 것(Reading) 등을 종교적 의식으로 여김을 알 수 있다. 그리고 이 당시 홈즈는 이미 너무나 물질적이고 이성적인 인물로 확고하게 되어 있는데다가 감성적 요소가 너무 적어서 심령학이나 강신술을 전파하는 인물로는 적합하지 않았다.

「안개의 땅」에는 이니드 챌린저라는 전에 없던 인물이 등장하기도 하고 챌린저 교수의 성질과 비아냥거림도 이야기 속의 비중과 함께 많이 줄었다. 말론은 예전 같은 풋내기가 아니다. 심지어 코난 도일은 말론이 화자였던 전작들에 대해서 심각하게 재고하는 듯하다. 소설의 도입부에 보면 그는 챌린저 교수가 삼류 소설에 악용되었다고 했는데 당시 출판된 「잃어버린 세계」와 「유독 지대」를 가리킨다고 해석하면 도일이 전작과 「안개의 땅」을 차별화하려고 했던 것 같다. 심지어는 화자로 영혼을 선택했을 정도였다. 그러나 챌린저 교수를 좋아하는 많은 사람들이 「안개의 땅」에 불만을 표시했기 때문에 코난 도일은 사과라도 하듯이 예전의 챌린저와 말론의 특징이 잘 드러난 짧은 글 두 편을 더 발표하였다. 물론 이 두 장편(掌篇)의 화자는 육신을 가진 사람이다.

코난 도일과 과학 소설

심령술을 과학적(?)으로 전파하려 했던 「안개의 땅」을 제외하고라도 「잃어버린 세계」를 비롯한 챌린저 교수 연작을 과연 과학 소설이라 부를 수 있을까 의문이 들 법하지만 명백히 이 작품들은 과학 소설에 든다. 아이작 아시모프가 말했듯이 과학의 진보가 인류에게 끼치는 영향에 대해 다루고 있기 때문이다. 영국 작가 킹슬리 에이미스 경에 의하면 과학 소설은 '과학이나 기술의 개혁, 또는 유사 과학과 유사 기술의 개혁'에 대한 것이라 했다. (유사 과학은 초자연적인 현상까지 포함하는 것이며, 실제로 그는 영매와 강신회 대신 사이코메트리, 즉 정신 측정학을 도입하는 등 그 당시 과학적이라 여겨졌던 잣대를 사용하여 심령학을 측정하려 시도했다.) 지금의 시각으로 보기엔 터무니없어 보일지라도 20세기 초 당시는 과학의 발달로 인해 인류가 지구를 구석구석 탐험할 수 있게 될 것이며 인류는 예전에는 꿈꾸지 못했던 일을 하게 될 것이고 새로운 힘을 손에 넣게 될 것이라는 활기와 무모할 정도로 과감한 시도들이 유사 과학에까지 뻗쳐 있었다. 코난 도일과 당대 사람들에게 과학과 기술의 궁극적 목표는 자연의 근본적 힘을 밝혀내고 결국은 그 힘을 지배하게 되는 것이었다. 21세기가 시작된 지금 인류는 그러한 과학의 발전이 장밋빛 미래를 가져다주지만은 않는다는 사실을 깨달았지만 코난 도일이 그의 소설 속에서 보여준 희망에 찬 과학의 청사진은 그 청사진 속의 설계도가 다소 황당함에도 아직까지 많은 이들의 사랑을 받고 있다.

20세기 초의 과학과 사회상이 각 작품에 어떻게 드러나 있는지 보면 흥미롭다. 멸종되어 흔적만을 남긴 공룡을 현재로 불러오기 위해 마이클 크라이튼은 비과학적이라는 비난에도 불구하고 『쥐라기 공원』에서 호박 속에 갇힌 모기에게서 유전자를 채취해 복원한 공룡을 등장시켰다. 이에 비해 매우 소극적이지만 코난 도일은 지리적으로 격리된 장소에 온난한 고생대 기후가 유지되어 공룡이 살아남았다는 설정을 사용하고 있다. 현재는 운석 낙하설이 공룡의 멸종 원인으로 상당히 인정받고 있지만 「잃어버린 세계」 발표 당시에는 빙하기로 인한 멸종설이 지배적이었다. 1920년대는 인류의 발길이 닿지 않은 오지들이 숱하게 남아 있었기 때문에 빙하기를 피한 지대에 공룡이 살아 있는 장소가 있다는 생각이 오늘날보다 훨씬 매력적이었을 것이다. 지구의 구석구석에 문명의 빛을 보내는 일이야말로 전 인류가 발전하는 길이라 믿던 때여서 소설 속의 탐험대는 더욱 영웅시되었다. 「유독지대」에는 인류에게 유독한 에테르가 나온다. 여기에 나오는 에테르는 현대의 화학에서 말하는 '탄화수소의 일부분을 이루고 있는 두 개의 탄소원자들에 하나의 산소가 붙어 있는 특징을 보여주는 유기화합물의 한 그룹'이 아니라 물리학 분야에서 그런 물질은 없는 것으로 검증된 물질이다. 빛의 속성에 대해 지금처럼 알기 전에 물리학자들은 파동인 빛이 우주 공간을 이동하기 위해서는 매질이 필요하기 때문에 우주 공간이 무언가로 채워져 있다고 믿었다. 그 가상의 물질은 에테르라고 불렸고 거의 모든 사람들이 그 존재를 의심치 않았지만 1881년 마이켈슨-몰리 실험 이후 의심받고 지금은 폐기 처분된 개념이다. 유독한 에테르를 통과한 사람들의 일시적인 죽음과 잠깐이나마 극소수 남겨진 사람들의 모험 속에 코난 도일이 이때부터 이미 사후 세계에 관심이 많았다는 것을 알 수 있다. 위대한 정원사와 사후 세계의 불확실성에 대한 언급은 코난 도일이 오랜 병을 앓던 부인과 아버지를 잃은 후 죽음에 대해 혼란스러워했음을 보여준다. 「물질 분해 장치」와 「지구가 절규했을 때」는 매우 짧은 소품이지만 챌린저 교수의 저돌적인 행동력과 독특한 성격의 단면도를 보는 듯한 매우 경쾌한 글이다. 자신과

맞먹는 지적 능력을 지녔지만 욕심으로 이성이 마비된 과학자에게는
우화적으로 벌을 주는 챌린저, 살아있는 거대 존재인 지구에게 자신의
존재를 알리겠다는 대담한 챌린저가 일을 매듭짓는 모습을 볼 수 있
다. 두 작품 모두 풍자성과 코난 도일 특유의 냉소적 태도가 짙은데
가장 짧은 「물질 붕괴 장치」가 1차 대전 이후 과학 발전과 더불어 국
가별로 추진된 비밀 무기 개발 경쟁에 대한 풍자라면 챌린저 연작의
마지막인 「지구가 절규했을 때」는 인류가 그동안 속수무책으로 당해
왔던 자연과의 싸움에서 대등해지겠다는 의지가 팽배했던 시대상이
선구적 '도전자'를 통해 드러난 다소 전위적인 장편이다.

참고 문헌

Harold Orel 외. Critical Essays on Sir Arthur Conan Doyle, G.K.
Hall & Co, 1992.

Sir Arthur Conan Doyle. Memories and Adventures. Little Brown &
Co., 1924.

John Dickson Carr. The Life of Sir Arthur Conan Doyle; The Man
Who was Sherlock Holmes. Vintage Books, 1975.

Kelvin I Jones. Conan Doyle & The Spirits: The Spiritualist Career
of Sherlock Holmes. HarperCollins, 1989.

아서 코난 도일의
안개의 땅

1판 1쇄 찍음 2004년 3월 15일
1판 1쇄 펴냄 2004년 3월 20일

지은이 아서 코난 도일
옮긴이 이수경
펴낸이 박근섭
펴낸곳 (주) 황금가지

출판등록 1996. 5. 3. (제16-1305호)
135-887 서울 강남구 신사동 506 강남출판문화센터 6층
영업부 515-2000 / 편집부 3446-8773 / 팩시밀리 3444-5185
http://www.goldenbough.co.kr

ⓒ (주) 황금가지, 2004. Printed in Seoul, Korea

값 10,000원

ISBN 89-8273-634-4 04840
ISBN 89-8273-632-8 (세트)